JUDITH WILMS

Wenn dein Herz woanders wohnt

Roman

PENGUIN VERLAG

FSC www.fsc.org MIX Papier aus verantwortungsvollen Quellen FSC® C014496

Klimaneutral* Druckprodukt ClimatePartner.com/14044-1912-1001

Penguin Random House Verlagsgruppe FSC® N001967

1. Auflage 2022

Redaktion: Angela Kuepper
Umschlaggestaltung- und abbildung: www.buerosued.de
Satz: Uhl + Massopust, Aalen
Druck und Bindung: GGP Media GmbH, Pößneck
Printed in Germany
ISBN 978-3-328-10744-6
www.penguin-verlag.de

Sehnsuchtsträume

Prolog

Nr. 214 Arsenic Green. Der Name hielt, was er versprach: Als ich den kleinen Eimer öffnete, sah die Farbe wirklich giftgrün aus.

Wenn ich mich daranmachte, eine Wand zu streichen, vergaß ich sonst immer alles um mich herum, vergaß zu essen oder auf die Uhr zu blicken. Ich sah nichts anderes mehr als ein mildes Taubenblau. Ein warmes Sonnengelb. Oder ein leichtes Baumwollweiß. Erst wenn ich mit Streichen fertig war, tauchte ich aus der Farbe wieder auf wie aus einem Traum.

Aber dieses Mal war es anders. Dieses Mal war ich in Eile. Am nächsten Abend würde er zurückkommen. Bis dahin musste alles fertig und wieder an seinem Platz sein.

Wenn ich zuvor hier gewesen war, hatte ich es vermieden, in dieses Zimmer zu gehen. Schließlich war es sein Schlafzimmer. Ich hatte mich zwischen dem kleinen Nebenzimmer, Bad, Küche und dem vollgestopften Wohnzimmer bewegt. Hatte die Teller und Tassen in der Küche vorsichtig verwendet, die vielen Stapel Bücher und Schallplatten nur einmal durchgesehen. Ich hatte mich wie der Gast verhalten, der ich ja auch war. Aber jetzt ging es um alles. Ich wusste keine andere Möglichkeit mehr: Ich musste es einfach versuchen. Ich setzte die beste Waffe ein, die ich hatte – einen Raum umzugestalten. Das konnte ich gut. Das war meine Stärke und die Grundlage dafür, dass ich als Grafikerin in der Werbeagentur für Einrichtungskunden arbeiten konnte. Und dieses Mal sollte die Wirkung meiner besten Waffe, nun ja, giftgrün sein. Wenn ihn diese Aktion nicht ärgern würde, dann wusste ich wirklich nicht, was ich noch tun sollte.

Dafür musste ich aber das Bett von der Wand abrücken. Als ich mich vorbeugte, um das Gestell mit voller Kraft zu bewegen, nahm ich den Duft des Kopfkissens wahr. Frisch, mit einem Hauch von Zitrone, ohne stechend zu wirken. Vielleicht die Spuren seines Shampoos oder seines Waschmittels … *Reiß dich zusammen, Leonie!*, schimpfte ich stumm mit mir. Energisch schob ich das Bett noch ein Stück weiter und warf die Abdeckplane darüber. Die Kommode und den Schrank, der aus irgendeinem Grund halb leer war, rückte ich in der Mitte des Raumes zusammen. Sorgfältig klebte ich alle Leisten ab. Dann machte ich mich ans Werk.

Die Raufasertapete weigerte sich erst, die Farbe gut anzunehmen. Ich musste ordentlich Druck auf die Farbrolle ausüben. Sie machte ein schmatzendes Geräusch, als ich sie tief in die Wanne tauchte und an dem Gitter abrollte. Zufrieden betrachtete ich das Ergebnis. Das Grün verlief geradezu ins Kränkliche.

Ich zwang mich, die Striche ordentlich auszuführen, auch wenn die Zeit knapp wurde. Es durfte nicht schludrig aussehen. Später würde ich so tun müssen, als gefiele mir das Ergebnis. So richtig, richtig gut.

Ich trat einen Schritt zurück, legte den Kopf schief, breitete die Arme aus und sagte probeweise an die leere Wand hin, von der meine Stimme zurückhallte: »Ist doch toll!«

Plitsch. Meine Handbewegung war so schwungvoll gewesen, dass ein giftgrüner Spritzer auf der edlen Kommode landete. »Mist!« Schnell holte ich einen Lappen aus der Küche und wischte die Farbe von dem Kirschholz weg. »Das hast du Schöne nicht verdient.«

Als ich den Lappen zurück ins Waschbecken legte, fiel mein Blick auf die Küchenuhr. Die ganze Aktion hatte schon länger gedauert als geplant.

Gerade als ich zurück in sein Schlafzimmer kam – in die Giftkammer –, summte mein Handy mit einer Nachricht. Ausgerechnet von ihm. Ein Bild von der Kampenwand, dahinter der Himmel tieforange mit roten und pinken Streifen. Unglaublich schön. »Herbstsonnenuntergang«, schrieb er nur. Inzwischen schickte er mir jeden Samstagabend so ein Foto. »Ich dachte, der Farbverlauf gefällt dir.«

Und das tat er. Natürlich tat er das. So weit kannten wir uns ja nun schließlich. Aber dieses Mal antwortete ich ihm nicht. Nicht mit einem Farbnamen, Feuersalamanderorange etwa oder Karmesinrot. Sondern gar nicht. Ich drückte das Bild weg. Ich konnte das jetzt nicht.

Ich wollte ihn aus seiner Wohnung vertreiben.

Aber wollte ich ihn auch aus meinem Leben vertreiben?

In der Nacht schlief ich in meinem kleinen Nebenzimmer unruhig und in kurzen Intervallen. Nach einem Espresso aus seiner chromfarbenen Maschine begann ich den zweiten Anstrich. Besonders um die Schlafzimmertür herum war es schwierig, ich strich die kleineren Stellen mit einem schmalen Pinsel. Erst als alle Wände des Schlafzimmers fertig waren, gönnte ich mir eine Pause. Und der Wand ganz kurz die Möglichkeit anzutrocknen, bevor ich die Möbel zurückschob.

Später entfernte ich geschickt die Abdeckplane, ohne dass

etwas abplatzte, schob den Schrank zurück an seinen Platz und Bett und Kommode so, dass sie die feuchte Wand nicht berührten. Dann wusch ich Rolle und Pinsel im Bad aus.

Draußen wurde es schon dämmrig. Ein typisch trüber Herbstnachmittag. Hastig räumte ich meine Tasche zusammen und betrachtete ein letztes Mal die Wirkung von Nr. 214 Arsenic Green. Ob mir schlecht war vor Aufregung über seine Reaktion oder wegen des Farbtons, vermochte ich gar nicht mehr zu sagen.

Als ich schließlich meine Espressotasse in die Spülmaschine räumte, hörte ich ein Auto heranfahren. Mit zwei Schritten war ich am Wohnzimmerfenster. Ein roter Fiat parkte gerade an der gegenüberliegenden Straßenseite.

Könnte er das sein? Jetzt schon?

Schlagartig kam Bewegung in mich. Ich hastete Richtung Tür. Nur schnell weg. Vielleicht erreichte ich den Ausgang zum Hinterhof, bevor er die Haustür öffnete. Er sollte mich hier und jetzt nicht erwischen.

Nicht wegen der Schlafzimmerfarbe. Über die würden wir bald sprechen oder vielmehr, hoffentlich, streiten. Nein, nicht deswegen. Sondern, weil ich absolut nicht wusste, wie ich auf ihn reagieren würde.

Schließlich waren wir uns noch nie persönlich begegnet.

Kapitel 1: Vanillegelb

Leonie

Sechs Wochen zuvor

Geld fließt ganz leicht zu mir.
Ich ziehe Geld magnetisch an.

Ich betrachtete den Papierstreifen mit der Affirmation darauf, löste den Finger von dem Tesa, der überlappte, und stützte mich mit einem Arm auf dem Waschbeckenrand ab. Je häufiger ich diese Sätze las, desto weniger schien ich sie zu verstehen. Aber besondere Zeiten erforderten eben besondere Maßnahmen. Ich vermied es, mir in die Augen zu sehen, als ich den Streifen unter die anderen Affirmationen an den Spiegel klebte.

Nur gut, dass Milan noch nicht lesen konnte. Natürlich würde er mir Löcher in den Bauch fragen, was diese Buchstaben bedeuteten. Vielleicht könnte ich ihm sagen, es stünde eine Anleitung zum Zähneputzen für ihn darauf. Obwohl er viel zu schlau war, um mir das abzukaufen. Oder womöglich war ich nur zu schlecht darin, ihn anzuflunkern und dabei ein ernstes Gesicht zu bewahren. Ich schnappte meinen himbeerroten Pulli vom Badewannenrand und beeilte mich, endlich loszukommen. Als ich im Treppenhaus schon fast unten war, hörte ich, wie im Erdgeschoss eine Wohnungstür aufging. Scharrnberger! Die letzten Stufen sprang ich hinunter und hechtete zur Tür hinaus. Ich hatte schon vor drei Tagen nur herumgestottert, und so langsam gingen mir die Ausreden aus, wenn er mich wieder abfangen und zur Rede stellen sollte. Erst in der Tram beruhigte sich mein Atem. Ich lehnte die Stirn gegen die Scheibe. Es musste sich etwas ändern. Dringend. Wann war ich eigentlich zu einem gehetzten Eichhörnchen geworden, das vor seinem Vermieter floh? Ich schob den Gedanken weg, aber natürlich kannte ich die Antwort sehr genau: seit dem Tag, an dem Raphael ausgezogen war.

Normalerweise musste ich jeden Morgen unwillkürlich lächeln, wenn ich durch die Eingangstür in die Agentur trat. Ganz am Anfang, weil ich so stolz gewesen war, eine Agentur gefunden zu haben, die nicht einfach nur Werbung machte, sondern auf Einrichtungskunden spezialisiert war. Kataloge für Badhersteller, Werbung für Farbfirmen, Social-Media-Kampagnen für die mutigeren kleinen Möbelläden. Später dann immer noch, weil ich mich jeden Tag aufs Neue darüber amüsierte, dass diese schlichte Eingangstür in der eher unscheinbaren Münchner Lisztstraße ein Innenleben offenbarte, das man dahinter niemals vermuten würde. Die Wände waren nicht weiß, sondern in modischen Farben gestrichen – Honiggelb, Basaltgrau, Korallenrot. Ein großer Vorteil, wenn die Farbfirma Juniper schon so lange Kunde war. Im Grunde war man ja verpflichtet, die Produkte einmal selbst zu testen. Der Eingangstresen war ein ungewöhnlicher handgefertigter Holztisch in riesigen Ausmaßen und die Bürostühle ausnahmslos stilvolle Bauhausklassiker. Ich hatte mich in dieser Mischung, die farbenfroh und doch ästhetisch daherkam, immer wohlgefühlt.

In letzter Zeit jedoch hatte ich die Agentur immer häufiger mit einem flauen Gefühl im Bauch betreten. Die mutigen kleinen Möbelläden hatten nicht viel Budget für die Kampagnen, und der Badhersteller Lavand, der uns seit zehn Jahren treu gewesen war, wurde inzwischen hinter vorgehaltener Hand als Wackelkandidat bezeichnet. Immer wieder war die Stimmung hektisch. Und das lag nicht an den Abgabeterminen.

»Hallo, ihr Lieben!«, rief ich trotzdem wie immer in die Runde, als ich das Großraumbüro betrat. Die Kolleginnen, die bereits am Platz waren, winkten oder grüßten zurück. Auf dem Weg zur Küche – zuallererst musste eine große Tasse Kaffee her – kam ich am Druckerraum vorbei. Ich sah, wie die Praktikantin darin unbeweglich auf einen Stapel Blätter in ihrer Hand starrte.

Ich stoppte und lehnte mich zur Tür hinein. »Anna-Lena, richtig?« Die Praktikantin nickte schüchtern. Mit riesigen Augen sah sie mich an. Ich fand sie faszinierend: Ihre Seelenfarbe war ein ganz helles Vanillegelb. Freundlich, fröhlich und ruhig. Ich konnte es nicht nur spüren, sondern geradezu sehen.

Ich zeigte auf den Drucker. »Brauchst du Hilfe mit dem Papiereinzug?«, fragte ich. »Der klemmt manchmal, und dann muss man …«

Aber Anna-Lena schüttelte den Kopf. »Ich soll für Christine die neue Farbübersicht ausdrucken, aber ich bin mir nicht sicher, ob das so richtig ist. Die Beschriftung ist verschoben, und jetzt … Das muss für das Morgenmeeting fertig sein.«

Ich sah auf den Bogen. Fünf Brauntöne waren darauf abgebildet, aber die Bezeichnungen waren nach hinten verschoben, eine fehlte. Ich verstand gut, dass Anna-Lena nervös war. Christine konnte sehr ungemütlich werden, wenn sie schon am frühen Morgen mit halb fertigen Unterlagen arbeiten musste. Anna-Lena wusste das sicher noch nicht, aber wir anderen nannten Christine mehr oder weniger liebevoll »den Drachen«. Zugegeben, meistens weniger liebevoll.

Ich tippte auf die verschiedenen Quadrate. »Das hier ist *Warmes Erdbraun*, dann kommt *Wollbeige*, *Strandbeige* und hier *Kaschmirbraun*. Das Feld ohne Bezeichnung – hier, siehst du, das hellste Braun von allen – heißt bei dem Kunden *Leichtes Leinenbeige*.«

»Das weißt du auswendig?«

Ich zuckte nur mit den Schultern. Anna-Lena war noch nicht lange hier und kannte mich dementsprechend nicht gut. Fünf verschiedene Brauntöne aus der aktuellen Kollektion von Juniper zu benennen war gar nichts.

»Damit die Bezeichnungen sich nicht verschieben, musst du das Dokument als PDF zum Drucker schicken. Komm, ich zeige dir schnell, wie das geht. Wir haben noch zehn Minuten bis zum Meeting, das schaffen wir. Da können wir uns sogar noch ganz schnell einen Kaffee holen.« Anna-Lena zog eine erleichterte Miene.

Das Morgenmeeting fand immer im kleinen Konferenzraum statt, weil es dort keine Stühle gab, sondern bloß einen großen, runden Stehtisch. So dauerten die Meetings nicht zu lange, hatte Christine verkündet, und man spräche nur über das Wesentliche. Ob das wirklich so stimmte, wagte ich manchmal zu bezweifeln. Meistens lehnten sich die Kolleginnen an die Fensterfront, stellten sich vor die weiße Wand, die als Projektionsfläche für den Beamer diente, oder blieben neben der Tür stehen, so wie Anna-Lena. Am Tisch sammelten sich oft nur die Teamleiterinnen, die dort ihre Unterlagen ablegen und ausbreiten konnten, um über den aktuellen Stand der Kampagnen, Ideen und Druckvorgänge zu berichten. Nicht jeden Tag wollte man Christine so nahekommen.

Als ich den Raum betrat, bemerkte ich sofort die kleine Sammlung Farbtöpfe, die unser Team nach einem Brainstorming am Freitag nicht ins Materiallager geräumt hatte. Schnell stellte ich mich davor, damit Christine die Unordnung nicht gleich am frühen Morgen bemerkte. Ich linste noch einmal hinter mich. Farrow & Ball, eine der besten und teuersten Marken, mit außergewöhnlichen Farbschattierungen: Giftgrün, Hellorange, Elektrischblau. Wir waren tief in die Konkurrenzanalyse abgetaucht, und ich hoffte, dass unser Farbkunde Juniper nicht auf die Idee kam, ähnlich Ausgefallenes produzieren zu wollen. Gerade als ich aufblickte, stellte sich Valerie an den runden Tisch, eine unserer Art-Direktorinnen. Valerie bestand allerdings auf der Bezeichnung *Art Directrice*, französisch ausgesprochen. Vorsichtig legte sie ihre Unterlagen auf den Tisch und tastete dann mit einer Hand an ihre Wange. Beide Seiten warten deutlich geschwollen nach ihrer Weisheitszahn-Operation Mitte letzter Woche. Sie hatte sogar zurück in die Klinik gehen müssen, da sich eine Naht gelöst hatte. Ich konnte mich gerade noch davon abhalten, mir selbst an die Wange zu greifen. So eine Zahngeschichte wünschte man nicht einmal seinem ärgsten Feind. (Außer Tamara. Der wünschte ich eine Wurzelbehandlung.) Valerie wäre aber nicht Valerie, wenn sie nicht direkt nach der OP wieder ihre beruflichen E-Mails beantwortet hätte, am nächsten Tag im Büro gewesen wäre und Kundentelefonate mit geschwollenem Mundraum durchgeführt hätte, egal, wie undeutlich. Sie zog eine kleine Kapsel aus ihrer Jeanstasche. Dann spülte sie das, was ich als Schmerzmittel einordnete, mit einem Schluck aus ihrer Kaffeetasse hinunter.

Ich blickte auf die Tasse in meiner eigenen Hand. Valerie gehörte definitiv ins Bett und nicht an den Bürotisch.

Ich nippte gerade an meinem Kaffee und wunderte mich, dass es schon fünf nach neun war, als Christine mit ihren schnurgeraden platinblonden Haaren endlich hereinstürmte und etwas von »Feuerwehr bei Lavand« murmelte. Genervt knallte sie ihr Handy auf den Tisch, direkt auf das Blatt mit den beigen Farbtönen, das Anna-Lena für sie ausgedruckt hatte. »Feuerwehr« bedeutete, dass man bei einem Kunden schnell und dringend eingreifen musste, weil etwas schiefgelaufen war: Fehler im gedruckten Katalog, plötzliche Änderungen in der Kollektion, obwohl die Kampagne kurz vor Launch war, ein schlecht gelaunter Kunde, den man beschwichtigen musste, oder eine falsche Papiersorte für den Flyer. In letzter Zeit war Lavand, ein Familienunternehmen aus dem Allgäu, das hochwertige Waschbecken, Toiletten und Duschköpfe herstellte und deutschlandweit als Qualitätsmarke bekannt war, immer häufiger ein Feuerwehr-Kandidat gewesen. Das war kein gutes Zeichen.

Christine atmete tief durch und fing sich. »Okay«, sagte sie, schon etwas ruhiger. Sie legte ihr Handy zur Seite und betrachtete das Papier darunter. »Gut«, sie nickte. »Alles klar, mit den neuen Tönen der Saison können wir vielleicht eine skandinavisch anmutende Fotostrecke machen.«

Anna-Lena und ich wechselten einen Blick. Die Praktikantin lächelte nicht, aber ihre großen Augen schauten schon nicht mehr so ängstlich drein.

Unser Team begann, die Eckdaten für die Fotostrecke von Juniper zu besprechen. Es ging darum, welche Kapazitäten frei waren, wie man das Budget des Fotoshootings gering halten konnte und dass wir noch einmal brainstormen würden, ob es wirklich skandinavisch werden würde – »zu oft gesehen« und »wenig originell« wurde eingeworfen. Ich verfolgte die Diskussion von meinem Stehplatz an der Wand aus, wandte aber heute nichts ein. Als Teilzeitgrafikerin und Mutter würde ich eben so eingeplant werden, wie es ging.

Die Glastür wurde aufgerissen, und Mascha kam hereingerannt. Mit hochroten Wangen rief sie: »Sorry, sorry, sorry! Die S-Bahn ist liegen geblieben, wir mussten alle auf einen Ersatzzug warten.« Schnell huschte sie zu einem freien Platz an der Fensterfront, schnitt hinter Christines Rücken eine Grimasse mit zusammengebissenen Zähnen in meine Richtung. Ich schickte ihr ein mitfühlendes Lächeln. Mascha hatte gleichzeitig mit mir hier in der Agentur angefangen. Christine war damals noch unsere Teamleiterin gewesen. Das hatte Mascha und mich zusammengeschweißt. »Wir haben es gemeinsam durch den Aufstieg des Drachens geschafft, wir schaffen alles«, hatte Mascha einmal scherzhaft zu mir gesagt. Aber da war viel Wahres dran. Nächte mit Lieferpizza kurz vor Druckunterlagenschluss, wilde Agenturfeiern und Präsentationen vor schlecht gelaunten Marketingleitern – Mascha und ich hatten alles gemeinsam überstanden. Sogar die Zeit, in der ich im Mutterschutz gewesen und Mascha gleichzeitig zur Art-Direktorin befördert worden war, hatte unserer Freundschaft nichts anhaben können. Und Mascha hatte mir auch beigestanden, als die Sache mit Raphael gewesen war.

»Wie steht es mit Baum9?«, fragte Christine und leitete damit zum nächsten Team über. Valerie übernahm es, den aktuellen Stand des Projekts zu erläutern. Der kleine, hippe Möbelhersteller Baum9 war noch nicht lange an Bord. Sie hatten nur ein geringes Budget zur Verfügung, gaben sich jetzt aber unzufrieden über die ersten Kampagnenlayouts und bemängelten den Druck eines Flyers.

In diesem Moment spürte ich, dass mein Handy in der Hosentasche lautlos vibrierte. Ich hatte es mir zur Gewohnheit gemacht, immer nachzusehen, ob der Kindergarten anrief. Möglicherweise hatte Milan sich ja verletzt oder Ähnliches. Aber es war eine Nachricht von Raphael.

Ich hielt die Luft an, checkte kurz, ob Christine abgelenkt war. Dann tippte ich auf *Öffnen*.

> *Habe gerade die Nebenkostenabrechnung gezahlt.*
> *Nur dass du Bescheid weißt, falls Scharrnberger dir*
> *über den Weg läuft und dich fragt.*

Ich spürte, wie meine Wangen anfingen zu glühen. Die Nebenkostenabrechnung. Für eine Wohnung, in der Raphael längst nicht mehr wohnte. Er schrieb mir das so, als wäre es das Normalste auf der Welt. Nur war es das für mich nicht. Am liebsten würde ich den Kontakt mit Raphael abbrechen. Dass das unmöglich war, lag nicht nur daran, dass Milan seinen Papa behalten sollte. Sondern auch, weil ich so etwas wie eine 100-Euro-

Nebenkosten-Nachzahlung nicht leisten konnte mit meinem Teilzeitgehalt. Und deswegen heute Morgen noch vor dem Vermieter weggerannt war, weil ich geglaubt hatte, er würde nachhaken, wann denn die Überweisung käme. Ich dachte es wieder, mein Mantra, das mich in diesen Tagen so oft begleitete: Ich musste aus dieser teuren Wohnung raus! Schnellstens. Und dafür brauchte ich Geld.

Geld fließt ganz leicht zu mir. Ich ziehe Geld magnetisch an.

So ein Quatsch. Niemand zog Geld einfach so an. Geld musste man verdienen. Durch mehr Gehalt, zum Beispiel. Durch eine Beförderung, zum Beispiel.

Ich schob mein Handy wieder in die Hosentasche und versuchte, die Gedanken an Raphael zu verdrängen.

Christine sprach gerade von Fingerspitzengefühl und von einem Krisengespräch mit Baum9. Sie blickte in die Runde. Dass Valerie dringend heute noch wegen der Layouts den Möbelhersteller anrufen und alles klären müsste. Geplatzte Naht hin oder her. Eine Juniorin blickte unsicher von ihrem Mitschrieb auf.

Für den Bruchteil einer Sekunde war es still im Konferenzraum. Gerade öffnete Valerie den Mund, so weit es ging, für eine Antwort, da brach es aus mir heraus.

»Ich mache das«, hörte ich mich sagen. Alle drehten sich zu mir um. Ich war Teil des Teams, das die Farbhersteller betreute. Ich hatte noch nie mit Baum9 zu tun gehabt. Ich kannte den Etat nicht. Valerie sah mich für einen kurzen Moment überrascht an. Dann ging der Blick in Wut über.

»Vielleicht sollte ich einfach …«, begann sie, aber ich schnitt ihr das Wort ab. Aus dem Augenwinkel sah ich, dass Mascha mich anstarrte.

»Kein Problem. Ich übernehme das. Wirklich.« Vor lauter Aufregung verschluckte ich mich und hustete kurz.

Selbst Christine zog überrascht eine Augenbraue hoch. Sie musste denken, ich wolle Valerie helfen. Oder vielleicht hörte sie an meiner Stimme ganz genau, dass ich mehr als das vorhatte. Ich wusste, dass das Valeries Gebiet war. Und dass ich eigentlich dafür keine Zeit hatte. Milans Kindergarten schloss um halb drei. Mein eigener Etat wartete auf neue Layouts. Das Fotoshooting mit den Beigetönen wollte organisiert werden. Ich hatte keine Ahnung, worum es im Detail bei Baum9 ging und wie die Ansprechpartner reagieren würden. Und so, wie Valerie herüberstarrte, würde sie mir keine Einzelheiten verraten.

»Okay.« Christines Stimme ging am Schluss nach oben. Versuch es mal, schien sie zu sagen. Ich nickte und nahm einen weiteren Schluck von meinem Kaffee, der heute ziemlich bitter geraten war.

Christine musterte mich immer noch.

Geld musste man verdienen. Durch mehr Gehalt, zum Beispiel. Durch eine Beförderung, zum Beispiel. Christine war genau die Richtige, um das zu verstehen. Und trotzdem war das als Teilzeitangestellte nicht einfach.

Ich schluckte den letzten Rest bitteren Kaffees hinunter und sagte: »Übrigens habe ich eine Idee für eine Neukundenakquise.«

Zwanzig Augenpaare ruhten auf mir. Ich hätte ja auch einfach später Christine beiseitenehmen können. Was immer mich geritten hatte, das zu sagen, jetzt hatte ich jedenfalls zwanzig Zeugen.

Christine strich sich eine Strähne ihres schnurgeraden Haares hinters Ohr. »Klingt interessant. Gibt's was Konkretes?«

»Es … es ist noch nicht spruchreif. Ich präsentiere es dir, wenn ich es ausgearbeitet habe. Mit konkreten Zahlen.«

Mit konkreten Zahlen! Die einzigen Zahlen, die ich gut kannte, waren die Farbnummern der Kollektionen. »Ich … In zwei Wochen spätestens.« Christine runzelte die Stirn, aber dann nickte sie.

Mein Herz raste. Zwei Wochen. Zwei Wochen waren gar nichts. Vor allem, wenn man keinen einzigen Anhaltspunkt hatte, wo oder wie man einen neuen, zahlenden Kunden aus dem Hut zaubern sollte. Die wuchsen schließlich nicht auf Bäumen.

»Was, um Himmels willen, machst du da?«

Ich saß an meinem Schreibtisch und schluckte den Bissen Käsebrot hinunter. Dann antwortete ich: »Mein Mittagessen essen?«

»Das meine ich nicht!« Mascha hatte gewartet, bis Valerie in die Mittagspause verschwunden war, um mich zur Rede zu stellen. »Leonie Schäfer! Was ist bloß in dich gefahren? So habe ich dich ja noch nie erlebt!«

»Ich mich auch nicht«, murmelte ich, bevor ich den nächsten Bissen nahm. Mascha legte ihre Packung Sushi auf meinen Schreibtisch und zog sich einen Stuhl heran. Seufzend ließ sie sich darauf fallen, sodass ihre braunen Schraubenzieherlocken wackelten. Sie nahm die Stäbchen aus der Verpackung und zeigte mit ihnen auf mich. »Also los. Erzähl mir alles. Wieso bist du heute Morgen zum Vize-Drachen mutiert?«

Ich ließ mein Käsebrot sinken. »Samstag war ich in meinem üblichen Supermarkt an der Ecke. Ich glaube, Milan wächst wieder, ich muss praktisch jeden Tag neue Cornflakes kaufen, er mampft sie alle weg … Na ja, ist ja auch egal. Jedenfalls, als ich zum Kühlregal wollte, stand da Tamara.«

»Oh«, machte Mascha.

»Tamara, die sich nur mal schnell eine Buttermilch kauft. Und ich? Ich habe mich hinter meinem Einkaufswagen versteckt und bin zum nächsten Regal gerollt. Dort habe ich geduckt gewartet, bis sie weg war. Und dann habe ich völlig vergessen, selbst Milch mitzunehmen, weil ich die ganze Zeit nur damit beschäftigt war, dass Tamara mich nicht entdeckt.«

Maschas Miene war voller Mitleid.

Ich strich mir über die Stirn.

»Milan musste zu Hause die Cornflakes ohne Milch essen. Mascha, ich will mich einfach nicht mehr wegducken müssen. Ich muss aus dieser Gegend weg. Ich muss aus dieser Wohnung raus. Schnellstens. Und dafür ich brauche Geld. Für einen Umzug und dafür, meine nächste Wohnung alleine zu bezahlen. Inklusive aller Nebenkosten. Die hat Raphael nämlich auch schon wieder überwiesen.«

Mascha legte mir eine Hand aufs Knie. »Ach Leonie. So ein riesiger Mist. Dass die aber auch nur fünf Straßen weiter wohnen müssen … Ich meine, für Milan ist es toll, dass er seinen Papa so einfach sehen kann, aber …«

»Ja.« Ich schnaufte. »Aber für mich wohnt somit die Vergangenheit nur fünf Straßen weiter. Ich möchte ja auch nicht aus München weg, ich möchte nur …«

»Dich nicht wegducken müssen und dich in deinem Umfeld bewegen können, ohne der Affäre deines Mannes über den Weg zu laufen.«

Ich sah Mascha streng an. »Raphael und ich, wir waren nie verheiratet. Und vielleicht weiß ich jetzt auch, warum. Und Tamara ist nicht mehr die Affäre. Das war sie nur, solange Raphael und ich zusammen waren. Tamara ist jetzt die Lebensgefährtin.«

Als ich das sagte, hörte ich selbst, wie hart ich klang. Gar nicht wie ich selbst. Aber ich war in diesem Stadium, in dem der Schock nicht mehr neu war, wo die Traurigkeit verflogen und man wütend genug war, verrückte Dinge zu tun. Verrückte Dinge wie Versprechungen zu machen, man könnte einen Neukunden an Land ziehen, nur um mehr Gehalt und damit die Chance auf eine neue Wohnung zu bekommen.

»Okay.« Mascha legte ihre Stäbchen weg und drückte die Schultern durch. »Gehen wir die Aktion neue Wohnung an. Wonach suchen wir? Groß genug für Milan und dich, nicht zu weit draußen, aber schön und bezahlbar. Oh.« Sie ließ die Schultern wieder hängen.

»Genau.«

München war wunderschön. Ich liebte die Isar und den Englischen Garten, ich liebte Milans kleine Kita und den Bäcker mit den frischen Semmeln um die Ecke. Ich liebte die Biergärten und den weiß-blauen Himmel. Nur die Preise, die liebte ich nicht, seit ich alleinerziehende Mutter mit einer Teilzeitstelle war.

Mascha nickte langsam. »Verstehe. Deswegen diese Vize-Drachen-Aktion. Deswegen bist du Valerie so in den Rücken gefallen. Auch wenn es uncharakteristisch für dich ist. Leonie, ich bin vollkommen bei dir. Ich helfe dir mit dem Neukunden, wie auch immer ich kann.«

»Danke, du Liebe. Was würde ich nur ohne dich …«

Sie ließ mich nicht ausreden, schob meinen Bürostuhl mit mir darauf ein Stück weg und rollte vor meinen Bildschirm.

»Als Erstes geben wir eine Suchanzeige für eine Wohnung auf. Wer weiß, wer sich daraufhin meldet. Inseriert wird so etwas praktisch nicht, aber vielleicht sucht irgendein privater Vermieter händeringend nach einer tollen Person wie dir. Wir lassen da jetzt nichts unversucht!«

Mascha und ich verbrachten den Rest der Mittagspause, gemeinsam eine Anzeige zu formulieren. Dann nahm ich mein Herz in die Hand und rief Raphael an. Ich erklärte ihm, dass ich ausnahmsweise länger arbeiten müsse, und fragte, ob er Milan vom Kindergarten abholen könne. Er checkte seinen Kalender und sagte dann Ja. Er würde eine interne Besprechung auf den nächsten Tag verschieben. Kurz zögerte er.

»Ich habe den Rest des Tages dann keinen festen Termin mehr. Könnte ich Milan bis zum Abendessen dabehalten?«

Es war immer seltsam. Seltsam zu wissen, dass Raphael die Zeit mit Milan vermisste und sich nach Alltagsdingen mit ihm sehnte. Dass Milan mit Raphael und Tamara am Tisch sitzen würde wie eine kleine Familie. Dass Raphael nicht wusste, dass ich heute jede Minute hier zum Arbeiten brauchen würde und deswegen sogar dankbar war.

»Ja okay, dann …«

»Du könntest ihn um halb sieben holen. So wird es nicht zu spät für ihn.«

»Gut. Ich bin um halb sieben da. Bis dann.«

»Bis dann«, sagte Raphael, und manchmal klang er wie der Raphael, den ich einmal geliebt hatte.

Kapitel 2: Wacholdergrün

Leonie

»Ich habe die Farbe gekauft!« Meine Mutter stand in ihrem salbeigrünen Flur und hielt mir stolz eine Packung entgegen, noch bevor die Tür hinter mir ins Schloss gefallen war. Ich ignorierte die Packung und umarmte sie erst einmal. »Hallo, Mama.« Schon von hier konnte ich im Wohnzimmer den Dschungel der Pflanzen sehen, der mir immer wieder ein Lächeln aufs Gesicht zauberte. Meine Mutter wusste nicht, dass ihre Seelenfarbe ein sattes Wacholdergrün war. Frisch, nährend, erdverbunden. Sie sagte mir nur immer wieder, wie wohl sie sich mit diesem sanft hellgrünen Flur fühlte, den ich ihr gestrichen hatte. Oder mit den Pflanzen, die ihre Freundinnen, ihr Freund Gerhard und ich ihr im Laufe der Zeit geschenkt hatten. Ich verriet ihr nicht, dass all das ein System hatte. Ein System, das dafür sorgte, dass sie sich hier fühlte wie ein Fisch im Wasser. Die richtige Umgebung war manchmal alles, was es brauchte, um glücklich zu sein.

Sie drückte mich fest und schob mich dann eine Armlänge von sich. »Müde siehst du aus. Ist viel los bei der Arbeit?«

Ich nickte. »Ja, ich komme direkt von der Agentur. Ich bin auch nur kurz hier. Nachher hole ich Milan bei Raphael ab.«

»Also haben wir Zeit hierfür?« Sie hielt die Packung erneut hoch. Eine Haarfarbe, um meinen dunklen Ansatz auszugleichen. Unwillkürlich legte ich die Hand auf den Scheitel. Aber es half ja nichts. »Ich denke ja.«

Schon eine ganze Weile hatte meine Mutter Andeutungen gemacht wegen meiner Haare. Und ich hatte ausnahmsweise den Friseurtermin hinausgezögert. Zugegeben, mir gefiel der Ansatz auch nicht, aber der Unterschied von sonnig-blond gefärbt zu meinem natürlichen Karamellton war nicht so gravierend. Ich sah nicht ungepflegt aus, nur nicht mehr ganz so wie ich selbst.

Aber wer das war, ich selbst, wusste ich ohnehin schon eine Weile nicht mehr.

Die letzten Hinweise meiner Mutter hatte ich abgewehrt mit der Begründung, dass ich mir einen Friseurbesuch derzeit nicht leisten konnte. Und das stimmte! Wenn Milan gleichzeitig neue Sommerschuhe benötigte, ging das eindeutig vor. Aber irgendwie hatte sie sich in den Kopf gesetzt, dass ich keinen Mann finden oder wiedergewinnen würde (hier eine bedeutungsvolle Pause), wenn ich so herumliefe. Meine Kleidung war sauber und sorgfältig farblich abgestimmt, meine Nägel waren gepflegt. Ich sah nun wirklich nicht verlottert aus. Dass ich Raphael, mit dem ich inzwischen schon neun Monate nicht mehr zusammen war, mich nicht zurückgewinnen wollte, ignorierte sie, und das wiederum ignorierte ich. Eine gut gelernte Choreografie. Also war ich auf ihren Vorschlag eingegangen, meine Haare so zu färben, dass ich zukünftige Friseurbesuche umgehen könnte.

»Bernsteinbraun«, las ich auf der Packung. Obwohl der Name nichts mit meinem Dunkelblond zu tun hatte, war ich überrascht, wie gut die Abbildung meine Naturhaarfarbe traf. »Das sieht ja gar nicht so schlecht aus.«

Es war ein seltsames Gefühl, vor ihr im Bad auf dem Hocker zu sitzen und mir von ihr die Farbe auf den Kopf schmieren zu lassen. Sie zog das Handtuch sorgsam an meinen Schultern zurecht und strich nach jedem Druck auf die Tube meine Haare gleichmäßig glatt. »So okay?«

Ich nickte nur. Ich fühlte mich mit einem Mal zurückversetzt in meine Teenagerzeit. Manchmal hatte ich mir die Haare selbst getönt, manchmal hatte sie mir geholfen. Egal, welches Farbexperiment ich durchziehen wollte, welchen Stil ich tragen wollte. Es waren Zeiten gewesen, in denen wir ein eingeschworenes Team gewesen waren. Neue Wohnung. Neue Nachbarn. Neue Schulklasse. Anders als andere Freundinnen, die froh waren, wenn sie mit ihren Eltern nicht in einem Raum sein mussten, war ich immer froh, dass wir unsere Sofa-Tage hatten: wir beide, zusammen im kleinen Wohnzimmer, jede auf ihrer Seite der Couch. Jede hatte gelesen, was sie hatte lesen wollen, oder gegessen, was sie hatte essen wollen. Wahrscheinlich hatten wir noch nicht einmal viel geredet. Aber die Nähe der anderen war wohltuend gewesen. Ich bin hier, hatte es von den Wänden geflüstert, die ich damals terrakottarot gestrichen hatte, und ich gehe nicht weg. Milan war jetzt zu klein, wahrscheinlich würde er sich nicht mehr daran erinnern, wie die Stimmung, wie das ganze Lebensgefühl wechselte, wenn die Familie von drei auf zwei schrumpfte. Und Raphael war sehr viel mehr Teil von Milans Alltag, als es mein Vater je gewesen war. Dreizehn war ich gewesen, als er endgültig gegangen war. Eine Unglückszahl.

Später setzten wir uns in ihren Wohnzimmerdschungel. Mit meinem großen Handtuch-Turban, unter dem noch eine Schicht Alufolie war – offenbar ein Geheimtipp, damit die Farbe besser aufgenommen wurde –, stieß ich bei jeder Kopfbewegung an die herabhängenden Blätter der Monstera. Meine Mutter stellte ein Tablett auf den Couchtisch. »Hier, ich hab dir eine Tasse Tee gemacht.«

»Danke.« Ich pustete in die Tasse. Sie war so umsichtig, mir einen einfachen Pfefferminztee aufzubrühen und nicht einen ihrer Hippie-Tees mit scharfen Gewürzen, die ich gar nicht mochte. Dabei hatte dieser Tee hier genau das Grün, das meiner Mutter so guttat. Ihre Seelenfarbe. Ihre Seele. Ich lächelte in meine Tasse.

»Wie geht es dir?«

Mein Lächeln verwelkte. Seufzend stellte ich die Tasse ab. »Ich habe mich heute meiner Kollegin Valerie gegenüber unmöglich verhalten, und ach ja, Samstag habe ich mich vor Raphaels Neuer im Supermarkt weggeduckt.«

»Oh.« Sie legte die Hände in den Schoß.

»Ja.«

»Klingt nach einer harten Zeit.«

»Das ist es auch. Ich muss unbedingt eine andere Wohnung finden.«

Sie schüttete mit so viel Schwung Tee in ihre Tasse, dass alles überschwappte. »Huch!« Hastig stand sie auf, holte ein Küchentuch und tupfte den Couchtisch trocken.

Als sie endlich fertig war und sich wieder gesetzt hatte, sah sie mir immer noch nicht in die Augen.

»Mama, ich weiß, was du jetzt sagen willst.«

»Nein, ich meine, ja …« Sie nahm einen Schluck aus ihrer Tasse und sagte dann: »Ich habe ja immer gesagt, dass du bleiben solltest, weil Milan sonst sein Umfeld verliert.«

»Ich weiß.«

»Und dass das für dich damals ziemlich hart war.«

»Ja. Aber ich hatte dich. Du warst mein Umfeld.«

Sie legte ihre Hand auf mein Knie.

»Das stimmt. Und … Ich verstehe ja, dass du dieser … Frau nicht dauernd über den Weg laufen kannst.«

»Ich suche einfach etwas, das so nahe ist, dass Milan in der Kita bleiben kann, und so weit weg, dass ich mehr Abstand gewinne. Nur ist alles, was ich bis jetzt gefunden habe, furchtbar teuer.«

»Gibt es denn keine Zwischenlösung? Ich weiß nicht. Einen Übergang. Du musst ja nicht gleich alles Knall auf Fall hinter dir lassen.«

»Das tue ich doch gar nicht! Milan wird Raphael weiterhin genauso oft sehen. Nur ich hoffentlich nicht.«

Meine Mutter wischte einen unsichtbaren Krümel vom Couchtisch, dann ließ sie den Blick durchs Wohnzimmer schweifen. Kurz blieb sie dabei an meinem Alu-Turban hängen, kniff die Augen zusammen und überlegte weiter. Zu der Monstera neben der Couch sagte sie: »Einen Urlaub auf einer Insel, damit du runterkommst.«

»Zu teuer.«

»Ein Wohnungstausch mit jemand anderem.«

»Hm, würde so etwas gehen? Mit Milan? Ich weiß nicht.«

»Oder … Oder die Wohnung deines Vaters.«

»Die Wohnung am Viktoriaplatz? Aber die ist doch vermietet.«

»Ja, das ist sie. Aber …« Sie nippte nachdenklich an ihrem Tee, rieb sich an der Nasenspitze. Ihre halblangen, naturgewellten braunen Haare standen über dem Ohr leicht ab. Sie war nach wie vor der Mensch mit den längsten Wimpern, den ich kannte, und den freundlichsten Augen. Wenn sie so nachdachte, sah sie aus wie eine gute Waldfee: erdig, natürlich, nicht immer von dieser Welt. »Wenn ich mich richtig erinnere, ist in der Wohnung deines Vaters ein Zimmer frei.«

»Wie meinst du das? Hast du sie überwacht oder so etwas?« Ich zog die Augenbrauen hoch, um zu zeigen, wie sarkastisch ich das meinte. Dabei wackelte mein Turban bedenklich.

»Nein, nein, ich weiß nur noch, dass dein Vater damals in den Mietvertrag hat eintragen lassen, dass das dritte Zimmer frei bleibt. Weißt du? Das ist so ein winziges Nebenzimmerchen. Und er wollte irgendwie, ich weiß nicht, sich etwas offenhalten, falls er mit Marianne streitet, oder was weiß ich, oder falls du mal eine Couch zum Übernachten brauchst.«

»Die hätte ich zur Not ja bei dir, die Couch.«

»Das stimmt. Warum auch immer er das wollte, ich erinnere mich, dass er das durchbekommen hat: Die Wohnung wurde damals an einen Wochenendheimreisenden vermietet, und das dritte Zimmer blieb praktisch unbewohnt. Weil es so klein ist, war es offenbar kein Problem. Mit dem Mietpreis ist er dem Mieter entsprechend entgegengekommen, das war der Deal. Wahrscheinlich passt in dieses Zimmer nur eine Matratze rein, mehr nicht.«

»Ich kann ja schlecht mit Milan in ein Mini-Zimmer ziehen.«

»Das sollst du ja auch gar nicht. Ich dachte nur, als Zwischenlösung, nur für dich.«

Die Zwischenlösung. Da war sie wieder. Mama hatte Raphael immer gemocht, sehr sogar. Jedes Mal, wenn ich mit ihr sprach, versuchte sie, mir irgendwie zu vermitteln, dass Raphael ja wieder zurückkommen könnte. Warum sie das dachte, war mir schleierhaft. Die Zeichen standen nicht gerade auf Versöhnung. Und sie selbst hatte es in ihrer Trennungsgeschichte von Papa auch nicht so erlebt. Blieb nur eins: Es war absolutes Wunschdenken. Weil sie hoffte, es würde mich glücklich machen. Das war schließlich alles, was sie wollte.

»Mama …«

»Nein, nein, nicht so vorschnell!« Sie stellte ihre Tasse ab und richtete sich auf. Plötzlich war ein Leuchten in ihren Augen. »Was wäre, wenn du das einfach mal testen würdest, bevor du diesen riesigen Kraftakt unternimmst, in München eine bezahlbare Wohnung für dich und dein Kind zu suchen? Was wäre, wenn du einfach mal nur für ein Wochenende in dieses Nebenzimmer gehen würdest für eine Auszeit, in der du zur Ruhe kommst und dabei dieser … Person nicht über den Weg laufen kannst?«

Das klang tatsächlich nicht schlecht. Und ich liebte sie dafür, dass sie Tamara grundsätzlich nur »diese Person« oder »diese Frau« nannte und das Gesicht dabei verzog, als hätte sie in eine Zitrone gebissen.

»Ich muss mir für die Arbeit tatsächlich mal in Ruhe Gedanken machen, wo ich einen Neukunden auftreibe. Und eine Auszeit klingt nicht schlecht. Aber was soll ich gerade dort?«

Meine Mutter zuckte lapidar mit den Schultern. »Es kostet dich im Gegensatz zu einem Hotelzimmer nichts.«

Ich schnaubte. »Das ist leider wahr.«

»Maus«, Mama nannte jeden Maus, den sie liebte, Milan, mich und ihren Gerhard. »Mach das doch. Dann kommst du mal runter. Hast eine andere Perspektive auf die Dinge. Du brauchst einfach Zeit, um dir über alles klar zu werden.«

Ich hatte den Verdacht, dass das Mamas Worte waren für: *Um zu überlegen, ob du Raphael nicht doch zurückgewinnen kannst.* Aber für den Moment hörte ich ihr gebannt weiter zu. Irgendetwas an dieser Vorstellung, mich für achtundvierzig Stunden aus allem einmal herauszunehmen, war einfach zu gut. Mich in einem Umfeld zu bewegen, das mich nicht mit jedem Einrichtungsstück an Raphael erinnerte. Mich in einem ganz anderen Stadtteil von München aufzuhalten, sodass ich Tamara nicht über den Weg laufen würde. Und trotzdem war ich nur eine U-Bahn-Fahrt entfernt, falls etwas mit Milan sein sollte.

»Und natürlich hat man zwischen Arbeit und einem Fünfjährigen keinen Kopf für irgendwas. Ich weiß, dass das alles sehr anstrengend ist. Aber Leonie, es könnte noch anstrengender sein, gerade jetzt in einer neuen Wohnung ein neues Leben mit neuen Freunden und Nachbarn für dich und Milan aufzubauen. Gib dir Zeit.«

Zeit. Vielleicht hatte sie recht. Ich brauchte Zeit. Zeit …

»Oh mein Gott, Mama, die Zeit!«

Ich fasste mir an den Turban. »Wie lange ist das Zeug jetzt schon drauf?«

Sie schlug die Hand vor den Mund.

Ich rannte ins Bad. Das waren doch jetzt dreißig statt fünfzehn Minuten gewesen!

»Das ist bestimmt nicht so schlimm …«, hörte ich Mama aus dem Flur.

Ich zog den Aluberg vom Kopf, beugte mich hektisch über die Wanne und wusch mit der Duschbrause kopfüber die Haarfarbe aus. Das Wasser lief mir in die Augen. Ich fluchte, gleichzeitig spürte ich, wie Mama mir von der Seite ein Handtuch hinhielt, und nahm es dankbar an.

Schnell rubbelte ich die Haare ab, drückte mir das Handtuch auf die brennenden Augen und richtete mich auf.

»Wie sieht es aus?«, fragte ich.

Es lag ein minimales Zögern in ihrer Stimme. »Wenn man es föhnt, wirkt die Farbe meistens noch anders«, sagte sie.

Ich drehte mich um und sah in den Spiegel.

Meine Haare waren dunkel. Viel zu dunkel. Eindeutig dunkler, als auf der Verpackung abgebildet. Mir fiel sofort die richtige Farbbezeichnung dafür ein: Tamaras Braun.

Kapitel 3: Aquamarinblau

Leonie

Das hier war … ein Desaster. Ich war nach Hause gerast und stand nun vor meinem Badezimmerspiegel mit dem goldenen Rand. Und vor dieser furchtbar blöden Affirmation, die daran klebte. Ganz bewusst sah ich weg. Ich hatte völlig andere Sorgen: Meine Haare waren dunkel! Ich zupfte an einer einzelnen Strähne, nahm die Haare dann in einen kurzen Pferdeschwanz zusammen. Ließ sie wieder offen fallen. Die Farbe war ein dunkles, sattes Mokkabraun. Nur dass mir dieses Braun ein blasses Gesicht zauberte. So, als ob mir Sorgen und Traurigkeit aus dem Kopf gewachsen wären. Aber das stimmte ja gar nicht. Das war nicht ich. Ich war karamellblond, und am besten sah ich aus, wenn man dieses Blond noch mit helleren Strähnen strahlen ließ. So als ob ich Zuversicht, Ideen und ein Lächeln ausstrahlen würde. So, als ob es ein leichter Sommertag wäre.

Das Problem war: Tamaras Haarfarbe war genau dieses dunkle Mokkabraun. Und ich durfte auf gar keinen Fall danach aussehen, als ob ich ihr nacheifern würde. Energisch nahm ich noch einmal meine Haare zusammen und versuchte, einen Dutt zu formen. Was würde das denn sonst vermitteln? Dass ich dachte, Raphael würde zu mir zurückkommen, wenn ich so aussähe wie Tamara? So ein Quatsch! Ich wünschte mir Raphael nicht zurück. Ich wünschte mir nicht, auszusehen wie Tamara. Alles, was ich mir wünschte, war, etwas weiter weg zu wohnen und eben nicht jeden Tag an die beiden erinnert zu werden. Schon gar nicht jedes Mal, wenn ich in den Spiegel sah.

Ich ließ die Haare los und setzte mich kraftlos auf den Badewannenrand. *Okay, Leonie Schäfer, denk nach. Was ist jetzt der nächste beste Schritt?*

Ich hatte noch eine halbe Stunde. Die Zeit würde nicht reichen, meine dunklen Haare zu überfärben, und außerdem wusste ich gar nicht, wie ich das anstellen sollte. Wie könnte ich eine frische Färbung aufhellen, ohne dass dabei noch mehr schiefging und ich hinterher etwa einen Grünstich hatte?

Gleich würde ich Milan abholen müssen. Ich musste ein andermal zum Drogeriemarkt gehen und dort meine passende Nothilfe suchen oder doch einen Friseurtermin buchen. Jetzt brauchte ich etwas, das mir sofort helfen würde. Ich griff nach dem Badehandtuch neben mir, ließ es dann aber wieder sinken. Ich könnte mit Turban auftauchen und sagen, meine Haare wären nach dem Duschen noch nass, aber was, wenn er mir herunterrutschte? Vielleicht im peinlichsten Moment, genau dann, wenn Tamara vor mir stand? Nein, das Handtuch schied aus.

Entschlossen stand ich auf und lief in den Flur. Ich öffnete die Kommodenschublade. Hier mussten alle Tücher, Kappen und Mützen sein … Ich schob Milans Wintermütze beiseite, ein Baumwollhalstuch, das federblau und dünn war. Wenn ich mir das wie auch immer um den Kopf wickelte, würde man deutlich die Haarfarbe durchscheinen sehen. Eine Baseballkappe von Milan – ich setzte sie auf – war entschieden zu klein. Sie blieb wie ein wackeliges Sahnehäubchen oben auf meinem Kopf sitzen, bevor sie zu Boden fiel. Ich grub die Hände tiefer in die Schublade und stieß zwischen Handschuhen und Milans Schals auf etwas Festes, Muschelweißes.

Das Album. Ich schob die Schals beiseite und zog das dicke Fotoalbum heraus.

Stimmt ja. Das letzte Mal, als ich auf dem Sofa gesessen und das Album angesehen hatte – ein gutes halbes Jahr musste das jetzt her sein oder sogar länger? –, hatte ich es irgendwohin verstauen wollen, wo ich es garantiert nicht so schnell wiedersehen würde. Ich wollte es nicht im Regal stehen haben, hatte es aber nicht fertiggebracht, es wegzuwerfen. Schließlich waren hier auch viele Familienfotos mit Milan drin. In einer Kurzschlussreaktion hatte ich es, es musste ein bereits frühlingshafter Märztag gewesen sein, in der Kommodenschublade versenkt. Weil ich gewusst hatte, dass ich so schnell nicht wieder in den Wintersachen kramen und darauf stoßen würde. Einen Atemzug lang hielt ich das Album in der Hand. Dann schlug ich es auf.

Ich hielt mir die Seite mit dem Foto so nah vors Gesicht, dass meine Nasenspitze fast das Papier berührte. Körnige Auflösung, ein Schnappschuss im Dämmerlicht. Hier auf dem Bild hatte ich die Hände in die hinteren Hosentaschen gesteckt, streckte mich mit dem Oberkörper zu Raphael. Der fuhr sich gerade durch die Haare. Und sah mich so an. Die Körpersprache war auch in schlechter Auflösung zu erkennen. Die Farben stimmten nicht, die Kamera hatte nicht besonders viele Pixel gehabt, aber ich erinnerte mich noch an das Kieselgrau der Steine am Seeufer. An das Orangerot des Lagerfeuers. An das kratzige Sandbraun seines Strickpullovers, als er mich zum ersten Mal in den Arm nahm. Was er anhatte, als er mich das *letzte* Mal umarmt hatte, wusste ich nicht mehr.

Ich seufzte, und der Atemstoß wurde warm vom Papier zurückgeworfen, das ich immer noch so nah vor meine Nase hielt. Für einen Moment ließ ich das Album auf die Kommode zurücksinken. Blätterte um. Nahm meinen Mut zusammen und zog es wieder heran.

Und da war sie. Die Hoffnung. Konnten Gefühle auch eine Seelenfarbe haben? Wenn ja, dann war die Hoffnung azurblau. Wie der Himmel auf diesem Foto aus dem ersten gemeinsamen Spanienurlaub. Sonne, Strand, ein korallenroter Bikini. Und darüber das Azurblau unendlich, unendlich weit. So viele Möglichkeiten. So viel Hoffnung. Auf ein gemeinsames, schönes Leben. Auf noch bessere, noch glücklichere Zeiten.

Die weiteren Bilder musste ich nicht mehr ansehen. Ich kannte sie bereits auswendig. Die von Raphaels Studentenbude, in der ich praktisch mitgewohnt hatte. Die späteren Fotos, ein anderes Brillenmodell, ein erschöpftes, aber glückliches Lächeln. Die Pullis weniger kratzig. Die Wohnungseinrichtungen nicht mehr provisorisch. Dafür mehr Dreitagebart. Das erste silberfarbene Haar an seiner Schläfe, viel zu früh, wie er lachend behauptet hatte.

Ich klappte das Album so heftig zu, dass das Patschen von der Flurwand zurückhallte. Eine Ewigkeit war das jetzt her. Eine Ewigkeit, von einer Umarmung am Lagerfeuer bis zum einsamen Herumstehen in einer Wohnung, in der es von den Wänden hallte.

Wenn die Hoffnung azurblau war, welche Farbe hatte dann die Enttäuschung?

Nein, Enttäuschung war nicht das richtige Wort für das steinschwere Gefühl in meinem Bauch.

Es klingelte an der Tür, und ich schreckte hoch. Oh Gott, wie viel Uhr war es? Ich sah auf die Wanduhr. Zwanzig nach sechs. Gleich musste ich los. Es klingelte noch mal, ein ungeduldiger Ton, und gleichzeitig rief eine Frauenstimme: »Ich bin's!«

Unwillkürlich musste ich grinsen. Sie konnte nicht einmal warten, bis ich es zur Tür geschafft hatte.

Erst als ich die Hand auf die Türklinke legte, registrierte ich, dass ich mit der anderen Hand immer noch das Fotoalbum umklammerte. Mist. Ich versteckte es hinter meinem Rücken. Dann öffnete ich die Tür.

Meine Nachbarin und langjährige Freundin Billie hielt eine Rotweinflasche, wiederverkorkt, in mein Blickfeld. »Ta-daa! Wir wollten euch mal wieder zum Grillen nach drüben einladen. Außerdem habe ich noch etwas Wein übrig, und da wollte ich dieses eine Kochbuch von dir ausleihen …« Ihr Lächeln versiegte. Sie sah mich erstaunt an. »Du hast dunkle Haare!«

Im ersten Moment erwiderte ich nichts. Sie ließ mir auch gar keine Zeit dazu.

»Steht dir gut! Aber … Hast du geweint?«

»Nein!« Ich blinzelte. Mir über die Augen wischen konnte ich nicht, weil ich das Album verstecken musste.

Sie machte ein paar Schritte in den Flur hinein. Ihr Handy, das sie wie immer an dieser glitzernden Kette umhängen hatte, klackerte dabei an ihre große Gürtelschnalle. »Ich wollte es lieber direkt mit dir ausmachen als am Telefon, wann ihr mal wieder …« Dann stutzte sie. Griff nach meinem Arm.

»Was hast du denn da?«

Ich sagte doch tatsächlich: »Nichts!«

Sie schnappte sich das Album. »Gib mir das!« Stattdessen drückte sie mir die Rotweinflasche in die Hand.

»Du weißt doch, dass ich nicht trinke!«, protestierte ich.

»Seit jetzt schon«, erwiderte sie trocken. Typisch Billie. »Hast du das etwa gerade angeschaut?« Vorsichtig legte sie das Album auf die Flurkommode. »Mensch, Leonie! Wieso denn?«

Ich schloss die Tür, lehnte mich dagegen. »Nein, nein, ich habe es gerade nur … aufgeräumt.«

»Du solltest dir das gar nicht mehr ansehen!« Sie gestikulierte mit den Armen in der Luft. »Ich weiß ja nicht, warum du wieder … Oh, warte.«

Sie sah mich noch prüfender an. Ich blinzelte schon wieder.

»Warte mal. Bald ist der achte September. Richtig? Wann genau?«

Ich sah auf meine Fußspitzen, wackelte mit dem großen Zeh.

»Am Sonntag. Am Sonntag ist der achte September.« Der achte September, an dem es noch so warm war, dass man mit Freunden abends ein Lagerfeuer am See machen konnte, mit kieselgrauen Steinen, orangerotem Feuer und sandbraunem Pulli. Und einer besten Freundin, die das in einem Schnappschuss für immer festhielt.

Billies Stimme wurde ein Flüstern.

»Es sind jetzt zehn Jahre, oder? Ein Jubiläum. Raphael und du, ihr seid vor zehn Jahren zusammengekommen. Deswegen ist es gerade so …«

Ich hob den Blick, vor meinen Augen verschwamm ihre besorgte Miene.

Verdammt. Warum mussten beste Freundinnen immer alles so genau wissen?

»Stopp!« Sie sagte es so resolut, dass ich zusammenzuckte.

»Du vergießt jetzt keine einzige Träne mehr, verdammt«, mit einem Ruck entkorkte sie die Flasche, die mir dabei fast aus der Hand rutschte. »Du weinst jetzt nicht deiner Vergangenheit hinterher. Das ist das alles gar nicht wert!« Sie griff nach ihrem Handy. »Du bist seit einem Dreivierteljahr alleine und widmest dich jetzt der Zukunft. Der Zukunft, Baby! Wir finden dir einen Neuen. Einen jungen, knackigen, willigen …«

»Oh Gott.« Ich nahm einen tiefen Schluck aus der Flasche, schüttelte mich wegen des ungewohnt herben Geschmacks, der in meinem Mund alles zusammenzog.

Billie konzentrierte sich auf ihr Display. Sie murmelte: »Okay, gut, muss ich so eine Dating-App runterladen, oder geht das auch über den Browser, wenn ich dir jetzt ein Profil anlegen will?«

»Bist du verrückt?« Ich versuchte, ihr das Handy zu entreißen und dabei nichts aus der Flasche zu verschütten. »Kommt gar nicht infrage! Ich mache doch kein Online-Dating!«

Ich suchte keinen Mann, ich suchte eine Wohnung!

»Du sagst das ja so, als wäre das unanständig! Oder als gäbe es da nur Idioten. Das ist doch eine totale Neunzigerjahre-Einstellung. Man kann online auch einen finden, der vertrauenswürdig und liebevoll ist. Ja, das ist gut!« Sie beugte sich über ihr Handy, als gäbe sie diese Worte in das Suchfenster ein, und sagte dabei gedehnt: »Ver-trauens-würdig und liebe-voll.«

»Wage es ja nicht!« Jetzt musste ich doch lachen. Das war ganz klar ein Manöver, um mich aufzuheitern. Billie würde niemals gegen meinen Willen so ein Profil erstellen.

Sie ließ das Telefon sinken und lächelte mich an.

»Ach, Süße«, sagte sie nur.

»Ja«, sagte ich, nickte, und dann kam noch aus meinem Mund: »Ich glaube, ich habe gerade ein größeres Problem als das.« Ich zeigte auf meinen dunklen Schopf.

»Sieht doch gut aus ...«

»Ich sehe aus, als würde ich Tamara nacheifern. Das hier war komplett ein Unfall. Und es ist überhaupt nicht die richtige Farbe für mich. Was mache ich denn jetzt? Wenn mich Tamara so sieht?«

»Hast du einen Sonnenhut? Oder ... eine Schwimmkappe vielleicht? Markus hat im Keller noch einen Motorradhelm ...« Als ich den Kopf schüttelte, bekam ihr Gesicht einen kämpferischen Zug. »Weißt du, was, wieso solltest du dir nicht die Haare färben dürfen? Auch in so einem Ton? Du hast dein eigenes Leben. Das mit Tamara nichts mehr zu tun hat. Die und Raphael sind jetzt miteinander glücklich. Bitte schön, meinetwegen. Aber du bist es einfach auch, auf deine Art. Scheiß doch darauf, was die denkt.«

Dieses Bild – Raphael, glücklich, mit Tamara – vermischte sich in meinem Bauch ungut mit dem Alkohol. Ich linste auf die Wanduhr, schlüpfte dann in meine Flipflops, stellte die Flasche auf die Kommode. Direkt neben das dicke muschelweiße Fotoalbum. Energisch zog ich die Kommodenschublade noch einmal auf, nahm meine Kaschmirmütze heraus, die dunkel amethyst-violett war. »Billie«, ich zog mir die Mütze auf den Kopf und steckte alle Haare darunter, die noch herauslugten, »das mit dem Grillen machen wir nächste Woche. Ich freue mich darauf. Aber jetzt muss ich los. Der einzig wahre, richtig tolle Mann, den ich in meinem Leben brauche, wartet nämlich auf mich.«

Billie schnaubte. »Milan zählt nicht.«

Ich öffnete die Tür mit Schwung: »Und ob der zählt!«

Auch wenn ich es nicht erwarten konnte, Milan abzuholen, mochte ich diesen Weg nicht. Ich mochte diese fünf Straßen nicht, vorbei an gepflegten Häuserreihen und einem großen Kirschbaum, vorbei an der Bäckerei, deren Duft schon zwei Ecken vorher in der Luft lag. Ich mochte das kanariengelb gestrichene Haus mit den türkisfarbenen Balkonen nicht. Das sollte wohl lustig sein? Lebensfroh oder so etwas? Es störte mich nicht nur, weil das Raphaels neues Zuhause war. Wie war er ein Mensch geworden, den ich nicht mehr kannte? Wie war er ein Mensch geworden, der in einem gelben Haus mit türkisfarbenen Balkonen leben konnte? Wobei, Raphael hatte sich nie an solchen Farbkombinationen gestört, sondern ich. Meine Flipflops klatschten laut auf der Straße, als ich einen älteren Mann mit Dackel überholte.

Im Hausflur roch es nach Zitronenreiniger. Ich hielt die Luft an und drückte auf den Klingelknopf, auf dem wie selbstverständlich *Brandt / Graf* stand.

»Das ist Mama!«, hörte ich es drinnen rufen. Und ein aufgeregtes Füßetrappeln. Jetzt, wo sich ein Grinsen auf meinem Gesicht breitmachte, spürte ich erst, wie fest ich gerade die Zähne zusammengebissen hatte. Die Tür öffnete sich, und da stand Tamara. Mein Grinsen verschwand. Milan kam angeflitzt, warf sich mir in die Arme, als hätte er mich nicht heute Morgen das letzte Mal gesehen, und ich beugte mich hinunter und verbarg mein Gesicht in seinen Haaren. »Na du?«, sagte ich leise.

»Mm«, machte Milan und drückte mich noch fester. »Coole Mütze!«, fand er dann. Ich widerstand dem Drang, sie mir noch tiefer ins Gesicht zu ziehen.

»Hallo, Leonie«, sagte Tamara, und wie immer klang es wie eine Entschuldigung.

Ich richtete mich auf, sagte: »Ja. Hallo«, und sah ihr nun doch in die Augen. Freundliche Augen hatte sie. Als ich sie Mascha zum ersten Mal beschrieben hatte, hatte ich das nicht gesagt, sondern alle Schimpfwörter verwendet, die mir eingefallen waren. Aber es stimmte. Freundlich und tief mokkabraun, genau wie ihre Löwenmähne. Das Problem mit Tamara war: Sie war nett. Und das passte mir ehrlich gesagt überhaupt nicht. Ihre Seelenfarbe war ein sattes Aquamarinblau, nicht ganz so knallig wie ihr türkisfarbener Balkon, sondern tief und angenehm. Und das sagte doch schon alles.

Sie starrte irritiert auf meine Wintermütze, öffnete den Mund für eine Frage, sah dann aber schnell weg. »Also dann …«, sagte sie, und ich wusste, was jetzt kam. Jedes Mal, wenn wir uns sahen, versuchte die nette Tamara von der seltsamen Situation abzulenken, indem sie Small Talk betrieb. Und das führte bei mir dazu, dass ich mir nur noch mehr auf die Zähne biss. Und sie daraufhin nur noch mehr redete. Und dieses Mal gab es nicht bloß den rosa Elefanten, sondern sogar eine violette Mütze, die sie auf keinen Fall erwähnen wollte. »Habt ihr was Schönes vor am Wochenende, Milan und du? In den Zoo vielleicht oder so?«

Treffer, versenkt. Sie wusste nicht, dass an dem Wochenende eigentlich Raphaels und mein Jubiläum war. Sie wusste nicht, dass das genau das falsche Thema war, um eine leichtere Atmosphäre heraufzubeschwören. Als ich nicht gleich antwortete, strich sie sich eine wilde Locke hinters Ohr und fuhr einfach fort. »Wir werden es wohl eher ruhiger angehen, vielleicht mal eine Fahrradtour oder so, aber ansonsten …«

Vielleicht wollte sie, dass das langweilig klang. Aber ich kannte diese ruhigen Wochenenden als frisch verliebtes Paar. Ich bekam die Zähne kaum auseinander, und schon gar nicht konnte ich jetzt auf ihr gemeinsames, harmonisches, blödes Wochenende eingehen, das für sie etwas ganz anderes bedeutete als für mich.

Ich räusperte mich. »Milan hatte seinen karminfarbenen Rucksack dabei …«, brachte ich hervor.

»Oh«, sagte Tamara, »den roten?« Sie verschwand hinter der Tür Richtung Garderobe.

»Sag ich doch«, murmelte ich.

Milan löste sich von meinen Beinen und rannte Richtung Wohnzimmer los. »Ich hol ihn!«

In diesem Moment trat Raphael in mein Blickfeld. Er wischte sich die feuchten Hände hinten an der Jeanshose ab, wahrscheinlich kam er geradewegs aus der Küche. Vielleicht war er dabei, den Abwasch nach dem schönen gemeinsamen Abendessen zu übernehmen. Ich streckte die Schultern durch. Meine Wintermütze ließ ihn beim Abwischen innehalten, dann fing er sich.

»Hey, hallo«, sagte er.

Ich nickte.

Jedes Mal, wenn er mich begrüßte und dabei nicht »Schatz« sagte, fiel mir das auf. Es klang wie ein neu gelernter Theatertext. Noch nicht flüssig. Noch nicht natürlich.

Aber das stimmt ja nicht, Leonie, schimpfte ich stumm mit mir. *Er sagt jeden Tag Schatz, ganz flüssig und ohne Stocken.*

Zu Tamara.

Und was er sonst zu ihr sagen würde, dieses Wochenende, geflüstert, vielleicht etwas Ähnliches wie das, was er vor zehn Jahren an einem Lagerfeuer zu mir gesagt hatte, wollte ich gar nicht wissen.

Der Geruch von dem Zitronenreiniger im Flur war so stechend, dass mir ganz flau im Magen wurde.

Tamara tauchte wieder im Türrahmen auf, dahinter Milan, der seinen Rucksack aufhatte. Er drückte sich zwischen den beiden durch, drehte sich dann noch einmal schwungvoll um, sodass die Bändel an seinen Rucksackträgern flogen, und umarmte Raphaels Beine. »Tschüss, Papa! Tschüss, Tamara!«

Raphael lächelte mit einem Mundwinkel, streichelte mit einer Hand Milans Wange, mit der anderen angelte er nach Tamaras Hand. Und besann sich eines Besseren, als er aufblickte und mich ansah. Es war nur ein winziger Moment der Unaufmerksamkeit, in dem er diese Geste machte – ein Berühren der Finger und Wieder-zurück-Ziehen –, aber dieser Moment machte den ganzen Unterschied. Er war so vertraut. So zugeneigt. So reflexartig echt. Tamara streifte sich, um mit der losgelassenen Hand etwas zu tun, verlegen eine weitere mokkabraune Locke hinters Ohr. Sie wusste wohl instinktiv, dass Raphael hier mehr preisgab, als ich vertrug.

Innerhalb von einer Sekunde war dieser Hand-Moment vorbei, aber das, was ich in meinem Bauch vorhin nicht hatte benennen können, war dadurch aufgewacht und wütend. Es war so rasend rot und heiß, dass ich es bis in meinen Hals hinauf spürte.

Ich zog mit einer kräftigen Handbewegung meine Mütze auf dem Kopf zurecht.

»Am Wochenende muss ich weg.« Hier im Flur hallte mein plötzlicher Satz so laut, dass ich selbst überrascht zuckte. »Ich muss noch etwas in Ruhe nacharbeiten, weil es beruflich gerade so viel ist, und gehe quasi in Klausur«, fügte ich etwas gemäßigter an.

»Oh«, sagte Raphael verblüfft. Er steckte die Hände in seine Jeanstaschen, überlegte kurz. Ich konnte es ihm nicht verdenken, normalerweise waren unsere Absprachen nicht so kurzfristig. »Okay – soll Milan dann bei uns bleiben?« Jetzt lächelte er Milan an.

Ich nickte. »Hab's gerade erst erfahren, sorry«, sagte ich matt.

»Kein Problem«, antwortete Raphael. »Wir machen es uns schön.«

Milan jubelte. Das Ding in meinem Bauch schrumpfte zusammen. Gerade wollte ich aus einer impulsiven Wut heraus dem frisch verliebten Paar einen Strich durch die Rechnung machen, da drehte sich plötzlich alles, und sie machten einen auf glückliche Kleinfamilie.

Das hast du davon, so kindisch zu reagieren wie Milan manchmal, Leonie.

»Okay«, brachte ich hervor, holte tief Luft, sodass mir der Zitronenreiniger in der Nase stach. »Danke. Über die Details können wir ja noch sprechen.«

Wir verabschiedeten uns und gingen den dunklen Flur entlang. Was hatte ich nur getan? Ich hatte ja noch gar keinen Unterschlupf gefunden, an dem ich mich konzentrieren und über Neukunden nachdenken konnte. Ich war einfach einem dummen Reflex gefolgt. Und jetzt musste ich den in die Tat umsetzen, denn wenn ich zu Hause blieb, nur fünf Straßen von Raphael und Tamara entfernt, war die Chance groß, dass ich ihnen sogar über den Weg lief, so wie letztes Wochenende.

Als ich spürte, wie sich eine kleine Hand in meine schob, entspannte sich mein Kiefer.

Ich öffnete die Haustür, trat mit Milan in die Sonne hinaus. Mit einem Ruck zog ich mir die Mütze vom Kopf.

»Mama! Du hast ja ganz dunkle Haare!«, rief Milan.

Er klang, als hätte ich ihm gerade meine Superheldenkraft enthüllt.

»Ich wollte eigentlich einen anderen Ton«, erklärte ich ihm, »und ich werde die noch mal heller färben.«

»Darf ich dann auch? Meine Haare färben?«

Ich lächelte. »Wir finden bestimmt irgendwo eine Haarkreide. Dann machen wir dir am Montagnachmittag blaue Strähnen. Okay?«

»Au ja!«, rief er und hüpfte beim Gehen, ohne meine Hand loszulassen.

Gut, dachte ich. Ich würde das Beste aus dem kommenden Wochenende machen. Und aus allem anderen auch.

Ich quetschte mich neben Milan ins Kinderbett, legte mich seitlich und stützte mich auf den Ellbogen, sodass ich ihn besser betrachten konnte. Und er nicht aus dem Bett fiel. Obwohl ich die Größere war, bestand er immer darauf, dass ich mich unter die Dachschräge kuschelte und er am Rand liegen blieb. Das war gemütlicher für mich. Fand er. Ich schlug mir zwar regelmäßig den Ellbogen oder den Kopf an, aber ich war dankbar und gerührt, dass er für mich sorgen und es mir gemütlich machen wollte. Die Bettdecke mit den Zebras zog ich noch etwas höher über seine Schultern. »Jetzt ist es aber mal Zeit zu schlafen«, flüsterte ich.

»Tamara hat gesagt, dass sie einen Laborbeagle retten will«, nuschelte Milan.

»Aha«, machte ich. Er hatte offenbar wieder ein neues Wort gelernt, das er nicht von mir oder aus dem Kindergarten kannte. Laborbeagle. Er sprach es so aus, als hätte er das schon tausendmal gesagt.

»Sie hat eine Freundin in so einem Institut …«

»Forschungsinstitut?«

»Ja, und die hat einen Hund, an dem früher Tests gemacht wurden und dem es nicht so gut geht. Und Tamara will auch einen Hund. Sie sagt, besser man rettet so einen, als sich einen neuen zu kaufen. Weil, der braucht das viel mehr.«

»M-hm.«

»Vielleicht holt sie sich den ja am Wochenende? Mama? Darf ich mit, wenn sich Tamara einen Hund aussucht?«

Ich streichelte Milan den Pony aus der Stirn, der glatt und rabenschwarz wieder genau dahin zurückfiel, wo er gewesen war. Früher waren seine Haare so fein gewesen, dass Raphael und ich darüber immer verwundert gewesen waren. Kükenhaare. Rabenflaum. Jetzt waren die Haare etwas dicker und die Füßchen, die unter der Decke an meine Beine stupsten, größer. Ein Bild überkam mich, von einem noch größeren Milan, einer, der dreizehn war, sich eine Fußballtasche über die Schulter schwang und zum Sport ging, kaum so etwas wie »Tschüss, Mama!« sagte, bevor er die Tür hinter sich zufallen ließ, viel zu laut, wie immer. Die Zeit raste. Noch ein Abschied. Noch eine Vergangenheit.

»Mama, darf ich?«, fragte der kleine Milan im Hier und Jetzt, und ich seufzte.

»Ja«, sagte ich leise und ließ noch einmal seine Haare durch meine Finger gleiten. Festhalten konnte man das nicht.

»Oh danke!«, sagte er, drückte sich an meinen Brustkorb, sein Händchen in meinem Rücken. Zwei Minuten später schnaufte er regelmäßig. Ich löste mich vorsichtig aus seinem Griff, robbte ans Ende des Kinderbetts, stieß mir den Kopf an der Dachschräge beim Aufstehen und schlich in mein Schlafzimmer. Der mondartige Schein von Milans batteriebetriebenem Nachtlicht in Form einer kleinen Wolke warf einem einsamen silberweißen Streifen vor mir auf den Boden.

Kapitel 4: Wolkenweiß

Thies

Der Interessent, der hier vor uns saß, würde kaufen.

Ich hatte sofort dieses Bauchgefühl, als er sich mit Fränki, meinem Geschäftspartner, und mir zusammen im Büro hingesetzt hatte, um die Details zu besprechen.

Es war nicht die Art und Weise, wie er sich kleidete. Wir hatten hier alles, vom Anzugträger bis zum Öko, und manchmal konnte man dadurch auf eine falsche Fährte geraten, denn es waren nicht nur die Aussteiger, die sich für Tiny Houses interessierten. Nein, ich hatte inzwischen gelernt, dass es die Art und Weise war, wie sie die Fragen stellten. Und damit meinte ich wirklich, *wie*. Denn es gab von jeder Fraktion diejenigen, die alles ganz genau wissen wollten. Die jeden Anschluss, jedes Brett, jeden Zentimeter gezeigt bekommen wollten. Die einen nickten dabei, notierten sich eventuell etwas und blieben neugierig. Die anderen bohrten, beharrten auf Fehlerquellen und zogen Mundwinkel herunter.

Dieser hier – er hatte vor Kurzem das Musterhaus besichtigt und saß jetzt in unserem Büro, um alles noch einmal durchzusprechen, groß und hager, Nickelbrille, teure Jacke, Gel im Haar – machte sich gerade ein paar Notizen in sein Handy und beugte sich dann noch mal über die Grundrisszeichnung. Er bewegte sich langsam, schon fast so langsam, dass es mich nervös machte.

»Und die Dämmung …?«

»Passen wir an, je nachdem, wie Sie es nutzen werden«, antwortete ich. »Da Sie selbst in diesen Breitengraden darin wohnen wollen, empfehlen wir, ein paar Zentimeter mehr Dämmung zu nehmen. Das gilt auch, wenn Sie es ganzjährig als Ferienunterkunft vermieten wollen. In den Fällen, wenn es eher als Gästemöglichkeit im Garten oder ausgelagertes Büro genutzt wird, könnte man noch mit anderen Mitteln für eine gute Raumwärme sorgen und somit die Einstiegskosten etwas geringer halten.«

Schon bevor er in Zeitlupe nickte und den Mund für seine Antwort öffnete, wusste ich es. Er würde kaufen. Die volle Ausstattung. Mit Rundum-Wärmedämmung und allem.

Ich warf Fränki einen Blick zu, doch der notierte sich gerade etwas. Vielleicht nur, um nicht in ein breites Grinsen auszubrechen. Diese Gespräche waren wie Pokern. Garantiert konnte er auch spüren, dass wir kurz vor einem Abschluss standen.

Es war jedes Mal etwas Besonderes. In Deutschland war es nach wie vor schwierig, ein Tiny House zu bauen. Nicht das Bauen an sich, dafür waren wir Architekten ja schließlich da. Sondern weil man hier genauso eine Baugenehmigung brauchte wie für eine große Villa. Und das passende Grundstück dazu, das nicht selten teuer war. Für die Suche nach geeigneten Bauplätzen und deren Vermittlung hatten wir Robert. Und Fränki hier war geschäftlich der Boss. Auch wenn wir uns alle drei im selben Architekturbüro kennengelernt hatten und zu gleichen Teilen Gesellschafter unserer Firma waren, hatte Fränki irgendwie doch immer das letzte Wort.

»Also, ich glaube …«, begann die Nickelbrille.

In diesem Moment klingelte mein Handy in der Hosentasche. Ich hielt die Luft an und spürte gleichzeitig, wie Fränki neben mir erstarrte. Natürlich hatte ich mein Handy auf lautlos gestellt für so ein wichtiges Gespräch. Es wurden lediglich Anrufe von denjenigen durchgelassen, die ich in meiner Liste als Favoriten markiert hatte.

Und das war nur eine Person.

Meine Schwester Julia war es nicht, denn die wohnte in Hamburg. Deswegen hatte sie dort ihre ganz eigenen Notfallkontakte.

Nein, ich wusste sofort genau, wer mich anrief.

Rasch erhob ich mich. Mein Stuhl machte ein quietschendes Geräusch beim Zurückschieben.

»Entschuldigung, das ist ein Notfall, ich muss da rangehen«, sagte ich, nickte dem Kunden zu und ignorierte Fränkis bohrenden Blick. Noch im Hinausgehen tippte ich auf *Annehmen*. Aber erst, als die Tür hinter mir zufiel und ich im dunklen, winzigen Büroflur stand, sagte ich leise: »Hey.«

»Hey, Thies.«

Ich schloss die Augen. Ihre Stimme versetzte mir einen kleinen Stich. Viel zu lange hatte ich sie nicht gehört.

»Was gibt's?« Ich sagte es lächelnd. So als wäre alles bestens. So als wäre alles ganz einfach.

»Können wir … uns treffen?« Sie klang tastend, vorsichtig.

Ich brachte hervor: »In zwanzig Minuten bei mir.« Ich hörte selbst, wie heiser ich klang, zwang mich, mich jetzt nicht zu räuspern.

Sie stockte. »Geht das denn? Oder wobei störe ich dich gerade?«

Ich blickte über die Schulter zur Tür des Besprechungsraums. »Bei nichts Wichtigem. Ich bin praktisch schon zu Hause.«

»Gut, dann bis gleich.«

Ich nahm meine Jacke von der Garderobe und ging sofort los. Draußen regnete es schon den ganzen Tag, wie es nur in München regnen konnte: unerbittlich und vorwurfsvoll. An Fränki tippte ich schnell eine Nachricht:

War ein Notfall, musste direkt los.

Dann fing ich an zu rennen.

Ich hatte gerade noch Zeit, mir im Turbo die Zähne zu putzen, damit ich nicht nach Kaffee roch, bevor die Klingel läutete. In zwei Schritten war ich bei der Tür. Ich wartete nicht, bis sich mein Atem gefangen hatte, ich öffnete sofort. Ihre roten Wellen klebten ihr in Strähnen an Hals und Gesicht.

»Hi«, sagte sie. Ich breitete die Arme aus. »Ich bin komplett durchnässt«, protestierte sie, aber dann ließ sie sich doch gegen meine Schulter sinken.

»Hi«, sagte ich, streichelte ihr den nassen Rücken. Sie atmete zitternd, hob den Kopf. Waren das Regentropfen oder Tränen? Ich wollte fragen, was los war, aber dann tat ich es doch nicht. Möglicherweise wollte ich das gar nicht so genau wissen. Ich beugte mich ihr entgegen, doch gerade, als meine Lippen ihre berührten, drehte sie sich weg. Ihr Rücken versteifte sich. »Thies, entschuldige, so war das nicht gemeint. Ich brauche jemanden zum Reden, jemanden, der mich versteht … Das hier geht nicht.«

Sie stemmte sich mit den Händen gegen meine Brust, aber ich ließ sie nicht gehen.

»Natürlich. Tut mir leid. Das war nur …«

… ein altes Muster. Ein Erinnern. Etwas, das wir schon ein Jahr lang nicht mehr getan hatten.

»Ich wollte dich nicht überrumpeln.« Ich gab ihr einen kurzen Kuss auf die Wange, ließ sie dann frei.

»Komm, ich mach dir einen Tee. Setz dich in den Sessel, ich bringe dir eine Wolldecke. Und dann reden wir.«

Während ich den Wasserkocher aus dem Schrank holte, fragte ich über die Schulter: »Ist etwas passiert?« Ich klimperte mit den Tassen, sodass sie nicht die Hoffnung in meiner Stimme hörte. Andrea hatte die Füße auf dem Sessel unter sich gezogen, blickte den Regentropfen an der Fensterscheibe nach. Es prasselte.

»Nichts Gravierendes«, sagte sie. »Ich fühle mich nur nicht so gut. Manchmal … manchmal sind die Erinnerungen so stark, weißt du?«

»Ja.« Ich lehnte mich gegen das Fensterbrett. Blickte auf die Bäume am Viktoriaplatz hinaus, ohne sie wirklich wahrzunehmen. »Und … Hat etwas Bestimmtes die Erinnerungen ausgelöst?« Ich rechnete zurück, aber es passte nicht. Elf Monate ungefähr war die Fehlgeburt her. Nicht auf den Tag genau. Sie hatte nicht gewollt, dass ich mit ihr zum Frauenarzt gehe, und seither dachte ich, ich hätte darauf bestehen sollen. Es war mir egal gewesen, wer uns hätte sehen können, auch wenn unsere Affäre, unser Zwischenspiel, während ihrer Zeit zusammen mit Daniel, nicht öffentlich gewesen war. Danach war sie noch einmal hier gewesen, ein einziges letztes Mal. Sie hatte sich noch nicht einmal hingesetzt, mich auch nicht umarmt. Bis heute dachte ich, dass der Schock sie zu einer falschen Entscheidung verleitet hatte.

»Nein. Nichts Bestimmtes hat die Erinnerungen ausgelöst. Es tut mir wirklich leid, dass ich so hereinplatze bei dir … Mit Daniel ist alles gut.«

Ich stellte meine Tasse auf der Fensterbank ab, folgte mit dem Blick einer Tropfenspur am Fenster nach unten, unten, unten. *Mit Daniel ist alles gut* – das waren die Worte, die ich am wenigsten erwartet hatte, am wenigsten hören wollte. Sie umarmte ihre Knie.

»Mit Daniel … Mit uns ist alles gut, sehr gut sogar. Nur … Ich kann mit ihm nicht darüber reden, wenn mich die Erinnerungen überkommen. Das ist alles. Ich habe dringend jemanden gebraucht, dem ich sagen kann, dass es sich manchmal furchtbar anfühlt. Verstehst du?«

Ich nickte, obwohl ich mir nicht sicher war, ob ich Andrea je richtig verstand. Ging es ihr mit Daniel wirklich so gut, wie sie behauptete, wenn die Erinnerung an die Fehlgeburt sie doch so umhauen konnte?

Mein Handy summte in meiner Hosentasche. Fränki rief schon zum zweiten Mal an, deswegen wurde der Anruf durchgestellt, trotz des Stummschaltens. Ich klickte ihn weg. Dann stellte ich mich vor den Sessel, nahm Andreas Hand und drückte sie.

»Hey. Hier ist mein Plan. Ich hole uns die knusprigste Pizza, die die Trattoria an der Ecke auf Lager hat, wir legen Miles Davis auf, und du darfst mir heute alles erzählen, was du erzählen willst. Ich werde dich nicht unterbrechen oder verurteilen oder infrage stellen. Du weißt ja. Was in der Wolke passiert, bleibt in der Wolke.«

Jetzt lächelte sie. Die Wolke war zwar mein Schlafzimmer

gewesen – weiße Wände, ein Berg weicher Decken, das immer gleiche Versprechen: Was hier passiert, dringt nicht nach draußen. Und es war meine Wolke sieben gewesen. Aber ich hoffte, sie verstand, dass ich das heute anders meinte. Als Trost und Sicherheit für sie.

Sie lächelte so, dass ich die Augen nicht von ihren Sommersprossen lassen konnte, und sie drückte meine Hand zurück. »Das klingt nach einem guten Plan.«

Kapitel 5: Chrysanthemenrot

Thies

Von: Jasmin Bonvita bonvita@muc-hausverwaltung.de
An: Thies Hofmann hofmann@tinyhauseins.de

Sehr geehrter Herr Hofmann,
ich habe eine Anfrage erhalten und möchte Sie dazu ins Boot holen. Lassen Sie uns doch gern telefonieren. Passt es Ihnen heute um 10 Uhr?
Mit freundlichen Grüßen,
Jasmin Bonvita

Es war ein Morgen wie immer. Ein Morgen, der so tat, als hätte es gestern – das Verkaufsgespräch, das ich einfach verlassen hatte, das Gespräch mit Andrea – nicht gegeben. Ich stand auf und zog meine Laufklamotten an. Schuhe binden und los. Auch heute regnete es, also war das Isarufer größtenteils menschenleer. Auf dem Rückweg war ich wie immer an diesem bepflanzten Blumenbeet im Englischen Garten vorbeigekommen. Je nach Jahreszeit blühten hier die buntesten Blumen. Ich hatte den Impuls unterdrückt, trotz des Regens einen Strauß zusammenzupflücken, aus den Chrysanthemen etwa, die mir schon von Weitem rot entgegengeleuchtet hatten, oder zu anderen Jahreszeiten aus den Vergissmeinnicht, die Andrea am liebsten mochte. Vor einem Jahr hatte ich das häufiger gemacht. Aber heute wäre es sinnlos gewesen. Ich konnte ja schlecht Fränki im Büro damit überraschen.

Zu Hause ließ ich mir einen Espresso aus der Maschine und aß mein Rührei. Als ich fertig angezogen war und zur Tür hinauswollte, checkte ich schon einmal meine E-Mails, damit ich ungefähr wusste, was an dem Tag an Arbeit auf mich zukommen würde. Zwischen all den Mails von Fränki, der Kletterhalle und dem Schreiner stach die Nachricht meiner Hausverwaltung sofort hervor. Was war so dringend, dass sie keinen Brief schrieb, so wie bei einer Nebenkostenabrechnung? Oder mir es einfach mitteilte, falls ein Handwerker in die Wohnung musste, etwa um den Wasserzähler abzulesen? Ich konnte mir absolut keinen Reim darauf machen, worum es in dem Telefonat gehen könnte. Eilig tippte ich eine Antwort.

Sehr gern, 10 Uhr passt. Gruß, T. Hofmann

»Ich kann ja verstehen, dass die Anfrage ungewöhnlich ist …«

Frau Bonvita war jung, ich schätzte sie auf vierundzwanzig oder fünfundzwanzig, und sie klang, als führte sie zum ersten Mal ein unangenehmes Gespräch. Man konnte direkt Mitleid bekommen.

»Ich bin nur überrascht. Aber es stellt im Grunde kein Problem dar. Ich bin an den Wochenenden nicht in der Wohnung, sondern fahre zu meinem Zweitwohnsitz. Das war damals ja auch eine Voraussetzung dafür, dass ich die Wohnung bekomme, wenn ich mich richtig erinnere. Dass ich sozusagen Wochenendheimreisender bin. Das trifft immer noch zu.«

»Ja?« Sie klang erleichtert, aber noch nicht ganz sicher. »Also, ich habe das rechtlich prüfen lassen, es ist hieb- und stichfest. Aber wenn Sie jetzt gesagt hätten …«

Sie sagte nicht, was ich vielleicht gesagt hätte.

Jetzt war ich aber doch neugierig. »Und die Anfrage kommt von der Tochter des Wohnungsbesitzers?«

»Sie war sehr sympathisch in dieser ganzen Angelegenheit. Sucht wohl etwas, um am Wochenende ungestört arbeiten zu können. Und wollte jetzt von der Regelung Gebrauch machen …«

»Dass das dritte Zimmer für Eigenbedarf frei bleibt.«

Das dritte Zimmer. Ich saugte hin und wieder kurz darin. Ansonsten betrat ich es tatsächlich nicht. Es war immer noch halb eingerichtet, so, als wartete es. Und das taten wir ja auch. Wir warteten, das Zimmer und ich. Die ganze Zeit.

»Na, da es sich nicht um einen Erstsemester-Studenten handelt, der hier zwischen meinen Sachen eine wilde Party feiern will, ist das in Ordnung. Die Dame …«

»Frau Schäfer.«

»Frau Schäfer wird hier ihre Ruhe haben, und ich werde ja auch meinerseits nicht von ihr gestört. Muss ich irgendetwas tun? Ich meine, in dem Zimmer steht im Grunde nur ein Bett. Ohne Decke oder Kissen, Frau Schäfer müsste selbst …«

»Oh jaja, das sage ich ihr. Für alles, was sie braucht, soll sie selbst sorgen. Dann danke ich Ihnen, dass Sie dem zustimmen und dass das so problemlos über die Bühne geht.«

Ich schmunzelte darüber, wie sie es ausdrückte. Per Mietvertrag war ich verpflichtet, dieses Zimmer freizugeben, und das wussten sowohl Frau Bonvita als auch diese Frau Schäfer. Ich hatte gar keine Wahl. Und ein seltsames Gefühl war es schon zu wissen, dass in meiner Abwesenheit jemand, den ich gar nicht kannte, in meiner Küche Kaffee kochen würde. Dieser jemand würde wieder weg sein, wenn ich zurückkehrte. Aber dieses Wochenende kam mir all das gerade recht. Ich würde Frau Schäfer nicht begegnen, denn ich fuhr freitags früh, um nicht in den Stau zu geraten, Richtung Berge und sonntags spät zurück. Ganz besonders dieses Wochenende würde ich darauf achten, München schnell zu verlassen. Denn ich kannte das. Wenn Andrea bei mir gewesen war, wenn es eine besonders schöne Zeit in Wolke sieben gewesen war, dann hatte ich hier ausgeharrt und gehofft, sie würde wiederkommen. Hatte lange Abende gewartet, ob das Telefon klingelte. Aber das war natürlich Unsinn: Es wäre viel zu auffällig gewesen, wenn sie so häufig eine Ausrede gefunden hätte. Und das auch noch direkt mehrmals hintereinander. Außerdem kam es nicht oft vor, dass Daniel geschäftlich verreisen musste.

Ich hatte mich nicht bei ihr melden dürfen, das war unsere Abmachung gewesen. Sie wusste nicht, ob Daniel überprüfen würde, mit wem sie da telefonierte, sie wusste nicht, wie sie mit mir sprechen sollte, falls er im Raum wäre. Außer, um unsere sporadischen Treffen zu verabreden, hatte Funkstille geherrscht. Ich hatte nichts anderes tun können als warten. Warten, dass sie merkte, dass es sie doch immer wieder zu mir zog. Sie würde es sich irgendwann eingestehen … Das waren die Gedankenschleifen, die ich in meinen vier Wänden hatte, an den Abenden, an denen ich meine Platten nur so laut hörte, dass sie den Klingelton meines Telefons nicht übertönen würden. Sie würde es sich irgendwann eingestehen, und dann wäre ich hier.

Aber elf Monate lang waren keine Anrufe mehr gekommen. Und es war nur gut gewesen, dass ich mich an den Wochenenden um das Haus hatte kümmern müssen, Fototermine für die Innenräume je nach Saison, Fototermine mit Drohnen für die Außenaufnahmen. Die Berichte über die Lebensart, die ich für die Presse schrieb. Und natürlich vor allem die Kletterhalle. Im Grunde war es gutes Timing, dass ich auch an diesem Wochenende gezwungen war, dorthin zu fahren. Andrea würde sich nicht melden. Und ich würde nicht dasitzen und warten.

Als ich nach dem Gespräch mit Frau Bonvita auflegte, fiel mir ein, dass ich gar keine Nummer von der Tochter des Hausbesitzers hatte, falls wir noch irgendetwas absprechen müssten. Aber egal. Sollte doch Frau Bonvita das in dem Fall übernehmen.

Der alte Dielenboden knarzte wie immer, als ich aufstand und versuchte, aus dem Bürofenster ein Stück Himmel über der Clemensstraße in Schwabing zu erspähen. Der Regen hatte aufgehört, aber es hingen noch graue Wolken über den Dächern. Ich hörte, wie die Bürotür aufgeschlossen wurde und Fränki pfeifend in den Flur kam, seinen Regenschirm in den metallenen Ständer steckte. Ich kannte die Melodie: *I'm singing in the rain*. Offenbar war Fränki nicht mehr sauer, dass ich ihn im Verkaufsgespräch hatte sitzen lassen, und als ich mich an den Türrahmen lehnte, fragte er auch nicht nach, warum ich gegangen war. Die Nickelbrille hatte tatsächlich das Haus mit dem großen Ausstattungspaket gekauft.

»Vier Monate haben wir Zeit«, sagte Fränki laut zu mir über den Lärm der Kaffeemaschine in der Küchenzeile hinweg. Er pfiff noch einmal, während er sorgfältig den Milchschaum in seine Tasse schob. »Du weißt, was das heißt.«

Ja, das wusste ich. Wir würden uns sofort wieder an den Tisch setzen, er an der einen Seite, ich an der anderen. Und dann den ganzen Tag telefonieren: mit den Ämtern, mit den Zulieferern, mit dem Fotografen für die Dokumentation, mit der Firma, die den Kran für die Auslieferung bereitstellen würde. Mit Robert in Stuttgart, der unser Mann für die Grundstücke war. Ich konnte regelrecht spüren, dass Fränki vibrierte, und das kam nicht vom Cappuccino. Sein Enthusiasmus war ansteckend. Wir mussten nicht viel zueinander sagen, um zu merken, wie fröhlich jeweils der andere die nächste E-Mail schrieb. Bei all dem konnte ich sogar fast vergessen, wie sich Andrea gestern in meinen Armen angefühlt hatte.

Kapitel 6: Honiggold

Leonie

Der Schlüssel in meiner Hand sah noch aus wie neu. Er war flach und leicht, er schien vielleicht ein bisschen zu klein für diese massive weiße Wohnungstür. Aber er passte, es klackte, die Tür ging auf, und als ich den weißen Flur betrat, nahm ich den Geruch der Wohnung wahr. Es duftete nach kaltem Kaffee und etwas, das ich als Baumwolle bezeichnen würde. Weich und warm und natürlich. Alle Zimmer gingen vom Flur ab. Ich ging schnurstracks gerade durch bis zu dem großen Raum, in dem sich rechts eine moderne Küchenzeile zeigte. Dort stand eine Espressomaschine, eine halb volle Tasse daneben. Seltsamerweise hing das grau karierte Geschirrtuch an einem Haken, der kein normaler Küchenhaken war, sondern eine Art Karabiner fürs Klettern. Links von mir öffnete sich der Raum als Wohnzimmer. Dort gab es Mid-Century-Möbel, weiße Wände und keine einzige Struktur: Stapel von Büchern, Schallplatten und zwei Pflanzen standen hier durcheinander. Ein großer Ledersessel war Richtung Fenster gedreht. Ich ging zurück und zählte leise: erste Tür, bestimmt das Schlafzimmer. Zweite Tür rechts, das Bad. Links, direkt neben der Eingangstür, musste das dritte Zimmer sein. Ich öffnete vorsichtig die Tür. Bis auf ein Bett war es leer. Der Mieter hatte sich offenbar daran gehalten, dieses Zimmer auf Abruf frei zu lassen.

Die ungewöhnlich warme, goldene Septembersonne hatte das Zimmer aufgeladen. Ich ließ meine Handtasche und die Ikea-Tasche mit meinem Bettzeug von der Schulter rutschen und an das Fußende des Bettes gleiten. Es war ein simples Holzbett ohne Kopfteil, schmal, so schmal wie Milans Bett. Ich fragte mich sofort, ob Papa das ausgesucht hatte. So konnte man gut am Bett vorbei zum Fenster gelangen. Ich öffnete es und sah hinab in den Innenhof, der nur mit zwei spärlichen Büschen bepflanzt war. Dann drehte ich mich um und lehnte mich an das Fensterbrett.

»Bitte lass mich dieses Wochenende eine zündende Idee für einen Neukunden haben«, sagte ich in den Raum hinein. Die Abendluft kühlte mir dabei den Rücken. Es fühlte sich im Zimmer schon nicht mehr so drückend an. Ich atmete tief ein. Und entspannte mich beim Ausatmen schon etwas. Das schmale Bett, keine Einrichtung ansonsten hier, keine Zerstreuung – all das tat mir gut. Nichts hier erinnerte an Raphael. Nichts hier würde mich von meinem Vorhaben ablenken.

Als ich meine Tasche auspackte und die Zahnbürste ins Badezimmer legte, sah ich mein Spiegelbild. Die dunklen Haare! Ich stand in einem fremden Bad und sah aus wie eine fremde Frau. Aber das würde ich ändern. Und zwar jetzt sofort! Ich würde losgehen und mir besorgen, was auch immer nötig war: eine Aufhellung, Tönung, ein Spezialshampoo – egal. Die Läden hatten noch auf. Das würde ich hinbekommen. Ich war weder die alte Leonie noch die Tamara-Kopie. Ich war die Leonie, die bald mehr Geld verdienen und ihr eigenes Leben leben würde. Auch wenn ich als Übergang einsam in einem kleinen Schlauchzimmer gestrandet war. Energisch stopfte ich mir den Wohnungsschüssel in die Hosentasche und zog die massive Tür hinter mir zu.

Als ich, einige Stunden später, endlich mit den richtigen Haarfarben zurückkehrte, hatte ich allerdings keinen Elan mehr, die Aktion sofort durchzuziehen. Müde streifte ich mir die Ballerinas ab, legte die Einkaufstasche daneben und trottete barfuß in die Küche. Die Steinfliesen waren angenehm kühl. Normalerweise würde ich mich jetzt mit Milan ins Bett kuscheln und mit ihm ein Bilderbuch lesen. Dann würde er darauf bestehen, dass ich ihm »Rommel Bommel« als Schlaflied vorsang, mindestens dreimal. Stattdessen hatte ich lediglich Raphael eine Gute-Nacht-Nachricht geschrieben, die er hoffentlich Milan vorlesen würde. Das war nicht gerade zufriedenstellend.

Unentschlossen öffnete ich den Kühlschrank und blickte hinein. Eine Packung Eier, Käse, Gurken im Gemüsefach, scharfe Sauce. Ich hatte gar keinen Hunger, während meiner Shopping-Tour hatte ich gerade erst eine Brezel gegessen. Ich wollte die Tür wieder schließen, da stach mir eine kleine Flasche ins Auge. Ich hätte damit gerechnet, dass es Bier im Kühlschrank gab, aber das hier war Limonade. Genauer gesagt Almdudler, eine Kräuterlimonade, die ich als Kind einmal getrunken hatte. Das wäre jetzt nach dem langen Tag genau das Richtige. Morgen würde ich einfach eine Flasche nachkaufen, schließlich hatte ich nicht vor, die Vorräte des Mieters aufzubrauchen. Vielleicht würde er es ja gar nicht merken. Ich nahm mir die Flasche, suchte in den Küchenschränken nach einem passenden Glas – dieser Mieter besaß Gläser in allen Farben und Formen! – und wandte mich dann zum Wohnzimmer um. Irgendetwas hielt mich davon ab, mich in den Ledersessel zu setzen. Ich öffnete das Fenster, um die Abendatmosphäre hereinzulassen: vereinzelte Autogeräusche, wenige Fußgänger, die sich unterhielten. Eine Amsel. Die

Luft, die immer kühler wurde. Ich nahm einen langen Schluck aus meinem Glas und setzte mich dann auf den Boden, sah hinüber zu dem Sideboard mit dem Plattenspieler darauf. Wie altmodisch. Andere besaßen Flachbildschirmfernseher und Spielekonsolen. Was er wohl so hörte? Ich wandte mich einem Stapel Schallplatten zu. Es lag kein bisschen Staub auf der obersten Hülle, also hörte er diese Platten offenbar regelmäßig. Vorsichtig hob ich die erste an, eine Miles-Davis-Platte. Darunter lag eine Klavieraufnahme von Horowitz. Dann Robbie Coltrane, Ella Fitzgerald. Ich stellte mir vor, wie der Mieter abends hier in seinem Sessel saß, vorsichtig die Nadel auf das schwarze Vinyl herabsenkte, beim ersten Knacken, das nur Schallplatten von sich gaben, lächelte und sich zurücklehnte. Lauschte, genoss. Ohne etwas anderes dabei zu tun, kein Bier in der Hand, kein Buch, keine Zigarette. Nur zuhören und sich ganz hingeben.

Ich stellte das Glas ab, zögerte kurz. Auch wenn ich hier nur ansah, was ohnehin offen herumlag, auch wenn der Mieter mir über die Hausverwaltung hatte ausrichten lassen, ich solle mich hier ganz wie zu Hause fühlen und gern auch das Wohnzimmer nutzen, waren dies nun doch private Dinge. Vorsichtig robbte ich ein Stück weiter, legte den Kopf schräg und las die Rücken der Zeitschriften, ohne sie zu berühren: Der Stapel bestand aus Einrichtungsmagazinen und Designzeitschriften, Sonderausgaben von Tiny-House-Herstellern und Minimal-Einrichtungen. Der Typ interessierte sich offenbar für Wohnthemen. Und er schien ein Fan von Tiny Houses zu sein.

Ich überwand mich und schnappte mir das, was ganz oben auf dem Stapel lag: ein Flyer von Tiny Haus Eins. Eine Firma aus München, Firmensitz nicht weit von hier. Die Fotos zeigten einen schneebedeckten Hang in der Abenddämmerung, darauf ein Kubus aus Holz, an der Eingangstür beleuchtet mit einer Lichterkette. Dieses Bild versetzte mich sofort in eine gemütliche Winterstimmung, ich konnte kaum den Blick davon lösen. Auf den Innenseiten waren diverse Grundrisse abgebildet, die man durch das Aufbauen eines einzelnen Moduls oder mehrerer Module zusammen erreichte. Drei Fotos von innen, die fast schon selbst geschossen wirkten, aber ein gemütliches, hüttenähnliches Ambiente offenbarten, mit einem roten Ausklapptischchen und wintergrauen Kissen und Decken auf dem Bett, das auf einer Galerie unter dem Dach angebracht war. Ich hätte noch viel mehr sehen wollen – wie viel Stauraum hatte man unter der Leiter? Wie viel Küchenzubehör passte in den kleinen Schrank? Wo genau befanden sich die Hausanschlüsse?

Die Schrift, das musste ich nun doch bemängeln, die Schrift sah nach einer ganz normalen Computerschrift aus. Eher selbst gestaltet. Ich erkannte sofort, wie viel mehr man aus diesem Flyer holen könnte, wenn man ihn professioneller aufzog … Ich bekam eine Gänsehaut. Das war es. Eine Tiny-House-Firma. Vielleicht könnten die Hilfe von einer Agentur gebrauchen. Und ich hätte einen Neukunden, den ich Christine auf den Tisch legen könnte. Viel Budget war hier zwar sicher nicht zu holen. Aber immerhin hätte ich mein Versprechen gehalten. Ich zog das Handy aus der Hosentasche und gab den Namen ein. Die Webseite war schlicht und simpel, der Auftritt in den sozialen Medien in Ordnung. Die Fotos gefielen mir gut. Es gab sogar ein kurzes Filmchen, das das Haus von oben in der ansprechenden Landschaft zeigte. Diesmal kein Winterambiente, sondern eine Frühlingswiese und ein Gartenstuhl vor der Eingangstür. Aus diesen Materialien konnte man erst einmal etwas machen. So sparte man sich ein teures neues Fotoshooting. Aber man sollte die Bilder weniger wild durcheinander anordnen und vom Farbfilter her einen einheitlichen Look kreieren, der selbstverständlich auch auf der Webseite durchgezogen werden müsste … Plötzlich hatte ich so viele Ideen gleichzeitig in meinem Kopf.

In Gedanken gestaltete ich bereits die ganze Broschüre um, ordnete den Instagram-Feed farblich neu an. Wenn ich diese wahrscheinlich sehr kleine Firma überzeugen könnte, dass sie eine Agentur brauchte, dann wäre ich einen entscheidenden Schritt weiter. Nur wie sollte ich das anstellen?

Im Impressum stand ein Frank Voss als Ansprechpartner. Einfach nur eine E-Mail schreiben konnte ich nicht. Ich musste etwas formulieren, wozu er nicht Nein sagen könnte. Ich brauchte eine Strategie. Schon wieder.

Seufzend lehnte ich mich zurück und legte mich flach auf den Boden, blickte zur Decke. Als ich die Arme ausbreiten wollte, stieß ich an einen Stapel Bücher. Für ein Tiny House hatte der Mieter hier noch einen langen Weg vor sich. Aber wenn ich diesen Flyer umgestalten dürfte, würde ich sogar ihn restlos überzeugen, seine Sachen loszuwerden und in so ein Minihaus einzuziehen.

Ich überquerte die Straße und bog so ab, wie es mir der Routenplaner empfohlen hatte. Für einen Moment bedauerte ich, dass ich meine Sonnenbrille nicht mitgenommen hatte. Der Himmel war strahlend königsblau. So liebte ich München. Ich hatte erstaunlich gut geschlafen in diesem kleinen Nebenzimmer. Es war so frei und unbelastet. Genau wie die Straßen hier. Keine Erinnerungen um die Ecke. Keine Gefahr, Tamara im Supermarkt zu begegnen. Keine Geschichte, die mich mit den Gebäuden hier verband. Wie gut mir das tat, spürte ich jetzt bei jedem Schritt. Raphael war hier nirgends. Und das war ideal. Denn jedes Mal, wenn ich ihn sah, waren auch wieder die alten Ereignisse da.

Wie er mir gesagt hatte, dass er sich nicht mehr sicher sei, ob er mich noch liebe. Wie ich weinend alleine bei der Paartherapeutin gesessen hatte. Wie er in unserem Bett so weit am Rand geschlafen hatte, dass wir uns nicht mehr berührt hatten, auch nicht zufällig. Wie Milan manchmal beim Frühstück gefragt hatte: »Mami, bist du traurig?« Und ich nichts zu antworten gewusst hatte. Wie Raphael sich die Abende im Labor um die Ohren geschlagen hatte und ich trotzdem nicht darauf gekommen war, was er eigentlich tat. Dass sein Herz schon längst bei jemand anderem eingezogen war. Und wenn ich gefragt hatte, ob er jemand anderen liebte, hatte er Nein gesagt. Aber die Wahrheit war ein Ja gewesen.

Ich stoppte vor einem Schaufenster mit Kochutensilien. Eine kirschrote Küchenmaschine, drei pastellfarbene Schüsseln. Eiswürfelbehälter in lustigen Tierformen. Die wären etwas für Milan. Irgendwann würde ich noch einmal hierherkommen und die besorgen. Ich brauchte Neues, woran ich mein Herz hängen konnte. Neue Erinnerungen. Und ich war auf dem besten Weg, mir die zu erschaffen. Aber jetzt musste ich mich beeilen, um rechtzeitig zu meinem Treffen mit Keiko zu kommen, die alles über gute Neukundengewinnung wusste.

Der kleine Sushiladen hatte nur fünf Tische draußen stehen. Schon von Weitem sah ich, welchen Keiko ergattert hatte. Sie saß in einem Kapuzenpulli gebeugt über einer Suppenschale. Daneben stand eine übergroße Tasse Cappuccino. Als sie aufblickte, erkannte ich, wie blass sie war, wie deutlich sich ihre Augenringe abzeichneten. Sie lächelte überrascht. Kein Wunder: Mit so dunklen Haaren hatte sie mich noch nicht gesehen. Das letzte Mal, als ich sie besucht hatte, musste jetzt schon über ein Jahr her sein. Keiko war eine dieser Freundinnen, die man zwischendurch ewig nicht sah, und wenn man sich dann wieder traf, war es, als wäre keine Minute vergangen. Fast fühlte ich mich wie in alten Agenturtagen. Drei Jahre zuvor hatte Keiko ihren Job bei uns gekündigt, um freiberuflich zu arbeiten. Seitdem akquirierte sie die besten Gigs und flog durch die Weltgeschichte für die Fotostrecken ihrer Kunden. Gestern war sie aus ihrer Heimatstadt Tokio zurückgekommen, wo sie laut eigener Aussage »den ganzen Tag Vasen fotografiert« hatte. Ich nahm zwar an, dass es deutlich spannender gewesen war – exotische Museen voller jahrhundertealter Kostbarkeiten, dazwischen ein Abstecher in eine japanische Bar –, aber es erklärte, warum sie ein wenig angeschlagen aussah.

»Hey!«, sagte ich, als ich bei ihr angekommen war, und umarmte sie, ohne zu warten, dass sie aufstand. »Du isst Suppe im Spätsommer?«

»Hey du!« Sie drückte fest zurück. »Die Suppe brauche ich jetzt einfach. Der Jetlag hat mich noch voll im Griff. Aber du siehst total frisch aus, du hast ja Schneewittchenhaare und richtig rosa Wangen! Bist du den ganzen Weg hierher gelaufen?«

Ich zog mir den Bistrostuhl heran und setzte mich so, dass ich noch etwas von dem Schatten des Sonnenschirms abbekam.

»Ja, aber nicht von der Homerstraße. Ich habe hier in der Nähe übernachtet. In einem Gästezimmer.«

Keiko blinzelte. »In einem Gästezimmer? Warum?« Sie wusste von der Trennung, aber damals hatte ich ihr nur das Allernötigste in einer Sprachnachricht erzählt und Raphaels Affäre mit Tamara außen vor gelassen. Aufgrund eines Auftrags war sie in Havanna gewesen, also hatten wir uns nicht treffen können.

Ich bestellte mir ebenfalls eine Suppe und einen Eistee – auch wenn das gar keinen Sinn machte, mir war danach – und erzählte ihr alle Einzelheiten. Alle, bis hin zu dem Farbdesaster, das sie so nett Schneewittchenhaare genannt hatte.

Und Keiko hörte sich mit wachsendem Entsetzen, das ihr ins Gesicht geschrieben stand, meine Geschichte an. Beziehungsweise das Ende der Geschichte von Leonie und Raphael, das kein Happy End war. Ich legte den Suppenlöffel weg, strich über eine Delle am Rand meiner weißen Suppenschüssel. Eine kleine, raue Stelle, die man fast nicht sehen, aber deutlich spüren konnte.

Keiko hatte Tränen in den Augen. »Ich weiß gar nicht, was ich sagen soll, außer, dass ich voller Solidarität mit dir fühle«, sagte sie und wischte sich die Augen mit ihrem Ärmel. »Wie lange ist das jetzt genau her?«

Ich sagte: »Neun Monate.«

»Neun Monate, wie eine Schwangerschaft.« Sie legte den Kopf schief, als überlegte sie etwas. »Weißt du, was? Da du nicht mehr so heulen musst wie ich jetzt gerade und du mir das so ruhig erzählst« – ich nahm zur Sicherheit doch noch einmal einen Schluck Eistee, denn da war schon ein kleiner Kloß in meinem Hals gewesen –, »hast du das vielleicht jetzt erreicht. Den Endzeitpunkt, wie bei so einer Schwangerschaft, nur eben, dass du jetzt nicht, äh, gebierst, sondern loslässt.«

»Das klingt ziemlich pathetisch. Und gut«, sagte ich, lächelte und nahm den Löffel wieder in die Hand. »Auch wenn ich mich manchmal so angeschlagen fühle wie die hier.« Ich tippte gegen den Rand der Schüssel.

Keiko blickte auf die Delle. »Leonie, du weißt, dass ich das nicht auf die leichte Schulter nehme. Aber ich habe da so einen Verdacht, dass es dir noch viel besser gehen wird, wenn das alles erst einmal überstanden ist.«

Mit einem Mal richtete sie sich so entschlossen in ihrem Stuhl auf, dass das Pärchen am Nachbartisch erstaunt herübersah.

»Wusstest du, dass man in Japan Risse in einer Keramikschale mit Gold geklebt hat?«

Sie wirkte regelrecht elektrisiert. Irgendetwas führte sie im Schilde.

»Ich kann dir nicht ganz folgen … Was hat denn das mit meinem gebrochenen Herzen zu tun?«

»Ich erkläre dir das gleich. Los, iss mal schnell deine Suppe auf, dann gehen wir nach oben, und ich zeige dir meine Reisebilder. Da habe ich nämlich ein Foto in dem Museum geschossen, wo man das genau sieht. Früher hat man in Japan, wenn eine Schale kaputt gegangen ist, nicht versucht, den Makel so zu reparieren, dass er möglichst unsichtbar ist. Sondern so, dass man genau das sieht: wo die Schale einen Riss hatte. Und weil man in den Leim Goldpuder gemischt hat, war die Schale dann noch viel wertvoller als vorher. Der Riss macht sie so zu etwas Einzigartigem, was man kein zweites Mal findet. Diese Art der Reparatur nennt man *Kintsugi.*«

Sie schob die Ärmel ihres Kapuzenpullis hoch. Der Schatten des Sonnenschirms war längst weitergewandert, und an unserem Tischchen war es jetzt ziemlich warm.

»Ich habe da einen Freelancer-Kollegen, Adrian, der wäre genau etwas für dich. Ich könnte dir ein echt schönes Blind Date vermitteln. Das wäre mein *Kintsugi* für dich«, sagte Keiko. »Diesen Riss, den Raphael da hinterlassen hat, den kitten wir mit einem viel, viel besseren Kerl. Mit einem Herz aus Gold. Sodass du dich wieder ganz fühlen wirst. Und reicher und wertvoller als je zuvor.«

Ich als *Kintsugi*-Schale? Das fand ich gleichzeitig wunderschön und absolut unvorstellbar.

Keiko hatte ihr Handy hervorgezogen und scrollte durch ihr Fotoalbum. »Habe ich vielleicht sogar irgendwo ein Bild von dem? Ich glaube nicht. Aber er sieht wirklich gut aus! Leonie, der wäre etwas für dich.«

»Wenn er so nett ist, wieso bist du dann nicht mit ihm zusammen?«

Sie ließ das Handy sinken. »Keine Bange, ich will dir keine Kröte vermitteln. Der ist echt süß und wurde von seiner letzten Freundin betrogen.« Ich zuckte erstaunt zusammen. Dass es auch betrogene Männer gab, hatte ich nie bedacht. »Und du weißt ja, dass ich ein Faible für verheiratete Männer habe.« Sie verzog ihr Gesicht wie eine Komikerin, aber wir wussten beide, dass sie gar nicht scherzte. Keiko hatte ein sicheres Radar für den einzigen Mann im Raum, der nicht zu haben war, und verliebte sich dann unsterblich und unwiederbringlich. Zu oft hatte ich das in unseren Agenturzeiten erlebt.

»Und schau mal«, fuhr sie fort, »du bist ja auch Single. Und mit dir ist gar nichts falsch. Du bist einfach nur in einer Situation gelandet, für die du nichts kannst und die dich trotzdem nicht unattraktiver macht.«

Es tat so gut, das zu hören. Ich pustete mir eine dunkle Strähne aus dem Gesicht. »Keiko, das ist so lieb, vielen Dank. Aber ich möchte gar keinen Kerl, egal, wie gut der ist. Könnte ich nicht selbst mein Herz kitten, und dann … Ich weiß nicht … Dann bin ich aus mir selbst heraus wieder ganz und ich selbst?«

Ich selbst, mit der richtigen Haarfarbe. Ich selbst, ohne die Zweifel, die mich nachts überkamen. Ich selbst, mit dem Wissen, wer genau das war. Auch wenn ich dieses Gefühl schon lange, schon viel länger als neun Monate, nicht mehr gehabt hatte.

»Hm. Noch besser, ehrlich gesagt.« Keiko winkte den Kellner heran. »Ich muss zugeben, dass das eine viel schönere Lösung ist. Kintsugi-Leonie.«

»Ha! Dafür lade ich dich auf die Suppe ein.«

Keiko lachte. »Danke! Aber du musst dir jetzt trotzdem ganz viele *Kintsugi*-Bilder von meiner Reise ansehen. Komm, wir gehen nach oben.«

Den Rest des Nachmittags verbrachten wir in Keikos winziger Wohnung, die direkt gegenüber vom Sushiladen lag. Wir saßen auf dem Sofa, über ihr iPad gebeugt. Ihre Fotografien waren unglaublich schön. Nicht nur die, die sie für ihren Kunden geschossen hatte. Da waren lackschwarze Keramikschalen mit honiggoldenen Linien, eine Landkarte der Scherben, die eine Geschichte erzählte. Und filigrane Teegefäße, die nicht aussahen, als wollte man die Magie mit echtem Teetrinken stören. Keiko zeigte mir auch Bilder aus einem Park mit sattem Waldgrün, einen Schrein in knalligem Fuchsorange und die Teezeremonie mit einer Frau, die einen pastellgelben Kimono trug. Sie erzählte mir Anekdoten ihrer Kunden, und ich erzählte ihr, wie es in der Agentur gerade zuging.

»Und jetzt, jetzt brauche ich einen Neukunden. Und du musst mir beibringen, wie du immer diese tollen Aufträge an Land ziehst. Damit ich den Drachen davon überzeugen kann, dass ich die Gehaltserhöhung wert bin.« Ich zog eine Grimasse. »Du kennst sie ja noch. Hast du eigentlich bei deinen Auftraggebern keinen, der eine neue Agentur sucht?«

Keiko zog die Stirn kraus, schüttelte dann aber langsam den Kopf. »Nee, ich glaube nicht. Das sind alles selbst Agenturen. Für einen Möbel- oder Farbhersteller selbst habe ich noch nie fotografiert. Nur mal für das Haus der Kunst. Aber ein Museum passt auch nicht.«

Ich lehnte mich nach hinten, legte den Kopf zurück auf die Rückenlehne und streckte die Beine aus. Dabei stieß ich an ihr Tischchen. Unsere Wassergläser klirrten. »Mein Nachbar vom Dachgeschoss zieht wahrscheinlich bald aus«, fuhr Keiko fort. »Aber das wird dir mit Milan zu klein sein, oder?«

Ich setzte mich wieder auf. »Wirklich? Wann genau geht der denn?«

»Ende Oktober. Aber eine Ein-Zimmer-Wohnung mit einem Fünfjährigen?«

»Na ja …«

»Und du weißt, dass wir hier immer den Club von nebenan

hören. Und im Sommer das Bistro an der Ecke. Schwabing ist sicherlich nichts für euch zwei.«

Keiko selbst war absolut zufrieden in ihrer Wohnung: Sie war so oft unterwegs und liebte den Trubel, dass ihr hier nichts fehlte, so viel wusste ich. Aber ich war verzweifelt.

»So kann man das nicht sagen, dass Schwabing nichts für Milan und mich wäre. Die Wohnung, in der sich das Gästezimmer befindet, gehört ja auch zu Schwabing. Und die wäre genau richtig für uns zwei. Jeder hätte sogar ein eigenes Zimmer, Milan zwar nur ein kleines, aber das wäre perfekt für jetzt. Wir könnten mit der Bahn zu seiner Kita fahren. Und die Miete ist gar nicht so hoch!«

Keiko legte den Kopf schief. »Na, wenn das genau das ist, was du suchst, warum nimmst du dann nicht diese Wohnung?«

»Weil da ja jemand wohnt!«

»Kann man den nicht … hinauskomplimentieren?« Wir lachten beide, nahmen einen Schluck Wasser, lauschten dem nach, was sie da gerade gesagt hatte.

»Ja, schön wär's. Er könnte ja … versetzt werden oder so. Plötzlich abberufen.«

»Wieso, was macht der denn beruflich?«

»Keine Ahnung! Das habe ich nur so dahingesagt. Ich habe nicht gefragt, was er arbeitet. An den Wochenenden fährt er außerdem nach Hause, wo auch immer das ist.«

»Na bitte, dann hat er ja offenbar noch ein Zuhause!«

Jetzt fing ich an zu lachen. »Dann wären alle zufrieden, stimmt's?«

Mit Marianne, der Frau meines Vaters, konnte ich darüber nicht sprechen. Es war schon seltsam gewesen, sie darüber zu informieren, dass ich die Dritte-Zimmer-Regelung nutzte. »Das geht ja alles über die Hausverwaltung, aber ich habe der Frau meines Vaters auch Bescheid gegeben, damit sie es von mir erfährt. Einfach, weil sie mich kennt und es vielleicht sonst seltsam wäre. Seit der Beerdigung meines Vaters haben wir keinen Kontakt mehr gehabt, auch vorher war da nie viel. Ehrlich gesagt ist sie immer eine Fremde geblieben. Ganz zu Anfang, als sie mit meinem Vater zusammen war, hätte sie sich wohl gewünscht, dass mehr zwischen uns entsteht, aber ich war einfach zu jung und daran überhaupt nicht interessiert. Und über die Jahre hat sich das noch verfestigt.« Ich hatte mich wie ein Roboter gefühlt, als ich Marianne meine Nachricht auf der Mailbox hinterlassen hatte. Sie war nicht gerade diejenige, zu der ich mit meinen Sorgen, Nöten und neugierigen Nachfragen über einen ihrer Mieter gehen würde.

»Und wenn der Typ freiwillig geht?«

»Dann hätte sie in mir eine absolut zuverlässige Nachmieterin!«

»Würdest du das denn wollen, wenn es Mariannes Eigentum ist?«

»Also, ich hätte dann ja nur mit der Hausverwaltung zu tun, nicht direkt mit ihr. Im Grunde würde sich nicht viel ändern zwischen uns. Für sie wäre ich wahrscheinlich eben nur eine weitere Mieterin, die sie ein bisschen besser kennt als andere. Was ja eigentlich von Vorteil ist.« Je mehr ich darüber sprach, desto besser fand ich die Vorstellung. Die Vorstellung, die wohl mehr ein Hirngespinst war. Mit Nachdruck stellte ich mein Glas auf den kleinen Couchtisch.

»Quatsch, also, das geht ja alles gar nicht. Wie auch immer,

Keiko: Wenn du von einer tollen, bezahlbaren Wohnung hörst, ähnlich wie die meines Vaters, ruf mich bitte sofort an.«

»Mache ich. Und für heute kannst du ja einfach noch die Illusion genießen, die Bude würde dir gehören!«

Als ich am nächsten Morgen im Bad stand, fiel mir erneut auf, wie spärlich es eingerichtet war, ganz im Gegensatz zum Wohnzimmer. Der Spiegel war rahmenlos, das Licht ein paar in die Decke eingelassene Spots, auf der Ablage standen zwei Seifenschalen und ein Glas, das Zahnbürste, Zahnpasta und Rasierer enthielt. Am Rand der Duschwanne befand sich noch eine Seifenschale mit einem großen Stück olivgrüner Seife, mehr nicht. Und alle Handtücher waren dunkelgrau. Für meine Aktion hier hatte ich allerdings extra ein altes, verwaschenes Handtuch eingepackt, das ich früher lange als Wickelunterlage für Milan verwendet hatte. Denn ich wollte bei meinem Einsatz keinesfalls Flecken hinterlassen oder fremde Handtücher ruinieren. Heute war ich gewappnet. Ich hatte mir alle Anleitungsvideos, die ich im Internet hatte finden können, angesehen, besondere Tricks und Kniffe, worauf ich achten musste. Sorgfältig trug ich die Farbe auf, hielt die Zeit auf die Sekunde genau ein, wandte die entsprechenden Spülungen an und entdeckte sogar einen Reiseföhn in dem weißen Schränkchen unter dem Waschbecken. Schon mit den ersten paar getrockneten Strähnen konnte ich die neue Farbe erkennen. Es war wirklich ein Karamellbraun geworden. Gleichmäßig und schimmernd fielen meine Haare jetzt endlich wieder heller aus, sommerlicher. Ich kämmte Strähne für Strähne durch, voller Dankbarkeit für diesen Farbton. Nachdem ich den Föhn wieder verstaut und all meine Tuben weggeworfen hatte, stellte ich mich ein letztes Mal aufrecht hin und drehte den Kopf zu allen Seiten, sodass die Haare flogen. Ein Lächeln stieg in mir auf. Ich hielt inne, sah mir tief in die Augen und fragte: »Schon besser, oder?«

Den Rest des Morgens schrieb ich in meine Notizfunktion des Handys verschiedene E-Mail-Entwürfe und erstellte Listen, wen ich alles anschreiben würde, so, wie Keiko es mir empfohlen hatte. Morgen früh würde ich die jeweiligen Ansprechpartner telefonisch herausfinden.

Jetzt musste ich hier nur noch eine Sache erledigen, bevor es nach Hause ging. Als ich gestern von Keiko nach Hause spaziert war, hatte ich noch einen Abstecher in den Supermarkt gemacht. Eigentlich, um eine kleine Flasche Almdudler nachzukaufen, weil ich die einfach aus dem Kühlschrank stibitzt hatte. Aber in dem Supermarkt hatte es nur Bionade gegeben. Die musste jetzt herhalten. Behutsam öffnete ich alle Schubladen des Sideboards im Wohnzimmer. Ich fand keine Notizzettel, aber einen Stapel Druckerpapier in Reinweiß, obwohl ich hier nirgends einen Drucker sah. Ich zog ein Blatt aus der Verpackung, holte einen Stift aus meiner Handtasche und setzte mich an den Küchentisch. Wie sprach ich ihn denn jetzt an, den Mieter? Ich erinnerte mich daran, dass Frau Bonvita auf dem Zettel bei dem Schlüssel noch einmal »T. Hofmann, 3. OG links« vermerkt hatte.

Lieber Herr Hofmann,
ich konnte leider keinen Almdudler nachkaufen und hoffe,
diese Bionade erweist sich als würdiger Ersatz.
Zum Wohl!
Leonie Schäfer

Ohne wirklich nachzudenken, setzte ich noch meine Handynummer darunter. Er würde ja wohl kaum telefonisch einen Almdudler einfordern, und die Farborgie im Bad hatte ich penibel aufgeräumt. Aber wenn es noch irgendetwas gab, was er mir nach diesem Gästewochenende mitteilen musste, dann hatte er nun die Nummer. Ich steckte den Stift in meine Tasche und fischte den Hausschlüssel heraus. Dabei fiel mir ein, dass der Mieter in so einem Fall ja auch die Hausverwaltung kontaktieren konnte, die meine Daten hatte. Ich widerstand dem Impuls, die Nummer auf dem Zettel wieder durchzustreichen. Das sähe ja noch dämlicher aus.

Ich faltete das Blatt und lehnte es an die Bionade-Flasche. Dann schulterte ich meine Tasche und die Ikea-Tasche mit dem Bettzeug und zog leise die Haustür hinter mir zu.

Ach, was machte ich mir eigentlich immer so viele Gedanken. Jeder Schritt, den ich näher zur U-Bahn-Station kam, fühlte sich leichter an. Die Kastanienbäume am Straßenrand wiegten ihre Äste in einer leichten Brise. Ich hatte die Tage überstanden, ohne wegen meines zehnjährigen Jubiläums mit Raphael traurig zu sein. Ich hatte einen Plan für meine Neukundenakquise. Es war ein schönes Wochenende gewesen, und jetzt war ich auf dem Weg zurück zu Milan. Nachher würden wir uns aneinanderkuscheln, ein Bilderbuch lesen und den Abend genießen. Vielleicht erwies sich am Schluss alles als unnötige Sorge. Vielleicht war ich drauf und dran, der Agentur den besten Neukunden der Welt zu beschaffen. Vielleicht würde ich bald eine passende Wohnung finden. Und vielleicht hätte ich mir noch nicht einmal Almdudler-Gedanken machen müssen. War doch egal, was der von mir dachte, wenn ich ihm etwas aus seinem Kühlschrank klaute. Denn dieses Gästewochenende war ohnehin vorbei. Es war absolut unwahrscheinlich, dass ich je wieder irgendetwas mit dem Typen zu tun haben würde. Und noch unwahrscheinlicher, dass wir uns je persönlich begegnen würden.

Sehnsuchtsmomente

Kapitel 7: Zartrosa

Leonie

Am Montagmorgen wollte ich so früh wie möglich in der Agentur an meinem Platz sein. Manchmal, nur manchmal, wünschte ich mir, Raphael hätte mich nicht verlassen, sodass er in solchen Momenten Milan hätte in den Kindergarten bringen können. Denn auch wenn er mit Tamara jetzt nur fünf Straßen weiter wohnte – was ich verfluchte –, musste er in eine ganz andere Richtung zur Arbeit und konnte ihn deswegen nicht mitnehmen. Dieser Wunsch flackerte immer nur kurz auf, dann erinnerte ich mich wieder daran, wie sich die Zeit der Trennung angefühlt hatte. Und dass ich mich nicht zurück in eine Vergangenheit wünschte, sondern nach vorn, in eine bessere Zukunft: Ich wollte mehr Geld verdienen, damit ich eine neue, bessere Wohnung beziehen konnte, die nicht voller Erinnerungen steckte. Und die ein bisschen weiter weg lag als nur fünf Straßen von Raphael und Tamara. Und auch wenn ich in dieser neuen Zukunft noch nicht angekommen war, musste ich zugeben, dass es mir hier und jetzt doch schon viel besser ging als in den Monaten zuvor. Wie sehr ich mich auf mich selbst verlassen konnte. Wie ich allein erstaunlich gut zurechtkam. Das führte an diesem Morgen dazu, dass ich meinen Plan voller Tatkraft umsetzte: Ich weckte Milan früher als sonst und stand mit ihm schon Punkt 7:30 Uhr vor dem Eingang des Kindergartens, als die Erziehungsleitung Gisela noch die Tür aufschloss. Dann beeilte ich mich, die nächste Tram zu bekommen. Doch als ich am leeren Empfangstresen vorbei ins Großraumbüro huschte, war ich nicht die Erste am Platz. Gerade als ich meinen Rechner hochfuhr und mich aus meiner dünnen Jacke wand, kam ausgerechnet Valerie aus der Küche. Sie war nun wirklich die letzte Person, die ich jetzt sehen wollte. Sie trug eine große Tasse – war das sogar eine Müslischüssel? – Milchkaffee in der Hand. Ich hielt in der Bewegung inne, was ziemlich seltsam aussehen musste, und Valerie stoppte überrascht, sodass ihre Tasse fast überschwappte. Großartig. Ich hatte gedacht, ich könnte so früh in Ruhe an meiner Liste mit potenziellen Neukunden arbeiten, weil das mein Weg sein würde zu mehr Gehalt und meiner neuen Zukunft. Aber ich hatte gar keine Lust darauf, dass Valerie mich dabei beobachtete.

Anstatt ihren eigenen Platz anzusteuern, kam sie sogar zu meinem Schreibtisch, blieb drei Schritte davor stehen. Sie legte den Kopf schief, als ob sie mich näher mustern würde.

»Guten Morgen«, nuschelte ich.

»Schon wieder eine andere Haarfarbe?«, erwiderte Valerie. »Erst letzte Woche warst du doch plötzlich brünett. Und jetzt doch wieder nicht?«

Ich spürte, wie ich errötete, denn das war eine Geschichte, die ich Valerie sicherlich nicht darlegen würde. Ich beschäftigte mich damit, meine Jacke sorgfältig über meine Stuhllehne zu legen.

»Du scheinst ja wirklich viel Zeit zu haben, Leonie«, fuhr Valerie fort. »Zu viel Zeit, wenn du auch noch die Nase in meine Arbeitsangelegenheiten steckst. Einfach so, ungefragt. Ich hatte das übrigens sehr gut alleine hinbekommen, vielen Dank auch.« Valerie presste die Lippen fest zusammen, bevor sie weitersprach. »Du hast es nur noch schlimmer gemacht bei Baum9, als du letzte Woche angerufen hast. Sie waren total verwirrt. Ist dir klar, dass ich das jetzt wieder ausbügeln darf?«

Ich klappte den Mund auf. Dann klappte ich ihn wieder zu. Sie tat mir leid. Valerie schien praktisch nur an die Arbeit zu denken. Und auch wenn ich mich als Mutter immer zerrissen fühlte – wenn ich arbeitete, wollte ich bei meinem Kind sein, wenn ich bei meinem Kind war, wollte ich arbeiten –, so hatte ich doch trotzdem immer etwas, das mir wichtiger war als alle Ärgernisse des Alltags. Kein Wunder, dass sie sauer auf mich war. Kein Wunder, dass sie die Leonie, die aus Verzweiflung eine Aufgabe übernommen hatte, welche eindeutig in ihr eigenes Revier gehörte, hasste. Sie wusste ja nicht, dass ich das nur tat, um wieder gelassen und glücklich für Milan zu sein. Also sagte ich nichts. Verteidigte mich nicht. Wies sie nicht darauf hin, dass die Verwirrung lediglich den Ansprechpartner betroffen hatte und nicht den Inhalt. Dass Baum9 tatsächlich wieder auf der Spur war und der Flyer mit dem schlechten Anschnitt korrekt reklamiert und bearbeitet worden war.

Ich sagte nichts und starrte sie nur wortlos an. Vielleicht verstand sie das als stille Aggression. Ich wartete, ob sie noch einen weiteren Giftpfeil abschoss, aber irgendjemand klapperte mit einer Tür. Das schien Valerie in Bewegung zu setzen. Wutschnaubend und kaffeeschwappend zog sie weiter an ihren Platz. Ich setzte mich, rollte näher an meinen Schreibtisch und wollte so tun, als wäre das alles nicht passiert, aber in dem Moment tauchte Mascha neben mir auf, mit zartrosafarbenen Wangen vom Arbeitsweg und der morgendlichen Luft draußen. Ich hatte sie gar nicht hereinkommen sehen, da ich ganz auf Valerie fixiert gewesen war. Mascha drehte sich so, als wollte sie mir zur Begrüßung ein Küsschen auf die Wange geben, flüsterte aber dann:

»Der hast du es ja gegeben! Du hast ausgesehen, als hättest du einen total kühlen Kopf bewahrt.«

»Was?« Ich war perplex. Hatte ich wirklich so ein Pokerface? Dabei war ich alles andere als locker, wenn Valerie ihre Launen an mir ausließ. »Nein, ich habe … Ich war innerlich gar nicht kühl, ich war …« Das mit dem Mitleid sagte ich nicht. Würde das nicht zu sehr von oben herab klingen, auch wenn ich es nicht so meinte?

Mascha hatte sich immer noch zu mir herabgebeugt. So leise sie konnte, sagte sie an meinem Ohr: »Der Drache hat euch beobachtet. Sie kam ungefähr bei der Hälfte von Valeries Monolog aus der Damentoilette, das habt ihr nur gar nicht bemerkt.«

»Oh nein!« Ich biss mir auf die Lippe.

»Ich glaube, sie ist da voll auf deiner Seite. Valerie macht zwar einen guten Job, lässt aber auch immer ihren Stress raus, manchmal sogar beim Kunden. Es hat schon seinen guten Grund, warum sie dich überhaupt hat einspringen lassen.«

»Meinst du?«

In dem Moment rief Christine meinen Namen.

»Wenn man vom Drachen spricht …«, flüsterte Mascha noch.

Wie viel früher musste ich denn hier auftauchen, um tatsächlich in Ruhe arbeiten zu können, bevor der tägliche Stress losging? Christine lehnte sich aus ihrer Tür und winkte mich heran. Ich nickte und beeilte mich, in ihr Büro zu kommen.

»Guten Morgen, Christine, was ist denn?«

»Guten Morgen, Leonie. Wir hatten ja gesagt, dass du baldmöglichst mit mir deine Neukundenstrategie durchgehst …«

Ach ja, hatten wir das? Bei dem Wort »baldmöglichst« vergaß ich für einen Moment zu atmen. Ich hatte mir ja am Wochenende erst die Auszeit in einem fremden Zimmer genommen, um auf gute Ideen zu kommen, von einer Strategie konnte noch gar keine Rede sein. Versprochen hatte ich ihr erst etwas in zwei Wochen, wenn ich mich recht erinnerte. Aber es sah Christine ähnlich, den Druck um zweihundert Prozent zu erhöhen und es so aussehen zu lassen, als wäre das meine Idee gewesen. Ihr schien nicht aufzufallen, dass ich wie festgefroren dastand, denn sie fuhr unbeirrt fort.

»… Aber ich werde diese Woche noch voll und ganz mit der Messe beschäftigt sein und mich auch mal vor Ort blicken lassen müssen. Deswegen könnten wir nächsten Montag die Besprechung ansetzen. Okay? Ich sage Alissa, dass sie einen Slot buchen soll, sodass du deine Präsentation mit mir in Ruhe durchgehen kannst.«

Ich fand meinen Atem wieder und sagte Ja, obwohl ich innerlich nicht wusste, wie ich das hinbekommen sollte. Und wenn sie meine Ideenskizze direkt Präsentation nannte, erwartete sie offenbar die ganz große Parade, mit allem Drum und Dran. Ich durfte auf keinen Fall mit simplen Stichworten oder einer einfachen Tabelle ankommen, so viel war klar.

»Und nur, damit der Ablauf klar ist: Bevor du irgendjemanden anschreibst, geht das über meinen Tisch. Die Strategie führen wir zusammen durch. Und je nachdem, wie es klappt, werde ich die Kommunikation leiten.«

Ich nickte. Zuerst wollte ich schon ein »Natürlich« nuscheln, da fiel mir ein, dass ich in dem Fall nur liefern dürfte und die Überzeugungsarbeit doch bei ihr lag. Das wäre kein gutes Argument für eine Gehaltserhöhung.

»Wir machen es so«, begann ich, und ich kam mir dabei vor, als ahmte ich eine jüngere Version des Drachens nach, »dass ich dich voll einbeziehe und alles mit dir abspreche. Aber du kannst dich auf mich verlassen. Wenn du möchtest, supervisierst du die Gespräche anfangs. Du wirst sehen, dass ich dir das aber dann gut abnehmen kann. Versprochen.«

Ich hatte keine Ahnung, wo ich diese Worte hernahm. Je mehr ich mir vorstellte, ich sei eine jüngere Version von Christine, desto mehr purzelten solche Sätze aus meinem Mund. Aber es schien die Sprache zu sein, die sie verstand. Sie nickte und musterte mich. »In Ordnung.«

Mehr Motivation oder Zugeständnis gab es nicht. Das war schon der Gipfel der Gefühle. Ich drehte mich um und vermied es, auf dem Rückweg zu meinem Platz an der Küche vorbeizugehen. Mein Herz klopfte nach diesen beiden Gesprächen so stark, ich brauchte jetzt wirklich kein Koffein mehr.

Ich sah, dass Mascha wieder an meinem Platz stand, dieses Mal ohne Jacke und mit Unterlagen in der Hand. Meine Güte, was war denn heute bloß los? Bevor ich auch nur einen Gedanken an die Neukundenliste verschwenden konnte, musste ich erst einmal das Tagesgeschäft erledigen und das Fotoshooting mit Mascha weiter planen. Offenbar wollte sie vor dem Morgenmeeting noch einige Punkte besprechen. Gerade als ich mich auf meinen Stuhl fallen lassen und Mascha erzählen wollte, was der Drache so früh am Morgen gefaucht hatte, pingte mein Handy mit einer Nachricht.

»Sorry, meine Liebe, du weißt ja, dass ich wegen Milan immer direkt nachsehe …«, sagte ich und fischte das Telefon aus meiner Tasche.

Ich hasse Bionade.
Aber danke.

Zuerst konnte ich gar nichts damit anfangen. Hatte sich da jemand mit der Nummer vertippt? Der Absender war nicht in meinem Telefonbuch gespeichert.

Dann fiel der Groschen. Die Bionade, die ich in Papas Wohnung gelassen hatte, statt des Almdudlers. Verwundert las ich die Nachricht erneut. War er wirklich so sarkastisch, wie er klang, oder war das sachlich gemeint? Warum verwendete er keine Smileys, sodass ich den Ton seiner Worte besser verstehen konnte? Und warum schickte er mir deswegen extra eine Nachricht, um mir das zu sagen? Was war denn das für ein Typ? Es folgte noch eine Nachricht.

Eins meiner Kletterkinder liebt die aber.
Werde ich ihm mitbringen.

Ich hatte keine Ahnung, was Kletterkinder waren. Vielleicht meinte er seine eigenen Kinder in seinem Wochenendzuhause. Entweder waren die so jung, dass sie noch nicht laufen konnten und dafür überall herumkrabbelten und -kletterten. Dann war Bionade als Getränk allerdings eine ungewöhnliche Wahl. Vielleicht waren es ältere Kinder, die wirklich kletterten … Mir fiel der komische Karabinerhaken in seiner Küche wieder ein, der als Handtuchhalter gedient hatte. Seltsamer Kauz. Und es war ja auch egal.

Dann richten Sie viele Grüße von mir aus.
Und an Sie: Bitte entschuldigen Sie den entstandenen Almdudlermangel!

Zur Sicherheit schickte ich zwei Smileys hinterher: Die Frau, die mit den Schultern zuckte, und ein freundliches Lächeln.

Werde ich machen. Gruß, Thies Hofmann

»Wer schreibt?«, fragte Mascha an meiner Schulter.

»Der Typ aus der Wohnung meines Vaters«, sagte ich nachdenklich. Mascha hatte natürlich schon Sonntagabend eine neugierige Nachricht geschickt, wie mein Wochenende im dritten Zimmer der fremden Wohnung gewesen war. Schließlich unterstützte sie mein Projekt »Neue Zukunft« voll und ganz. Und ich hatte ihr genau berichtet, dass mir diese Auszeit von meinem üblichen Alltag gutgetan und sogar eine Idee geliefert hatte.

Mascha versuchte, die Nachricht des Mieters selbst zu lesen.

»Ach? Ist der nett?«, fragte sie über meinen Bildschirm gebeugt.

»Keine Ahnung«, erwiderte ich nur.

Ich schluckte hinunter, dass ich mich genau das und noch viel mehr fragte. Thies hieß er also. Ich war überrascht. Der Mieter war in meinen Gedanken gar nicht genau definiert gewesen. Seine Wohnung, seine Einrichtung zu verwenden hatte sich bis jetzt eher angefühlt wie in einem Hotel. So war das gedacht gewesen – keine Berührungspunkte, kein Problem. Und jetzt trug der Mieter plötzlich einen Namen. Jetzt wurde er zu einem echten Menschen. Das machte, dass ich mich den Rest des Tages ständig fragte: Wie war wohl einer, der Thies hieß?

Kapitel 8: Taubenblau

Leonie

Marita war fünfundzwanzig Jahre alt, am ganzen Körper bis zum Hals tätowiert und die beste Kindergärtnerin, die ich mir vorstellen konnte. Wenn sich Milan gar nicht mehr beruhigen ließ, wusste Marita immer Rat. Wenn Milan zu Hause furchtbar langweilig war, sagte er mir stets, dass ihm mit Marita *nie* langweilig war. Heute aber, wo ich mit den anderen Eltern am Tor stand und darauf wartete, dass die kleinen »Hasen« und »Mäuse« zur Tür herausstürmten und uns in die Arme fielen, als wären sie nicht einen Vormittag lang im Kindergarten gewesen, sondern drei Wochen auf hoher See, heute hatte Marita diesen Zug um den Mund. Und Zettel in der Hand für uns alle. »Oh-oh«, machte ein Vater neben mir. Zettel verhießen nichts Gutes. Und er behielt recht.

Es waren diese Zettel vom Gesundheitsamt, auf denen stand, dass Läuse nichts mit Hygiene zu tun hatten und vor allem in den Sommermonaten vorkamen. Dass man ganz bestimmte Läuseshampoos kaufen und diesen speziellen Läusekamm verwenden sollte. Am liebsten hätte ich das beigefarbene Blatt in meiner Hand zerknüllt.

»Wir hatten leider einen Fall von Läusen und haben das Kind sofort abholen lassen«, erklärte Gisela, die Kindergartenleitung, in die Runde der wartenden Eltern. Billie kam gerade angelaufen, um ihre Tochter Clara abzuholen. Das Handy an der glitzernden Kette wippte im Takt ihrer schnellen Schritte. Das war so typisch für meine beste Freundin und Nachbarin. Aber jetzt lächelte ich nicht darüber. Sie sah sicherlich meinen verzweifelten Blick und war schon genug in Hörweite, um zu verstehen, was Gisela nun ausführte:

»Wir müssen Sie leider alle bitten, jedes Kind zu Hause gründlich zu untersuchen, mit einem Läusekamm auszukämmen und uns die unterschriebene Erklärung morgen mitzubringen.«

Wir stöhnten. Die Mutter von Leni, die süße, winzig gekräuselte Locken hatte, besonders laut. Die Eltern der Hasengruppe, die größeren Kindergartenkinder, kannten diese Prozedur. Ein Papa kratzte sich bereits nervös an der Schläfe. Niemand bekam so schnell Läuse, aber ich verstand die Phantomreaktion. Schon das Wort löste Juckreiz aus.

Ich winkte Billie nur kurz zu, die Clara umarmte und sich dann bereits daranmachte, ihr durch die Haare zu sehen. Wir würden uns sicher später noch sprechen.

»Mama, ich hab Hunger«, sagte Milan nur, als ich ihn an der Hand nahm, um mit ihm nach Hause zu laufen.

»Weißt du, was?«, erwiderte ich und spähte ihm von oben auf den Kopf. Aber in seinem rabenschwarzen Haar konnte ich auf diese Art und Weise natürlich nichts erkennen. »Wir holen uns jetzt auf dem Heimweg jeder einen Vanilleplunder, und dann essen wir zu Hause alles ratzeputz auf, hören Hörspiele, und ich sehe nach, ob du Läuse hast.«

»Laaangweilig!«, muffte Milan nur. Und dann, nach zwei Schritten, als ich nicht sofort etwas antwortete, fragte er: »Kann ich zu dem Vanilleplunder auch einen Kakao haben?«

Später setzte ich Milan aufs Sofa, mit seinem Becher Kakao in der Hand, und versuchte, hinter den Ohren und am Nacken irgendwelche Läuse oder Läuseeier zu erkennen. Ein paar winzige dunkle Krümel rieselten aus seinem Haar, als ich ihn kämmte. Das konnten ja keine Nissen sein.

»Benno hat mir Erde auf den Kopf geworfen«, erklärte Milan, als er sah, wie ich die Krümel vom Sofa wischte. Und die von seinem restlichen Vanilleplunder gleich dazu. Na gut, ich würde hier noch saugen müssen. Erde, das machte Sinn. Ohnehin kam das jeden zweiten Tag vor. Der Läusekamm schien ansonsten sauber zu sein. Gerade als ich den Staubsauger aus der Kammer hievte, klingelte mein Handy auf der Ablage im Flur. Ich konnte sehen, dass es die Nummer vom Büro war. Schnell ließ ich alles stehen und rief zurück. Alissa, Christines Assistentin, wollte den Besprechungstermin für nächste Woche bestätigen.

»Klar«, sagte ich, obwohl ich mich gar nicht nach einem fröhlichen »klar« fühlte. »Machen wir. Montag nach dem Morgenmeeting?« Alissa bestätigte die Uhrzeit, und als ich auflegte, wusste ich nicht, ob ich jetzt zum Staubsauger greifen oder mich direkt an den Schreibtisch setzen sollte. Ich hatte so viel mit Juniper und dem Fotoshooting mit den Brauntönen zu tun gehabt, dass ich nicht so weit gekommen war, überhaupt an der Präsentation zu arbeiten, die meine Ideen und Strategien für die Neukundengewinnung zusammenfassen würde. Aber es half ja nichts. Gerade als ich den Staubsauger eingestöpselt hatte, klingelte es. Wie der Blitz war Milan aufgesprungen und rannte zur Tür.

»Hallo, Milan«, hörte ich Claras Stimmchen, bevor ich in

den Flur lugen konnte. »Hallo, Clara«, antwortete Milan. Manchmal konnten die zwei so richtig höfliche kleine Menschen sein.

Manchmal.

Grinsend trat Billie hinter Clara vor. »Wir sind definitiv läusefrei. Kommt ihr mit auf den Spielplatz an der Borstei?«

Milan drehte sich zu mir um, und ich sah das Leuchten in seinen Augen.

Lächelnd sagte ich: »Gebt mir eine Viertelstunde, ich muss hier schnell klar Schiff machen und noch etwas zu essen einpacken. Dann kommen wir nach.«

Milan und Clara jubelten los, als würden sie auf eine Abenteuerreise aufbrechen.

»Na komm, Milan«, sagte Billie. »Zieh deine Schuhe an, ich nehme dich jetzt schon mit. Dann kann Leonie hier in Ruhe wurschteln.«

Sie warf mir über die Kinderköpfe hinweg einen Luftkuss zu, ich lachte und winkte. Beste Freundinnen waren einfach unbezahlbar.

Es war ein Uhr nachts, als Milan zu mir herübergetapst kam und unsicher vor meinem Bett stehen blieb. Bevor ich noch fragen konnte, ob er schlecht geträumt hatte, sagte er: »Mama, mich juckt's so.« Mit geschlossenen Augen kratzte er sich über dem Ohr. Ich knipste die Nachttischlampe an und half ihm unter meine Decke. »Das ist bestimmt nur aus Angst«, sagte ich und streichelte seine Wange. Er war schon wieder eingeschlafen und antwortete gar nicht. Ich konnte nicht aufhören, ihn zu betrachten. Er hatte die Augen fest geschlossen, den Mund für ein leises

Schnaufen geöffnet. Wie er da auf meinem Kissen lag, hätte ich ihn am liebsten fotografiert.

Und da sah ich es.

Ein winziges schwarzes Insekt krabbelte über das Kopfkissen. Ich erschrak furchtbar. Igitt! Das war keine kleine Fliege gewesen, keine Ameise, keine Spinne. Sondern eine ausgewachsene Laus. Mist. Jetzt konnte ich Milan nicht mehr wecken, um ihm die Haare zu waschen, mir selbst auch, und den Kissenbezug in die Waschmaschine zu stecken. Das ging nur noch morgen früh. Und mich neben ihn legen und schlafen konnte ich jetzt auch nicht mehr, nicht dass die Läuse lustig auch noch meinen Kopf bevölkerten. Ich schlich so leise, wie ich konnte, ins Wohnzimmer, setzte mich auf die Couch und tippte auf meinem Handy die E-Mail, die Christine erklärte, warum ich am nächsten Morgen nicht ins Büro kommen würde.

Zumindest bei mir selbst konnte ich in den frühen Morgenstunden die Läuseprozedur beginnen: Haare waschen mit dem Spezialshampoo, durchkämmen mit dem Kamm. Ich fand keine Spuren von Läusen und betete, dass diese Behandlung meine sorgfältig gefärbten Haare nicht auch noch beeinträchtigte. Aber außer tiefen Augenringen und einem etwas seltsamen Geruch in den Haaren blickte mir eine ganz normale Leonie aus dem Spiegel entgegen. Milan konnte jetzt ausschlafen, bevor ich ihm die Haare waschen müsste. Ich sollte mich am besten solange an den Computer setzen und erledigen, was ich schaffte. Ich blinzelte noch ein, zwei Mal mein Spiegelbild mit den nassen Haaren an. Seufzend musste ich mir selbst eingestehen, dass ich gerade viel zu unruhig war. Ich würde kurz, nur ganz kurz, die Computerarbeit verschieben. Und noch schnell das tun, was mich immer, grundsätzlich und verlässlich, runterbrachte und beruhigte. Ich würde ein Zimmer streichen. Mich dabei geradezu in der Farbe verlieren. Würde danach wieder klar denken können. Leise versprach ich meinem Spiegelbild, das mich mahnend ansah: »Hey, ich bin ein Profi darin, ich werde mich nicht verzetteln. Ich nehme das kleinste Zimmer in der ganzen Wohnung, dann geht das ruckzuck.«

Ich konnte das Lied von Feuerwehrmann Sam inzwischen mitsingen und gleichzeitig das Moodboard für das Fotoshooting erstellen, stellte ich fest. Milan hatte nach einem tränenreichen Start im Bad den ganzen Vormittag Lego gespielt und dabei das immer gleiche Hörspiel gehört. Zufrieden hatte er seine Burg, den Drachenstall, die Kampfwiese und die Tankstelle, die offenbar dazugehörte, vor dem Sofa aufgebaut, während ich am Esstisch saß und zwischen E-Mails an meine Kolleginnen die Moodboards am Bildschirm fertigstellte. Obwohl die Waschmaschine im Bad laut schleuderte – ich hatte die Bettbezüge und alles andere bei neunzig Grad drin und erschauderte nach wie vor in Gedanken an diese Laus auf meinem Kissen –, hörte ich, wie es an der Tür klingelte. Ich war noch im Schlafanzug, meine Haare waren an der Luft getrocknet und sahen dementsprechend strohig aus, und aus irgendeinem Grund war das Handtuch um meinen Hals geschlungen, wie ich jetzt feststellte.

Als ich die Tür öffnete, stand dort Raphael. Ich drehte mich gleich wieder um und setzte mich zurück an den Tisch. Das war meine Form von »normal auf ihn reagieren«. Ich hatte ihm selbstverständlich über Milans Situation Bescheid gegeben, nur als Information. Offenbar hatte er es als Anlass genommen, in seiner Mittagspause kurz nach seinem Sohn zu sehen. Er trat hinter mir ins Wohnzimmer und knuddelte zuallererst den höchst erfreuten Milan.

»Ich habe Verpflegung gebracht. Und Nachschub.« Er packte Fischstäbchen, zwei Brötchen, Remoulade, Gurke und eine Packung Läuseshampoo aus.

»Fischstäbchen!«, rief Milan begeistert.

»Hui, toll«, sagte ich und wusste selbst nicht, ob ich sarkastisch klingen sollte oder nicht. Es war sehr lieb und umsichtig von ihm, mir den Gang zur Apotheke und zum Supermarkt zu ersparen. Zumal ich dann etwas anderes als meine Schlafanzughose hätte anziehen müssen und mir das wertvolle Zeit von meinen Moodboards gestohlen hätte, auf die meine Kolleginnen warteten. Allerdings wusste ich auch, wer die ganze restliche Arbeit machte: das Kochen, das Wegräumen, die Spülmaschine, das Wäschezusammenlegen und vor allem die Prozedur mit der nächsten Runde Läuseshampoo. Das Kämmen der Rabenhaare. So war das, wenn man alleinerziehend war.

»Du siehst müde aus«, meinte Raphael. »Bevor ich zurück ins Institut fahre, mache ich dir einen Kaffee.«

Ich zuckte nur mit den Schultern, starrte weiter auf den Bildschirm.

»Es riecht nach Farbe«, sagte er im Hinausgehen. »Hast du mal wieder eine frühe Session eingelegt? Umstylen im Morgengrauen.« Er tat geradezu so, als wäre das ein wöchentliches Ritual. Dabei ließ ich oft mindestens vier Wochen verstreichen, bevor ich wieder etwas veränderte. Na gut, drei.

»Welcher Raum ist es diesmal?«, hörte ich seine Stimme aus der Küche.

»Gästeklo«, rief ich.

»Neue Farbe?« Das war ja wohl eine rhetorische Frage. Eine Küchenschublade rumste.

»Taubenblau. Und ein passendes Bild dazu aufgehängt.«

Minuten später stellte er mir die dampfende Tasse hin. Der Duft ließ mich augenblicklich die Schultern entspannen.

»Mach nachher mal 'ne Pause«, sagte er leise. Ich nickte, ohne den Blick vom Bildschirm zu nehmen. »Bis später, mein Großer«, sagte er und küsste Milan auf sein Rabenhaar. »Hmm, du riechst nach Läuseshampoo.«

»Tschüss, Papa«, rief Milan fröhlich und baute an der Drachentankstelle weiter.

Später setzte er sich auf meinen Schoß, so als ob er noch zwei Jahre alt wäre. Mittlerweise passte er kaum zwischen die Tischplatte und meinen Bauch, wenn ich tippte. »Vorsichtig, dass du nicht auf die Tastatur kommst, okay?«, flüsterte ich ihm ins Ohr, während er sich auf meinem Bein wand und ausbalancierte.

»Das ist ungemütlich.« Er drückte den Kopf gegen mein Brustbein, ich hielt ihn mit der Linken umarmt, während ich versuchte, mit der rechten Hand zu tippen. Und ihn von der halb vollen Tasse Kaffee fernzuhalten. Aber es half nichts. Weiter kam ich so einfach nicht, und Raphael hatte recht: Ich brauchte eine Pause. Also schickte ich das Dokument mit den Moodboards ab. »Na komm«, sagte ich zu Milan. »Wir kuscheln uns jetzt aufs Sofa.« Wie immer legte ich mich längs hin und er sich auf meinen Bauch, so als ob ich ein lebendes Bett wäre. Minuten später war er eingeschlafen. Und obwohl ich ebenso müde war, obwohl Milans Schnaufen sonst immer wunderbar beruhigend klang, kreisten meine Gedanken immer noch um Raphael. Wie er uns ungefragt mit Mittagessen versorgt hatte. In welchem Ton er mich ermahnt hatte, eine Pause zu machen. Diese Momente, in denen er fürsorglich und einfach nett war, die waren die schlimmsten. Viel eher konnte ich ihm in die Augen sehen, wenn ich mich über ihn ärgerte. Aber das hier, das war nur schwer zu ertragen, denn das ging nicht ohne die Fragen. Die Fragen in meinem Kopf, die da aufploppten, sobald er so etwas machte.

Warum bist du so nett zu mir? Aus Mitleid? Aus Reue? Oder aus echter Zuneigung zu jemandem, den man mal, früher und lange, geliebt hat und deswegen irgendwie nie so richtig aufhört, in seinem Herzen zu tragen?

Kapitel 9: Anthrazitgrau

Leonie

Es war einer dieser Septemberabende, an denen die Sonne immer noch warm war. Viele Familien hatten den Spielplatz schon verlassen. Ich blickte über das Gelände, das von Kastanienbäumen eingesäumt war, und war dankbar. Darüber, dass Milan heute wieder normal hatte den Kindergarten besuchen dürfen, dass ich einen normalen Arbeitstag gehabt hatte. Und natürlich auch, dass Billie und ich auch mal einfach in Ruhe auf der Bank hatten sitzen können, für einige Minuten, ohne etwas zu sagen. Wir verstanden uns auch so. Eine friedliche Ruhe. Jetzt schulterte sie ihre Tasche, stand auf und ging die paar Schritte zum Sandkasten auf Clara zu. »Na komm, wir machen uns langsam auf den Weg nach Hause.« Billie schnappte sich noch die pastellblaue Sandform, die aussah wie eine Eiswaffel. Clara allerdings weigerte sich, von dem prächtigen Loch, das Milan und sie in der letzten halben Stunde gebuddelt hatten, überhaupt aufzublicken.

»Jetzt schon?«, fragte Milan bettelnd, aber ich konnte im Gegenlicht der Abendsonne erkennen, warum Billie plötzlich so pünktlich wegwollte. Vom Eingang des Spielplatzes kam Raphael auf uns zu.

»Du musst nicht …«, begann ich, aber Billie schnitt mir

das Wort ab. »Ich lasse euch am Papa-Abend lieber in Ruhe. Außerdem ist es schon sechs, und spätestens um halb sieben wollen bei mir alle hungrigen Mäuler etwas zum Abendessen haben. Also los, Madame«, wandte sie sich an Clara. »In die Badewanne musst du nämlich auch noch.«

»Och nöööö«, maulte Clara, aber Milan war schon aufgesprungen, weil er Raphael entdeckt hatte. Er rannte los, ließ sich im Lauf auffangen und durch die Luft wirbeln. Sein Jauchzen hallte über den ganzen Spielplatz.

»Wirst du okay sein?«, fragte Billie mich leise, als sie sich noch einmal runterbeugte, um Claras Schuh zu binden.

»Ja, natürlich. Wie immer. Danke, Billie!« Schnell schnappte ich mir meine eigene Tasche und machte mich daran, den Fußball und die extragroße Schaufel einzusammeln.

»Es wird so sein wie jeden Mittwoch, wenn Raphael kommt«, raunte ich Billie zu. »Für mich unangenehm, aber erträglich. Für Milan der Himmel.« Gerade kitzelte Raphael Milan, den er immer noch auf dem Arm hielt, durch. Milans Kichern war ansteckend. Ich konnte nicht anders als lächeln.

Billie nahm Clara an die eine Hand, drückte mit der anderen meine Schulter zum Abschied.

Raphael hatte Milan inzwischen auf den Schultern und kam mir ein paar Schritte entgegen. »Bist du so weit? Guten Abend, Billie, guten Abend, Clara!«

»Guten Abend und tschüss«, rief Billie lächelnd, und Clara sagte: »Tschüss, Milanpapa!«

Immer, wenn ich so einen Moment mit Raphael hatte, beobachtete ich sehr genau, was in meinen Gedanken, was in meinem Herzen vorging. Erschien es weniger seltsam, dass ich auf Raphael zuging und ihn nicht umarmte? Dass er ein neues T-Shirt trug, in Anthrazitgrau, und mir das egal war? Dass es in Ordnung war, dass Milan so fröhlich auf seinen Schultern saß und trotzdem mit der Hand nach meiner angelte, damit ich ihn hielt, so als wären wir noch eine Familie?

Mit der Zeit wurde es normaler. Fast jeden Mittwochabend, wenn Raphaels Terminkalender es zuließ, war er zum Abendessen da, sodass es nicht bis zum Wochenende dauerte, bis er Milan sehen konnte. Damit er ein wenig Normalität und Alltag mit ihm hatte. Selbst dann, wenn Milan auf die Frage, wie es im Kindergarten war, antwortete: »Ich will jetzt nicht reden!«

Als wir in unsere Straße einbogen, meinte Raphael: »Hey, ich hole Pizza für uns alle. Dann muss keiner noch was kochen.«

Milan jubelte und bestand auf seiner üblichen Pizza mit Schinken und nur einer Olive. Eigentlich mochte er Oliven nicht, aber er sah uns Erwachsene Oliven essen und wollte jedes Mal probieren, ob sie ihm nicht doch auch endlich schmeckten. Eventuell würde er sich dann für einen ganz großen Jungen halten.

»Und du?«, fragte Raphael in meine Richtung, als er Milan vor unserer Haustür vorsichtig von den Schultern ließ. »Immer noch die Frühlingspizza mit viel Gemüse?«

Er hatte es nicht vergessen. Am liebsten hätte ich ihn jetzt überrascht, hätte etwas anderes genommen, nur um diesen Anflug von »Ich kenne dich noch« zu verhindern. Aber ich mochte nun mal Gemüsepizza. Also wieso sollte ich mich verbiegen, nur um ihn zu verwirren? Vielleicht war es genau das, was mir zeigte, dass ich inzwischen sogar ganz gut mit den Papa-Abenden zurechtkam: dass ich zu mir stand. »Ja«, sagte ich leichthin. »Für mich Frühlingspizza im Spätsommer.«

»Und Papa nimmt die mit Katzenfutter!«, krähte Milan, als ich die Tür aufschloss. Ich hörte Raphael hinter mir amüsiert sagen: »Genau. Thunfischpizza, sodass die ganze Bude hinterher wie Katzenfutter riecht.«

Später waren noch genau zwei Stücke Frühlingspizza und drei Stücke Schinkenpizza übrig. Die Olive hatte Milan nicht geschmeckt, sie lag angekaut auf seinem Teller. Er war ein wenig zerknirscht gewesen, aber als Raphael ein Überraschungsei als Nachtisch aus seiner Jacke gezogen hatte, war die Enttäuschung vergessen gewesen.

Dann hatte Milan auf zwei Gutenachtgeschichten bestanden. Eine, die ich vorlesen musste, und eine, die Raphael vorlesen musste. Schließlich hatte Raphael Milan zum Zähneputzen gescheucht und dann ins Bett gebracht.

Ich hörte beide noch leise reden und lachen, während ich die Teller in die Spülmaschine räumte. Danach setzte ich mich ins Wohnzimmer und begann, den riesigen Berg Wäsche zu falten, der zugegebenermaßen schon zwei Tage in dem Korb gelegen hatte. Es half ja nichts, da jeden Tag noch mehr frische Sachen draufzupacken, die es nie in die Kleiderschränke schafften, weil wir uns morgens schnell etwas direkt aus dem Haufen fischten. Ich seufzte.

Nach einiger Zeit kam Raphael leise aus dem Kinderzimmer. Warum er sich nie den Kopf an der Dachschräge anstieß, blieb mir ein Rätsel. Wortlos setzte er sich ans andere Ende des Sofas und griff auch in den Wäschehaufen. Er zog eine Hose von Milan heraus und faltete sie sorgfältig, legte sie auf den Stapel zwischen uns. Eigentlich war ich lieber alleine, aber mit Raphaels Hilfe würde ich sehr viel schneller schlafen gehen können. Also sagte ich nichts.

Drei Kinderunterhosen später räusperte sich Raphael.

»Also … wegen des Wochenendes …«, begann er.

Ich versuchte, Milans Bademantel irgendwie zu einem flachen Etwas zusammenzubekommen, was mir nicht gelang. Vorsichtig legte ich ihn ab und fragte: »Ja?«

»Letztes Mal war es ziemlich blöd, dass wir nur so wenige von Milans Spielsachen bei uns hatten. Die paar Bücher von ihm hatten wir abends schnell durchgelesen, und sein Lego hat komplett gefehlt. Er sagte, er baut gerade so schön an seiner Drachentankstelle. Könnten wir am Wochenende nicht herkommen und mit ihm hier Zeit verbringen? Dann kann er bauen, und wir können trotzdem auf ihn aufpassen.«

Ich faltete das Handtuch in meiner Hand ein zweites Mal.

»Wir?«, fragte ich nur.

»Na ja, es ist ja schließlich auch die Zeit, die ich mit Tamara habe. Und in der Tamara und Milan sich aneinander gewöhnen können.«

Fast zerknüllte ich das Tuch beim Weglegen. Mit Schwung rupfte ich etwas Neues aus dem Haufen, ein Schlafanzugoberteil von Milan.

Von mir aus müssten sich die zwei gar nicht aneinander gewöhnen.

Bisher hatten Raphael und Milan an den Wochenenden ganz viel gemeinsam unternommen, auch öfter mal ohne Tamara. Dass Milan bei ihm übernachtet hatte, war selten, dass er ein ganzes Wochenende geblieben war, ganz selten. Trotzdem hatten die beiden viel Zeit miteinander, nicht nur am Wochenende, sondern eben auch an den Papa-Abenden. Auf diese Weise hatte es sich noch gar nicht so eingeschliffen, dass – in Gedanken biss ich mir auf die Zunge – Raphael, Tamara und Milan einen auf kleine glückliche Familie machten. Raphael holte sich eine weitere Hose aus dem Korb, sah mir nicht in die Augen, als ich endlich antwortete.

»Und wo soll ich hin, wenn ihr hier miteinander Lego spielt?«

»Wieso? Du kannst doch hier sein?« Es schien seine ganze Konzentration zu fordern, die Hose korrekt zu falten.

»Mit Tamara und dir, stundenlang?« Es rutschte mir lauter heraus, als mir lieb war, jetzt, wo Milan schlief.

Raphael machte einen verkniffenen Mund, als wäre ich ein trotziges Kind, das man schon wieder ermahnen musste.

»Wäre das denn so schlimm? Was habe ich denn für eine Alternative? Soll ich etwa das ganze Lego rüber und wieder hierher schleppen? Inklusive einer halb aufgebauten Tankstelle?«

Als ich nicht sofort antwortete, knurrte er: »Gut, dann nehmen wir sein Lego halt mit.«

Ich stockte. Auch das wollte ich nicht. Es war eine blöde Angst, dass Milan sich mehr und mehr bei Raphael und Tamara zu Hause fühlen könnte, denn ich wollte ja, dass er sich wohlfühlte. Aber – es war meine Angst. Der Gedanke war sofort da. Und ich konnte nichts dagegen tun.

»Dann … dann gehe ich spazieren, in der Zeit, während ihr hier mit Milan seid«, versuchte ich.

»Der Wetterbericht sagt Gewitter vorher …«

Ich ließ entnervt die Schultern sinken.

»Ich kann ja nichts dafür …«

»Ja«, unterbrach ich ihn. Diesen Satz kannte ich nur zu gut, und ich wollte ihn nicht mehr hören. Ich wollte aber auch nicht etwas tun müssen, was ich nicht wollte. Denn dafür hatte ich zu viel durchgemacht. Und mir geschworen, dass ich bei solchen Dingen zu mir selbst stehen würde.

Er fuhr fort: »Ich kann ja wohl schlecht sämtliche Spielzeuge doppelt kaufen, nur weil es nicht ideal ist, wenn du …«

»Wenn ich was?«, unterbrach ich ihn. »Wenn ich hier in meinem Zuhause bin? Was leider für dich und Tamara nicht ganz angenehm ist? Ist dir eigentlich klar, was du da von mir verlangst?«

»Was denn?« Jetzt wurde er genauso laut wie ich. »Es ist für uns alle das Beste, wenn wir uns daran gewöhnen, und du bist die Einzige, die hier so querschießt.«

»Querschießt? Weil ich in meiner Wohnung nicht mit der Affäre meines Ex Zeit verbringen möchte?«

Bevor er mit hochrotem Kopf etwas erwidern konnte, sagte ich noch: »Ich habe mich längst daran gewöhnt, dass die Umstände so sind, aber es ist etwas ganz anderes, mich extra noch dem Ganzen auszusetzen. Das mache ich nicht mit. Auch wenn du so tust, als wäre ich hier uneinsichtig. Ich versuche nur, meinen Seelenfrieden zu bewahren.«

»Und ich versuche nur, Zeit mit meinem Sohn zu verbringen.«

»Dann muss Tamara wohl zu Hause bleiben.«

Er stöhnte.

Ich schnappte ihm das T-Shirt, das meins war, aus der Hand, sodass er es nicht zusammenlegen konnte.

»Ich brauche deine Hilfe hier nicht. Du kannst zu ihr nach Hause gehen.«

Für einen Moment saß er still, mit hängenden Händen, auf dem Sofa und beobachtete mich, wie ich mein T-Shirt weglegte.

»Mach es uns nicht so schwer, Leonie«, sagte er leise, aber deutlich gereizt. Dann stand er auf und ging wortlos. Die Wohnungstür klickte kaum vernehmbar ins Schloss.

Ich pfefferte das T-Shirt vor mir auf den Boden, am liebsten hätte ich laut geschrien. Ich hasste diese Situation und tat trotzdem alles, damit Milan seinen Papa haben konnte. Aber ich wollte nicht Tamara vor meiner Nase haben. In meiner Wohnung. In Milans Herz. Tränen der Wut stiegen mir in die Augen, ich presste mir die Hände vors Gesicht. Wann würde es leichter werden? Ich musste mir etwas einfallen lassen, was für uns alle gleichermaßen funktionierte.

Ich schnappte mir mein Handy und feuerte eine SMS an Billie ab. Prompt kam eine Antwort zurück.

Markus bringt Clara gerade ins Bett,
soll ich noch kurz rüberkommen?

»Ja bitte«, sagte ich laut im Wohnzimmer und tippte das auch. *Bin in drei Minuten da, werde nicht klingeln*, schrieb Billie nur. Beste Freundinnen wussten, dass man Fünfjährige nicht wecken durfte.

Billie erschien dankenswerterweise ohne Rotweinflasche. Sie hob den gefalteten Kleiderstapel vorsichtig vom Sofa, legte ihn auf den Boden, um mich fest drücken zu können, während ich ihr kurz von dem Streit berichtete. Zu meinem Ärger hatte ich schon wieder Tränen in den Augen dabei.

»Ich brauche jetzt dringend die neue Wohnung bitte, damit ich weit weg bin, und ein magisches Spielzeugkonto.«

Billie rieb meinen Arm.

»Hattest du denn Glück bei den Wohnungszuschriften?«

»Zwei davon lagen bei zweitausend Euro …«

»Autsch«, unterbrach sie mich.

»… und der Rest der Zuschriften war von überteuerten Immobilienmaklern, dazu eine Anfrage, ob ich meine Wohnung verkaufe, und einer schrieb: ›Habe Wohnung, überweise Belohnung von tausend Euro auf dieses Konto für weitere Info.‹«

Ich packte ein Sofakissen, presste es mir ins Gesicht und kiekste verzweifelt.

»Und ich war wegen der Läuse Dienstag nicht im Büro und habe eine Teambesprechung verpasst, und jetzt machen sie die Werbeanzeige für Juniper ohne mich, und der Drachen wird denken, ich bringe es nicht! Zumal ich die Präsentation über mögliche Neukunden auch noch nicht begonnen habe. Am Montag muss die fertig und hammermäßig sein!«

»Na, dann weißt du ja jetzt, was du zu tun hast.«

»Was?« Unsicher ließ ich das Kissen auf meinen Schoß sinken.

»Du gehst übers Wochenende in die Wohnung deines Vaters, holst Schlaf und Arbeit nach, und Montagmorgen hat der Drachen pünktlich deine Präse auf dem Tisch.«

Ich blinzelte.

»Du meinst, ich soll da noch mal hingehen?«

»Warum denn nicht? Beim letzten Mal bist du doch auch super vorangekommen, oder?«

»Ja!«

»Und Milan hatte ein schönes Wochenende mit Raphael …«

»Schon, aber …«

»Leonie! Milan wird dich weder vergessen noch blöd finden, wenn du dich mal achtundvierzig Stunden auf dich konzentrierst, während es ihm gut geht, und du danach wieder voll und ganz für ihn da sein kannst.«

»Aber …«

»Teilerziehende Väter machen das die ganze Zeit.«

»Du hast recht.«

»Und Tamara wird er deswegen nicht plötzlich mehr mögen.«

Es stach in meiner Magengegend. Touché. Dass er damit mehr Zeit mit ihr verbrachte als an den sonstigen Wochenenden, fühlte sich furchtbar an.

»Milan liebt dich, und du bist eine gute Mutter. Besonders, wenn du jetzt etwas tust, was langfristig für dein Seelenheil und Milans Welt besser ist.«

Jetzt weinte ich richtig und hob das Sofakissen wieder an.

Sie rieb mir die Schulter.

»Ganz schön schwierig manchmal, oder?«

Ich schluchzte und nickte.

»Als ob Milan plötzlich Tamara lieben könnte und dich nicht mehr, so wie Raphael es getan hat?«

Ich nickte noch mehr.

»Und du weißt aber, dass das völlig unmöglich ist?«

Zitternd holte ich Luft.

»Leonie? Das *ist* völlig unmöglich.«

»Irgendwann wird auch Milan mich verlassen …«

»Wenn er zwanzig ist und auszieht! Da hast du noch ein paar

Jahre. Und du wirst Freudentänze aufführen, weil er dann nämlich groß ist und seine Füße stinken und er nachts um drei nach einer Party Nudeln kocht und dich wahnsinnig macht und einmal Grunzen für ein gutes Gespräch mit dir hält.«

»So wird er nie.« Trotzdem musste ich jetzt lächeln.

Sanft zog sie mir das Sofakissen aus den Händen.

»Wahrscheinlich hast du recht.« Sie lächelte zurück.

»Schau, irgendwie werden wir das und auch das Spielzeugproblem lösen. Wenn du den Kopf frei hast, wird es dir einfallen. Vertrau drauf. Ich weiß, dass du das alles schaffst. Mehr Geld im Job, neue Wohnung, bessere Strukturen. Gib dir einfach Zeit dafür. Das klappt nicht immer sofort.«

»Taschentuch«, sagte ich und hielt die Hand auf, sodass sie mir wie eine OP-Schwester eins reichen konnte. Als ich mir die Augen gewischt und die Nase geputzt hatte, hielt ich meine Hand wieder auf. »Handy.« Sie nahm es vom Couchtisch und ließ es in meine Hand plumpsen.

»Dann spreche ich jetzt Marianne auf die Mailbox, ob ich nächstes Wochenende noch einmal kommen darf.«

»Nein«, Billie schüttelte energisch den Kopf. »Wir ziehen das jetzt richtig durch. Ich kann dich echt nicht mehr so leiden sehen. Du fragst Marianne, ob du ab jetzt jedes Wochenende da wohnen kannst. Dann gibst du Volldampf. Und in drei Monaten ist dieser Spuk bestimmt vorbei. Setz dir dieses Ziel, Leonie. Drei Monate ranklotzen, das ist realistisch. Dann haben wir Weihnachten. Bis dahin hast du eine Beförderung in der Tasche, eine neue Wohnung in Aussicht und kannst die Zeit mit Milan dann so richtig genießen. Du machst die Wochenenden jetzt zur Operation Neues Leben.«

Vielleicht war ich verzweifelt genug, vielleicht auch nur so angefeuert von einem Bild mit einem glücklichen Milan neben mir und einem Weihnachtsbaum. Auf jeden Fall bat ich Marianne mit klarer Stimme darum, für die nächste Zeit im dritten Zimmer dauerhaft Untermieterin zu sein. Und einfach so, ohne Fragen, Zetern oder Zögern, war die Antwort am nächsten Morgen ein Ja.

Kapitel 10: Fuchsia

Leonie

Die Erleichterung stellte sich nicht gleich ein, als ich Freitagabend die Wohnung betrat. Draußen wehte ein starker Wind, ein Vorgeschmack auf den baldigen Herbst. Vielleicht war es das Rattern der Rollladenkästen, vielleicht die Tatsache, dass ich jetzt auf Kommando ein produktives Wochenende haben musste, um Montagmorgen mit Christine alles perfekt durchgehen zu können. Manchmal war das Umschalten von Mutter auf Grafikerin alles andere als leicht. Unruhig tappte ich auf Socken in die Küche. Hier würde ich also die nächsten Samstage und Sonntage verbringen. Zeit, sich daran zu gewöhnen. Ich holte mein Handy aus der Tasche.

Hallo Herr Hofmann, wie lautet denn das WLAN-Passwort in Ihrer Wohnung? Ich würde für meine Recherche gern das Internet verwenden.
Viele Grüße, Leonie Schäfer

Letzte Woche hatte ich alles über meinen Handy-Tarif laufen lassen, aber das hatte mein monatliches Guthaben für Datenübertragungen aufgebraucht. Normalerweise surfte ich auch nicht stundenlang im Internet. Wie es aussah, würde ich aber nun öfter hier an meinem Laptop recherchieren, also wollte ich mich gern einwählen.

Zu meiner Überraschung pingte mein Handy sofort mit einer Antwort.

Hallo Leonie,
der Zettel mit dem Passwort liegt in der obersten Schublade im Sideboard.
Gruß, Thies
PS: Schon in den Kühlschrank geschaut?

Ich runzelte die Stirn. Was meinte er denn mit dem Kühlschrank? Ich suchte doch kein Passwort im Kühlschrank. Oder wühlte freitagabends seine Sachen durch. Dann fiel mir auf, dass er aus einem anderen Grund meinen könnte, ich solle in den Kühlschrank schauen.

Ich zog die schwere Tür auf und spähte hinein. Gurke, Käse, Eier … Da sah ich sie. Zwei Flaschen Almdudler in der Tür. Ein Grinsen breitete sich auf meinem Gesicht aus. Offenbar hatte der Typ Humor.

Eine für Sie, eine für mich?, tippte ich.

Prompt kam ein *Nein*.

Während ich verwirrt auf die Antwort starrte, fing der Kühlschrank an zu piepsen. Schnell schloss ich die Tür. Da erschien die nächste Nachricht:

Eine für DICH, eine für mich. Du kannst mit der Flasche auf das Du anstoßen.

Scherzkeks.

Also dann, schrieb ich. *Ich bin Leonie.*

Und ich Thies.

Lächelnd setzte ich mich zurück an den Küchentisch, öffnete den Laptop und startete die Suche nach einem dritten Kundenvorschlag, den ich Christine liefern würde. Richtig schön ausgewogen sollte die Auswahl an möglichen Kandidaten sein. Und realistisch. Und überzeugend. Viele Ideen sammelte ich erst und verwarf sie dann eine halbe Stunde später wieder. Die Steinfliesen fühlten sich langsam kühl an meinen Füßen an, aber ich ignorierte das. Ich wollte jetzt nicht aufstehen und mir ein zweites Paar Socken anziehen.

Es war schon dunkel draußen, als ich gedanklich auftauchte. Ich schaltete das Licht in der Küche an, ließ den Nacken und die Hände kreisen, dann nahm ich mir eine Flasche aus dem Kühlschrank. Der Öffner lag in der obersten Schublade.

»Zum Wohl, du«, sagte ich, stieß meine Flasche sanft an seine und nahm dann einen tiefen Schluck. Nur gut, dass mich niemand sah, wie ich mit Flaschen redete und in den Kühlschrank lächelte. Mit Nachdruck schloss ich die Tür und schlenderte zum Sideboard. Neben dem Plattenspieler und einem Stapel wahlloser Dokumente stand hier nur ein Bilderrahmen. Sonst schien der Mieter … sonst schien *Thies* keine Fotos hier zu haben. Keine Fotoalben im Regal, keine Stapel Bilder auf dem Boden. Na gut, ich hatte mein Fotoalbum auch in der Mützenschublade versteckt. Und von den Fotos an unserer Wand zeigten die meisten natürlich Milan. Jetzt interessierte es mich aber doch, wie Thies aussah. Vielleicht bewahrte er alle seine Fotos in seinem anderen, seinem richtigen Zuhause auf, in dem er am

Wochenende war? Ich stellte mir eine große Altbauwohnung vor, besser aufgeräumt, wenn auch voll mit vielen Dingen und Gegenständen. Ob er jetzt gerade in seinem Wohnzimmer beim Abendessen saß?

Ich nahm den Bilderrahmen mit dem schmalen silberfarbenen Rand vorsichtig in die Hand. Das Foto zeigte zwei Männer auf einem Berggipfel, einer links, einer rechts neben dem Gipfelkreuz. Der eine war einen halben Kopf größer als der andere, trug schwarze Klamotten und hatte sich ein mohnblumenrotes Tuch als Stirnband umgebunden. Er war im Begriff, die Hand zu heben, zwei Finger leicht gespreizt, vielleicht dabei, das Siegeszeichen zu bilden. Beide Männer lächelten, beide trugen Sonnenbrillen. Der andere hatte die Hand in die Hüfte gestützt, ich sah unscheinbares braunes Haar, ein olivfarbenes T-Shirt, klobige Wanderschuhe. Der Moment war gut eingefangen, die Freude über den Gipfel, aber auch die Anstrengung nach dem Aufstieg wirkten greifbar. Trotzdem war es ein Schnappschuss, genauere Merkmale oder Gesichtszüge konnte ich nicht erkennen. Gut möglich, dass das hier Brüder waren. Ebenso gut möglich, dass das Foto beste Freunde nach einer Tour zeigte, oder sogar Lebensgefährten.

Ich stellte den Bilderrahmen vorsichtig zurück an seinen Platz und nahm einen tiefen Schluck Almdudler. Wieso hatte ich mir in der Altbauwohnung denn sofort eine Frau vorgestellt, zu der Thies jedes Wochenende nach Hause kam? Es könnte ja auch ein Mann sein. So oder so war es unmöglich, von dem Foto darauf zu schließen, welcher von beiden denn jetzt Thies war.

»Ist ja auch egal«, sagte ich laut in das Wohnzimmer hinein, beschloss, die Flasche im Bett leer zu trinken und dabei zu lesen.

Und als ich an Thies' Schlafzimmer vorbeikam, widerstand ich dem Drang hineinzulinsen und zu schauen, ob wenigstens dort Fotos oder Bilder an den Wänden hingen.

Am nächsten Morgen war ich früh wach. Wegen Milan hatte ich mich so sehr daran gewöhnt, um sechs Uhr aufzustehen, dass ich keinen Wecker mehr brauchte. Perfekt, denn nun konnte ich die Präsentation »bauen«, wie wir in der Agentur immer sagten. Meine Wunschkundenliste stand, duschen konnte ich später, nach getaner Arbeit. Schaffensfreudig öffnete ich meinen Laptop, bemerkte aber, dass die Anzeige für den Akku nur noch neunzehn Prozent angab. Ich wühlte in meiner Arbeitstasche, aber mein Netzteil fand ich darin nicht. Ich fluchte.

Hallo Thies, du hast nicht zufällig ein Netzteil hier in der Wohnung?

Ich schickte ein Foto von meinem Laptop mit, damit er das Modell sehen konnte. Es dauerte nur wenige Minuten, bis er die Nachricht las und antwortete. Offenbar war noch jemand ein echter Frühaufsteher. Vielleicht waren seine »Kletterkinder« ja auch schon wach, so wie Milan immer.

Schau mal in der Kiste hinter dem Druckerpapier im Sideboard …
… aber ich fürchte, die Ersatzkabel habe ich alle im Büro.

Der Morgen war noch dämmerig. Ich knipste die Stehlampe neben dem Sideboard an. Stück für Stück zog ich jedes einzelne

Kabel aus dem Knäuel heraus. Aber sie waren alle so alt und schwarz, dass ich ihnen schon ansah, dass sie nicht von einem neueren Computer stammen konnten.

Nein, leider, tippte ich dann, *aber danke.*

Der Computerladen hatte noch geschlossen, und sowieso wollte ich für so etwas kein Geld ausgeben. Sollte ich besser noch einmal nach Hause fahren? Aber dadurch wertvolle Zeit verlieren?

Mein Handy pingte.

Dann eben die Recherche ohne Computer machen.

Idiot. Ich wollte die Präsentation mit großen Bildern ausstatten, sodass ich Christine damit so richtig von den Socken hauen konnte. Den Zugang zum Agenturnetzwerk, wo ich auf alle Dateien zugreifen konnte, hatte ich inklusive Passwort auf dem Laptop gespeichert, das konnte ich nicht einfach vom Handy aus machen. Abgesehen davon, dass ich dort nicht ordentlich im Präsentationsprogramm arbeiten konnte. Enttäuscht stopfte ich das Kabelknäuel in die Kiste zurück.

Eine weitere Nachricht von Thies folgte.

Je nachdem, was du recherchierst …
… geh doch in einen echten Laden mit Dingen zum Anfassen …
… oder schau in der Natur? In echter Natur.
Es gibt nix Besseres.

Ich beschloss, einfach gar nicht zu antworten. Es war zu kompliziert, die Situation zu schildern, und offenbar hatte er keine Ahnung, was ich jetzt brauchte.

Ich legte das Handy auf den Ledersessel und stützte mich auf das Fensterbrett, sah hinab auf den Viktoriaplatz. Es war trüb und kurz nach sechs, niemand war auf der Straße. Ich überlegte fieberhaft. Könnte ich Billie anrufen und sie bitten, mir mein Netzteil zu bringen? Oder ihr eigenes? Allerdings war es verdammt früh, und Wochenende war Familienzeit und … Im Grunde musste ich warten, denn das hier war ja nicht wirklich ein Notfall. Ich wollte gerade Keikos Nummer wählen, um sie zu fragen, ob sie mir vielleicht aushelfen könnte, schließlich wohnte sie nicht weit von hier und war kinderlos. Genau da pingte die nächste Nachricht. Schon wieder von Thies.

> *Du antwortest nicht, und das heißt, dass du entweder A) ein Netzteil hergezaubert hast oder B) gerade diesen Idioten* – hier prangte ein Emoji von einem Mann, der den Arm hob – *mit seiner Naturliebe verfluchst.*

Ich schmunzelte. Lehnte mich gegen das Fensterbrett und erwiderte:

> *B, aber ich glaube, du hast hier Kameras versteckt und wusstest das schon, und A war nur zur Ablenkung gedacht.*

> *Keine Bange, Kameras habe ich nur im Badezimmer …*

Zum Glück folgte prompt der Ich-albere-nur-herum-Smiley, der die Augen verdrehte und die Zunge herausstreckte.

Frecher Kerl.

Ich beschloss, das Gespräch wieder in normalere Bahnen zu lenken.

Die Naturliebe hilft nur nichts. Ich wollte an einer großen Präsentation arbeiten.

Verstehe.

An den drei springenden Punkten erkannte ich, dass er noch eine weitere Nachricht tippte.

Könntest du vielleicht die Präsentation schon auf Papier schreiben oder strukturieren, sodass du später nur noch die Folien bauen musst?

Ich wollte schon antworten, dass das nicht ging, da stockte ich. Ich hatte nicht viele Gedanken daran verschwendet, die Präsentation zu strukturieren. Wie immer wäre ich sofort in die Farben der Bilder eingetaucht, hätte mich in der Menge der Dateien verloren, auf der Suche nach überzeugenden Eindrücken, die Christine umgehauen hätten. Aber dass dazu auch schlagkräftige Argumente gehörten, die in der richtigen Reihenfolge kommen mussten, stimmte leider. Meistens machte ich diese Arbeit hinterher und musste dann noch einmal alles neu anordnen oder sogar neue Bilder dazu suchen. Bisher war ich davon ausgegangen, dass mich die Bilder inspirierten und dass ich deswegen diese Reihenfolge beibehielt. Aber was Thies da sagte, war nicht verkehrt.

Es geht vor allem um die richtigen Bilder …
Die sollen genial und überzeugend sein. Aber vielleicht könnte ich einige Denkarbeit tatsächlich jetzt schon machen.

Und mir Stichworte aufschreiben, welche Bilder ich dazu suchen müsste, dann ging alles viel schneller. Und Keiko bitten, später vorbeizukommen, mit einem Netzteil. Dafür würde ich ihr im Gegenzug einen leckeren Kaffee aus dieser chromfarbenen Maschine anbieten.

Danke, tippte ich schnell.

Bitte.
Und hier noch ein Bild. Ich finde es jedenfalls sehr überzeugend.

Die nächste Nachricht zeigte einen Bergkamm, der im Gegenlicht der Morgensonne abgesetzt war. Der Himmel präsentierte ein wunderschönes Spektrum von Schattierungen im Rotbereich. Unglaublich, dass hier so ein grauer Tag war und dort, wo auch immer Thies sich gerade befand, die Farben explodierten. Thies war also tatsächlich, und nicht nur als flapsige Gesprächsfloskel, ein Naturliebhaber.

Das ist mein Ausblick in der Früh hier.

Wahnsinn, diese Farben. Wo genau steckte er denn? Aber anstatt das zu fragen, schrieb ich instinktiv:

Der Himmel ist ja geradezu fuchsia.

»Fuchsia« ist noch viel schöner als »Morgenrot«.

Finde ich auch.

Dann lasse ich dich jetzt mal denken. Hab einen guten Tag.

»Du auch«, sagte ich laut, als könnte er mich hören.

Kapitel 11: Aprikosenorange

Thies

»Rechts über dir ist noch ein roter«, rief ich zu Mario hoch. »Schau auf deine Füße … Du musst besser stehen, sonst machst du gleich einen Abflug.«

Ich hatte ihn sofort kurz genommen, so wie ich ihn da oben gesehen hatte – kein Millimeter Schlappseil. Entweder er stabilisierte sich, oder er flog gleich. Ich ging leicht in die Hocke, sah konzentriert zu ihm hoch. So war er gesichert, falls er jetzt nicht weiterkam.

»Ich weiß nicht …«, rief Mario zurück. Er wagte kaum, nach rechts oben zu sehen und nach dem nächsten roten Griff zu suchen, weil er sonst sein Gleichgewicht verlieren würde.

Aber ich kannte Mario. Den ganzen Sommer über war er hier aufgetaucht, hatte mich immer wieder beobachtet, bis er sich getraut hatte, Stunden bei mir zu buchen. Ich kannte seine Ausdauer, kannte seine Kraft.

»Zu!«, rief er, dabei hatte ich längst zugemacht, sodass kein Seil mehr nachkam. Und ich wusste, dass er heute die rote Route schaffen könnte.

»Nicht reinsetzen«, befahl ich ihm. »Verlagere dein Gewicht noch einmal auf den linken Fuß.« Er tat es sofort. »Jetzt wechselst du den rechten so, auf derselben Stelle, dass die Außenkante zur Wand zeigt. Dann stehst du ganz anders frei und kannst den nächsten Griff besser sehen.«

Zögerlich, Millimeter für Millimeter, wechselte Mario den Fuß auf dem Tritt.

Als er sicher stand, sagte ich: »Und jetzt …« Aber da tat er es schon. Er drehte den Kopf, konnte den signalroten Griff rechts über sich sehen, griff mit der Linken um, um mit der Rechten danach zu greifen.

»Jaaa!«, rief ich von unten, gab Seil, sodass er den Griff erreichte. Schon konnte er weiterklettern.

Mit Mario durfte man nicht lange diskutieren, nicht nachgeben, nicht verhandeln. Wenn man ihm klar sagte, dass man sehen konnte, es würde weitergehen, dann war das für ihn der Ansporn, die Gewissheit, der Mut, den er brauchte. Er würde noch so viel weiterkommen. Im Gegensatz zum Anfang des Sommers war er schon kräftiger geworden. Und wahrscheinlich hatte ihm genau das wiederum in ganz anderen Situationen Mut gegeben. Mit Mitschülern auf dem Schulhof, mit den Mädchen, für die er sich interessierte. Alles, was diese Jungs manchmal brauchten, war jemand, der sie ohne viele Worte sicherte und an sie glaubte. Ich liebte diesen Teil des Wochenendes.

Später, als Mario tatsächlich die rote Route bis zum Ende durchgestiegen hatte und wieder neben mir auf dem Hallenboden stand, klatschte er mich ab. Wissend lächelte ich ihm zu. Ich löste das Seil aus meinem Sicherungsgerät und sagte: »Gut gemacht für heute. Ich muss leider gleich weiter. Hab noch einen Kindergeburtstag.«

Mario wusste, was das hieß: eine Horde ungestümer achtjähriger Jungs, die einen Zuckerschock von zu viel Geburtstagskuchen hatten und wie die Wilden im Boulderraum herumsprangen – und einer nach dem anderen unter meiner Sicherung in der Kletterhalle an die Wand durften, wenn sie es schafften, für zwei Minuten ruhig zu bleiben.

»Alles klar«, sagte Mario. »Ich wollte dir nur kurz noch was geben.« Er sprintete zu seiner Tasche am Rand der Halle und kam zurück, während ich den Seilsack öffnete. Überrascht sah ich, was er in der Hand hielt: einen Wasserhahn. »Hier!«, sagte er stolz.

Ich lachte los. »Wow! Der ist ja genial. Hat dein Vater den speziell für mich angefertigt?«

»Ja, genau wie du es gesagt hast. So schmal und gleichzeitig so robust wie möglich, mit dieser speziellen – na ja, Kante oder Biegung oder wie man das nennt.«

Ich hielt das Teil in meiner Hand und spürte, wie ich den Kerl am liebsten umarmt hätte. Aber das ließ ich mal schön bleiben.

»Was bekommt dein Vater dafür?«

»Nix! Ach so, nee, äh, zweitausend hat er gesagt …« Er grinste frech, und ich schnippte das Ende des Seils nach ihm, aber wie ein Torero wich er mit einem Hüftschwung aus.

Ich nahm das Seilende wieder zu mir und sagte über die Schulter: »Ich werde ihn wissen lassen, ob es damit jetzt funktioniert hat. Vielen Dank, dass er ihn extra so angefertigt hat. Sehen wir uns nächsten Samstag?«

»Auf jeden!«

Ich würde mich nie daran gewöhnen, dass die Jugendlichen hier das Wort *Fall* wegließen, nickte lachend, und machte mich auf den Weg zur Boulderhalle, wo die Achtjährigen sicher schon auf mich warteten. Aber in Gedanken baute ich bereits den Wasserhahn in mein winziges Bad im Tiny House ein.

Abends stellte ich mich doch zuerst unter die Dusche, bevor ich irgendwelche handwerklichen Experimente unternahm. Immer wieder ging schließlich auch mal etwas schief, und ich war voller Kreide, Schweiß und Kletterhallengeruch. Da es an den Septemberabenden hier kühl werden konnte, zog ich mir kurzerhand die Fleecemütze auf die nassen Haare, setzte mich mit Jacke und Wollsocken draußen an das Tischchen und aß mein Brot mit dem Käse, den Bauer Hierling für mich beiseitegelegt hatte. Ich wäre selbst noch gern geklettert, denn dann merkte man mit jeder Faser seines Körpers, was man geleistet hatte. Es war eine Form von Müdigkeit, die ich liebte. Die mir guttat, als Gegensatz zu all den Stunden vor dem Computer, über Baupläne gebeugt, oder in den Besprechungen über das richtige Marketing.

Jedes Mal, wenn ich hier war, spürte ich mich richtig, waren nur die essenziellen Dinge wichtig. Ich liebte das. Das und die Menschen hier. Die Jungs vom Kindergeburtstag hatten nicht zwei-, sondern dreimal an die Wand gewollt und entgegen meiner Erwartung sogar gut mitgemacht. Sicherlich würde ich den einen oder anderen bald im Kinderkurs wiedersehen. Und Mario und seine Gang … Ich drehte den Wasserhahn in der Hand, legte ihn dann neben den Krug auf meinem Tischchen. Es war einfach viel mehr als nur ein Kletterkurs. Ich hatte ihm von meinen Ideen erzählt, als klar wurde, was Marios Vater beruflich machte. Hatte ihm erklärt, dass es viele Dinge im Tiny House gab, die man anders aufteilen musste als in einem normalen Haus mit viel Platz. Es war teils Knobelrätsel, teils Design-Erfindung: Wie integrierte ich mehr Stauraum, wenn ich nur wenig Platz hatte? Unter der Treppe? Unterm Dach? Oder baute ich ein Sockelpodest ein, sodass die Küche erhöht war, aber auf Bodenebene ein paar Schubladen entstanden? Immer mehr hatte ich mich in diese Dinge hineingefuchst, die ich an meinem eigenen Tiny House ausprobieren konnte. So hatten schließlich die ersten Industriedesigner, die Ikonen, auch gearbeitet: mit Prinzipien aus der Architektur, mit Vorstellungen davon, was ästhetische Gestaltung war. Und dann mit viel Erfindergeist. Dass ich heimlich davon träumte, einen von diesen Einrichtungstricks zu patentieren und bei Tiny Houses in Serie zu geben, hatte ich Mario allerdings nicht verraten. Hin und wieder hatte ich Fränki etwas vorgeschlagen, eine Sache, die gelungen war, auch ganz konkret. Aber Fränki war nicht darauf angesprungen. Ich wusste nicht, ob er schlicht meine Begeisterung nicht teilte oder ob er unterschwellig dachte, dass ich ihm als Kollege abtrünnig werden könnte. Das, was ich da tat, fiel mehr in den Bereich Industriedesign, und er wusste, wie begeistert ich von Vorrichtungen war, die einen Designpreis gewannen. Dafür, dass Form und Funktion beide überragend ausfielen.

Hier aber, hier hatte Marios Vater nicht lange gefackelt. Und vielleicht hatte Mario ihm sogar erzählt, wie die Kletterstunden mit mir waren. Jedenfalls hatte er sicher Stunden und Tage zugebracht, um diesen Prototyp für mich herzustellen.

Dieser Wasserhahn brachte mich einen ganzen Schritt näher daran, ein effizienteres Bad zu planen. Ideen hatte ich genug, aber oft nicht die Möglichkeit, etwas selbst umzusetzen oder zu testen. Zum Beispiel das ausklappbare Badschränkchen. Dabei war mir bisher immer der hoch geschwungene Wasserhahn in die Quere gekommen. Marios Vater konnte gar nicht ahnen, wie glücklich es mich machte, mein Konzept in echt testen zu können. Nachdenklich drehte ich den schmalen Prototyp in der Hand, legte ihn neben den Teller mit dem Käsebrot.

Noch vor einem Jahr hätte ich jetzt mein Handy herausgeholt, ein Foto davon gemacht und es Andrea geschickt. Ihr die ganze Sache erzählt, leise und schnell, geflüstert, nachdem wir im Bett gewesen waren und noch in der Dämmerung gelegen hatten, ohne ein Licht anzumachen. Gewisperte Träume, Wünsche, Hoffnungen. Allerdings musste es auch immer schnell gehen. Sie hatte zu Daniel zurückgemusst. Hatte nicht immer darauf eingehen können.

Ich lehnte mich zurück, den Rücken an die Außenwand meines Tiny House gestützt. Sah die Silhouette der Kampenwand in der untergehenden Sonne. Auf einen Impuls hin schnappte ich nun doch mein Handy vom Tisch und schoss ein Foto. Die letzte Nachricht in meinem Verlauf war von der Untermieterin. Also tippte ich einfach auf *Senden*, so als ob ich ihr einen freundlichen Abendgruß schickte. Nachdem sie ja heute morgen ein »Morgenrotfoto« bekommen hatte. Nach dem Trubel in der Kletterhalle war der Kontrast zu der Ruhe hier draußen manchmal allzu deutlich. Besonders dann, wenn ich mich über etwas freute und einfach nicht wusste, mit wem ich das nun teilen sollte, wenn Andrea dafür gerade nicht zu haben war.

Aprikosenorange, antwortete die Untermieterin. *Und ganz oben ist der Verlauf noch himmelblau.*

Aprikosenorange. Ich ließ mir dieses Wort auf der Zunge zergehen. Wer sagte denn so etwas?

Kapitel 12: Schneewittchenschwarz

Thies

Die Fahrt zurück am Sonntagabend war leider nicht ganz so glimpflich verlaufen wie sonst. Es hatte ordentlich geregnet und dadurch einen Unfall auf der Autobahn gegeben. Für den alten Fiat, den ich von meiner Schwester Julia sozusagen geerbt hatte, als sie nach Hamburg gezogen war, hatte ich nur einige Straßen weiter einen Parkplatz gefunden. Meine Laune war nicht gerade rosig, sodass ich meine Tasche mit den Klettersachen erst einmal im Flur stehen ließ und direkt in die Küche ging. Ich öffnete den Kühlschrank und bemerkte sofort, dass an der ungeöffneten Almdudlerflasche etwas anders war. Ein Post-it klebte darauf. In sauberer Schrift stand da: *Schön, dich kennenzulernen*. Das zauberte mir nun doch ein Lächeln aufs Gesicht. Ich griff nach der Flasche, sagte »Zum Wohl«, öffnete sie und nahm einen tiefen Schluck. Leonie war jetzt wieder zu Hause, wo auch immer das war. Schon ein seltsames Gefühl, dass sie hier gewesen war und ich sie nicht kannte. Ich kam mir vor wie einer dieser Schneewittchenzwerge. Jemand hatte von meinen Tellern gegessen, und natürlich war alles wieder sauber, aber ich merkte trotzdem, dass etwas anders war. Ich schloss die Kühlschranktür und lehnte mich dagegen. Es surrte in meinem Rücken. Leonie, der Name klang so jung – aber das konnte ja täuschen. Ob sie wohl tatsächlich schwarze Haare hatte, wie so ein Schneewittchen? Ohne besonders nachzudenken ging ich durch den Flur und öffnete leise die Tür zum dritten Zimmer. So leise, als ob jemand darin sein könnte, als ob ich jemanden stören könnte. Die Luft war nicht mehr stickig, das fiel mir sofort auf, im Gegensatz zu den paar Mal, wenn ich darin saugte. Ich öffnete die Tür noch weiter. Ein hellblauer Bettbezug war über die Matratze gespannt, dazu ein hellblau bezogenes Kissen und eine dünne Decke. Ich umklammerte immer noch die Türklinke. Es war wirklich seltsam, dieses Bett in Verwendung zu sehen. Das Bett, das dazu da gewesen wäre, dass man im Kinderzimmer beim Baby liegen konnte. Ein dummer Spontankauf voller Hoffnung, voller Überschwang, in der wahnsinnig kurzen Zeit, in der Andrea schwanger gewesen war. Ich hatte zu dem Zeitpunkt bereits gewusst, dass ich Möbel für Tiny Houses und kleine Häuser designen wollte, und hatte Einrichtungsläden auf der Suche nach Inspiration für meine eigenen Entwürfe durchforstet. Und irgendetwas hatte mich damals geritten, dieses Ding zu kaufen. Das schlichte Design, die Verarbeitung aus einer kleinen deutschen Manufaktur. Zum Glück war es dieses Produkt gewesen, das damals meinen Weg gekreuzt hatte, und keine Babywiege. Was hätte ich mit der sonst angefangen? Denn weggeben konnte ich davon nichts. Kein Möbelstück, keine Erinnerung. Vielleicht brauchte man das ja alles irgendwann einmal wieder. Ich seufzte, nahm einen Schluck aus meiner Flasche. Trotzdem: Es war lange her. Das Bett fand jetzt eine bessere Verwendung, als nur herumzustehen. Endlich ließ ich die Klinke los und fuhr mir übers Gesicht. Ich musste müde von der Fahrt sein. Warum sonst würde ich hier stehen und gucken, obwohl hier nichts zu sehen war?

Außer dem gemachten Bett und einer zusammengefalteten Ikea-Tasche, die Leonie sorgfältig unter das Bett geschoben hatte. Sie schien ja wirklich ein sehr ordentlicher Mensch zu sein. Penibel vielleicht sogar. Mehr war hier nicht zu sehen, schon gar nicht, ob sie schwarze Haare hatte oder eben nicht. Und eins wusste ich ganz genau, tief in meinem Bauch: Rote Haare, so wie Andrea, hatte sie definitiv nicht.

Kapitel 13: Kornblumenblau

Leonie

Das ganze Montagsmeeting über hatte ich mich nicht konzentrieren können. Was auch immer Valerie oder Mascha berichtet hatten, ich war in Gedanken schon bei dem jetzigen Moment gewesen: dem Moment, in dem endlich alle aus dem Raum trotteten, um ihre wöchentliche Arbeit zu starten, und ich mit Christine zurückblieb, um ihr zu präsentieren, welche Firmen ich als mögliche Neukunden ansprechen wollte.

Ich stöpselte meinen Laptop an und ließ voller Herzklopfen die Jalousien herunter, damit Christine das, was ich mithilfe des Beamers an die Wand projizierte, auch gut sehen konnte. Christine checkte währenddessen ihre E-Mails auf dem Handy. Als ich endlich so weit war, sah sie mir ausdruckslos entgegen.

Als Erstes stellte ich ihr die Küchenmarke JONAS vor. Natürlich kannte Christine die Marke, und genau deswegen war dieser Vorschlag ziemlich gewagt. Der Markenauftritt der Firma war bereits sehr gut. Außerdem passte JONAS mit seinen Küchenaccessoires nicht hundertprozentig in die Linie unserer sonstigen Kunden. All diese Argumente nahm ich bereits vorweg, zählte die Zweifel auf, die man vielleicht vorbringen könnte. Und zeigte dann mein Plädoyer, warum dies trotzdem ein guter Schritt wäre: Ich hatte eine einzigartige Idee für eine Kampagne gehabt, die besondere Farben für die Accessoires einführte und damit außergewöhnlich hervorstach. Für JONAS wäre es eine deutliche Weiterentwicklung, die sich die Firma bei ihrer Markenbekanntheit leisten konnte. Und die Farben führten unzählige Möglichkeiten ein, weitere Produkte zu verkaufen, Sammlungen zu beginnen, neu zu vermarkten. Mein Spezialthema war genau der Schlüssel dazu gewesen, so eine einzigartige Kampagne innerhalb kürzester Zeit zu konzipieren. Für JONAS wäre das sehr attraktiv – und für uns der Versuch, einen Fuß für weitere Kampagnen in die Tür zu bekommen. Ich linste zu Christine hinüber und sah, dass sie aufmerksam die Vorschläge an der Wand studierte. Das war bereits die halbe Miete.

Mit einem guten Gefühl im Bauch klickte ich die Folien weiter zum nächsten möglichen Kunden. Der zweite Vorschlag war der Tiny-House-Hersteller, dessen Flyer ich bei Thies in der Wohnung gefunden hatte. Es handelte sich zwar um ein kleines Unternehmen, das dadurch aber eventuell offen für Neues und einen Schritt nach vorn wäre. Sie würden gut in unser Portfolio zu Baum9 passen, sodass wir hier stark auf unserer Erfahrung aufbauen könnten. Somit war Tiny Haus Eins auch ein realistischer Kandidat. Und eine Marke, mit der wir gemeinsam weiter wachsen könnten. Ich zeigte meine Idee für die überarbeiteten Flyer.

Sosehr ich auch versuchte, im Halbdunkel Christines Reaktionen zu erkennen, es gelang mir nicht. Blinzelte sie überhaupt? Aber ich gönnte mir keine Pause.

Das Finale bildete ein Kunde für Mosaik-Fliesen, Mosaique. Diese Marke wäre ein Traumkunde, eine perfekte Ergänzung zu unserem Bad-Kunden Lavand. Allerdings war hier die Einstiegshürde groß. Wie schon zuvor bei den anderen Marken stellte ich deswegen als Erstes meine Idee für die Anfrage dar: Wir würden die beiden großen Marken miteinander verbinden. Die Badarmaturen würden wir vor modernen Mosaikwänden darstellen, ausgefallene Muster würden den Hintergrund für neue Kollektionen von Lavand bilden. Es sollte gegenseitige Auftritte, Kollaborationen, Pop-up-Stores geben. Ich ließ mich von meinem Enthusiasmus davontragen. Wenn das klappte, dann wären alle drei – wir und unsere beiden Kunden – überglücklich. Schließlich zeigte ich auf der letzten Folie noch einmal alle drei Vorschläge mit den Vor- und Nachteilen. Ich hatte keine Ahnung, wie viel Zeit ich gebraucht hatte, um alles zu erklären.

Ich atmete durch, knipste das Licht wieder an und zog einen Stapel Blätter hervor, noch bevor Christine irgendetwas sagen konnte. Dies hier war mein Ass im Ärmel.

»Da wir vereinbart haben, dass ich die Akquisegespräche führe, habe ich hier einen jeweiligen Leitfaden erstellt, inklusive unseres Agenturporträts, mit welchem Ideenvorschlag wir in die Gespräche gehen, und Kontaktpersonen sämtlicher Vorschläge. Wenn du damit einverstanden bist, kann ich noch heute alle drei Marken kontaktieren und die Leitfäden sofort rausschicken. Natürlich nur, wenn du das möchtest. Du kannst ihn dir auch mitnehmen und in Ruhe eine Nacht darüber schlafen.« Ich legte ihr den Stapel hin. »Unseren voraussichtlichen Projektplan habe ich bereits eingezeichnet.« Ich tippte dabei auf die Zeitleiste.

Christine antwortete nichts, blätterte den Stapel mit gefurchter Stirn durch und zog sich schließlich den Ausdruck mit der Präsentation heran.

»Bei JONAS habe ich meine Zweifel«, begann sie endlich.

»Aber es ist einen Versuch wert. Die anderen beiden klingen gut.«

Mein Herz machte einen Satz.

Christine fuhr fort: »Ist bei Mosaique die Ansprechpartnerin immer noch Fabienne Bieler?«

»Nein«, sagte ich wie aus der Pistole geschossen. »Die hat in den FMCG-Bereich gewechselt. Die neue Dame, die seit einem halben Jahr dort ist, heißt Karina Schmidt und hat zuvor bei Bisazza gearbeitet.«

Christine nickte nur, hörte gar nicht mehr auf. Wie so ein Wackeldackel. Ich spürte, wie sich eine blubbernde Heiterkeit in meinem Bauch breitmachte. Sie schob mir die Stapel zu und lächelte. »Ich brauche keine Nacht darüber zu schlafen.«

»Genau das habe ich in der Zeitleiste auch schon so angelegt«, konterte ich.

Sie drehte sich um und ging zur Tür, aber ich sah, wie sie lächelte. Erst als die Tür ins Schloss fiel, hüpfte ich auf der Stelle und jubelte. Diese Präsentation war ein voller Erfolg gewesen. Und das nur, weil ich nicht irgendwelche beeindruckenden Bilder als Grundlage gehabt hatte, sondern mir überlegt hatte, was die beste Strategie wäre. Das mit der Zeitleiste war mir erst dann eingefallen. Im Grunde hatte Thies dafür die Basis gelegt mit seinem Vorschlag, einen Vormittag lang ohne Netzteil und ohne Computer daran zu arbeiten. Ich war ihm so dankbar, dass ich ihm am liebsten eine Nachricht geschrieben hätte.

Aber ich hatte jetzt viel zu erledigen. Fahrig raffte ich die Papiere zusammen, ließ die Jalousie hoch. Draußen strahlte der Himmel kornblumenblau.

Und in dieses euphorische Gefühl schwebte immer wieder der Gedanke, Thies nun doch einfach eine Nachricht zu schreiben. Wo er wohl jetzt gerade war? Und ob er dieses Kornblumenblau auch sehen konnte?

Kapitel 14: Knallorange

Leonie

»Auberginen und Feta für die Damen, Würstchen für die Kinder und die Herren …«

»Ich bin auch eine Dame!«, unterbrach Clara, streckte ihren Teller ruckartig vor, sodass Markus in seiner Bewegung mit der Grillzange innehielt. Sie funkelte ihn von unten an. Ihre Wangen waren leuchtend rot, wahrscheinlich, weil sie vorhin mit Milan in der Wohnung Fangen gespielt hatte.

Markus deutete eine Verbeugung an, legte ein Grillwürstchen auf ihren Teller und sagte: »Na dann, Würstchen für diese Dame«, er machte bei Milan weiter, »und diesen Herrn. Voilà.«

»Das heißt so viel wie bitte schön in Frankreich«, sagte Milan zu Clara, und dabei hielt er den Teller so schräg, dass das Würstchen runterkullerte. Ich schnappte mir meine Serviette und hob damit das Würstchen auf, legte es Milan wieder auf den Teller. Während ich die Spuren auf dem Balkon wegwischte und Markus das Gemüse verteilte, seufzte Billie: »Es fängt also schon in diesem Alter an, dass die Männer uns die Welt erklären.« Markus tat so, als wären die Auberginen unglaublich interessant. Billie fuhr fort: »Will irgendjemand von meinem hausgemachten Ketchup?«

»Ich!«, sagten wir alle gleichzeitig, Markus, Clara, Milan und ich. Raphael hatte Billies Ketchup auch immer geliebt. Bei den traditionellen Grillabenden im Sommer auf ihrem Balkon war er derjenige gewesen, der stets das Glas noch ausgekratzt hatte. Oder einfach nur Brot mit Ketchup gegessen hatte. Der sich, wenn alles schon aufgegessen war und der Balkontisch voller Geschirr stand, noch einmal rausgeschlichen hatte unter dem Vorwand, er würde jetzt anfangen, das Zeug in die Küche zu tragen, nur um noch an den letzten Rest Ketchup zu kommen. Nicht daran denken, schimpfte ich mich in Gedanken, spießte mit meiner Gabel einen Pilz direkt vom Grill auf und steckte ihn mir in den Mund.

»A-ha-ha«, machte ich und versuchte, so schnell wie möglich zu kauen, weil mir der Pilz den Gaumen verbrannte.

»Alles okay, Leonie?« Markus stemmte die Hand in die Hüfte. Er sah weniger besorgt als empört aus, dass ich sein wunderbares Grillgut so hinunterschlang. Ich deutete nur auf meinen Teller und kaute schnell weiter. Markus lud wie befohlen mehr Gemüse darauf. Billie schnupperte an der Schale, die ich mitgebacht hatte.

»Ich hab das Tsatsiki heute ohne Höllen-Knoblauch gemacht, damit die Kinder auch davon essen können«, nuschelte ich mit meinem verbrannten Gaumen. Billie bediente sich und nahm sich auch von meinem selbst gebackenen Baguette.

»Hmm«, sagte sie mit vollem Mund. »Das Brot ist superlecker!«

»Baguette«, verbesserte sie Milan.

»Baguette«, wiederholte Billie, »was so viel wie Baguette heißt in Frankreich.« Sie zwinkerte ihm zu, er machte »Hä?« und tunkte dann sein angebissenes Würstchen direkt in den Senftopf.

»He!«, schimpfte ich ihn. »Von dem Senf wollen doch noch andere essen!«

»Nicht so schlimm.« Markus zwinkerte Milan zu.

»Komm«, sagte Billie zu mir, »die Barbaren können hier ja weiter am heißen Grill stehen. Lass uns mal reingehen, der Salat steht auf dem Tisch. Da isst und quatscht es sich einfacher.«

Ich grinste nur. Natürlich konnte Markus Milan nichts abschlagen. Das ging mir ja mit Clara genauso.

Wie immer war das Essen fantastisch lecker. Wie immer erzählte mir Billie so ausführlich von den Klienten in ihrer Kanzlei, dass ich das Gefühl bekam, sie persönlich zu kennen. Wie immer hörte sie sich auch all meine Geschichten aus der Agentur an. Und wie immer hatten Milan und Clara innerhalb von fünf Minuten ihr Essen hinuntergeschlungen und bauten sich im Schlafzimmer eine Höhle mit sämtlichen Kissen und Plüschtieren, die sie finden konnten. Als wir satt waren, spielten wir noch eine Runde Tabu Junior. Wir hatten dieses Spiel damals, als Billie, Markus, Raphael und ich gemeinsam in Spanien Urlaub gemacht hatten, aus der dortigen Ferienwohnung geklaut. Deswegen benötigten wir dazu jetzt immer ein Handy mit einer Wörterbuch-App. Denn die Karten waren zwar mit kindgerechten Wörtern ausgestattet, die die Gegenspieler erraten mussten, aber alles war auf Spanisch. Und deswegen wusste Milan nicht nur, dass *voilà* französisch war, sondern inzwischen auch, dass *cama* auf Spanisch das Bett und nicht etwa *die Kammer* war. Clara wusste, dass ihr Name auch so etwas wie »na klar!« bedeutete, und wurde nicht müde, das zu betonen. Und am lustigsten war es, wenn wir Erwachsenen herumstotterten, weil man bei der Erklärung des Wortes Wolke weder *Himmel*, *Regen*, *Schnee* noch *weiß* sagen durfte. Währenddessen lief die Sanduhr durch, und wenn man nicht schnell genug den Begriff erraten hatte, hatte man verloren. Clara war da sehr streng, gewissermaßen bis auf ein Sandkorn genau. Andererseits hatten beide Kinder ganz schön Übung darin. Sie waren schon letztes Jahr alt genug gewesen, um einige leichte Begriffe mitzuraten.

Schließlich war es schon spät, und auch wenn Clara und Milan protestierten, dass sie überhaupt nicht müde waren, verfrachteten wir sie in Claras Bett, wo sie prompt einschliefen.

»Ich glaube, sie hatten einander noch ein Purzelbaum-Duell im Bett versprochen«, sagte Billie, die gemeinsam mit mir durch den Türspalt lugte, um zu sehen, warum es schon so still im Kinderzimmer war. »Das war wohl nichts mehr nach all der Aufregung.«

Leise lehnte ich die Türe hinter mir an und folgte Billie ins Wohnzimmer. Draußen auf dem Balkon schrubbte Markus den Grill sauber. Rhythmisch ratschte die Bürste über das Metallgitter. Der Geruch von Würstchen und Kräutermarinade lag noch immer in der Luft. Billie ließ sich auf das Sofa fallen, und ich tat es ihr gleich.

»Und, wie klappt es mit der Neukundenakquise?«

»Es klappt gut, auch wenn ich sehr aufgeregt bin. So etwas habe ich wirklich noch nie gemacht. Es kostet ziemlich Überwindung, fremde Kontakte anzuschreiben und direkt Eigenwerbung zu machen. Und der Drachen beobachtet jeden meiner Schritte. Es war wirklich sehr gut, mich für die ganze Vorbereitung in die Wohnung meines Vaters zurückzuziehen.«

Ich griff mir Billies Glas mit Aperol. Die Eiswürfel waren offenbar geschmolzen. Ich nippte erst, nahm dann größere

Schlucke. Bitter und ungewohnt, da ich sonst wirklich nie Alkohol trank. Aber gut.

Billie sah mir nur ruhig zu. Sie war stiller als sonst. Wortlos schenkte sie mir von dem knallorangefarbenen Zeug nach. Pur.

Ich sah sie an. Sie nickte mir zu. Ich kippte das Glas.

Und war unendlich dankbar, dass mich meine Freundin wortlos verstand.

Nach einer Weile begann sie: »Die Wohnung scheint ja überhaupt super zu sein, was du so erzählst?«

Ich nickte, schluckte noch einmal. Unverdünnt brannte das nun doch in der Kehle.

»Ja. Richtig super.« Ich seufzte.

»Was?«

»Am besten wäre es, wenn ich da immer wohnen könnte. Ich weiß, das löst nicht all meine Probleme, aber es wäre ein so wichtiger Schritt in die Freiheit. Weg von der ständigen Konfrontation. Weg von der Vergangenheit. Klingt wie ein bescheuertes Problem, oder?«

»Das klingt gar nicht bescheuert. Mein Herz würde auch bluten, wenn ich dauernd von jedem Einrichtungsstück an einen Schmerz erinnert würde.«

Billie nahm selbst einen tiefen Schluck aus ihrem Glas.

»Und wieso kannst du die Wohnung deines Vaters nicht dauerhaft beziehen?«

»Weil dieser Typ darin wohnt.«

»Wie ist der so?«

»Keine Ahnung.« Ich zuckte mit den Schultern. »Unordentliches Wohnzimmer, das neueste heiße Teil einer Kaffeemaschine, am Wochenende Heimreisender.«

»Heimreisender? Das heißt, der hat noch ein Zuhause?«

Ich musterte Billie im Zwielicht des dunklen Wohnzimmers. Ich konnte noch gut ihre Umrisse erkennen, aber ich spürte, dass sie sich auf dem Sofa etwas aufrichtete.

»Billie, worauf genau willst du hinaus?«

»Könntest du nicht in diese Wohnung einziehen? Und er, na ja, er zieht in sein Wochenendzuhause – vielleicht ist das eine superschicke Villa!«

Ich lachte zu laut. Das musste der Alkohol sein.

Aber wenn ich ehrlich war, hatte Keiko so etwas Ähnliches auch schon gesagt. Und seitdem ging mir das nicht mehr aus dem Kopf. Bei jeder seltsamen Antwort auf meine Wohnungssuchanzeige dachte ich daran, dass die Wohnung von meinem Vater die beste war. Bei jedem Schweigen, das ich auf meine eigenen Anfragen auf Inserate erhielt.

Trotzdem sagte ich: »Billie, ich kann doch schlecht irgendwo einziehen, wo jemand lebt! Wie soll das überhaupt gehen? Ich kann ja schlecht …« Der Satz blieb im dunklen Wohnzimmer hängen.

Wir hörten, wie Markus geschirrklappernd Gläser und Teller in die Küche trug und anfing, die Spülmaschine einzuräumen.

»Du kannst ja schlecht was?« Jetzt rückte Billie aufmerksam näher an mich heran. Ich konnte sehen, wie ihre Augen funkelten. »Ich meine, was wäre, wenn er von ganz alleine ginge, und du hättest Marianne bereits gesagt, dass du als Nächste einziehen willst? Was wäre, wenn der sich unwohl fühlt? Oder begreift, dass die Wohnung jetzt nicht mehr das Richtige für ihn ist? Könnten wir ihn nicht irgendwie überzeugen, dass sein Wochenendzuhause viel besser für ihn ist?«

»Ich weiß gar nicht, was er macht und wo er am Wochenende hinfährt, wie sollten wir da …«

»Okay, Punkt eins: Das musst du herausfinden.«

Anstatt »Quatsch« antwortete ich: »Wie?«

Sie schenkte mir noch einmal nach. »Indem du nächstes Wochenende mal genauer alles inspizierst.«

»Du spinnst ja«, sagte ich. Der Gedanke, alle Schubladen des Sideboards aufziehen, bereitete mir eine Gänsehaut. Das letzte Mal hatte ich nur in der Kabelkiste nach dem Netzteil für meinen Laptop gesucht. Was würde ich finden, wenn ich gezielt nach seinem Wochenendverbleib suchte?

Das war alles verdammt persönlich. Und das tat man einfach nicht. Um dieses Gefühl wegzuspülen, trank ich noch mal aus dem Glas.

»Und dann musst du ja nicht … kriminell werden. Du schubst ihn ja nicht aus dem Fenster oder so.«

»Billie, du hast wohl zu viele Krimikomödien gesehen, wo man eine ungeliebte Schwiegermutter aus dem Zug stößt! Das ist nicht das echte Leben.«

»Aber überleg doch mal! Wir würden ihm ja nichts tun. Nur sanft nahelegen, dass es anderswo schöner ist.«

»Anderswo schöner? Du weißt doch nicht, wie seine Wochenendwohnung aussieht!«

»Aber das können wir rauskriegen.«

Ich hielt die Luft an.

Die Geschirrspülmaschine piepste, als sie ihre Arbeit begann.

»Und außerdem«, fuhr Billie fort, »könntest du ja mal, ganz unverbindlich und einfach so, Marianne fragen, was denn so für Zukunftspläne anstehen. Und wie deine aussehen.«

Sie erhob die Aperolflasche. Und ich kicherte plötzlich haltlos. Billie spielte hier einen weiblichen Bond-Bösewicht, und ich war wahrscheinlich so angesäuselt von dem ungewohnten Alkohol, dass ich das auch noch lustig fand.

»Na klar! Ein ganz unverbindliches Gespräch kann ich auf jeden Fall mit Marianne führen und sämtliche Potenziale und Perspektiven ausleuchten.«

»Potenziale und Perspektiven? So etwas hast du nach zwei Aperol und so spät am Abend noch drauf?«

Ich wusste, dass sie mich aufzog, aber ich hing meinen Gedanken nach. Marianne und ich waren uns immer fremd geblieben, und schon allein der Gedanke, ihr meine persönliche Misere zu erklären, fühlte sich äußerst seltsam an. Ich fragte mich, wie ich ihr vermitteln könnte, dass ich gern einziehen würde, falls der Fall je eintrat. Ohne dass es für alle Beteiligten seltsam würde.

»Aber dem Mieter irgendwie einen Auszug vorzuschlagen ist doch …« Ich runzelte die Stirn und versuchte, ernster zu werden. Markus räumte immer noch in der Küche herum, verstaute übrig gebliebenes Essen im Kühlschrank und leere Flaschen in Kisten.

»Das ist doch nicht genug, oder? Würdest du ausziehen, nur weil du dich in einer Wohnung nicht mehr so wohlfühlst?«

»Ich würde es tatsächlich als Zeichen sehen, mir darüber Gedanken zu machen. Du musst halt auch herausfinden, wo er am Wochenende ist, und ihm das schmackhafter machen.«

»Wenn das beruflich überhaupt geht!«, wandte ich ein.

»Klar. Aber natürlich ist es der richtige Weg, das zumindest in Erfahrung zu bringen.«

Ich blickte betreten in mein leeres Glas. Worüber redeten

wir hier eigentlich? Das konnte ja wohl nicht mein Ernst sein? Wollte ich wirklich einen fremden Menschen aus seiner Wohnung … hinauskomplimentieren für meinen Vorteil, so wie Keiko das ausgedrückt hatte?

Andererseits, ich stellte das Glas ab und ließ mich in die weiche Sofalehne sinken, andererseits würde es für mich, für Milan und sogar für Raphael so viel mehr Frieden bringen. Ruhe hineinbringen. Abstand. Leichtigkeit. Ich schluckte. Wäre wirklich nur ein sanfter Schubser nötig, um dem Schicksal auf die Sprünge zu helfen? Und was wusste ich denn schon, vielleicht wäre dieser Schubser ja genau das, was den Mieter ein Stückchen näher zu seinem eigenen Glück bugsieren würde? Was wusste ich denn schon über ihn?

»Ich kann nicht glauben, dass ich das überhaupt in Betracht ziehe«, flüsterte ich ins Dunkel.

»Besondere Zeiten erfordern eben …«, flüsterte Billie, und ich schnitt ihr das Wort ab.

»Besondere Maßnahmen. Ich weiß.«

»Na, ihr beiden?« Markus lehnte sich an den Türrahmen. »Was flüstert ihr denn da?«

»Spätsommerpläne«, antwortete Billie, und ich hörte, dass sie dabei lächelte.

»Leonie, bist du so weit?«, fragte Markus dann. »Ich trage dir Milan wie immer rüber ins Bett.«

Wie immer, sagte er. Aber früher hatte das Raphael gemacht. Inzwischen war es eine neue Zeitrechnung. Besondere Zeiten, dachte ich nur, nickte Markus zu, stand vom Sofa auf und blieb einen Moment stehen, weil sich das ganze Wohnzimmer plötzlich drehte. Billie stand auch auf und umarmte mich.

»Gute Nacht und vielen Dank für den schönen Grillabend«, nuschelte ich ihr ins Ohr.

»Du wirst schon das Richtige tun«, murmelte sie zurück.

Ich ließ sie los, nickte und strich mir das Haar aus dem Gesicht. Billie hatte recht. Ich würde das Richtige tun. Für mich und für Milan, der schon so groß war, dass seine Beine über Markus' Arme hinunterbaumelten. Längst kein Baby mehr. Bei dem Anblick zog sich mein Herz zusammen. Und ich schloss einen Pakt, hier und jetzt, als ich ihm im dunklen Flur hinterhertappte: Ich würde das Richtige für uns tun, egal, was das war.

Sehnsuchtsgefühle

Kapitel 15: Feuersalamanderrot

Leonie

Den ganzen Freitag hatte ich mir vorgestellt, wie ich die Wohnung am Viktoriaplatz betreten würde. Mein Magen schlug jedes Mal, wenn ich daran dachte, einen Purzelbaum. Ich würde dieses Mal dort etwas tun, was ich sonst nie tat. Nämlich in alle Schubladen spähen.

Das war der Teil, der mich unglaublich Überwindung kostete. Der sich furchtbar anfühlte. So etwas tat man einfach nicht!

Genau das würde ich normalerweise Milan beibringen, wenn er in einer fremden Wohnung wäre: »Man geht nicht an fremde Schubladen. Diese Sachen gehören nicht dir. Behandle alles mit Respekt. Halte die Privatsphäre des Besitzers ein!«

Aber ich hatte mich aus purer Verzweiflung in etwas hineinmanövriert, und ich würde weitermachen.

Es war verrückt. Ich war verrückt. Oder verzweifelt genug. Mit jeder Nachricht, mit jeder Notiz, war ich Thies etwas nähergekommen. Hatte ihn immer mehr gemocht. Und trotzdem verfolgte ich diesen Plan weiter. Einen Plan, der vielleicht gut werden könnte. Wenn Thies einfach weiterziehen würde. Meine Freundinnen beharrten darauf, dass es nur einen Impuls brauchte. Etwas, das ihm »hinaushelfen« würde, ohne gemein zu sein. Wenn ich nur daran dachte, seufzte ich. Aber jetzt hatte ich angefangen, diesen Plan umzusetzen, und ich würde ihn weiterverfolgen. Nichts anderes hatte funktioniert, keine Inserate, kein Lottospielen, nichts.

Also machte ich mich auf den Weg, Thies' Schubladen durchzusehen, um einen Anhaltspunkt zu finden, um ihn besser zu verstehen, um ihn noch besser kennenzulernen. Um das zu finden, was ihn überzeugen würde. Ich schloss die Augen und schickte eine Entschuldigung voraus, von mir hier in der Bahn mit Bauchgrummeln, bis in die Wohnung zur Schublade, zu Thies' Gegenständen.

Als ich endlich angekommen war und meine Tasche schnell abgestellt hatte, bemerkte ich, dass ein paar Dinge auf dem Küchentisch lagen: ein weißes DIN-A4-Blatt mit einer Nachricht darauf, ein kleiner silbergrauer iPod und ein großer schwarzer Kopfhörer. Was war das denn jetzt?

In Thies' sorgfältiger Handschrift stand da:

Liebe Leonie, du kannst auf keinen Fall nur hier drin sitzen und arbeiten. Deswegen habe ich dir eine Art Stadtspaziergang vorbereitet. Hier in der Gegend, keine Bange, er dauert nur zwanzig Minuten.
Wenn du schon hier wohnst, musst du auch die Highlights kennenlernen. ☺
Also Kopfhörer auf, alle weiteren Anweisungen wirst du hören.
Viel Spaß, Thies

Meine Nervosität war vergessen. Die Schubladen konnte ich auch später öffnen. Je länger ich das hinausschob, desto lieber war es mir. Ich nahm den iPod vorsichtig in die Hand. Es war nur ein Stück darauf, das Thies »Schnitzeljagd« genannt hatte. Ach du meine Güte. Hoffentlich musste ich keine Aufgaben lösen oder so etwas! Trotzdem war meine Neugier geweckt. Zögerlich griff ich nach dem Kopfhörer, ein Teil, das aussah, als gehörte es zu einem Toningenieur in einem Aufnahmestudio. Mit klopfendem Herzen zog ich ihn mir auf und drückte auf *Abspielen*.

»Also«, sagte Thies so laut in meinem Kopfhörer, als stünde er direkt neben mir. Seine Stimme war warm, weich und wunderbar tief, sie schickte mir eine Gänsehaut über den Körper. Er redete, als ob wir gerade mitten in einem Gespräch wären.

»Ich habe so einen Spaziergang mal für meine Schwester Julia arrangiert, als sie nach Hamburg gezogen ist und ganz neu war. Deswegen bin ich daraufgekommen, so etwas Ähnliches für dich neu Zugezogene zu machen. Das, was jetzt kommt, ist eigentlich meine Joggingrunde. Aber ich habe das Tempo extra an dich angepasst.«

»Haha!«, sagte ich sarkastisch.

»Denn jetzt geht es ja nicht ums Joggen, sondern es soll ein Entdeckungsspaziergang werden.«

Komisches Wort, dachte ich.

»Hm, komisches Wort«, hörte ich Thies gleichzeitig sagen. »Aber egal. Ich werde dir immer sagen, wo du lang musst und wo die … na ja … Schätze verborgen sind. Geh einfach los.«

Ich fluchte leise. Er würde mich doch nicht wirklich auf eine Schnitzeljagd schicken, wie auf so einem Kindergeburtstag? Was sollten das für »Schätze« sein auf einer Joggingrunde? Hatte er etwa Almdudlerflaschen versteckt? Ich malte mir die wildesten Dinge aus. Trotzdem setzte ich mich in Bewegung und nahm im

Treppenhaus immer zwei Stufen auf einmal nach unten, denn Thies sagte bereits: »Wenn du zur Haustür raus bist, dann wende dich nach links.«

Ich fühlte mich völlig seltsam. Nicht zuletzt wegen dieser überdimensionalen schwarzen Dinger auf meinen Ohren. Wenn mich jetzt jemand sah!

»Du musst gleich als Nächstes hier über die Kreuzung und dann ein paar Hundert Meter die Straße entlanggehen …«

Ich hörte Thies atmen und laufen. Er hatte die Aufnahme gemacht, als er selbst die Runde gegangen war. Es fühlte sich an, als liefe er direkt hinter mir und würde gleich an meiner Seite auftauchen.

»Okay, es geht leider noch zweimal über die Straße, das ist jetzt nicht so interessant, hatte ich mir irgendwie toller vorgestellt.«

Ich kicherte. Eine Passantin sah mich verwundert an. Ich tat, als bemerkte ich sie nicht, und ging weiter.

»Wenn du jetzt stehen bleibst …«

Moment, ich war wohl zu weit. Ich stoppte abrupt, spulte noch einmal zurück.

»Wenn du jetzt stehen bleibst und nach rechts siehst, entdeckst du bei dem Häuserzug diese beiden Geschäfte nebeneinander, Sonnentor Restaurant und Scheinberger Handwerksbetriebe, siehst du die Schilder? Ich halte immer einen Daumen hoch, der in meinem Sichtfeld den Teil »Tor« überdeckt … Wie erkläre ich das … So, als ob du den Mond mit deinem Daumen verdecken willst.«

Ich kniff ein Auge zu, hob den Daumen und blinzelte darüber.

»Siehst du es?«, fragte Thies in meinen Ohren.

»Sonnen-schein!«, flüsterte ich.

»Das war der erste Schatz!«

So einfach war das also … Ein unscheinbarer Ort, an dem plötzlich »Sonnenschein« auftauchte. Ich lächelte.

»Das habe ich noch nie jemandem gezeigt. Okay, es ist vielleicht nix Besonderes …«

»Halt die Klappe«, murmelte ich. »Es ist wunderschön!«

»… aber ich dachte, es gefällt dir vielleicht.«

Ich lief nach Thies' Anweisung weiter, immer die Straße entlang.

»Siehst du links das Schild an der Imbissbude? Das bringt mich immer zum Lachen. Es sieht aus wie ein Kreuz, als ob das hier eine Kirche wäre. Eine Imbiss-Kirche – schnelle Beichte, einmal zum Mitnehmen bitte.«

Ich hatte ein breites Grinsen auf dem Gesicht. Wer auch immer mich jetzt sah, würde wohl den Kopf schütteln. Zum Glück waren nicht viele Menschen unterwegs. Nur der Imbissbudenbesitzer sah mich und winkte mir gut gelaunt zu. Ich grüßte zurück.

Thies schickte mich anschließend an den Schwabinger Bach hinunter und fragte mich, welche Farbe er heute hatte. Je nach Wetter war er eisblau oder silbrig aufgewühlt. Thies erklärte mir, dass er hier immer einen Moment das Wasser betrachtete, bevor er weiterjoggte. Dass er sich jedes Mal fragte, wie viele Surfer wohl drüben auf dem Eisbach ihr Glück versuchten. Sogar jetzt, wenn es langsam herbstlich wurde, später sogar im Winter.

»Und auf dem Rückweg kommst du an dieser Parkbank vorbei. Ich habe das Tempo extra an dich angepasst. Mal sehen, du müsstest sie jetzt eigentlich entdecken.«

Weit und breit gab es in der Richtung, in die er mich geschickt hatte, nur diese verwitterte alte Parkbank. Ich steuerte darauf zu.

»Stopp hier. Geh einmal um die Bank herum. Hinten rechts, auf dem obersten Brett, findest du etwas. Na?«

Ich beugte mich hinunter, fuhr mit den Fingern die Kerbe entlang. Von Weitem sah es aus wie eine zufällige Kerbe, aber jetzt erkannte ich, dass das ein Schnabel und eine angedeutete Flügelfeder sein sollten, und mittendrin ein großes Auge, das um einen dunklen Punkt im ungleichmäßig gemaserten Holz herum geschnitzt war.

»Eine Eule«, sagte ich erstaunt.

»Siehst du die Eule?«, fragte mich Thies über den Kopfhörer.

Ich nickte. Auch wenn er das nicht sehen konnte.

»Ich habe auf einer Joggingrunde hier mal Stretching an der Bank gemacht. Und dabei ist mir aufgefallen, dass da jemand etwas hineingeschnitzt hat. Ich glaube, das sehen nicht viele. Und das sollten wohl auch nicht viele sehen! Jetzt fühle ich jedes Mal, wenn ich an dieser Bank vorbeijogge, einmal nach der Eule. Ohne das wäre meine Joggingrunde nicht komplett. Hm, jetzt, wo ich das sage, merke ich, dass ich das auch noch niemandem erzählt habe. Aber warum auch. Es ist nur ein kleines Detail. Okay, weiter geht's.«

Nach einem Moment war seine Stimme wieder zu hören.

»Und jetzt kommen wir zu meinem absoluten Highlight. Bist du bereit? Sag mir Bescheid, wenn du es siehst. Es müsste noch da sein, ich hoffe es. Es verschlagt mir jedes Mal den Atem.«

Ich beeilte mich, den Weg entlangzugehen, schlängelte mich zwischen Spaziergängern und Hundeleinen hindurch. Schon als ich den ersten roten Rand aufblitzen sah, wusste ich, dass er das meinte. Ich zog mein Tempo an, joggte den Pfad entlang. »Oh mein Gott«, sagte ich laut.

Ein riesiges Feld von roten Chrysanthemen, die sich sanft im Wind wiegten.

»Jetzt würde ich gern dein Gesicht sehen«, sagte Thies triumphierend in meinen Ohren. Er wusste genau, dass mir dieser Anblick den Atem verschlagen würde. »Das Stück gehört ja noch zum Englischen Garten, ich weiß nicht, wer diese Pflanzen hier sät. Auf jeden Fall sieht das Beet, na ja, das Meer von Blumen, hier immer wahnsinnig aus.«

Da hatte er absolut recht.

»Und ich wüsste zu gern, wie du diese Farbe beschreibst«, sagte er nach einer kleinen Pause leise hinterher.

Es war, als stünde er direkt neben mir.

»Feuersalamanderrot«, flüsterte ich.

Ich nahm mein Handy aus der Hosentasche und tippte es, schickte nur dieses eine Wort ab.

Es ist unglaublich, oder?, kam als Antwort.

»Wunderschön«, sagte ich laut, tippte ein *Danke dafür* als Antwort. Dann wurde mir klar, dass das wahrscheinlich seltsam klang, wo er doch gar nicht neben mir stand und merken konnte, wie sehr mich dieser Anblick, diese Schnitzeljagd bezauberte. Mein ganzer Körper prickelte.

Es ist wunderschön, schrieb ich also hinterher.

In diesem Moment, nach einer langen Pause, hörte ich Thies in meinen Ohren etwas sagen.

»Es ist einfach wunderschön, und das wollte ich dir zeigen.«

Dann war die Aufnahme zu Ende.

Und da wusste ich, dass Thies genau verstand, wie magisch es für mich war.

Ja, kam als Antwort auf meinem Handy an.

Verrückt, wie sich hier die Zeitebenen und der aufgenommene Thies mit dem echten Thies überschnitten.

Feuersalamanderrot – das werde ich ab jetzt immer denken, wenn ich daran vorbeijogge.

Kapitel 16: Baumwollweiß

Leonie

Zur Ablenkung hätte ich am liebsten einen Film gesehen, aber Thies' DVDs schienen aus Kletter-Dokumentationen und Kurosawa-Klassikern zu bestehen. Nichts, was mich von diesem aufgeregten Gefühl hätte ablenken können, das sich immer mehr in mir aufbaute. Seit der Schnitzeljagd war es noch schlimmer geworden. Thies hatte mit mir diese schönen Schätze geteilt, und ich würde jetzt alles daransetzen, ihn aus seiner Wohnung zu bekommen.

Gut, dass es inzwischen dunkel wurde. Ich hatte das Gefühl, dass die Welt mir dann nicht dabei zusah, wie ich hier alles systematisch durchging.

Ich stellte mich genau in die Zimmermitte, stemmte die Hände in die Hüften und sah mich um. So, als ob die Antwort in den Gegenständen hier zu finden sein müsste, in den Büchern und Platten und dem Sessel und den kahlen weißen Wänden.

Irgendetwas musste ich finden, was Bedeutung hatte. Was war Thies für ein Mensch? Was würde ihm die Lust auf diesen Raum vermiesen? Was würde ihm Lust auf sein Wochenendzuhause machen? Ich drehte mich einmal um die eigene Achse, ganz, ganz langsam. Holzboden. Türrahmen. Sideboard.

Er verwendete nur das eine Sideboard und kein Regal. Weswegen so viele Stapel auf dem Boden lagen. Sie waren zwar sortiert, aber dennoch nicht penibel oder akkurat aufgeräumt.

Es wurde nicht leichter. Bei jedem Papier, das ich inspizierte, bei jeder Platte, die ich in die Hand nahm, fragte ich mich still: *Thies, wer genau bist du?*

Ich musste begreifen, wie er tickte, musste irgendwie, irgendwo eine Achillesferse finden. Etwas, das seine ruhigen Stunden hier im Sessel, bei Schallplattenmusik, ruinieren würde? Etwas, was das gemütliche Sammlergefühl, das mich bei den Bücherstapeln und Gläserscharen überkam, zunichtemachen könnte?

Es half nichts, aber dieses Mal musste ich es wagen. Obwohl es warm genug war, hatte ich eine Gänsehaut am Unterarm, als ich die Klinke zu seinem Schlafzimmer hinunterdrückte. Zuerst schaute ich nur. Das Zimmer war nicht riesig, aber deutlich größer als mein kleines Nebenzimmer. Es hatte nur indirektes Licht, durch zwei Oberlichter, die ins Wohnzimmer und ins Bad reichten. So konnte man hier auch lüften, so fand hier Tageslicht hinein. Die Wand am Kopfende musste wohl an die nächste Wohnung angrenzen. Aber gerade dadurch entstand das Gefühl eines Rückzugsortes, den niemand richtig einsehen konnte. Wäre es mir hier drin zu dunkel, so ohne richtiges Fenster? Durch die weißen Wände und die weiße Bettdecke blieb der Eindruck freundlich, weich, gemütlich. Der Schrank war aus hellem Holz, die Kommode ein warmes Kirschholzbraun, ein echtes Designerstück. An sie wagte ich mich zuerst. In der untersten Schublade waren ein zweites Kissen und eine zweite Decke verstaut. Das musste wohl dafür sein, wenn Thies hier jemanden zu Besuch hatte. Beides war bezogen und einsatzbereit. Wieder einmal fiel mir auf, wie wenig ich über seine Arrangements wusste. Wie auch immer, das half mir bei meinem Plan nicht weiter. In der mittleren Schublade waren Sportsachen, Trainingshosen, Funktionsshirts, ein Expander. Ein komisches, schmetterlingsartiges Teil, mit dem man wohl die Handmuskeln trainierte. In der obersten Schublade – ich schloss sie sofort wieder. Thies' Boxershorts und Unterhemden brauchte ich ja nun wirklich nicht zu durchwühlen. Für einen Moment hatte ich ein Bild vor Augen, wie jemand aus dem Bad hierherkam, frisch geduscht, nur mit diesen Boxershorts bekleidet … Dabei wusste ich noch nicht einmal, wie Thies aussah. In meiner Vorstellung war er zwar durchtrainiert, aber irgendwie gesichtslos. Ich streckte die Schultern durch und riss mich zusammen. Jetzt nur nicht ablenken lassen. In dem Kleiderschrank aus Kiefernholz hingen ein paar wenige marineblaue Anzüge und Hemden, baumwollblau und strahlendweiß. Ein braunes Sportsakko, eine Cargohose. Hier nahm ich den Duft wieder wahr, den ich ganz am Anfang, als ich zum ersten Mal in die Wohnung gekommen war, bemerkt hatte. Diesen Duft, den ich »Baumwolle« nannte. Ich schloss die Schranktür und machte auf dem Absatz kehrt. Nichts, was mir weiterhalf, hatte etwas mit diesen Klamotten zu tun.

Leise zog ich die Zimmertür wieder hinter mir zu, schlenderte zurück ins Wohnzimmer, setzte mich im Schneidersitz direkt zwischen die Stapel Bücher und Zeitschriften, zog mir den Haufen Schallplatten heran.

Thies, was würde machen, dass du weiterziehen willst?

Natürlich gab es darauf hier in diesen Schubladen, in den Büchern und Kleidungsstücken keine Antwort. Ich musste sie mir herleiten, den Umkehrschluss ziehen. Denn mit jedem Gegenstand, den ich betrachtete, mit jedem Stück, das ich entdeckte, begriff ich mehr und mehr, was er liebte.

Hier, mitten Wohnzimmer im Schneidersitz, wählte ich eine Nummer.

»Hallo, Marianne? Hier ist Leonie. Also, ich wollte fragen ... Die Wohnung ist toll, und ich wollte mich bedanken, dass ich das dritte Zimmer bewohnen darf. Ich wollte auch sagen ... Also, da ich diese Situation mit Milan habe, ich meine, also ...« Ich räusperte mich umständlich. »Ich würde total gern die ganze Wohnung mieten. Weißt du denn, ob der Mieter jemals vorhat, auszuziehen?«

»Nein, bis jetzt gibt es da keine Andeutungen in die Richtung. Aber ich weiß natürlich auch nicht viel von ihm. Er war immer absolut in Ordnung und einwandfrei mit allem.«

Sie machte eine Pause. Wieder wurde mir bewusst, wie fremd sie mir als Mensch war. Sie wusste ja nicht, wie dringend ich meine Situation ändern wollte. Ändern musste.

Also haspelte ich schnell: »Ich wollte nur sagen, dass ich Interesse habe, sie zu übernehmen, falls er je ausziehen möchte.«

Nach einem kurzen Moment sagte Marianne: »Ist in Ordnung, das merke ich mir. Es ist ja auch immer so anstrengend, passende Nachmieter zu finden.«

Und obwohl diese mir so fremde Frau doch recht freundlich reagiert hatte, war ich nach dem Auflegen immer noch unruhig. Eigentlich war der erste Punkt – Marianne – geschafft. Trotzdem hatte ich nicht das Gefühl, dass ich auch nur einen Schritt weitergekommen war.

Ich hievte mich hoch, tapste in die Küche.

Normalerweise würde ich jetzt meine Farbtöpfe zücken und einen Raum streichen. Einen Raum streichen ... Das konnte ich hier ja wohl schlecht machen. Seufzend sah ich mich um. Streichen, renovieren, reparieren, umordnen ... Es kribbelte mir in den Fingern, meine Gedanken zu sortieren und dabei echte Gegenstände in den Fingern zu haben. Allerdings würde es ja wohl wenig dazu beitragen, Thies überzeugend zu vermitteln, dass es anderswo schöner war, wenn ich hier seine unzähligen Stapel im Wohnzimmer aufräumte. Nein, das wäre vielmehr so seltsam, dass er lediglich denken würde, ich hätte einen Ordnungsfimmel. Nicht mehr und nicht weniger. Seufzend öffnete ich den Oberschrank, suchte nach einem Glas für einen Schluck Leitungswasser in seiner riesigen Sammlung – und entdeckte, ganz nach hinten gerutscht, etwas Mintgrünes. Es sah schön aus, war aber seltsam geformt ... Vorsichtig stellte ich andere Gläser beiseite, um an das Ding zu gelangen. Schließlich erkannte ich, dass ich es deswegen als seltsam empfunden hatte, weil es kein Glas oder Becher war, sondern eine kleine Vase, rund, mit breitem Fuß und oben mit einer weiten Öffnung. Wahrscheinlich war das Ding ein Flohmarktfund, es sah altmodisch aus und hatte eine abgesprungene Stelle am oberen Rand. Es war nicht mein Geschmack, aber die Vase wirkte irgendwie zierlich und verletzlich. Und da wusste ich, was ich tun würde, um meine Gedanken zu sortieren.

Kapitel 17: Seesternrot

Leonie

»Leonie, du bist ein Schatz. Bei Regenwetter ist Clara oft so unleidig … Danke, dass wir hier bei euch einfallen und na ja, Sauerei machen dürfen.«

Billie sah mit hochgezogenen Augenbrauen zu Milan und Clara. Die Kinder hatten sich an den Tisch gesetzt und begonnen, Bügelperlen zu legen. Leider fielen etliche dabei auf den Boden, so sehr, wie Milan in dem Schächtelchen nach seesternroten Perlen grub. Clara hingegen wollte blaue, grüne und gelbe, weil ihr Delfin so richtig bunt sein sollte. Trotzdem schien alles friedlich abzulaufen.

»Wenn du möchtest, kann ich das nachher gleich mit dem Staubsauger aufsaugen«, bot Billie an.

Ich winkte ab und ließ mich neben sie auf die Couch sinken. »Lass mal. Ich werde die später mit der Kehrschaufel einsammeln, und Milan darf sie wieder ins Schächtelchen kippen. So machen wir das immer. Möchtest du einen Tee?«

Billie schüttelte den Kopf. »Ach, du bist ja gelassen. Und überhaupt machst du heute so einen guten Eindruck. Wie läuft denn die Aktion Mieter kennenlernen?«

»Pscht!«, machte ich instinktiv, obwohl die Kinder viel zu versunken waren in ihre Aufgabe. Jedes Mal, wenn ich nur daran dachte, bekam ich rote Ohren. Ich schnüffelte in fremden Dingen, um mein Glück zu finden, und sprach auch noch mit meiner besten Freundin darüber, die Rechtsanwältin war. Die allerdings schien dabei wenig Anrüchiges zu finden.

»Die Aktion lief schlecht, ich habe nicht viel herausgefunden. Und dann habe ich sogar noch etwas verschönert. Ich weiß gar nicht, wo ich ansetzen soll!«

»So einfach geben wir uns nicht geschlagen. Wenn du in seiner Wohnung nicht viel herausfinden konntest, musst du eben die Quelle direkt anzapfen. Hier«, mit diesen Worten griff sie mein Handy von der Sofalehne und hielt es mir vor das Gesicht. »Schreib ihm noch mal, komm mit ihm ins Gespräch, lass ein paar Fragen einfließen.« Als sie meine skeptische Miene sah, fügte sie hinzu: »Vergiss nicht, wenn das klappt …« Bevor sie weiterreden konnte, schnappte ich mir das Handy.

»Jaja«, sagte ich und klang dabei noch trotziger als Milan, der von Clara abkommandiert wurde, die Perlen in ihren Farben herauszufischen. »Ich mach ja schon.«

Doch dann ließ ich das Handy noch einmal sinken. »Weißt du, er hat … etwas ganz Seltsames getan.«

Billie rückte skeptisch die Brille zurecht.

»Ich meine, gut seltsam. Er hat mir, um mir die Gegend vertrauter zu machen, so eine Art geführten Spaziergang zusammengestellt.«

Billie hörte sich in Ruhe meine Beschreibung an. »Offenbar war der Spaziergang schön, sonst würdest du nicht so strahlen. Ziemlich aufmerksam von ihm. Warum hat er das getan?«

Ich starrte auf das schwarze Display in meiner Hand. »Ich habe keine Ahnung, was ihn dazu bewogen hat. Ich meine …

Er hat gesagt, er hätte das auch mal für seine Schwester gemacht. Und warum er es jetzt für mich arrangiert hat … Vielleicht ist der einfach nett?«

Billie lehnte sich vor, tippte mit einem Finger auf den Knopf meines Handys, sodass das Display aufleuchtete. »Das mag sein, Leonie Schäfer. Der Mieter ist nett, und du tust ihm ja auch gar nichts Böses. Wir helfen nur ein wenig nach, die Situation zu verbessern, erinnerst du dich?«

Es fühlte sich seltsam an, eine Nachricht an Thies zu tippen, während Billie mir über die Schulter sah. Bisher hatte ich ihn nur für mich gehabt.

Hallo Thies. Wie war dein Wochenende?

Bin gerade im Supermarkt, hatte nichts mehr fürs Abendessen. Melde mich gleich, wenn ich zu Hause bin.

Enttäuscht ließen wir uns beide in das weiche Sofa zurücksinken. Trotzdem sagte Billie: »Abwarten. Du musst jetzt ein paar Dinge tun, die unangenehm sind. Sodass er mehr und mehr von sich erzählt. Je besser wir ihn kennen, desto besser können wir eingreifen. Im Augenblick ist es einfach zu früh, einen Effekt zu sehen.«

Ich wollte kontern, dass sie das ja geradezu wissenschaftlich anging. Doch in dem Moment fragte Milan: »Mama, können wir einen Pfefferminztee haben? Mit Honig?«

»Na klar.«

Als ich die dampfenden Tassen auf dem Tisch abstellte, pingte mein Handy auf der Sofalehne. Billie griff danach.

»Was schreibt er?«

»*Du hast mir ein paar Herbstzweige gepflückt*«, las Billie vor. »Los!«, feuerte sie mich an. »Das solltest du aufgreifen!«

Ich nahm ihr das Handy ab. »Warte mal, ich muss mich erst sammeln.« Wie formulierte ich das jetzt?

Ich habe die Vase repariert. War das okay?

Repariert?

Es war nicht okay. So, wie sich seine Nachricht nun las. Billie, die mir die ganze Zeit über die Schulter linste, versetzte mir einen Stoß mit dem Ellenbogen in die Seite. Also nahm ich das Handy und sprach eine Nachricht ein.

»Tut mir leid, ich … ich wusste nicht …« Ich konnte ja schlecht sagen, dass ich etwas streichen oder renovieren oder reparieren musste, wenn ich unruhig war. »Ich habe von einer Kollegin das nötige Material ausgeliehen und so ähnlich, wie Japaner das mit ihrer Keramik machen, die kleine Vase aufgewertet.«

Ich musste sehr wirr klingen. Wie erklärte man jemandem innerhalb von zwei Sekunden, was Kintsugi war? Selbstverständlich hatte Keiko keinen Goldlack vorrätig gehabt, allerdings etwas Nagellack. Tiefblauen, wunderschönen Nagellack. Ich hatte der mintgrünen Vase oben am Rand und unten am Fuß einen königsblauen Abschluss verpasst, der nicht nur machte, dass die Vase wie ein cooles Vintage-Stück aussah. Man konnte auch nicht mehr erkennen, dass darunter eine abgesprungene Stelle lag. Die Vase wirkte moderner, weniger fragil, und zur

Krönung hatte ich aus dem Innenhof zwei kleine Zweige, ein wunderschönes, orangefarbenes Ahornblatt und eine stachelige Kastanie darin drapiert. Ein saisonales Arrangement, das ich für den Kontrast neben die chromfarbene Kaffeemaschine platziert hatte. Die Herbstzweige, auf die Thies sich bezogen hatte.

Ich zog eine Grimasse, die Thies nicht sehen konnte.

»Es war übergriffig, oder?«

»Ich … ich weiß nicht so recht.«

Thies schien wirklich unsicher. Die nächste Sprachnachricht folgte prompt. »Ich meine, ich habe diese Vase schon eine Weile, aber vielleicht war es Zeit, dass sie … nun ja, wenn schon nicht weggeworfen wird, dann zumindest anders aussieht. Schätze ich.«

Ich schlug mir die Hand vor den Mund, sprach die nächste Sprachnachricht mit einer entschuldigenden Grimasse im Gesicht auf. »Bitte sag mir nicht, dass das ein Erbstück deiner Großtante war.«

Die Antwort folgte sofort, ich hörte Thies leise lachen. »Es war tatsächlich mal ein bedeutendes Stück. Meine Ex-Freundin Andrea hat es mit mir zusammen auf einem Flohmarkt erstanden und …«

»… und?«

»Und das war der einzige Gegenstand, den sie bei mir zurückgelassen hat.«

Eine Ex-Freundin. Ich ließ das Handy für einen Moment sinken. Ich lehnte mich auf dem Sofa mit geschlossenen Augen zurück. *Großartig, Leonie,* schimpfte ich mich still. *Du bist hier schließlich nicht angetreten, um diesem Menschen wehzutun. Das ist ja mal gehörig schiefgegangen.* Ich richtete mich auf und sprach zerknirscht die nächste Nachricht auf.

»Shit. Das tut mir leid.«

Thies' Antwort folgte prompt. »Nein, nein, ich meine … Ich bin mir nicht sicher, ob es nicht Zeit war«, Thies zögerte, »dieses letzte Erinnerungsstück zu entfernen. Ähm, oder eben bis zur Unkenntlichkeit umzugestalten.«

Das klang nun tatsächlich danach, als wäre er bereit, nach vorn zu blicken. »Das letzte Erinnerungsstück«? Konnte es sein, dass Thies genau solchen Herzschmerz gehabt hatte wie ich, dass er etwas Ähnliches erlebt hatte und jetzt in einer Wohnung war, die – wenn nicht mehr von den Gegenständen, dann von allen vier Wänden – noch von einer gescheiterten Liebe sprach? Konnte es sein, dass Billie und Keiko und Mascha auf dem richtigen Dampfer gewesen waren damit, dass Thies nur ein wenig Hilfe brauchte, um sich endgültig zu lösen und ein neues Leben zu beginnen? Ich atmete tief durch. Ich hatte so ein schlechtes Gewissen gehabt, weil ich einfach noch zu wenig über ihn wusste. Und jetzt gab es die Möglichkeit, dass mein Glück – ein neues Leben in einer neuen Wohnung – auch seins sein könnte? Schließlich hatte er gerade gesagt, dass es längst Zeit war …

Aber ich wusste von mir selbst ganz genau, dass nicht alles so schnell wieder rosig war. Ehrlich gesagt klang seine Reaktion auf meine Vasenverschönerung nach einem ähnlichen Desaster wie bei Raphael und mir.

»So schlimm?«, fragte ich in das Mikrofon meines Handys. Billie neben mir machte eine rollende Geste mit beiden Händen. Weiterfragen, hieß das. Frag ihn aus! Wir brauchen Informationen. Ich wedelte ihre Hände weg, drückte dann aber doch noch mal auf Aufnahme.

»Wart ihr lange zusammen?«, stotterte ich. So neugierig war ich sonst nie. Nicht gerade taktvoll!

»Nein, ich … Insgesamt ging es anderthalb, fast zwei Jahre. Es war ehrlich gesagt ein Hin und Her. Ich … Es war nie offiziell … Ich meine … Wenn du es genau wissen willst: Wir haben uns damals kennengelernt, als sie gerade aus einer Beziehung kam. Zuerst war ich wohl nur der Trost-Mann …«

Ich biss die Zähne zusammen. Das konnte kein schönes Gefühl gewesen sein. Billie neben mir hörte mit und machte große Augen. Ja, Thies erzählte bereitwillig ganz schön viel Persönliches. Und ich konnte ihr jetzt, mitten in Thies' Sprachnachricht, nicht klarmachen, dass wir uns gar nicht mehr wie Fremde fühlten. Seit den Nachrichten. Seit dem Almdudler. Seit der Schnitzeljagd, die etwas mit uns beiden gemacht hatte.

»… denn sie blieb anfangs mir gegenüber immer etwas unverbindlich. Sie ließ sich auf nichts Festes ein. Dann gab es eine Phase, in der sie wieder Kontakt zu ihrem Ex hatte und das mit mir vorerst beendete. Aber nur einen Monat später, während wieder Funkstille mit ihrem Ex herrschte, begannen wir … nun ja, sie würde es eine Affäre nennen. Für mich war es aber mehr, mit allem Drum und Dran. Für mich war es eine große Liebe. Das war auch der Sommer, in dem wir die Vase erstanden haben.«

Ich atmete durch. Was antwortete man auf so eine persönliche Nachricht? Selbst Billie lehnte sich jetzt zurück, ihre glitzernde Handykette klackerte einmal. Dann war es kurz still. Milan und Clara platzierten ruhig und konzentriert ihre Bügelperlen. Ich konnte an Billies Gesichtsausdruck sehen, dass sie genauso berührt davon war wie ich, dass Thies sich so geöffnet hatte. Dass er so ehrlich gewesen war.

Ich drückte noch einmal auf Aufnahme: »Das kann nicht leicht für dich gewesen sein. Die Situation damals und jetzt, dass du mir davon erzählst. Ich …« Jetzt redete ich immer schneller. »Danke für deine Offenheit, Thies, wir kennen uns ja nun noch nicht gut, und das mit der Vase tut mir leid. Ich wollte etwas Schönes in der Wohnung hinterlassen und habe offenbar völlig danebengegriffen. Ich verspreche dir, ich werde den Lack vorsichtig wieder entfernen und na ja, das wiedergutmachen.«

Ich strich mir die eine Hand, die vor Aufregung feucht geworden war, an meinem Hosenbein ab. In der anderen hielt ich krampfhaft mein Handy fest, starrte auf das Display. Was würde er mir wohl antworten? Einen Moment später pingte mein Handy mit der nächsten Sprachnachricht.

»Nein, nein, mach das nicht.« Thies zögerte. »Ich meine … Andrea ist schließlich wieder mit ihrem Ex zusammengekommen. Es war und ist immer ein ziemliches Hin und Her. Ich weiß manchmal selbst nicht, was ich davon halten soll. Aber die Zeit dieser Vase, wie sie war, gibt es jedenfalls nicht mehr.«

Ich hatte mich schon genügend blamiert und auch völlig falsch verhalten. Mir war so unwohl dabei, dass mir fast schlecht wurde. Trotzdem tippte ich jetzt wieder, anstatt aufzusprechen:

Ist die Wohnung dann nicht voller Erinnerungen?

Würde sein Liebeskummer ausreichen, um ihm nahezulegen, dass er lieber wegziehen sollte? Ich wusste ja auch immer noch nicht, wo genau er an den Wochenenden war und ob er dort nicht mit einer neuen Frau war, längst über diese Affäre hinweg. Aber ich wusste, wie ich mich in meiner Wohnung fühlte.

Und jetzt hatte ich die Chance, meine Vermutung bestätigt zu bekommen.

Seine Antwort war schlicht, sie bestand nur aus einem Wort.

Doch.

Wäre es nicht manchmal schön, irgendwie weit weg zu sein?

Ich schloss die Augen, fühlte mich so falsch dabei. Er musste doch hören, wie seltsam das klang!

Gute Idee, ich könnte ja dauerhaft in die Berge ☺☺☺

Billie schnappte sich das Handy. »Nicht!«, rief ich, aber sie tippte schon.

Wieso, was machst du denn beruflich? Ginge das?

»Billie! Nicht so plump! Der merkt doch, dass das nicht mehr nach mir klingt.« Zu spät. Ich zupfte ihr mein Handy aus der Hand und stand auf. Besser, ich schrieb in der Küche weiter, sodass sie mir nicht mehr dazwischenfunkte. Genau in dem Moment leuchtete die nächste Nachricht auf.

Ich bin Architekt.

Architekt! Das hatte ich gar nicht erkennen können an den ganzen Gegenständen in seiner Wohnung. Na ja, was hatte ich auch erwartet? Hier bei mir lagen schließlich auch keine Studienführer für Grafikdesign herum. Bevor ich reagieren konnte, pingte die nächste Nachricht:

Und nein, bevor du jetzt fragst, welche bekannten Gebäude ich hier gebaut habe, du kennst wahrscheinlich keine.

Ich schmunzelte.

Das ist wohl so, wie wenn ich sage, ich arbeite in der Werbung, und mich jemand fragt: Welchen TV-Spot habe ich von dir schon gesehen?

Genau! Du verstehst das.
Mein Vater war Architekt und als Professor ziemlich bekannt. Daher bekomme ich oft solche Fragen …

Ist es beruhigend, dass ich weder deinen Vater noch dich als Architekt kenne? ☺

Unheimlich beruhigend. ☺ *Und ich kenne deinen Vater auch nicht … oder? War er ein berühmter Grafiker? ;)*

Er war Lehrer und hat nie so recht verstanden, was ich da »male« …

Meiner hat auch nie so recht verstanden, was ich so mache. Und trotzdem hat er es nicht für gut befunden.

Ich tippte einfach, ohne besonders nachzudenken, ob das noch in Ordnung war:

Was genau?

… Alles.

Das klingt schwierig.

Ja, das war es. Vielleicht würde er es heute anders empfinden, wenn er jetzt meine Arbeit sähe, aber er ist gestorben, kurz bevor ich mein Studium abschloss.

Oh, das tut mir leid. Auch da verstehe ich dich: Mein Vater ist vor zwei Jahren gestorben.

Vom Wohnzimmer her höre ich Milan empört rufen: »Wo bleiben unsere Snacks?«

Snacks, wer auch immer ihm dieses Wort beigebracht hatte, hatte nicht bedacht, wie sich das aus dem Mund eines Fünfjährigen anhörte. Ich steckte das Handy in die Hosentasche und kramte im Schrank nach den Salzstangen. Schnell schälte ich noch zwei Karotten und richtete alles auf einem Teller an. Als ich ihn auf den Tisch stellte, sahen die beiden trotzdem kaum von ihren Bügelperlen auf. Billie zwinkerte mir wissend zu. Typisch, die beiden!

Ich zog mein Handy wieder aus der Hosentasche, um mich neben sie auf die Couch zu setzen, und sah, dass noch eine weitere Nachricht eingetroffen war.

Mein Beileid. Dann kennst du ja dieses seltsame Gefühl.

Ich wusste sofort, was er meinte.

Ja.
Es war ein Schock. War das bei deinem Vater auch so?
Obwohl es manchmal schwierig mit ihm war?

Ja, schrieb Thies nur. Aber seit ich ihn durch die Kopfhörer auf meinen Ohren gehört hatte, seit er mit mir seine Schätze und Entdeckungen im Viertel geteilt hatte, hatte ich das Gefühl, ich könnte ihn dabei genau hören. Jede Nuance. Jede Modulation. Das war kein einfaches Ja gewesen. Sondern ein ehrliches, fast trauriges, offenes Ja. Und es kam mir auch gar nicht mehr seltsam vor, dass unser Gespräch eine solche Wendung genommen hatte. Billie neben mir checkte ruhig ihre E-Mails auf ihrem Handy. Es störte sie nicht, dass ich mich hier mit Thies so eingehend unterhielt, im Gegenteil. Sie hielt es wohl für einen Teil meines Plans, ihn so gut kennenzulernen, dass ich ihn noch viel ausgeklügelter und besser aus seiner Wohnung bekommen würde.

Die Kinder verzogen sich in mein Schlafzimmer. Ich hörte sie mit halbem Ohr etwas diskutieren, während ich die Nachrichten von Thies noch einmal durchlas und überlegte, wie ich ihm antworten könnte. Während ich ihn wieder und wieder in meinem Kopf hörte und schon viel mehr mit ihm in Gedanken gesprochen hatte, als ich tatsächlich in die Nachrichten geschrieben hatte. Ansonsten war es hier sehr ruhig, der Duft des Pfefferminztees lag in der Luft und …

Und noch etwas, das anders roch. Mehr nach Heizung oder Ofen oder …

»Riecht es verbrannt?« Ich war zu perplex, um es sofort zu begreifen. Wir hatten doch nichts gekocht? »Oh Gott, Milan bügelt sein Bügelperlenbild selbst!«

Billie war vor mir auf den Beinen und rannte schon ins Schlafzimmer. »Ich mach das!«

Aber so einfach konnte ich Thies nicht hängen lassen, also tippte ich schnell: *Muss los, kleiner Notfall!*

»Ist nichts passiert«, hörte ich Billie aus dem Schlafzimmer rufen. »Nur das Papier, das man beim Bügeln über die Perlen legen muss, ist ein wenig, äh, verkohlt.«

Gleichzeitig kam Thies' SMS an:

Ich hoffe, es ist alles gut?

Und eine nächste Nachricht folgte sofort.

Schreib mir, wenn ich dir helfen kann!

Perplex sah ich auf meinen Handybildschirm. Er war in einem ganz anderen Stadtteil – tatsächlich wusste er ja gar nicht, wo ich unter der Woche wohnte –, kannte mich praktisch nicht und wusste nicht, was der Notfall war.

Und trotzdem bot er seine Hilfe an, einfach so.

Was für ein Mensch tat das?

Kapitel 18: Knallpink

Leonie

Am Abend, als endlich alles ruhig und aufgeräumt war, ich genug gelüftet hatte, damit es nicht mehr verkohlt roch, und Milan endlich tief und fest schlief, kuschelte ich mich tief in meine Bettdecke ein. Eigentlich wollte ich jetzt noch durch die Wohnzeitschrift blättern, die Mascha mir geliehen hatte, aber ich hatte auch das Bedürfnis, den hilfsbereiten Thies nicht so hängen zu lassen. Also erklärte ich ihm kurz, was der kleine Notfall gewesen war, schrieb, dass ich einen Sohn namens Milan hatte, und dass jetzt alles gut war. Dass ich jetzt noch eine Wohnzeitschrift lesen würde und dann Feierabend war.

Und die Wohnzeitschrift ist nicht Feierabend?

Als mein Handy mit dieser Nachricht pingte, rappelte ich mich aus meinem Kissen hoch. Thies war offenbar noch wach. Lächelnd lehnte ich mich an mein Kopfteil und musste nicht lange für meine Antwort überlegen.

Ist alles Recherche. ;)
Ich schaue mir immer an, welche Farben gerade für meine Kunden angesagt sind. Ist auch wichtig, als Grafikerin.

Und was genau machst du dann?

Wie meinst du das?

Ich möchte wissen, wie du arbeitest. Wie wählst du denn so eine Farbe aus?

Kurz ließ ich das Handy sinken, zog meine kuschelige Decke etwas höher. Obwohl Thies so genau nachfragte, fand ich ihn nicht zu neugierig. Nach allem, was wir heute Nachmittag schon geschrieben und gesprochen hatten, schien es nur natürlich, genauso weiterzumachen. Ich kaute auf meiner Lippe und überlegte mir, wie ich ihm klarmachen könnte, wie ich eine Farbe auswählte.

Das kommt darauf an, wie mutig du bist. Wenn die Marke eher frech ist und sich etwas traut, dann ruhig mal Komplementärfarben, Blockfarben, bewusst eingesetzte Akzente, die Spannung erzeugen. Gegenteile oder vermeintlich nicht Passendes miteinander kombinieren. Und wenn die Marke eher harmonisch wirken soll oder freundlich, dann nimmst du Ton-in-Ton, analoge Farben aus dem Farbrad oder eben, wenn es etwas Abwechslung sein darf, aber trotzdem ausbalanciert, innerhalb des Dreiecks der Palette.

Wow, geballtes Wissen! Wobei ich bei »mutigen Kombinationen« weniger an Einrichtungsmarken, sondern sofort an Elton Johns Outfits denken muss.

Ich lachte leise in die sanfte Dunkelheit in meinem Zimmer.

Ja, genau! Der hat eine knallpinke Seelenfarbe. So, dass es einem in den Augen wehtut.

Für einen Moment war es still. Dann pingte eine Sprachnachricht in meinem Nachrichtenverlauf auf. Sie war nur zwei Sekunden lang.

»Was ist eine Seelenfarbe?«, hörte ich Thies sagen, als ich darauf tippte. Ohne Belustigung in der Stimme. Auch keine Nachfrage, warum ein Mann ausgerechnet Knallpink als Seelenfarbe hatte. Ich musste mir klarmachen, dass das mit der Seelenfarbe ein Konzept war, das andere nicht kannten. Auch wenn ich das ganz normal fand, weil ich Menschen damit intuitiv erfasste. So als ob sie eine gewisse Farb-Ausstrahlung hätten. Es war mehr ein Gefühl, das ich hatte, wenn ich mit diesen Menschen umging oder sie sah.

Ich tippte meinerseits auf das Mikrofonsymbol und stammelte los.

»Also – du weißt doch, wie manche behaupten, sie könnten um andere Menschen eine Aura sehen oder die sogar fotografieren. Und wenn ich jemanden kennenlerne, dann finde ich manchmal, dass es eine spezielle Farbe gibt, die in ihrer … ihrer Art genau das ausdrückt, was dieser Mensch ist. In seiner Essenz, sozusagen. Und weil ich das aber gar nicht so esoterisch meine und noch nie irgendjemandes Aura gesehen habe, sondern das eher als ein Gefühl empfinde, nenne ich das eben Seelenfarbe. Okay, ja, das klingt irgendwie auch ein bisschen esoterisch, wenn ich es jetzt laut ausspreche. Es ist eben mehr als ein ›Diese

Farbe würde dir als Pulli sehr gut stehen‹ oder ›Du solltest deine Zimmerwand damit streichen‹. Es ist … Also, meine Freundin Billie ist flippig, frech, aber auch freundlich. Und ihre Seelenfarbe ist Granny-Smith-Grün. Verstehst du?«

Ich schickte die Nachricht ab und schimpfte leise mit mir selbst. Eine Seelenfarbe mit einer Farbe erklären, super gemacht, Leonie.

Das klingt …, schrieb Thies.

»Sag jetzt nicht ›faszinierend‹«, murmelte ich. »Oder ›geisteskrank‹.«

> *… als ob du im richtigen Beruf gelandet wärst. Wobei – was kam zuerst? Hast du diese Seelenfarben immer schon gesehen, oder kam das mit der Zeit, sozusagen mit der Übung in deinem Beruf?*

Wieder einmal überraschte er mich mit seiner Nachricht. Gerade als ich dachte, er würde sicher auf eine ganz bestimmte Art reagieren, fragte er etwas ganz anderes. Etwas, das viel mehr in die Tiefe ging. Ich ließ mich in mein Kissen sinken, bis ich nicht mehr im Sitzen, sondern im Liegen weitertippte.

> *Ich glaube, das Gefühl war schon immer da, aber ich habe erst gemerkt, dass ich die Menschen heimlich nach Farbgefühl beurteile, als ich in meinem Studium immer mehr mit Farbbezeichnungen und Farbrädern zu tun hatte.*

> *Gibt es auch Menschen mit ganz hässlichen Farben als Seelenfarbe?*

Selten. ☺

So wie es auch selten Menschen gibt, die sich durchweg schlecht oder böse anfühlen. Beziehungsweise setze ich mich mit denen nicht länger auseinander … Ich beschäftige mich mehr mit meinen Freunden etc.

Ich legte das Handy neben mein Kopfkissen, beobachtete das Display und wartete, ob Thies nach dieser langen Erklärung noch einmal antwortete. Da, noch bevor das Display vollständig erloschen war und es um mich herum komplett dunkel werden konnte, leuchtete und pingte es erneut.

Welche Farbe hat Milan?

Ein riesiges Grinsen breitete sich auf meinem Gesicht aus. Er wusste sofort, was das spannendste Thema war. Ich schnappte mir mein Handy und tippte:

Weiß. Ein pures, angenehmes Bahamas-Sandstrand-Weiß. Ich bin mir noch nicht sicher, ob sich seine Farbe im Laufe der Jahre verändern wird, je mehr er seine Persönlichkeit entwickelt. So ein bisschen, wie manche blonden Kinder erst im Teenie-Alter dunklere und dann braune Haare bekommen, weißt du? Auf der anderen Seite aber kam er schon mit seiner ganz eigenen Persönlichkeit auf die Welt. Und deswegen finde ich das so spannend.

Und was ist deine Seelenfarbe? Oder ist diese Frage zu persönlich?

Ich konnte förmlich sehen, wie er dabei lächelte, aber ich nahm dennoch an, er genau wusste, dass das tatsächlich eine sehr sensible, persönliche Frage war. Ich holte tief Luft. Tippte etwas, löschte es dann wieder. Ich kratzte mich am Kopf, überlegte, ob ich jetzt auf das Mikrofon-Symbol tippen und lossprechen sollte, tat es dann aber doch nicht.

Verstehe. Ist doch zu persönlich. Kein Problem!

Nein, ist okay.
Es ist nur:
Ich weiß sie nicht.

Da. Jetzt hatte ich es gesagt. Es gab Zeiten, da hatte ich lange in den Spiegel gestarrt und versucht herauszufinden, ob ich mich nach irgendeiner bestimmten Farbe anfühlte. Es gab Zeiten, da hatte ich bei jedem Kundenprojekt ewig gebraucht, weil ich mich jedes Mal gefragt hatte, ob ich gerade diese Farbe auswählte, weil sie gut zu dem Kunden passte oder doch eher mir entsprach. Manchmal hatte ich mich von einem Karamellton und manchmal von einem satten Schokoladenbraun so angezogen gefühlt, dass ich schon gedacht hatte, das könnte meine Seelenfarbe sein. Aber dann war ich vielleicht doch nur hungrig gewesen. In der Schwangerschaft hatte ich nie seltsame Gelüste gehabt, so wie das manchmal behauptet wurde. Mir war nie nach Essiggurken mit Himbeersoße gewesen. Aber Karamell und Schokolade, das hätte ich damals den ganzen Tag essen können. Manchmal fühlte ich mich so grau wie der Himmel und dann, das war nun schon etwas länger her, so goldgelb wie ein Sonnenstrahl. Nur war das keine Seelenfarbe.

Ich setzte mich wieder auf, strampelte meine Decke weg. Dann tippte ich doch auf das Mikrofonsymbol.

»Meine Theorie ist«, ich räusperte mich. »Meine Theorie ist, dass ich so viel mit Farben und dem Auswählen von Farben für andere Menschen zu tun habe, dass deswegen bei mir selbst da ein blinder Fleck ist. Und seit ich das weiß, versuche ich auch gar nicht erst, meine eigene Seelenfarbe herauszufinden. Wozu auch? Besser ist es, ich komme mir damit nicht in die Quere, wenn ich für einen Kunden eine Farbpalette zusammenstellen soll, und ich bleibe unvoreingenommen.«

Nach einem Moment kam die Antwort.

Okay, ich habe eine Theorie, was deine Seelenfarbe sein könnte, aber die behalte ich mal noch für mich, bis ich dich besser kennenlerne.

Ich hätte jetzt protestieren sollen, dass er gefälligst damit herausrücken sollte. Aber mir fiel nur eins auf: Er schrieb nicht »*falls* ich dich besser kennenlerne«. Sondern »bis«. Ich starrte so lange auf dieses Wort, dass mein Display erst dunkler wurde, dann abschaltete. Mit der nächsten Nachricht leuchtete es bläulich wieder auf.

Oder bis du sie selbst weißt, dann können wir abgleichen, schickte Thies hinterher.

Klingt nach einem guten Plan.
Ich muss jetzt Schluss machen.

Hat mich gefreut, mit dir meinen Abend zu verbringen.

Mich auch.

Bis dann.

Bis dann, Thies, schrieb ich.

Kapitel 19: Basaltgrau

Thies

Fränki legte penibel darauf Wert, genügend Zeit mit seiner Frau und seinen beiden Töchtern zu verbringen. Selbst da ergänzten wir uns gut. Denn ungebunden, wie ich war, schickte er mich immer gern auf sämtliche Außentermine. So verpasste er nicht, seine Jüngste abends vom Volleyball abzuholen. Und ich hatte die Freiheit und Abwechslung, die ich genoss. Auch wenn es nicht immer aufregend war: Heute würde ich eine Reihe infrage kommender Bauplätze besichtigen, die im Landkreis Erding lagen und die Roland nicht selbst besichtigen konnte. Dafür hatte Fränki mir dankenswerterweise seinen Jeep geliehen, sodass ich nicht mit meinem alten Fiat dorthin gurken musste. Da der Herbstregen herunterprasselte und der Scheibenwischer auf Hochtouren lief, war ich umso dankbarer für das komfortable Auto.

Demnächst stand sogar eine Auslieferung eines unserer Tiny Houses nach Portugal an. Das war eine dieser Ausnahmen gewesen, die nicht oft vorkamen: Eine alleinstehende Frau im Ruhestand hatte sich ein günstiges Grundstück im Hinterland von Alentejo gekauft. Sie hatte jahrzehntelang Portugal als Urlaubsziel bereist, sich immer mehr in Land und Leute verliebt – nicht nur in den bekannten Tourismusgebieten, nicht nur direkt am

Meer. Und jetzt hatte sie eine Baufläche mit Baugenehmigung ergattert. Trotzdem wollte sie auf eine ganz bestimmte Qualität in ihrem zukünftigen kleinen Haus nicht verzichten und setzte darauf, dass ein deutscher Hersteller ihr genau das liefern würde, was sie sich erhoffte. Diese spontane Kaufaktion ihrerseits brachte mich immer noch zum Lächeln. Das und die Tatsache, dass nur wir verrückt genug gewesen waren, dazu Ja zu sagen, denn alle anderen Hersteller hatten abgewunken, so weit weg zu liefern. Mal sehen, wie diese wunderbare Anekdote sich in unserem Portfolio machen würde. Ich jedenfalls hoffte darauf, bei der Auslieferung schöne Fotos machen zu können. Auch wenn mir klar war, dass die tagelange Reise hin und zurück anstrengend werden würde. Roland würde mich begleiten, sodass wir uns mit dem Fahren abwechselten. Aber auf jeden Fall würde das ein kleines Abenteuer werden. Anstatt die verregnete Autobahn A94 und graue Herbstwolken vor mir zu sehen, träumte ich von staubigen Routen und Pinienwäldern.

Das Handyklingeln riss mich aus meinen Gedanken. Auf dem Display erschien Leonies Name. Ich hatte ihr gestern eine Nachricht geschickt, dass ich von unterwegs direkt in mein Wochenende fahren würde, sodass sie schon einen Tag früher in die Wohnung konnte, um dort wieder ungestört zu arbeiten. Lächelnd tippte ich auf Annehmen.

»Hey, Thies, vielen Dank für deine Nachricht, dass ich auch früher in die Wohnung kann, aber das geht leider nicht.«

Offenbar hörte sie den Geräuschpegel im Hintergrund, denn sie fuhr fort: »Störe ich dich gerade? Klingt, als seist du im Auto unterwegs.«

»Ja, genau, das bin ich. Ich habe dich auf die Freisprechanlage gestellt, das hörst du jetzt wahrscheinlich. Aber du störst nicht, ich muss etwas auskundschaften …«

»Etwas auskundschaften als Architekt?«

»Ja, manchmal gehört das dazu.«

»Ach so. Also, ich habe meinen Sohn hier, deswegen geht das nicht. Aber vielen Dank für das großzügige Angebot. Milans Vater kann erst ab morgen übernehmen.«

Immer, wenn ich ein bestimmtes Bild vor Augen hatte, wie genau Leonie wohl war, kam ein neues Puzzlestück hinzu. Eines, über das ich mir bisher noch gar keine Gedanken gemacht hatte. Ich blinzelte in den Regen hinein, der im Sekundentakt von der Scheibe gewischt wurde.

»Ihr lebt getrennt?«

»Ja …?«

Ich wechselte auf die rechte Spur und erwartete, dass sie mehr sagte. Bisher hatte sie oft so ausführlich auf meine Fragen geantwortet, hatte es sich so natürlich angefühlt, ihr ganz viel zu erzählen. Das monotone Scheibenwischergeräusch blieb das Einzige, was ich hörte.

»Komm schon, ich habe eine langweilige Fahrt vor mir. Unterhalte mich.«

Sie klang, als schmunzelte sie: »Mit meiner Leidensgeschichte?«

»Ist es denn eine Leidensgeschichte?«

»Nein, der Teil mit Milan ist … eher ein Märchen. Also, schön halt. Sorry, das klang jetzt kitschig.«

»Kein Problem. Ich kann mir vorstellen, dass es schön ist.«

»Du hast keine Kinder, oder?«

»Leider nicht.«

»Wieso leider? Und wer sind denn dann eigentlich die Kletterkinder?« Sie stockte und fügte dann hastig an: »Okay, ich glaube, das hier wird irgendwie ein seltsames Telefonat. Ich wollte nicht so direkt sein. Das war jetzt vielleicht zu persönlich. Sogar für deine langweilige Fahrt.«

Sie klang ganz plapperig, flatterig. Nicht in der nervigen Variante, sondern in der, bei der ihre Wangen wahrscheinlich glühten. Plötzlich sah ich gar nicht mehr den Regen vor mir, sondern eine Vorstellung von einem Gesicht. Eine Vorstellung von geröteter, zarter Haut. Schnell räusperte ich mich.

»Ja, eigentlich solltest du mich unterhalten und nicht ich dich. Aber wenn wir schon dabei sind …«

»Oh Gott, wie lange ist denn deine Fahrt?«, hörte ich sie murmeln.

Ich lachte los und hörte, wie sie am anderen Ende der Leitung mit einstimmte. Unglaublich eigentlich, dass sie sich das Wort »Kletterkinder« gemerkt hatte. Wann hatte ich etwas davon gesagt? Als ich meinte, die Kletterkinder mögen Bionade? Das war jetzt gute zwei Wochen her. »Ich unterrichte am Wochenende in einer Kletterhalle in Rosenheim. Das sind meine Kletterkinder.«

»Ach so! Deswegen der Karabiner. In deiner Küche.«

»Ja!«

»Und das Bild.«

»Welches Bild?«

»… ist ja auch egal.«

»Schnüffelst du in meiner Wohnung herum?« Ich grinste breit.

»Immer!«, konterte sie prompt. »Was dachtest du denn?«

Etwas ernster fragte ich: »Dann sind die Wochenenden

deine Auszeit von alledem, was mit der Leidensgeschichte zu tun hat?«

»So in der Art, ja.«

Wieder kam mir der Gedanke, dass diese Wohnung eine Art Refugium, ein Geheimversteck für gebrochene Herzen geworden war.

Ohne lange nachzudenken, fragte ich: »Und möchtest du irgendwann wieder mit Milans Vater zusammen sein?«

»Nein«, sagte sie sofort.

»Okay, das kam ja schnell.«

»Du musst verstehen … Er hatte damals eine andere, und ich wusste einige Monate nichts davon. Und einige Monate ist eine lange Zeit für so etwas.«

Während ich die Spur wechselte, versuchte ich, mir das vorzustellen.

»Das ist hart.«

»Es war furchtbar.«

Ohne zu überlegen, antwortete ich: »Für ihn wahrscheinlich auch.«

Nach einer überraschten Pause fragte Leonie: »Wie meinst du das?«

»Ich meine, die Situation war wahrscheinlich für ihn auch nicht toll.«

»Nimmst du seine Position ein?«

»Nein, nein, das nicht. Ach, vielleicht vermische ich hier auch etwas. Es hat mich nur daran erinnert, dass ich mal der Dritte im Bunde war bei Andrea. Aber das war ja nicht das Gleiche.«

Der Dritte im Bunde – so eine bescheuerte Bezeichnung. Ich wusste es nicht anders auszudrücken. Ich wusste auch nicht, warum ich Leonie eigentlich das alles erzählte. Aber nachdem wir schon über Andrea und meinen Vater gesprochen hatten, schien es in Ordnung, einander sehr persönliche Dinge zu sagen. Oder vielleicht ging das so gut, eben weil wir uns fremd waren und ich nur ein Handy vor mir hatte und kein Gesicht, keinen echten Menschen, dem ich mich hier anvertrauen musste. Das machte einen Raum auf, der sich geschützt anfühlte, irgendwie unwirklich und nur für uns beide bestimmt.

»Oh«, machte Leonie. »So … so habe ich das noch nie betrachtet.«

Die basaltgraue, regennasse Autobahn zog sich hin, das immergleiche Bild. Während ich redete, griff ich das Lenkrad fester. Wem außer meinem besten Freund Kai hatte ich das eigentlich schon einmal alles erzählt?

»Es war kompliziert. Das habe ich dir ja schon erzählt … Sie hatte sich getrennt. Kam mit mir zusammen. War dann unsicher. Trennte sich von mir und dann … Es ging immer hin und her. Aber es ist eben … Wenn man mittendrin steckt … Es ist nicht alles schwarz-weiß. Alle ihre Gefühle waren echt. Alle Handlungen erfolgten eher aus, na ja, ehrlichem Nicht-Wissen, wie es weitergehen soll. Wir … Andrea hat tatsächlich auch einmal … ein Kind verloren, sehr früh in der Schwangerschaft. Du als Mutter weißt ja vielleicht, dass das zwar ganz oft vorkommt, aber auch ein wahnsinniges Hormonchaos ist. Von himmelhochjauchzend bis zu Tode betrübt waren da alle Emotionen dabei. Es war genau so kompliziert, wie es klingt.« Mein Lachen hörte sich bitter an. »So, wie eben das Leben manchmal ist. Kompliziert.«

»Verstehe. Oder nein, ich verstehe es nicht ganz.«

Sie sagte das nicht kämpferisch, sondern zögernd, vorsichtig. »Vielleicht muss ich es nicht ganz verstehen, aber ich kann mir vorstellen, wie heftig das war.«

Es war, als hätte sie ihre Hand auf meine gelegt, die das Lenkrad umklammerte. Und trotzdem konnte ich meinen Griff gerade nicht lockern. »Hmm«, machte ich.

»Thies?«

»Ja?«

»Und wie ging die Geschichte aus?«

Ich setzte den Blinker und steuerte auf die Ausfahrt zu.

»Nach der Fehlgeburt war es vorbei.«

Leonie sagte in der Leitung: »Autsch.«

Trotz der Stimmung, die da in mir aufstieg, wenn ich an Andrea und Daniel dachte, genauso grau wie die Straße und so schwer wie die Wolken, musste ich über ihre spontane Reaktion lachen.

»Ja, autsch. Wir hatten so viel on und off, dass ich aus lauter Gewohnheit manchmal denke, sie kommt zurück.«

»Würdest du das denn wollen?«

Ich drosselte die Geschwindigkeit, bis ich nicht mehr das Gefühl hatte, dass es mich gleich aus der Kurve schleudern würde.

Dann antwortete ich: »Ich weiß es nicht.«

Kapitel 20: Mittelbraun

Leonie

Am Freitagabend konnte ich gar nicht schlafen. Da ich außerdem dieses Wochenende nichts Besonderes für die Neukundengewinnung tun konnte – es blieb uns nur, auf die jeweiligen Rückmeldungen der drei Kandidaten zu warten –, würde ich in Ruhe die Layouts für unseren Farbkunden Juniper fertigstellen, die ich noch auf dem Schreibtisch hatte. Mascha würde sich freuen, wenn sie am Montag direkt weitermachen konnte.

Ich ließ mir am nächsten Morgen Zeit mit dem Aufstehen, genoss jede Minute, in der kein drängeliger Milan an der Bettdecke zog, der schon »furchtbar Hunger« hatte, und in der ich nicht zur Tram hetzen und in die Agentur musste. Draußen war es regnerisch, und obwohl ich überlegt hatte, Thies' Stadtteilspaziergang heute einfach noch mal zu wiederholen, natürlich ohne seine Anweisungen über Kopfhörer, verwarf ich diesen Plan wieder. Ich würde den Tag einfach ganz gemütlich angehen, mich einigeln und vor mich hin werkeln.

Ich duschte ausgiebig, zog meine dicke cremefarbene Strickjacke mit Zopfmuster zu meinem T-Shirt an, da es schon ein richtiger Herbsttag war, und band mir die Haare zu einem lockeren Dutt. Thies hatte das kleine Herbstarrangement aufgelöst und die Vase wieder ganz hinten in seinen Hochschrank, hinter alle Gläser, geräumt. Ich betätigte die chromfarbene Maschine und wartete, dass der Kaffee gemahlen wurde und ich mir meinen Espresso kochen konnte. Ich wusste noch, wie der Kaffeeduft eines der ersten Dinge war, die ich hier in der Wohnung wahrgenommen hatte. Das war schon mal ein Puzzlestück zu dem Rätsel Thies gewesen. Und jetzt hatte ich das Gefühl, ihn viel besser zu kennen. Trotzdem fehlte noch etwas Entscheidendes. Denn hier in der Küche fiel mir wieder dieses Foto auf, das ich beim Stöbern in der Wohnung bereits ausgiebig betrachtet hatte. Das, auf dem zwei Männer auf einem Berggipfel zu sehen waren. Spontan stellte ich die Espressotasse ab, nahm mein Handy und tippte eine Nachricht.

Welcher der beiden Männer auf deinem Foto bist eigentlich du?

Statt einer Antwort blinkte mein Telefon mit einem Anruf auf. Ich nahm sofort ab. Statt einer Begrüßung sagte Thies:

»Welches … Ach so! Das Foto von Kai und mir.«

»Kai. Der links sieht aus wie ein Kai.«

Thies lachte leise. »Ich werde es ihm ausrichten. Kai ist mein Freund noch aus Schulzeiten, und einmal im Jahr schaffen wir es tatsächlich, zusammen wandern zu gehen.«

Wandern! Ich stutzte. Das klang nach einer Freizeitbeschäftigung, die ältere Leute gern unternahmen, oder Familien mit Kindern in Kraxen auf dem Rücken. So hätte ich Thies gar nicht eingeschätzt. Aber wenn ich genauer darüber nachdachte, warum nicht wandern?

»Das Foto haben wir in den Dolomiten aufgenommen. Das

war ein genialer Sommerausflug, und seitdem haben wir das jedes Jahr gemacht. Kai ist noch ein bisschen extremer drauf als ich, sein Hobby ist es, quasi an die entlegensten Orte der Welt zu wandern. Für mich macht er da glücklicherweise immer eine Ausnahme. Südtirol, Schwarzwald und Davos, also ganz normaler Touristenkram. Ist aber echt schön. Ich muss dir mal ein paar mehr Fotos von den Touren zeigen.«

»Nee, nee«, sagte ich. »Du lenkst jetzt nicht ab mit schönen Bergseen und saftig grünen Baumwipfeln.«

Ich hörte ihn förmlich stutzen, dann lächelnd ausatmen, während ich weiterredete: »Ich will keine schönen Landschaften sehen, sondern ...« Dich, hätte ich fast gesagt. »Ich will wissen, wer von den beiden auf dem Foto du bist.«

Jetzt lachte Thies richtig. Und oh ja, das wollte ich auch sehen. Wie er aussah, wenn er so tief aus dem Bauch heraus lachte. Und eventuell wollte ich dabei sogar eine Hand auf diesen Bauch legen.

»Und was glaubst du, wer ich bin?«

Der Unscheinbare, dachte ich, der aussah, als hätte er mittelbraune Haare, nicht richtig gewellt nicht richtig glatt, als hätte er helle Augen, einen normalen Mund und eine leicht gerunzelte Stirn. Aber wenn man genauer hinsah, dann hatte dieser Mann Haare, die der Wind gleich verstrubbeln würde, und man wollte sie ihm aus dem Gesicht streichen, wahrscheinlich Augen, die zwar nicht wie ein Bergsee oder sonst was aussahen, aber bei denen ich alles geben würde, dass ich ihre Reaktion auf ein Bild von mir sehen könnte, und der Mund sagte etwas zu mir, so nah, dass ich dabei seinen Atem spüren konnte.

»Leonie?«

Ich zuckte zusammen.

»Musst du so lange überlegen, wer ich sein könnte?«

»Nein. Ich glaube, ich weiß, wer du bist. Aber jetzt spannst du mich nicht länger auf die Folter.«

»He, aber ich habe gar kein Bild von dir!«

»Tja, ich kann dir ja irgendwann mal eins schicken.«

»Nein.«

»Nein?«

»Ich habe einen besseren Vorschlag. Ich muss zwar gleich los, aber das hier geht noch.«

Mein Herz klopfte bereits schneller, ohne dass ich wusste, was er vorhatte.

»Also, ich lege gleich auf, und dann rufe ich dich noch einmal an. Per Videoanruf. Und dann – sehen wir uns beide gleichzeitig. Das ist doch nur gerecht.«

Ich spürte, wie meine Hand, mit der ich das Handy hielt, schweißnass wurde.

»Hier und jetzt?«

Ich hatte meine Haare so blöd hochgesteckt. Ich hatte meine ausgewaschene Hose an, aber die sah er ja nicht. Trotzdem fühlte ich mich damit nicht gerade schön. Oje, ich würde ihn gleich sehen. Was, wenn er ganz anders aussah als auf dem Foto?

»Abgemacht?«, fragte Thies.

»Okay«, sagte ich. Es sollte nonchalant klingen.

Ich spürte mein Herz in meinem ganzen Körper pochen. Ich ließ lediglich das Telefon sinken, ansonsten versuchte ich, mich nicht zu bewegen, nicht nervös meine Haare neu zu binden. Sollte er mich doch genau so sehen, wie ich an einem Samstagmorgen aussah. Ich hatte nichts zu verstecken. Tut-tut-tut, klingelte die Videoanfrage. Ganz anders als mein normaler Klingelton. Mit einem zittrigen Zeigefinger tippte ich auf das Kamerasymbol.

Ich hielt die Luft an.

Doch der Bildschirm wurde schwarz, und eine Mitteilung poppte auf: *Videoanruf abgebrochen. Erneut versuchen?*

Ich tippte erneut. Thies' Umrisse erschienen so pixelig, dass ich kein Gesicht sehen konnte. Hinter ihm schien ein Schrank zu stehen, wahrscheinlich ein Schließfach, er musste wohl schon in der Kletterhalle sein. Nur hatte er dort offenbar nicht genügend Empfang.

Es bricht immer wieder ab, schrieb Thies kurz darauf. *Für eine Videoübertragung reicht das Signal leider nicht.*

Schließlich verabschiedeten wir uns für heute, weil Thies zu seinem Klettertermin musste.

Irgendwie war ich gleichzeitig enttäuscht und erleichtert. Ich wusste immer noch nicht, wie er aussah, aber das galt umgekehrt ebenso. Da ich nie Facebook nutzte und über Pinterest und Instagram lediglich Inspirationen für Farben und Einrichtungen suchte, würde er auch online kein Bild von mir finden. Und ich wusste von Thies, dass auch er kein Facebook-Konto besaß. Völlige Zeitverschwendung hatte er es genannt. Und dass es Kindern heutzutage viel besser ging, wenn sie in die Natur und in die Kletterhalle kamen, anstatt online ihre Zeit zu vertrödeln. Auf eine seltsame Weise war mir das sogar recht.

Seit dem missglückten Videoanruf blieb es ein ungeschriebenes Gesetz, dass wir nicht mehr danach fragten, die Kamera anzuschalten. Es war, als störte einerseits irgendetwas unseren vertrauten Raum, in dem wir einander nur zuhörten, aufeinander eingingen, Nuancen wahrnahmen. In dem wir uns Dinge sagten, die wir nicht sagen würden, wenn wir einander dabei in die Augen sehen müssten. Zum anderen musste ich zugeben, dass ich es spannend fand. Ich stellte mir vor, dass Thies der eine auf dem Küchenfoto war mit den unscheinbar braunen Haaren, die in echt vielleicht gar nicht so unscheinbar waren. In meiner Vorstellung trug Thies immer eine Art Kletteroutfit: T-Shirt und eine Outdoor-Hose. Und manchmal, nur manchmal, stellte ich mir vor, wie er wohl ohne das T-Shirt aussehen würde.

Kapitel 21: Ultramarin

Thies

In der Halle roch es immer gleich, eine Mischung aus Materialien, Schweiß und stickiger Luft. Obwohl draußen ein verregneter Herbsttag war, konnte man hier im T-Shirt herumlaufen. Na gut, meinen Kletterkindern, die jetzt gar nicht mehr so sehr Kinder waren, brachte ich immer bei, zwischen den Touren eine Fleecejacke anzuziehen, weil man nach der Anstrengung doch oft schwitzte. Und für die nächste Route warm bleiben sollte. Aber gerade fühlte ich mich selbst danach, die verdammte Jacke endlich abzustreifen. Nur konnte ich das nicht, weil ich sicherte und dafür beide Hände brauchte, während Fabian sich an der grünen Tour versuchte. Letzte Woche hatte es nicht gut geklappt. Zu meiner Überraschung hatte er heute darauf bestanden, genau das Gleiche noch einmal zu probieren. Irgendetwas hatte seinen Ehrgeiz geweckt. Ich hielt mich zurück, ihm Tipps zu geben, offenbar hatte er eingehend darüber nachgedacht, was schiefgelaufen war. Damit er sich konzentrieren konnte, blieb ich ruhig. Nur meine Jacke störte mich. Ich meinte zu spüren, wie sich Schweiß an meinem Rücken sammelte. Ich fantasierte darüber, mir die stahlgraue Jacke auszuziehen und mich unter meine simple Dusche im Tiny House zu stellen. Oder direkt in den Bergregen. Mit ausgebreiteten Armen. Das war eine schöne Vorstellung. Ich fühlte ein Lächeln aufsteigen. Manchmal brauchte es sehr, sehr wenig für einen magischen Moment.

Normalerweise hätte ich mir vorgestellt, dass Andrea dabei war und mir noch viel mehr als nur die Fleecejacke auszog. Normalerweise würde ich mich nach ihr sehnen. Aber jetzt gerade, hier und jetzt, gab es etwas, trotz stickiger Halle, das sich so leicht anfühlte, dass ich ganz ohne Sicherung diese Wand neben Fabian hätte hochklettern können, schweben können. Ich spürte, wie mein Lächeln bei der Vorstellung zu einem breiten Grinsen wurde. Es gab etwas, das mich die Welt mit neuen Worten beschreiben ließ: die stahlgraue Jacke. Den ultramarinen Karabiner, die pergamentfarbene Kletterwand, die haselnussbraune Sitzbank. Ich schnaubte leicht. Leonie hatte sich in meine Gedanken geschlichen, hatte mich am Haken und färbte alles ein, was ich sah, was ich spürte. Wann war der Punkt gewesen, an dem ich abends im Tiny House, wenn ich im Schein der Glühbirne an meinem Entwurf für das Bad arbeitete, nicht mehr an Andrea gedacht hatte, sondern an Leonie? Zuerst in der Form, in welcher Farbe sie meinen Entwurf beschreiben würde. Wie ich ihr zeigen würde, welche Ideen ich zum Einbau des Wasserhahns gehabt hatte. Welche Mechanik ich einsetzen würde, so etwas möglich zu machen. Wie ich daneben die Dusche designen würde. Wie ich von dem Designpreis träumte, den ich dafür bekommen würde. Ab wann hatte mich bei der Vorstellung der Preisverleihung nicht mehr eine rothaarige Frau umarmt, deren Duft und Körper und Berührung ich ganz genau kannte, sondern eine blonde, die noch ein Geheimnis war? Wie sie sich wohl anfühlen würde in meinen Armen? Mitten im Bergregen?

»He, Thies, nicht träumen!«, brüllte Fabian. »Ich sagte *zu* und *ab!*«

Ich zuckte zusammen, öffnete sofort die Sicherung und ließ Fabian ab. Ein wenig schneller als nötig.

»Hui, Mann!«, sagte der, als er unten ankam. »Du musst mich ja nicht so runterfallen lassen.«

»Geht klar, sorry«, aber wir grinsten beide. Fabian vor allem, weil er die grüne Route heute gemeistert hatte. Das machte ihn wohl übermütig.

»Kannst ja nachher wieder von deiner Alten träumen«, und Mario, der danebenstand, lachte über Fabians Spruch, wobei sowohl tiefe als auch ganz hohe Töne zu hören waren.

»Ich träume nicht von einer Alten«, sagte ich. »Und wenn ihr hier wie die Hühner gackert, haben wir keine Zeit mehr für eine letzte Tour.«

Mario beeilte sich, jetzt einzubinden. Wie immer zog ich zweimal an der Anseilschlaufe, so kräftig, dass Mario fast stolperte. Ich zurrte noch die Enden des Klettergurts fest und prüfte, dass alles saß.

Konzentriert sah ich dabei auf das Seil.

Ich träumte nicht von einer Alten. Wovon ich in letzter Zeit träumte, war neu. Ganz neu.

Kapitel 22: Kürbisorange

Leonie

Mein Handy pingte, und irgendwie spürte ich sofort, dass das nicht wegen Milan war. Dass alles in Ordnung war. Dass irgendetwas Schönes auf mich wartete. Ich zog das Telefon aus meiner Tasche und linste darauf. *1 neue Nachricht von Thies*, stand da.

Hinter mir sammelten sich gerade vier Kolleginnen zusammen und besprachen, wohin sie in ihrer Mittagspause essen gehen würden. Da ich nur halbtags hier war, war es ganz normal, dass ich mittags nicht mit den anderen aß. Trotzdem fragten sie mich, ob ich mit ihnen rausgehen wollte. Ich zog meine Brotdose aus der Tasche, steckte das Handy ein und antwortete: »Ich werde mich nur kurz raussetzen, danke, ihr Lieben.« Fröhlich tratschend zogen sie in eine Richtung los, ich in die andere. Eine Straße weiter gab es einen winzigen Grünplatz mit einer Sitzbank, wohin sich meist nur die Hundebesitzer des Viertels verirrten. Nur ein Bäumchen stand hier, keine Schaukel, keine Rutsche – aber ein schönes Stück Grün fürs Auge.

Ich setzte mich auf die Bank und atmete tief ein. Es war der erste Oktober, und ein Herbstversprechen lag in der Luft. Die Morgen waren kühl, abends ging es nicht ohne Jacke. Längst fand man schon die ersten Lebkuchen im Supermarkt, verrückt, gerade war es doch noch Sommer gewesen! Und hier, am Bäumchen, entdecke ich bereits das erste kürbisorange Blatt. Meine Strickjacke zog ich noch einmal dicht um mich, verschränkte die Arme. Was gab es Schöneres als die Farbpalette dieses Blätterwechsels, als Kastanien sammeln mit Milan, als Gruselgeschichten zu Halloween bei prasselndem Regen draußen, als Kürbissuppe und Anisbrot, als Spaziergänge mit Gummistiefeln? Herbst war meine absolute Lieblingsjahreszeit.

Bevor ich mich aber völlig in Träumereien verlor, was ich mit Milan diesen Herbst alles basteln, erleben und essen wollte, öffnete ich die Brotdose und biss herzhaft in meinen Apfel. Gleich würde ich mich wieder an den Schreibtisch setzen, gleich, wenn ich die Stimmung und den Apfelgeschmack und die Nachricht von Thies in mich aufgenommen hatte.

Ich zog das Handy aus meiner Hosentasche und tippte auf *Anzeigen*.

Als hätte er gerade hier neben mir gesessen und meine Gedanken gelesen, schrieb Thies:

> *Bei Starbucks ist offiziell die Pumpkin Spice Latte Saison eröffnet, und ich habe den Fehler gemacht, einen zu probieren. Fazit: Finger weg!*

Dazu das Bild eines nachfüllbaren Bechers, noch fast randvoll mit einem schaumigen Etwas, das sicher sehr künstlich schmecken musste. Doch anstatt mir eine kluge, witzige, sarkastische Antwort auszudenken, sah ich wie gebannt auf den Daumen der Hand, die den Becher hielt. Mehr war nämlich von Thies nicht auf dem Bild zu sehen. Aber der Daumen war schmal, lang, mit einem sanft geschwungenen Nagel. Schwer vorzustellen, dass er als Architekt durchaus sehr praktisch veranlagt sein musste, dass er als Sportkletterer nicht gerade zimperlich war. Denn dieser Daumen hier ließ mich sofort an einen Jazzpianisten denken.

Ich starrte so lange auf das Bild, bis mein Bildschirm schwarz wurde und sich in den Ruhemodus abschaltete. Ich aktivierte ihn schnell wieder, schoss, ohne groß nachzudenken, ein ganz ähnliches Bild, nur mit einem angebissenen Apfel in der Hand.

Hätte das hier anzubieten.

Erst nachdem ich auf Senden geklickt hatte, überlegte ich, ob das jetzt aussah wie eine Eva, die Adam einen Apfel anbot? Oder was genau ich überhaupt damit meinte, dass ich ihm das anbot, ein Apfel war schließlich kein Getränk, und ich war ja ganz woanders … Seine sofortige Antwort unterbrach mein Gedankenkarussell.

Ich liebe den Herbst.

Ein Lächeln breitete sich auf meinem Gesicht aus, so sehr, dass ich es geradezu in meinem Bauch spüren konnte. »Ja«, flüsterte ich.

Ich auch.

Als ich zurück an meinen Schreibtisch ging, sah ich schon Christine davorstehen. Mit verschränkten Armen musterte sie mich, während ich schnell noch die Brotdose in meine Tasche gleiten ließ. Hatte sie etwa auf mich gewartet? Und wie lange stand sie da schon?

»Ist ja schön, dass du dir ausgedehnte Mittagspausen gönnst.«

Ich wusste es besser, als ihr jetzt zu erklären, dass ich nur zehn Minuten an der frischen Luft gewesen war. Das interessierte sie nicht wirklich. Stattdessen antwortete ich ruhig:

»Die Übersicht der Aufnahmen aus dem Fotoshooting ist bereits fertig, du kannst sie dir vom Server ziehen.«

Sie sagte nicht, ob das der Grund war, warum sie hier bei mir auf der Matte stand. Sie lehnte sich nur leicht zurück und kniff die Augen zusammen.

»Freust du dich darüber so sehr, oder warum strahlst du gerade dermaßen?« Ich spürte meine kühlen Wangen im warmen Büro förmlich leuchten. Sofort musste ich an Thies denken. Was er geschrieben hatte. Wie sich das angefühlt hatte.

»Nein, ich …« Jetzt stotterte ich doch herum.

»Na ja«, Christine drehte sich abrupt auf dem Absatz herum, sodass ihre glatten blonden Haare flogen. »Nur gut, dass Tiny Haus Eins für den Pitch zugesagt hat«, sagte sie über ihre Schulter. »Dann hast du jetzt etwas, worauf du dich konzentrieren kannst. In zwei Wochen muss alles fertig sein.«

Sprachlos sah ich ihr nach, bis die Tür zu ihrem Büro zuklickte.

Moment mal! Hatte sie mir gerade eine Standpauke verpasst, oder war das ihre Art gewesen, mir eine gute Nachricht zu übermitteln?

Tiny Haus Eins hatte uns zu einem Agenturpitch eingeladen.

Was bedeutete, dass sie meine Zusammenstellung interessant fanden.

Was bedeutete, dass wir eine echte Chance hatten, in wenigen Wochen einen Neukunden an Land zu ziehen.

Was bedeutete, dass ich richtig gute Arbeit geleistet hatte.

Mit offenem Mund ließ ich mich auf meinen Bürostuhl fallen, der durch den Schwung einen halben Meter vom Tisch wegrollte.

Ich hatte es geschafft. Ich hatte tatsächlich einen Pitch für die Agentur vermittelt. Oh mein Gott. Mir wurde gleichzeitig flau und heiß. Und ich merkte erst jetzt, wie wenig ich selbst daran geglaubt hatte, dass ich das schaffen würde. Zu weit lag das außerhalb meines üblichen Bereichs. Zu weit außerhalb meiner Komfortzone. Null Erfahrung damit. Und jetzt, jetzt war plötzlich alles möglich. Vielleicht sogar, dass wir den Pitch gewannen. Vielleicht sogar, dass ich tatsächlich vor Weihnachten noch befördert werden würde.

Meinen ersten Impuls, Thies davon zu schreiben, unterdrückte ich. Ich rollte ungelenk wieder zur Tischplatte, ließ das Handy neben die Brotdose in meine Tasche gleiten, schielte noch einmal zur Bürotür des Drachens und tippte dann eine E-Mail an Mascha:

»Liebes, wenn du aus deiner Mittagspause zurück bist, bitte komm zur Geheimbesprechung in den Materialraum. Es gibt gute Neuigkeiten.«

Erleichtert lehnte ich mich zurück. Milan würde heute nicht nur einen, sondern zwei Vanilleplunder bekommen zur Feier des Tages.

Kapitel 23: Leinenweiß

Leonie

Ich liebte die Sonntagabende. Die Abende, an denen ich erholt und zufrieden nach einem produktiven, friedlichen Wochenende in Papas Wohnung wieder zu Milan kam. Mit ihm kuscheln und spielen konnte. Ihm beim Einschlafen zusehen konnte. Und dann später in meinem eigenen Bett lag und vor mich hin lächelte. Ich wusste, dass noch eine Nachricht kommen würde. Es war nicht so, als hätte ich mein Mitbringsel nur für eine Reaktion dagelassen. Sondern inzwischen fühlte es sich wie ein müheloser Ballwechsel beim Ping-Pong an. Es ging leichtfüßig und ganz natürlich hin und her. Ich wusste, er würde sich melden. Gerade, als ich mich auf meinem Kopfkissen zur Seite drehte und mein Handy auf dem Nachtisch ansah, leuchtete es mit einer Sprachnachricht auf.

»Du hast mir Muffins dagelassen.« Mehr sagte Thies darin nicht.

Sofort drückte ich auf *Aufnehmen*. »Ich habe sie dir sogar extra gebacken. Na gut, Milan hat eins verdrückt, bevor ich reagieren konnte, aber die anderen habe ich gerettet und dir gebracht.«

»Oh, danke – und extra weiße Schokolade. Ich habe doch gar nicht Geburtstag …?«

»Das brauchst du auch nicht. Ich wollte nur Danke sagen, und das war eben meine Art.«

Ich schickte direkt noch einen Satz hinterher:

»Ich habe nämlich einen Kunden aufgetan, und das habe ich dir zu verdanken.«

Jetzt klingelte mein Handy los. Ich setzte mich hastig auf, drückte gleichzeitig auf *Annehmen*. Ohne mich zu begrüßen, sagte Thies:

»Glückwunsch! Das ist ja toll. Und damit habe wirklich ich etwas am Hut? Was habe ich getan?«

Oh Mist. Jetzt musste ich gestehen, dass ich seine Stapel durchgesehen hatte. Wobei, wenn ich mich richtig erinnerte, dann hatte der Tiny-House-Katalog sogar ganz obendrauf gelegen. Ich gab mir einen Ruck.

»Du hast doch diesen Flyer von dem Tiny-House-Hersteller, Tiny Haus Eins. Sorry, ich habe da einfach durchgeblättert …«

Ich hörte keine Reaktion von Thies, also redete ich einfach weiter. Offenbar biss er gerade in ein Muffin, ich meinte, ganz leise Kaugeräusche zu vernehmen.

»Und als ich ein wenig recherchiert habe, stellte sich heraus, dass die gerade eine Agentur suchen. Es ist wirklich nur ein kleiner Pitch …«

Thies bekam einen Hustenanfall.

»Hast du dich an den Krümeln verschluckt?«

»Ist schon okay …« Er fing sich wieder, räusperte sich. »Ich … also, dieser Tiny-House-Katalog …«

Ich unterbrach ihn sofort, sagte mit zusammengekniffenen Augen: »Tut mir echt leid, dass ich den einfach genommen habe! Der lag da so …« Oh nein, ich hörte mich wirklich an, als wühlte ich regelmäßig seine Sachen durch. Meine Güte, war das peinlich.

»Nein, nein, ich meine, das ist völlig okay«, sagte er. »Der liegt ja offen rum. Natürlich konntest du den nehmen. Ich wollte nur sagen …« Er stockte. Dann sagte er unvermittelt: »Und du hast dich um den Pitch beworben?«

»Die Agentur hat die Unterlagen eingereicht, und wir wurden zum Schulterblick eingeladen.« Ich konnte selbst hören, wie breit ich dabei grinste. Auch wenn Christine ihr Lob nur in einer Zurechtweisung ausdrücken konnte, ich wusste, dass es für mich ein riesiger Schritt war.

»Die Agentur Liszt22 in der Lisztstraße.« Es klang gar nicht wie eine Frage von Thies.

»Ja! Du hast dir den Namen meiner Agentur gemerkt. Meine Chefin war wirklich angetan und hätte mich fast gelobt.« Ich lachte. »Wenn das ihr Ding wäre. Du weißt ja, wie sie sein kann. Klein und fein, das war ihre Aussage zu diesem potenziellen Kunden. Aber hey, das reicht!«

Thies wirkte amüsiert. »Das war doch die, die ihr den Drachen nennt.«

»Genau.«

Er merkte sich alles. Das war schön. Es war, als wären auch Dinge, die ich manchmal nur nebenbei erzählte, alle wichtig. Alle wert, sie abzuspeichern. Nichts ging im Alltag unter. Thies sah wohl immer sehr genau hin. Und wenn ich mir jetzt gerade vorstellte, dass er mal irgendwann nicht mehr nur mit mir telefonieren, sondern in echt ein Gespräch führen würde und mich dabei ansah, so genau ansah und sich alles merkte, während er mir zuhörte, bekam ich eine Gänsehaut.

»Wirst du bei dem Schulterblick dabei sein?«

»Oh Gott«, rutschte es mir heraus. »Stimmt. Daran habe ich noch gar nicht gedacht. Normalerweise, da ich nur halbtags arbeite, gehe ich nicht so oft zu Präsentationen. Aber da das jetzt quasi mein Kunde ist, werde ich da wahrscheinlich mitmüssen.«

Thies klang belustigt: »Und das willst du nicht? Willst du dir diese Typen denn nicht einmal selbst ansehen?«

»Die Typen? Die interessieren mich ja nicht so. Mich interessiert eher, ob wir die ästhetische Vorstellung der Firma treffen – oder auch brechen und etwas ganz Besonderes liefern können.«

Ich stoppte mich. Ich geriet mal wieder ins Schwärmen, wenn es um Farben, Formen und Einrichtung ging. Aber ich hörte, dass Thies lächelte, als er antwortete.

»Da bin ich auch mal gespannt.«

Bevor ich noch mehr Gänsehaut bekommen konnte, sagte ich leise: »Okay, ich werde dann mal schlafen gehen. Gute Nacht.«

Eine winzige Pause von Thies, so, als ob er noch etwas anderes hätte sagen wollen. Dann ein leises: »Gute Nacht. Ich esse jetzt noch einen Muffin.«

Lächelnd legte ich auf, rutschte an meinem leinenweißen Kissen hinunter, bis ich flach auf dem Rücken lag, und hielt noch eine ganze Weile mein Handy über meinem Herzen in der Hand.

Kapitel 24: Mandarinenorange

Leonie

Die Farbfirma Juniper wollte eine neue, junge Linie lancieren und brauchte dafür einen passenden Namen. Und der Besprechungsraum sah genau nach dem aus, was man kreatives Chaos nannte: Wir hatten uns Inspiration aus Zeitschriften geholt und die an die Beamer-Wand gepinnt, hatten die früheren Reihen von Juniper durchforstet, hatten Konkurrenznamen auf das Flipchart geschrieben. Und auf dem Tisch lag das Scrabble-Spiel, das ich jetzt Stück für Stück zusammenräumte. Das hier war Alltag in unserer Agentur, aber ich hatte an Anna-Lenas leuchtenden Augen gemerkt, wie viel Spaß es doch machen konnte. Das Scrabble war natürlich nicht zum Spielen da gewesen, sondern weil wir damit Buchstaben hin und her schieben konnten, Wortkombinationen überprüften, auf verrückte Zusammenstellungen stießen, die uns nicht einfielen, wenn wir nur auf einen blinkenden Bildschirmcursor starrten. Wir hatten uns gezwungen, eine Liste von zehn Namensvorschlägen zusammenzustellen, die die Voraussetzungen von Juniper erfüllten, die es noch nicht gab und die die richtigen Assoziationen hervorriefen. Das war gar nicht so leicht gewesen. Anna-Lena hatte Protokoll geführt und schrieb nun für jeden der zehn Vorschläge die Begründungen auf. Eine weitere Kollegin, Madleen, machte sich daran, die Konkurrenznamen und die Moodbilder in eine Präsentation zu packen. Und Mascha und ich räumten noch in Ruhe den Raum auf. Wir würden später die verschiedenen Teile zusammensetzen und daraus eine kundenreife Präsentation erstellen, die Mascha dort halten würde. Während sie sorgfältig die Zeitungsausschnitte von der Wand löste, damit die Beamerfläche wieder frei wurde, und alles auf einen Stapel für Anna-Lena legte, sagte sie:

»Puh, daran merke ich, dass ich alt werde. In den Farben, die Juniper für diese Linie plant, würde ich niemals meine Wand streichen. Ich meine, wer will denn in seiner Wohnung so ein seltsames blasses Mandarinenorange haben? Oder hier, das …«

»Salbei?«, bot ich an.

»Graugrün.« Mascha verzog das Gesicht. »Ich weiß, du bist da wagemutiger als ich und hast manchmal ganz bunte Wände bei dir in der Wohnung. Aber ich mag dann doch mein Anthrazit und mein Taubengrau. Wobei, da fällt mir ein … Wie hat denn eigentlich bis jetzt dein Wohnungsplan geklappt, Schäfchen? Oder sollte ich sagen: dein – Hinausekeln-Plan.«

Ich verzog das Gesicht zu einer Grimasse, als hätte ich mir gerade einen Farbeimer auf den Daumen fallen lassen. Mir gefiel immer noch nicht, was ich da tat. Gleichzeitig war ich verzweifelt genug, es trotzdem zu tun.

»Ich versuche, mehr über ihn herauszubekommen und ihn gleichzeitig für seine Wochenendberge zu begeistern.«

Mascha kicherte, während sie die Flipcharts mit unserer Namensliste vom Ständer löste. Als sie mir die Blätter reichte, fragte sie: »Und, funktioniert's?«

»Ja, tatsächlich weiß ich jetzt ein paar Geschichten aus seiner Kindheit.« Jetzt kicherte ich mit. So ein alberner Plan.

»Und wie sehen die nächsten Schritte aus? Machst du die aktuelle Wohnung schlecht?«

»Nein, ich habe Thies gefragt …«

»Thies? Der Mieter heißt Thies?«

Ich nickte.

»Das ist doch der Nette, oder?«

Hatte ich ihr jemals gesagt, dass ich ihn nett fand? Wie kam sie denn darauf?

»Ich, äh, nett? Wieso?«

Sie musterte mich kurz, beugte sich dann zu ihrem Laptop und schloss die Seiten, die wir zur Inspiration durchgegangen waren.

»Nur weil … Du scheinst Skrupel zu haben, ihn loszuwerden.«

»Ach so.« Sorgfältig faltete ich einen Papierbogen nach dem anderen zusammen. »Ich habe eben keine kriminelle Energie. Das ist irgendwie ein blöder Plan. Ich meine, was mache ich denn jetzt? Ich will, dass er versteht, dass er woanders glücklicher wäre, aber dabei will ich ja gar nicht … Also, ich will Thies nicht schaden. Nur ihn eben davon überzeugen, dass es noch andere schöne Wohnungen gibt.«

»Hmm«, machte Mascha, schnappte sich zwei Farbtöpfe der älteren Kollektionen, ich nahm den dritten. Als wir zum Materialraum gingen, um alles dort zu verstauen, sagte sie: »Das ist tatsächlich eine ziemliche Zwickmühle.«

In dem kleinen, dämmrigen Raum legte ich die Flipchartbögen auf den Boden, damit ich beide Hände frei hatte, um die Farbtöpfe in das bereits volle Regal zu stapeln.

»Warte mal, hier ist vielleicht noch Platz.« Mascha schob in der untersten Reihe zwei kleine Eimerchen zur Seite. »Mann,

Leonie, du müsstest mal wieder eine Aktion bei dir zu Hause machen und hier einfach einen Farbtopf klauen, dann hätten wir …«

Sie stoppte plötzlich, tauchte mit hochrotem Kopf von der untersten Reihe auf.

»Dann hätten wir wieder mehr Platz im Materialraum?«, fragte ich.

»Das ist es!«, rief sie aufgeregt. Wenn ihre Schraubenzieherlocken wackelten, wurde es ernst.

»Was?« Ich hielt ihr den Farbtopf hin, den wir unterkriegen wollten.

»Das ist die Lösung. Ich meine, das ist der nächste Plan, Leonie!«

Sie bückte sich noch einmal hinunter und zog den kleinen Topf, den sie gerade weggeschoben hatte, wieder heran. Ein knalliges Grün, das ich absolut unmöglich fand. Wir hatten diese Farben – das Knallgrün, das Grellorange – angeschafft, weil die Konkurrenz das gerade als Trendfarbe im Sortiment hatte. Das waren die Farbtöpfe, bei denen ich stets gehofft hatte, dass Juniper nicht auf die bescheuerte Idee käme, etwas Ähnliches ins Sortiment zu nehmen. Blassmandarine konnte ich mir ja noch vorstellen. Aber wer wollte schon eine richtig knallgrüne Wand zu Hause?

Das war doch sicherlich nur für Werbezwecke oder als ein Witz gedacht. Ich konnte mir wirklich niemanden vorstellen, der sich ernsthaft in seinem Zuhause eine Wand knallgrün strich, denn da würde man sich doch furchtbar fühlen …

Mir stand wahrscheinlich der Mund offen, als ich begriff, was Mascha da vorschlug.

»Genau!« Mascha nickte heftig.

»Denn in Knallgrün fühlt sich doch niemand wohl. Leonie!«

Oh nein. Nein, nein, nein! Am liebsten hätte ich alles stehen und liegen lassen, hätte auf dem Absatz kehrtgemacht und wäre aus dem Materialraum gestürmt.

»Leonie«, sagte Mascha noch einmal eindringlich. »Das ist er, dein nächster Plan. Du streichst dem Typen die Wohnung grün.«

»Ich kann doch nicht … Er wird doch niemals … Mit welchem Argument sollte ich … Das ist überhaupt viel zu wenig Farbe für eine ganze Wohnung.« Ich verschränkte die Arme.

»Ich habe dich noch nie stottern gehört, Leonie Schäfer. Aber da bleibst du jetzt dran. Das erfüllt genau deine Kriterien: Es ist nicht kriminell, es schadet ihm nicht, und er wird sich komplett unwohl fühlen.«

Fassungslos schnalzte ich mit der Zunge. »Er wird nur *mich* hinausschmeißen, das ist alles!«

Sie presste die Lippen zusammen, bevor sie sagte: »Das wirst du riskieren müssen. Wer weiß, welchen Effekt es hat. Aber das ist deine einzige Chance. Alles andere ist lahm!«

»Mascha, das ist doch …«

»Einen Versuch wert.« Ihr Ton duldete keinen Widerspruch. Sie hielt mir den Topf auffordernd hin. »Wie viele Wohnungsbesichtigungen hattest du in der letzten Woche, auf dein Gesuch und auf deine Anfragen hin?«

»Zwei«, flüsterte ich.

»Und wie viele waren davon auch nur annähernd gut?«

Bei der einen Wohnung hatte es im ganzen Wohnblock kein einziges Kind gegeben, nur Alleinstehende oder Doppelverdienerpärchen. Dementsprechend teuer war die Miete gewesen, obwohl die Anlage alles andere als schön gewesen war. Bei der anderen waren zwanzig andere Bewerber zum Besichtigungstermin gekommen, und ich hatte bemerkt, dass einige bereits zwei Monatsmieten im Voraus bar dabeigehabt hatten. Ich seufzte. Nahm Mascha den Topf widerwillig aus der Hand. In das Dämmerlicht des Materialraums hinein sagte ich: »Ich kann nicht glauben, dass ich das hier wirklich tue.«

Kapitel 25: Arsenic Green

Leonie

Nr. 214 Arsenic Green. Der Name hielt, was er versprach: Die Farbe sah wirklich giftgrün aus.

Jedes Mal, wenn ich hier gewesen war, hatte ich es vermieden, in Thies' Zimmer zu gehen, außer als ich kurz nach weiteren Fotos von ihm gesucht hatte. Ich hatte mich zwischen meinem Nebenzimmer, Bad, Küche und dem vollgestopften Wohnzimmer bewegt und wie der Gast verhalten, der ich hier im Grunde auch war.

Damit sich das änderte, musste ich das jetzt einfach durchziehen.

Wenn ihn diese Aktion nicht darüber nachdenken ließ, hier einfach alles hinter sich zu lassen, dann wusste ich wirklich nicht, was ich noch tun sollte. Es war verrückt, aber mit den üblichen Mitteln kam ich hier in München an keine Wohnung.

Ich musste das Bett von der Wand abrücken. Als ich mich vorbeugte, um das Gestell mit voller Kraft zu bewegen, nahm ich Thies' Duft vom Kopfkissen wahr.

Angenehm männlich und baumwollweiß.

So nahe war ich ihm noch nie gekommen.

Energisch schob ich das Bett noch ein Stück weiter und warf ein großes Stück Abdeckplane darüber.

Einige Zeit später summte mein Handy mit einer Nachricht. Ausgerechnet von Thies. Ein Bild von der Kampenwand, dahinter der Himmel tief orange mit roten und pinken Streifen. Unglaublich schön.

»Herbstsonnenuntergang«, schrieb er nur. Das reichte, wie immer. »Ich dachte, der Farbverlauf gefällt dir.«

Und das tat er. Natürlich tat er das. So weit kannte er mich ja nun schließlich. Aber dieses Mal antwortete ich ihm nicht. Nicht mit einem Farbnamen, und auch sonst schrieb ich nichts. Ich konnte das jetzt nicht.

Ich wollte Thies aus seiner Wohnung vertreiben.

Aber wollte ich ihn auch aus meinem Leben vertreiben?

Kapitel 26: Bergwiesengrün

Thies

Der Geruch war das Erste, was mir auffiel. Sobald ich die Wohnungstür geöffnet hatte, schlug er mir entgegen. Ohne die Schuhe auszuziehen, ohne meine Tasche abzusetzen, machte ich ein paar Schritte den Flur entlang, um zu orten, wo der Geruch herkam. Die Tür zum dritten Zimmer war geschlossen, das Bad ebenso. Einen Schritt weiter konnte ich zur geöffneten Schlafzimmertür hineinschauen. Ich blieb wie angewurzelt stehen. Es sah so unwirklich aus, dass ich das Gefühl bekam, ich könnte die Tür schließen und wieder öffnen, und alles wäre wie früher. Die Möbel standen an den gleichen Plätzen. Mein Bett sah unberührt aus. Nur die Wände waren … ich ließ meine Tasche fallen, drückte den Lichtschalter und ging die paar Schritte in mein Zimmer hinein.

Heilige Scheiße.

Mein ganzes Zimmer war quietschgrün, vom Boden bis zur Decke, alle vier Wände. Wenn der Geruch nicht wäre, würde ich glauben, das hier sei nicht echt. Aber es war echt, und es musste eine verdammt harte Arbeit gewesen sein. Das war doch wohl ein Streich, oder? Ein Scherz? Versteckte Kamera? Ich tastete nach dem Handy in meiner Hosentasche, drückte auf den Namen, der ohnehin immer ganz oben in meiner Anrufliste stand.

Noch bevor sie sich melden konnte, schoss ich los:

»Leonie, was ist das? In meinem Schlafzimmer?«

Ich konnte sie etwas lauter atmen hören, konnte Schritte hören. Vielleicht ging sie gerade von der Bahn zu ihrer Wohnung. Offensichtlich hatten wir uns nur um wenige Minuten verpasst.

Sie sagte: »Ich habe die Wände gestrichen.«

»Das sehe ich.« Ich tastete vorsichtig nach, aber die Farbe war trocken. Trotzdem roch sie noch ganz frisch, es konnte nicht lange her sein, dass Leonie sie aufgetragen hatte. Vor wenigen Stunden war sie hier offenbar richtig zugange gewesen. Es war so surreal, dass ich fast lachen musste. Die einzige Frage, die laut in meinem Kopf hallte, bahnte sich endlich ihren Weg: »Warum?«

»Weil ... ich fand ... also ich wollte etwas beitragen und da ... habe ich gedacht ... weil ich ja Farbexpertin bin und so ... Ich streiche mal deine Wand.«

Sie klang selbst nicht überzeugt.

Ich wusste zwar, dass sie das bei sich zu Hause zur Entspannung häufiger tat. Und bei ihrer besten Freundin und bei ihrer Mutter, wie sie mir einmal erzählt hatte. Ich wusste auch, ganz, ganz sicher, dass das hier nicht meine Seelenfarbe war, wie Leonie es nannte. Am liebsten hätte ich noch einmal laut »Aber *warum*?« gefragt.

»Und, wie findest du's?«, tastete sie nach.

Ich kratzte mich am Kopf. Breitete den Arm aus, um eine Bezeichnung dafür zu finden, ließ ihn dann kraftlos fallen. Ich biss mir auf die Lippen, dann sagte ich endlich:

»Ja, die Wand ist ... schön.«

»Schön?!«

»Nicht?«

»Doch!«

»Sie erinnert mich«, ich räusperte mich »an, ähm, Bergwiesen. Leuchtende Bergwiesen. Wow, es ist wirklich sehr grün. Aber doch, es erinnert mich an saftige Wiesen in den Bergen. Bin ja jedes Wochenende dort. Jetzt habe ich das quasi im Schlafzimmer. Also – danke!«

In der Leitung blieb es still. Nicht einmal ihre Schritte hörte ich noch.

»Leonie, bist du noch dran?«

»Ich … ja«, erklang sie matt. »Ist aber schon ungewöhnlich, so als Wandfarbe, oder?«

»Absolut«, sagte ich. Und weil ich nicht mehr ausführen wollte, weil ich nicht zugeben wollte, dass ungewöhnlich genau Andreas Ding war und dass ich ihr sogar immer zu gewöhnlich gewesen war, mit meinem Design-Ledersessel und meiner Design-Wohnzimmerleuchte und meinen Design-Gläsern in der Küche. Wie aus dem Katalog, hatte sie mich immer geneckt und darüber gelacht, mich dann aber geküsst. Aber ein schales Gefühl war geblieben. Vielleicht so etwas wie Architekten- und Designer-Ehre. Wir wollten nichts so erschaffen, das aussah wie aus einem Katalog, wie der Abklatsch einer Idee eines anderen.

»Absolut ungewöhnlich«, sagte ich also noch einmal. »Genau das hat mir noch gefehlt. So eine … bergwiesengrüne …«

»Giftgrün«, unterbrach sie mich barsch.

Ich hielt inne und spürte ein Lachen aufsteigen. Die falsche Bezeichnung ging ihr offenbar sehr gegen den Strich. Genau wie die Tatsache, dass ich mich nicht aufregte. Warum auch immer Leonie hier in einer heimlichen Wochenendaktion die Wand giftgrün gestrichen hatte, sie wollte, dass ich es furchtbar fand. Und weil ich ihr den Gefallen nicht tat, regte sie sich auf. Und das war einfach nur … verrückt.

»Ja, giftgrün«, brachte ich noch hervor, dann lachte ich los.

Ich hörte, wie Leonie nach einer Schrecksekunde am anderen Ende hilflos mitkicherte.

»Tatsächlich heißt die Farbe Arsenic Green …«

»Arsenic, also Arsen? Du meine Güte, das ist hoffentlich nur der Farbton. Oder hattest du hier Kriminelleres vor? Sollte ich wegen der Farbdämpfe aus den Latschen kippen? Das klingt ja wie bei Miss Marple.« Grinsend setzte ich mich auf mein Bett.

»Nein!«, rief sie empört, aber ich beruhigte sie sofort. »Keine Bange, das war mir schon klar. Nicht gerade das perfekte Verbrechen, wenn ich mal so sagen darf. Die Spuren hier sind nämlich fünf auf drei Meter groß und grellgrün.«

»Ich wollte nur ein wenig Farbe in die Wohnung bringen. Alles ein wenig auflockern …«

»Na, das ist dir gelungen.« Ich fing an, mir die Schnürsenkel mit einer Hand aufzubinden, und lächelte dabei vor mich hin. Ich konnte mir total vorstellen, wie Leonie hier beim Streichen völlig versank und nicht daran dachte, dass das vielleicht ein bisschen viel – Grün – war.

»Und ich hatte gehofft, es … gefällt dir.«

Ich schob mit einem Fuß den Schuh vom anderen, wackelte mit den Zehen.

»Das tut es.«

»Wirklich?«

»Wirklich, Leonie.«

Pause.

»Dann sind wir uns ja einig.«

Sie hörte sich an, als kriegte sie bei diesem Satz die Zähne kaum auseinander. Vielleicht war sie zum Telefonieren stehen geblieben, und es war inzwischen ganz schön kalt.

»Ja, alles ist gut«, antwortete ich.

»Dann … genieß die giftberggrüne Wiese. Gute Nacht, Thies.«

Ich lächelte, wie immer, wenn sie meinen Namen sagte.

»Gute Nacht, Leonie.«

Ich legte auf und schüttelte den Kopf. Diese Frau war immer für eine Überraschung gut.

Ich hielt mein Handy hoch, drückte auf den Auslöser und schoss ein Foto. Dann veränderte ich den Farbfilter in »strahlend« und schoss noch eins. Sogar im Dämmerlicht meiner Bauhausleuchte sah die Wand darauf radioaktiv aus. Ich grinste, ließ mich zurücksinken und betrachtete im Liegen das Bild noch eine Weile. Für einen Moment hätte ich das Bild gern an Andrea geschickt, wie aus alter Gewohnheit, denn sie kannte meine Wolke sieben ja sehr gut. Doch dann entschied ich mich, das nicht zu tun. Nicht nur, weil wir Kontaktsperre vereinbart hatten. Sondern weil ich ihr Gesicht sehen wollte, wenn ich sie damit überraschte. Irgendwann, so wie sonst auch immer, würde sie ja vielleicht doch wieder hier auftauchen. Ich stellte mir vor, wie ich hier mit ihr stehen und genauso lachen würde wie gerade eben mit Leonie. Wie ich Andrea dann in meine Arme ziehen und auf die Wange küssen würde, wie beim letzten Mal, als sie hier gewesen war. Nur nicht mehr Wolke sieben, sondern Wolke Bergwiese. Sie und ich und die ungewöhnliche Wand.

Kapitel 27: Milchweiß

Leonie

Einigermaßen aufgelöst kam ich bei Raphaels und Tamaras Wohnung an. Ich hatte zu Hause nur kurz meine Tasche in den Flur gepfeffert und einmal tief durchgeatmet. Eigentlich hatte ich mit einem handfesten Streit mit Thies gerechnet. Eigentlich hatte ich mir ein paar Dinge zurechtgelegt, die ich über sein Wochenendzuhause sagen würde. Eigentlich hätte alles eskalieren sollen! Es war weder besonders unterschwellig noch subtil, aber irgendwie musste ich ihn ja dazu kriegen, sich das ernsthaft zu überlegen. Nur hatte ich meine blöden Argumente und Hinweise gar nicht gebraucht. Thies hatte einfach komplett anders reagiert, als er hätte reagieren sollen. Ich war … wütend. Enttäuscht. Und wieder einmal komplett von Thies überrascht. Was hatte er noch auf Lager? Jedes Mal, wenn ich dachte, ich hätte ihn ein bisschen besser kennengelernt?

Als Raphael mir die Tür öffnete – von Tamara war zum Glück keine Spur –, sah er ganz genauso aus wie ich: zusammengezogene Augenbrauen, müder Blick, Schultern nach oben gezogen.

Selbst Milan stapfte mir genervt entgegen, anstatt mir in die Arme zu fliegen, wie er es sonst tat. Er schulterte seinen kleinen Rucksack.

»Ist etwas passiert?« Ich sah fragend zu Raphael.

Der schüttelte nur den Kopf. Er brachte sogar ein Lächeln zustande, als er sich von Milan verabschiedete. »Wir sehen uns Mittwoch beim Papa-Abend, ja?«

»Okay.«

Milan war schneller als ich, trabte schon den Flur entlang und zur Straße hinaus.

»Hey, warte mal«, sagte ich. »Weißt du, was? Oma hat uns ganz viel Verbandszeug ausgeliehen, ich habe es Freitagabend noch kurz bei ihr abgeholt. So können wir dich einmal probeverkleiden und schauen, ob wir das Mumienkostüm für Halloween hinbekommen.« Ich hatte ein Leuchten in Milans Augen erwartet, aber er blieb muffig.

»Was ist denn los? War was bei Papa?«

»Hat keinen Spaß gemacht.«

»Oje, nicht?« Sofort bekam ich ein schlechtes Gewissen, dass er die ganzen Wochenenden dort verbrachte. Allerdings war ich ja in Thies' Wohnung, damit Milan und ich es in Zukunft zusammen besser haben konnten. Ich fluchte im Stillen, dass die giftgrüne Wand mich keinen Schritt weitergebracht hatte.

Milan bekam kaum die Zähne auseinander. »Die haben gestritten.«

»Papa und Tamara? Haben sie mit dir geschimpft?«

»Nein, sie haben gestritten. So wie Papa und du früher. Das war laut. Ich konnte mein Hörspiel nicht hören.«

Milan war so selten grummelig, dass es fast schon amüsant war, wenn ich ihn dann einmal so sah. Ein kleiner beleidigter, knatschiger Hobbit.

»Armer Milan«, ich unterdrückte ein Lachen. Ich war so erleichtert, dass nichts ernsthaft Schlimmes passiert war, dass es keinen Zwischenfall gegeben hatte, dass er sich grundsätzlich bei seinem Papa durchaus wohlfühlte. Und, wenn ich ganz ehrlich in mich hineinhorchte, bewirkte der Streit zwischen Raphael und Tamara ein leichtes Gefühl in mir. Eines, das Herzklopfen ähnlich war. Zum ersten Mal waren die beiden vor meinem inneren Auge nicht mehr das perfekte, harmonische, schwer verliebte Paar. Zum ersten Mal blubberte ein Gedanke tief aus meinem Bauch an die Oberfläche. Ein Gedanke, der ganz leise fragte: Was, wenn Raphael und Tamara sich einmal trennen sollten? Was wäre dann?

Ich hielt mich davon ab, diesen Gedanken weiterzuverfolgen. Betont geschäftig schloss ich unsere Wohnungstür auf und sagte zu Milan: »Hör zu, wir proben jetzt noch das Kostüm und schauen, ob wir genügend Verbandszeug haben, um dich als Mumie zu verkleiden. Und danach mache ich dir eine heiße Milch, und du darfst im Bett noch zwanzig Minuten lang dein Hörspiel hören. Abgemacht?«

Er sagte nichts.

»Eine heiße Milch mit Honig«, legte ich nach, als er sich die Schuhe von den Füßen streifte und sie kreuz und quer im Flur stehen ließ.

Seine Augenbrauen waren jetzt nicht mehr zusammengezogen, er wollte wohl gern weiterhin grummelig sein, aber die Aussicht auf so einen Abend machte es ihm nicht leicht. Ohne mich anzusehen, antwortete er:

»Abgemacht!«

Kapitel 28: Flaschengrün

Leonie

Ich fluchte leise. Warum noch mal hatte ich eingewilligt, mich vor dem Schulterblick mit Christine und Mascha an der Straßenecke zu treffen für eine allerletzte Lagebesprechung, wer welchen Teil der Präsentation vortragen sollte? Warum hatte ich ausgemacht, jeder einen Kaffee mitzubringen, sodass ich jetzt in einem mir fremden Coffee Fellows stand und von einem Fuß auf den anderen trat? Ich sollte für mich selbst wohl lieber etwas Koffeinfreies bestellen … Die morgendliche Schlange bewegte sich nur langsam voran. Ich wog meine Möglichkeiten ab. Sollte ich es einfach sein lassen und den Weg zum Treffpunkt suchen, der nicht weit von hier lag? Der sich auch ganz in der Nähe der Tiny-House-Firma befand. Ich wollte nicht riskieren, zu spät zu kommen. Andererseits wusste ich nicht, wie Christine reagieren würde, wenn ich ihr keinen Kaffee mitbringen würde – würde sie ihre Drachen-Wut vor versammelter Mannschaft während der Präsentation an mir auslassen?

Da – es ging voran, die nächste Bestellung wurde schneller abgewickelt. Ich beschloss, doch hierzubleiben, und atmete tief durch. Der Duft von frisch aufgebrühtem Kaffee, süßen Frühstücksmuffins und warmer Milch beruhigte mich. Dankbar schob ich mich weiter nach vorn, vor mir war nur noch ein Pärchen mit amerikanischem Akzent, das die Auswahl von Sandwiches studierte.

Da klingelte plötzlich mein Handy in der Tasche. Hektisch nestelte ich es hervor, während ich hinter dem Pärchen an die Theke trat. Bitte, bitte, bitte, das durfte jetzt kein Anruf vom Kindergarten sein, dass irgendetwas mit Milan war … Nicht jetzt, wo meine große Chance mit der Präsentation gekommen war.

Das Display zeigte allerdings Maschas Namen. Ich war nicht sicher, ob das bessere Neuigkeiten werden würden.

»Hallo?«

»Süße, meine Tram ist mal wieder ausgefallen, also habe ich mich kurzerhand in ein Taxi gesetzt, das seltsamerweise schneller war. Ich bin jetzt da, an unserem Treffpunkt an der Ecke.«

Erleichterung machte sich breit. Vor mir bestellte das Pärchen lautstark ihre Focaccias und ihre Cappuccinos mit fettarmer Milch.

»Soll ich uns noch schnell den Kaffee holen, oder …?«

»Ich bin schon da«, sagte ich und versuchte dabei, das laute Geräusch des Milchschäumers zu übertönen. »Also, ich weiß nicht genau, wo ich bin, aber auf jeden Fall hole ich gerade Kaffee für uns und bin nicht weit von dieser Ecke …«

Im nächsten Moment trat das amerikanische Pärchen beiseite, und die Barista sah mich erwartungsvoll an. Erschrocken, dass es nun doch schon so weit war und ich jetzt sofort mit der Bestellung loslegen sollte, obwohl ich mitten im Satz mit Mascha war, bewegte ich mich keinen Zentimeter nach vorn und stotterte: »Ich muss jetzt gerade, also ich …«

Die Barista wandte den Blick von mir ab, konzentrierte sich

offenbar auf den Typen, der so nah hinter mir stand, dass er fast schon gleich auf war, und lächelte ihn an. Das verwirrte mich so sehr, dass ich erst recht nicht das Telefon sinken ließ. Erstarrt hörte ich, wie die Barista zu dem Typen sagte: »Na, heute wieder das Gleiche wie immer?«

Sie stützte sich dabei doch tatsächlich mit beiden Händen auf die Theke, lehnte den Oberkörper nach vorn und lächelte breit.

Moment mal! Flirtete die mit dem Typen und nahm ihn einfach dran, obwohl ich an der Reihe war – und ziemlich in Eile?

Ich drückte Maschas Anruf einfach weg, ich würde ihr gleich alles erklären. Der Typ, zu dem ich mich umdrehte, sagte im selben Moment: »Guten Morgen, Jeanette …«

Und dann sah er mich an.

Gerade hatte mich furchtbar aufregen und schimpfen wollen, hatte ein »Halt! Stopp!« auf den Lippen. Ich war unter Zeitdruck und musste zu einem wichtigen Termin! Ich stemmte sogar beide Hände in die Hüfte, meine Finger um mein Handy gekrallt.

Aber jetzt wusste ich erst einmal nichts zu sagen.

Der ruhige, freundliche Blick aus seinen sommerblauen Augen traf mich mitten in die Magengrube.

»Ich bin dran.« Es kam nur noch als ein Hauchen aus meinem Mund. Und ich sagte es irgendwie gar nicht zu Jeanette, der Barista, sondern zu diesen Augen. Neben denen sich jetzt Lachfältchen bildeten.

»Genau, Sie sind an der Reihe. Bitte!«

Er machte eine Geste, als ob er mir den Vortritt ließe. Aber ich war ja auch die Nächste gewesen, wenn sich Jeanette nicht so auf ihn gestürzt hätte. Ich fühlte mich immer noch ein wenig …

weich in den Knien von dem ganzen Chaos am Morgen. Was stellte der Typ sich auch so dicht neben mich? Jeanette war außerdem gar nicht amüsiert. Ungeduldig hob sie die Augenbrauen, das Lächeln war verschwunden.

»Ich nehme, äh, drei, nein besser zwei Cappuccino, oder nein.« Ich biss mir auf die Lippen. Jetzt nur nicht umdrehen und schauen, ob die sommerblauen Augen über mich lachten. Tief durchatmen.

»Bitte einen Pfefferminztee, einen Cappuccino und einen doppelten Espresso.«

Während Jeanette die Bestellung bearbeitete und ich mein Geld aus meiner Tasche nestelte, hörte ich den Typen neben mir sagen: »Gute Steigerung. So werden Sie bis zum doppelten Espresso Stück für Stück wach.«

Er lächelte mich an, was mich restlos verunsicherte. Sollte das wirklich nur nett gemeint sein? Oder war es eine Anspielung auf meine Schusseligkeit hier?

»Belauschen Sie immer die Bestellungen fremder Leute?«, fragte ich schnippisch und legte das Geld auf die Theke.

»Nur, wenn sie so interessant sind«, konterte er.

Unverschämt. Der dachte wohl, das sei charmant. Zähneknirschend stellte ich fest, dass seine Stimme warm und weich klang, sie bereitete mir ein wohliges Gefühl, als ob sie mich an etwas Schönes erinnerte. Schnell griff ich nach einem Papp-Tablett, damit ich nicht noch einmal in diese sommerblauen Augen sehen musste. Das würde mich sonst gänzlich aus dem Konzept bringen. Während ich energisch die Becher in das Tablett steckte, das die Form eines großen Eierbechers hatte, legte Jeanette bereits seine übliche Bestellung zurecht.

»Nur schade, dass Sie das nicht erleben werden, wenn ich wach bin und so richtig loslege.« Mit einem Augenaufschlag blickte ich noch einmal über die Schulter, sah ihn direkt an – Treffer, versenkt. Die sommerblauen Augen fixierten mich fasziniert. Und der Mund stand dem Typen leicht offen, eine Mischung aus Amüsiertheit und Neugier.

Ich hingegen bahnte mir geschickt einen Weg aus dem vollen Café und schob mich hinaus auf die Straße. Jetzt aber los. Der morgendliche Wind blies scharf über den Asphalt, aber mit dem Tablett in der Hand konnte ich meine Jacke nicht schließen. Egal. Jetzt sollte ich mich ohnehin beeilen.

Nervös blickte ich mich um. Das hier war nicht meine Nachbarschaft, und ich wollte mich kurz orientieren. Musste ich nach der Ampel links oder rechts? Links wahrscheinlich, und dann noch zwei Straßen weiter. Ich balancierte das Tablett auf einer Hand und sah auf meine Armbanduhr. Mist, wenn wir noch etwas besprechen wollten, musste ich jetzt aber wirklich los. Ich würde einfach schnell rüberhuschen. In Gedanken war ich bereits um die nächste Ecke, versuchte mich weiter zu orientieren, sah nach links und …

Mit einem heftigen Ruck wurde ich plötzlich so stark nach hinten gezogen, dass ich das Gleichgewicht verlor, rückwärts stolperte und gegen etwas Weiches prallte. Das Tablett flog dabei gegen meinen Oberkörper, der heiße Tee platschte direkt auf meinen Pulli, die Nässe drang bis auf meine Haut. Der Rest fiel mit einem Knall auf den Boden, sodass Kaffee und Milch weit spritzten – und im selben Moment raste ein schwarzer BMW so dicht an meiner Nasenspitze vorbei, dass mich der Fahrtwind mit voller Wucht traf. Ein Reifen fuhr direkt über den Espressobecher und drückte ihn platt. All dies passierte so schnell, so gleichzeitig, dass ich nur Splitter davon registrierte. Jemand hatte mich aufgefangen, zog mich noch einen Schritt weiter zurück auf den Bordstein. Ich nahm kräftige Arme wahr und einen Wollmantel. Der Lärm von dem Raser war ohrenbetäubend, obwohl er bereits um die nächste Kurve war.

»Es empfiehlt sich, bei Grün über die Straße zu gehen.« Der Spruch sollte locker klingen, aber seine Stimme zitterte ein wenig. Der Raser hätte mich voll erwischt. Das war auf jeden Fall klar. Ich hatte das Fahrgeräusch ausgeblendet, zur anderen Seite gesehen und nicht damit gerechnet, dass hier jemand so schnell fahren würde, dass ein Auto aus dem Nichts binnen weniger Sekunden hier war. Wie schnell war der gefahren, achtzig, hundert?

Ich drehte mich um. Der Typ mit den sommerblauen Augen! Mein Herz klopfte wie wild. Und die Haut darüber war wahrscheinlich vom heißen Tee verbrüht, ich konnte es durch alle Schichten hindurch spüren, sogar mein BH fühlte sich klatschnass an. Instinktiv griff ich an meinen flaschengrünen Pulli, zog ihn mit spitzen Fingern nach vorn. Der Typ hatte ein Taschentuch hervorgekramt.

»Hier, vielleicht sollten Sie …« Er tupfte mit dem Tuch auf den nassen Pulli, als ob er etwas von der Nässe aufsaugen wollte, dort auf meiner Brust. Ich war zu geschockt, um direkt zu reagieren, die Zeit dehnte sich wie Kaugummi. Ich sah ihn einfach nur an, während er einmal tupfte, zweimal tupfte und dann gewahr wurde, wo er mich eigentlich gerade berührte. Wenn auch durch nasse Wollschichten und ein jetzt labbriges Taschentuch hindurch. Im selben Moment blickte er mir in die

Augen, stoppte. Er hatte die ganze Zeit meine Brüste berührt, wenn auch unabsichtlich.

»Ich mache das lieber mal selbst«, sagte ich mit rauer Stimme und zog das Tuch vorsichtig aus seinen schmalen Fingern. Mein Kopf schwirrte immer noch von dem Vorfall. Dann sah ich zu ihm hoch. Sah, wie sich bereits wieder Lachfältchen um seine Augen gebildet hatten. Er fand das doch nicht etwa ... lustig?

»Entschuldigung, ich wollte nicht ...«

»Ja. Schon klar.« Er brauchte überhaupt nicht so charmant tun. Mein Herz raste bereits genug, vielen Dank auch.

»Sie sollten besser aufpassen, wenn Sie die Straße überqueren.«

»Ich habe noch einen wichtigen Termin. Normalerweise renne ich nicht über rote Ampeln.«

»Schon klar.«

Ich zupfte wieder an meinem durchnässten Pulli.

»Mist. Der Termin.« Jetzt würde ich, gut sichtbar für alle, mit einem nassen Fleck auf meinem flaschengrünen Pulli präsentieren. Die Ampel war gerade grün, aber der Typ machte keine Anstalten weiterzugehen. »Was mache ich denn jetzt?«, murmelte ich, in Richtung Fleck.

»Soll ich Ihnen meinen Pulli leihen?«

Schmunzelte er etwa? Er würde doch wohl kaum einer Wildfremden seinen Pulli schenken? Unwillkürlich starrte ich auf seine Brust, die sicherlich durchtrainiert war, auch wenn er nicht übermäßig muskulös aussah, eher drahtig. Weißes Hemd, schwarzer Pulli darüber. Meine Gedanken rasten. Oder würde er ihn mir leihen? Dann brauchte er meine Telefonnummer? War das nur ein Trick, um mich noch einmal zu treffen?

»Nein, danke«, ich schüttelte schroff den Kopf, das Adrenalin pumpte immer noch durch meine Adern. »Ich muss jetzt los.«

»Alles klar.« Als die Ampel grün war, traten wir beide gleichzeitig auf die Straße. Schon wieder schien er zu schmunzeln, ja, jetzt lächelte der Typ mich geradeheraus an.

»Ich muss jetzt hier entlang«, er deutete nach rechts.

Ich nickte nur. »Danke, dass … Sie mir das Leben gerettet haben. Denke ich.«

Diese sommerblauen Augen. Dieser Blick!

»Jederzeit gern.«

Jetzt musste ich auch lächeln. Als ich mich nach links wandte, flüsterte ich mir in Gedanken zu: Nicht umdrehen, jetzt nicht umdrehen!

Und dann drehte ich mich doch um.

Und er auch.

Lächelnd hob er die Hand.

Ich tat es ihm gleich.

Jetzt musste ich mich auf meinen Termin konzentrieren, aber heute Mittag würde ich Billie alles brühwarm erzählen. Und meiner Mutter. Und später gleich Mascha. Wie verrückt das war! Keiner würde es mir glauben.

Als Christine, Mascha und ich das Büro betraten, fühlte ich mich immer noch zittrig. Christine und Mascha hatten sich die Raser-Geschichte voller Mitgefühl – oder, in Christines Fall, zumindest nickend – angehört. In letzter Minute hatten wir uns abgesprochen, wer welchen Teil der Präsentation übernehmen würde, wer währenddessen die Reaktionen der Tiny-Haus-Eins-Leute beobachten würde. Ich atmete tief durch. Nicht nur war ich aufgewühlt durch das Erlebnis vorhin, ich würde auch diesen wichtigen Termin gut bestreiten müssen und dabei einfach ignorieren, dass ich aussah, als hätte ich beim Frühstück gekleckert. Der nasse Fleck auf meinem Pulli hob sich dunkel, fast schwarz, von dem Flaschengrün des restlichen Stoffs ab. Ich durfte mich nicht zu sehr darauf konzentrieren. Oder sollte ich während der Präsentation einfach darauf bestehen, meine Jacke anzubehalten?

Ich hatte den Kopf voller Gedanken, als ich hinter Christine und Mascha den wunderschönen Altbau betrat. Der Hausflur war mit diesen typischen Fliesen ausgestattet, und eine breite Steintreppe, schon tausendmal betreten, führte in den ersten Stock, wo das Büro lag. Der Geschäftsführer wartete an der geöffneten Tür, begrüßte uns schon von Weitem herzlich. Mein Herz klopfte, als ich in den kleinen, dunklen Flur trat. Hier war es jetzt voll, denn noch zwei weitere Personen warteten auf uns.

Jacke zulassen oder ausziehen? Sollte ich jetzt gleich darauf bestehen, meine Jacke anzubehalten, und einen sehr seltsamen Eindruck machen, und wie würde ich das begründen? Oder sollte ich sie ausziehen, den Fleck ansprechen, sodass das Thema vom Tisch war, und … Meine Gedanken rasten, und ich nestelte noch an meinem Reißverschluss herum, während der Geschäftsführer bereits alle einander vorstellte. Gleich war ich dran. Ich blickte auf. Hinter ihm stand noch eine junge Assistentin, wie ich vermutete, und ein Typ.

Der jetzt gänzlich aus dem Schatten trat und vor mir stand.

Mit sommerblauen Augen.

Die mich zuerst überrascht fixierten und dann in einen anderen Ausdruck übergingen. Einen Ausdruck, den ich nicht deuten konnte.

Mist, Mist, Mist.

Mein Herz raste, als hätte ich drei doppelte Espressi bestellt und dann selbst getrunken, statt sie auf die Straße fallen zu lassen.

Mister Charmant war also ein Mitarbeiter dieser Tiny-House-Firma? Was war denn das für ein seltsamer Zufall?

Im Bruchteil einer Sekunde verstand ich, dass ich einen Umweg zum Büro gelaufen war, weil ich mich nicht in der Gegend auskannte. Wenn er an der Ampel nach rechts abgebogen war und vor mir hier angekommen, ohne dass ich ihm noch einmal begegnet war, hatte ich definitiv die falsche Straße genommen.

Die Zeit schien stillzustehen, für einen Moment streckten weder er noch ich die Hand aus, um uns zu begrüßen, wie es für diesen Anlass normal gewesen wäre.

Ich musste gestehen, dass ich jetzt noch ein wenig mehr hoffte, eine gute Präsentation hinzulegen. Nicht nur, um es diesem Mister Charmant zu zeigen. Sondern auch, ein ganz kleines bisschen, weil das dann, wenn wir den Pitch gewinnen würden, bedeuten würde, dass ich mit diesen sommerblauen Augen zusammenarbeiten müsste. Einige Monate lang. Und gerade jetzt, wo er mich so ansah, mit leicht geöffnetem Mund und unbeweglich, jetzt, wo ich begriff, dass ihm buchstäblich der Atem stockte, da wünschte ich mir das. Und ich hätte gar nichts dagegen, etwas mehr über ihn zu erfahren als das, was er sich morgens im Coffee Fellows zum Frühstück bestellte.

Der Geschäftsführer, Frank Voss, sagte gerade: »Darf ich vorstellen? Das ist mein Partner und zweiter Geschäftsführer, Thies Hofmann.«

Thies Hofmann.

Moment mal, wie bitte?

Mein Herz raste jetzt mindestens achtzig bis hundert Stundenkilometer, bevor mein Verstand begriff, was da gerade gesagt wurde.

Mister Charmant war hier der zweite Geschäftsführer.

Und Mister Charmant war … Thies?

Mein Thies?

Ich biss mir auf die Lippe. Thies war ja gar nicht mein Thies.

Aber ich bekam es einfach nicht zusammen. Thies war Architekt und baute Häuser und … und ich hatte nie gefragt, wie sein Büro hieß. Ich hatte nie nach ihm gegoogelt, sondern ihn am Telefon ausgefragt. Thies baute also nicht einfach Häuser. Er baute sehr kleine Häuser. Dieses Detail hatte er in unseren Gesprächen irgendwie immer umschifft. Oder vielmehr, wie mir jetzt klar wurde, sehr geschickt in eine andere Richtung gelenkt, wenn ich dieser Tatsache zu nahe gekommen war.

Und in diesem Moment erkannte ich, welche Regung in seinen Augen gewesen war neben der milden Überraschung. Denn es war nur eine milde Überraschung für ihn. Wahrscheinlich, weil er nicht gewusst hatte, wie ich aussah, nicht gewusst hatte, dass die Schusselfrau, die er gerettet hatte, ich sein würde.

Aber er hatte gewusst, dass heute eine Agentur präsentieren würde und dass die Mitarbeiter dieser Agentur Christine Biller, Mascha Baur und Leonie Schäfer heißen würden.

Er hatte gewusst, dass ich heute hier sein würde.

Er hatte gewusst, dass er die Frau treffen würde, die in seinem dritten Zimmer wohnte.

Und dass ich wochenlang schon von dieser wichtigen Präsentation redete, auf die er in unseren Gesprächen irgendwie nie so richtig eingegangen war.

Der Blick in seinen sommerblauen Augen war entschuldigend.

Eine Bitte um Verzeihung.

Und ich verstand nichts mehr.

Nun streckte Thies doch seine Hand aus, nahm zur Begrüßung meine. Ich zuckte zusammen. Es fühlte sich an, als würde Strom zwischen unseren Handflächen fließen. Meine erste Berührung mit Thies hatte ich mir definitiv anders vorgestellt. Und dann wurde mir klar, dass unsere erste Berührung die gewesen war, als er mich heute Morgen gerettet und in seine Arme gezogen hatte.

Ich senkte den Kopf und tat so, als machte ich mich an meinem Pulli zu schaffen. Wir wurden in den angrenzenden Raum gebeten, ein großes Bürozimmer mit knarzendem Holzfußboden und weißen Wänden.

»Wir haben hier nicht so oft Präsentationen, ich hoffe, der Platz reicht für den Beamer aus?«, wandte sich Frank Voss an Mascha.

»Ja, alles bestens.« Sie stellte ihren Laptop auf, schloss die Geräte an und warf mir einen langen Blick zu. Offenbar nahm sie wahr, dass ich blasser und stiller war als sonst. Bestimmt dachte sie, ich wäre nervös wegen der Präsentation. Ich verzog die Mundwinkel, was ein Lächeln andeuten sollte, setzte mich neben sie, um Protokoll zu führen, und nickte ihr zu. Thies hatte neben Frank auf der anderen Seite Platz genommen. Das Licht wurde gelöscht. Und während Christine durch die strategische Herleitung führte, linste ich immer wieder zu den dreien hinüber. Normalerweise konnte man so schon ganz gut erkennen, ob die Kunden von der jeweiligen Idee angetan waren oder nicht. Bei welcher Route sie sich die meisten Notizen machten. Aber es war zum Haareraufen. Thies saß mit verschränkten Armen da und biss sich die ganze Zeit auf die Lippen. Frank Voss nickte hin und wieder einmal. Und die junge Frau, Saskia, schrieb die ganze Zeit mit, obwohl wir ihr ja ohnehin später ein Protokoll zukommen lassen würden. Ich konnte mir keinen Reim darauf machen. Weder darauf, wie unsere Ideen aufgenommen wurden, noch darauf, was Thies hier für ein Spiel trieb. Schließlich war mein Part dran, die Präsentation der einzelnen Layouts. Ich ignorierte die Blicke aus sommerblauen Augen, ich ignorierte den Fleck auf meinem Pulli. Nur meine Hand, die vorhin seine berührt hatte, wollte nicht aufhören zu prickeln.

Später bedankte sich Frank Voss jovial bei uns und verabschiedete uns mit den Worten: »Na, das war doch prima!« Da weder Thies noch Saskia etwas dazu sagten, wusste ich nicht so recht, was ich antworten sollte. Bei der dritten Route hatte ich das Gefühl gehabt, dass die meisten Nachfragen gekommen waren. Bei der zweiten Idee hätte ich am ehesten auf so etwas wie Begeisterung getippt, falls man das so nennen konnte. Wir bestätigten noch einmal den finalen Termin für den Pitch und traten hinaus auf die Straße. Mit ausgreifenden Schritten ging ich vor zur Straßenecke, sodass Mascha kaum hinterherkam. Christine blieb etwas zurück, um eine E-Mail auf ihrem Handy zu beantworten.

»Was war denn los? Du hast ausgesehen, als ob du einen Geist … War dir nicht gut?«

»Das war Thies.« Ich brachte es nur zwischen zusammengebissenen Zähnen hervor. Sie brauchte eine Sekunde, bis sie alles richtig zusammenbrachte. »Warte mal. Thies Hofmann ist dein Thies?«

»Er ist nicht mein Thies!«

»Ist ja gut! Also was – ist das der Grund, warum du den Kunden aufgetan hast?«

Ich schüttelte heftig den Kopf, hoffte, dass Christine abgelenkt war. Dann zückte ich mein Handy, um zu sehen, ob Thies mir eine Erklärung hinterherschickte. Aber das Display blieb schwarz.

»Rufst du uns ein Taxi zurück ins Büro und erklärst mir später in der Küche alles?«, fragte Mascha sanfter. Ich nickte.

»Ich hatte die ganze Zeit das Gefühl, dass es gut läuft, aber glaubst du das denn unter diesen Umständen auch?«, schob sie hinterher.

Ich antwortete nicht. Leider hatte ich gerade absolut keine Ahnung, was ich noch glauben sollte.

Am Abend fuhr ich so wütend zu Thies' Wohnung, dass die Leute in der Bahn instinktiv Abstand von mir hielten. Mein Gesicht sprach wohl Bände. Ich würde ihn überraschen und zur Rede stellen. Ich würde herausfinden, was los war, und ein für alle Mal Klarheit schaffen. Ich stapfte wütend durch das Treppenhaus, drückte mit Schwung auf seinen Klingelknopf. Als Thies mir die Tür öffnete, sagte ich den Satz, der mir seit heute Morgen wie ein Mantra in den Ohren geklungen hatte.

»Das glaube ich jetzt einfach nicht!«

»Leonie …«

»Nein«, unterbrach ich ihn. »Ich möchte wissen …«

Er nahm mich sanft am Arm und zog mich zu sich in die Wohnung.

»Komm erst einmal rein.«

Bedächtig schloss er die Tür. Wie konnte er nur so ruhig bleiben. Ich stieß wütend die Luft aus. Leider stand ich jetzt so nahe vor ihm, dass ich nicht nur direkt in seine verdammt sommerblauen Augen sah, sondern auch seinen Duft wahrnehmen konnte. Das hatte ich bei unseren Telefonaten bisher nicht gekonnt. Und heute Morgen bei der Präsentation hatte ich komplett unter Strom gestanden. Fast nahm mir das jetzt den Wind aus den Segeln. Ich ballte die Fäuste und fragte:

»Seit wann wusstest du, dass ich bei deiner Firma pitchen würde?«

»Leonie, ich …«

»Seit wann?«

Er seufzte und fuhr sich durch die Haare. »Du hast mir irgendwann einmal erzählt, bei wem du pitchen willst. Am Telefon. Und dann so schnell weitergesprochen, dass ich gar nicht reagieren konnte.«

»Ach, du Armer! Habe ich dich nicht zu Wort kommen lassen? Ganze zwei Wochen lang?«

»Nein, natürlich nicht! Zuerst war ich nur überrascht und wollte es dir bei der nächsten Gelegenheit sagen. Aber dann ist mir aufgefallen, dass das für dich schlecht wäre.«

Für eine Millisekunde war ich sprachlos. Für mich? Schlecht? Ich verschränkte die Arme. Na, der hatte ja Nerven. Wenn er wenigstens einen Schritt zurücktreten würde. Ich hatte leider die Tür im Rücken.

»Überleg doch mal. Wenn herausgekommen wäre, dass wir uns kennen, würde es so aussehen, als hättest du dir das alles nicht erarbeitet, sondern ich für dich eingefädelt.«

Überrascht blieb ich stumm.

»Der Drachen muss unbedingt sehen, dass du hier ganze Arbeit machst. Dass diese Leistung durch dich entstanden ist. Dann kann sie dir nicht abschlagen, dich zu befördern. Stell dir vor, sie kriegt spitz, dass das vielleicht eine Absprache sein könnte. Hätte sie dann nicht das beste Argument, deine getane Arbeit und einen neuen Kunden einzustreichen, dir gegenüber aber zu behaupten, du hättest ja nichts geleistet, und die Gehaltserhöhung gäb's dann erst beim nächsten Mal? Und für uns als Firma ist es wichtig, da sauber zu bleiben und für niemanden den Anschein zu erwecken, wir würden Vetternwirtschaft betreiben.«

Sein Mund zuckte bei dem Wort Vetternwirtschaft. Nein, klar, Vettern waren wir nicht. Unverschämt. Er begann sogar zu lächeln. Jetzt sah er wieder genauso aus wie der charmante Kaffeekäufer von heute Morgen. »Das wäre für uns als kleine Firma, die gewisse Werte ausstrahlt, tödlich.«

Entschuldigend zuckte er mit den Schultern. »Deswegen habe ich mich entschieden, dich tatsächlich nicht zu informieren. Und gleichzeitig habe ich unser Gespräch in andere Bahnen gelenkt, wenn du mir zu viel über deine Entwürfe erzählt hättest. Oder ich dir über meine Arbeit. Ich will gar nicht, dass da irgendetwas entsteht, ich will keine Bevorzugung, keine Bevormundung. Ich möchte, dass du diesen Pitch gewinnst. Und das wirst du sicher auch.«

Er kam ein winziges Stück auf mich zu. Ich hielt den Atem an. Warum musste er auch so gut duften! Vielleicht hatte er dieses Mal, aufgrund des Schulterblicks, erst am Abend seine Joggingrunde gedreht und gerade geduscht. Ich schluckte.

»Ich glaube an dich, Leonie.«

Mir platzte der Kragen. »Das kann ja wohl nicht dein Ernst sein! Du hättest mir Tipps geben können! Mich vor Fehlern bewahren können. Mich mit weiteren Einblicken in eure Firma unterstützen können. Aber du wolltest, dass ich das alleine schaffe?«

»Der Schulterblick war sehr gut, Leonie, jetzt rege dich doch bitte nicht …«

»Und damit lässt du mich hier stehen?«

Für einen Moment blieb es still, er sah mich an, als wollte er etwas erwidern, schluckte die Worte dann aber hinunter. Etwas Ungesagtes vibrierte zwischen uns. In den wenigen Zentimetern, die uns trennten.

»Ich«, er räusperte sich. »Ich lasse dich nicht stehen. Das hatte ich nie vor.«

Trotzdem bewegte er sich nicht. Spürte ich da seinen Atemstoß an meinem Gesicht?

»Von allen drei Routen bei den Entwürfen«, begann er leise, »war die dritte sehr ähnlich zu dem, was eine andere Agentur vorgeschlagen hat.«

Ich blinzelte, dann begriff ich, was er da zu mir sagte.

Wenn ein Entwurf ähnlich wie der von der Konkurrenz war, sollten wir ihn für den finalen Pitch nicht ausbauen. Wir sollten entweder Route eins oder zwei weiterentwickeln und dann im finalen Pitch präsentieren. Was er mir hier wortwörtlich sagte, war lediglich eine Feststellung, aus der ich aber unser weiteres Vorgehen schließen konnte. Ziemlich geschickt. Und zusätzlich nahm er mir die Entscheidung nicht ab, ob es Route eins oder zwei werden sollte. Er hatte mir immer noch keinen Insidertipp gegeben, der mir einen unmoralisch starken Vorteil verschaffen könnte.

Ich ließ die Arme sinken und schüttelte ungläubig den Kopf.

»Das also ist deine Art, mir zu helfen«, sagte ich.

Trotzdem konnte ich mir ein Lächeln nicht verkneifen.

»Das ist meine Art, anständig zu bleiben«, erwiderte er leise, aber mit Nachdruck.

Ich sagte es nicht. Ich sagte nicht, dass ich gar nicht anständig sein wollte. Weder für diesen wichtigen Pitch noch hier im Flur. Und doch dehnte sich dieses Ungesagte so zwischen uns aus, als hätte ich es laut ausgesprochen. Ich schaute zu Boden, nur um seinen sommerblauen Augen auszuweichen. Sah auf seine nackten Füße. Ich wollte gleichzeitig wütend mit den Fäusten auf seine Brust trommeln, damit er mir mehr sagte, und ihn umarmen dafür, dass er – anständig sein wollte. Wer hätte gedacht, dass ich je einen Mann treffen würde, dem so etwas wichtig war?

Also nickte ich nur, nickte noch mehr, schaute erst auf, als er sagte:

»Möchtest du reinkommen?«

Ich schüttelte nur den Kopf. Jetzt nichts mit »anständig« antworten. Verdammt, war das schwer. »Ich … Meine Nachbarin passt nur kurz auf Milan auf …«

»Verstehe«, sagte er.

»Okay«, ich legte die Hand auf die Türklinke. »Dann … Route eins oder zwei also.«

Er nickte mit großen Augen.

»Und mehr reden wir darüber nicht bis zum Pitch.«

Er schüttelte den Kopf. Ich biss mir auf die Lippe.

»Und wenn du doch noch einen Hinweis für mich hast …« Ich öffnete die Tür und trat in das Treppenhaus, drehte mich noch einmal zu ihm um. »Dann hinterlässt du ihn für mich in einer Art Code im Kühlschrank.«

Er lehnte sich an den Türrahmen, ein Strahlen breitete sich über sein ganzes Gesicht aus.

»Ja. Ich werde die Almdudler-Flaschen so arrangieren, dass du es verstehst.«

Mein Lachen hallte durch den Flur. Ich konnte nicht glauben, dass er sich daran erinnerte.

»Gute Nacht, du«, sagte ich über meine Schulter.

»Gute Nacht, du«, hörte ich ihn noch. Und seinen Duft bekam ich die ganze Heimfahrt über nicht aus der Nase.

Kapitel 29: Wolkengrau

Leonie

Das Päckchen, das ich am Wochenende für Thies auf dem Küchentisch deponiert hatte, hatte genaueste Anweisungen beinhaltet. Und er hatte sich offenbar daran gehalten. Mir war klar, dass wir nun über ganz vieles, was uns beruflich beschäftigte, nicht sprechen konnten. Dass das ständig mitvibrierte mit dem, was wir sagten. Zur Ablenkung hatte ich mir etwas ausgedacht. Aber Thies auch das Versprechen abgenommen, dass er das Päckchen – ein kleines wolkengraues Leinensäckchen mit einem Zettel voller Anweisungen – erst am Montag in seiner Mittagspause öffnen durfte. Zur abgemachten Zeit stand ich bereits vor meinem Startpunkt, das Handy in der Hand. Und wie versprochen rief Thies pünktlich an. Ich hörte ihn lächeln, als er sagte: »Hast du mir auch eine Schnitzeljagd zusammengestellt?«

»So etwas Ähnliches.«

»Was ist ähnlich wie eine …«

»Thies! Geh einfach los. Deine Bahn fährt in fünfzehn Minuten. Wenn du jetzt nicht länger quatschst, dann erreichst du sie noch. Und ich bleibe dran … Dies ist keine auf Band aufgenommene Schnitzeljagd, sondern, halt, live.«

»Wird gemacht, Chefin. Ich laufe los.«

Wenn er bei mir gewesen wäre, hätte ich ihn für diesen Ton

in die Seite geknufft. Ich beließ es also bei einem gespielt indignierten Zungenschnalzen.

Als ich ihm sagte, welche Richtung er nehmen sollte, fragte er überrascht, ob er das richtig verstanden habe.

»Ja, Thies, du sollst zur Stadt rausfahren. Nicht Richtung Stadtmitte. Und falls du hören kannst, dass ich auch unterwegs bin: Das ist so gewollt.«

»Gehst du zurück zur Agentur?« Bei Thies piepste die Tür der Bahn, rappelnd schloss sie sich.

»Nein, ich habe mir auch eine längere Mittagspause genommen. Genau wie du. Wir haben hier noch etwas vor.«

»Ich mag es, wenn du so resolut mit mir bist.«

Ich sagte nichts, bog in den Kieselweg ein. Die Steine knirschten unter meinen Füßen. Ob Thies das hören konnte, obwohl seine Bahn recht laut ratterte? Mit einer Hand zog ich meinen Schal fester. Ich hätte mir gewünscht, dass es besseres Wetter war, ein goldener Oktobertag, aber es blieb kalt und diesig und wenig inspirierend. In meinem Kopfkino hatte sich das alles anders abgespielt.

Thies' Stimme riss mich aus meinen Gedanken.

»An welcher Haltestelle soll ich denn jetzt aussteigen?«

Er klang ernster als vorhin, nicht mehr so spielerisch. Hatte er schon entdeckt, worauf das hier hinauslief?

»Neuer Südfriedhof«, sagte ich und wartete gespannt auf seine Reaktion.

Vier, fünf Atemzüge später hörte ich ihn leise sagen: »Wirklich?«

Nervös trat ich durch das Tor. Würde Thies das alles zu seltsam finden? Zu übertrieben? Zu ernst? Seine Schnitzeljagd war schließlich eine wunderschöne Geste gewesen, um mir ein paar magische Orte in der Umgebung zu zeigen, um mit mir Besonderheiten zu teilen, die man nicht jedem zeigte. Nun, das hier, das hier zeigte man auch nicht jedem.

»Wirklich«, antwortete ich also und hoffte, hören zu können, wie er das alles fand. Offenbar setzte er in Gedanken immer noch alle Puzzlestücke zusammen für eine Erklärung, was ich mit ihm vorhatte.

»Wirst … wirst du auch dort sein?«

Ich hatte von Anfang an beim Planen dieser Überraschung gewusst, dass ich das nicht tun würde. Das war zu intim, zu nahe.

Über die Durchsage der nächsten Bahnstation hinweg, die ich durchs Telefon hören konnte, sagte ich: »Nein, Thies, du wirst dort allein sein. Mit Raum und Ruhe für dich. Ich bin auf dem Waldfriedhof.«

Auweia. Ich klang wirklich wie eine Verrückte, die Friedhofstourismus betrieb. Ich ging die vertrauten Wege entlang, vorbei an der großen Statue, zweiter Kiesweg links hinein. Das fünfte Grab in der Reihe war das meines Vaters. Eine gelbe Rose lag darauf, die Blätter nur leicht verwelkt. Sie konnte noch nicht lange dort liegen. Wahrscheinlich war Marianne erst vor Kurzem hier gewesen.

Ich konnte förmlich spüren, dass tausend Fragen in Thies' Kopf wirbelten. Gerade, als ich ansetzte, um etwas zu erklären, fragte er:

»Wann habe ich dir erzählt, dass mein Vater auf dem Neuen Südfriedhof liegt?«

Vor einer Woche, als wir am Telefon noch einmal über die

Erwartungen unserer Väter gesprochen hatten, über den Druck, den Thies verspürt hatte, über die schönen und praktischen Einrichtungsgegenstände speziell für Tiny Houses, die Thies selbst gestaltete und so liebevoll Plan B nannte. Ich hörte ebenso genau hin wie Thies, der sich alles merkte, was mit mir zu tun hatte. Aber ich antwortete nicht, denn jetzt fühlte ich mich völlig seltsam. In meiner Vorstellung war das irgendwie viel romantischer gewesen. Ich vernahm, wie Thies' Station aufgerufen wurde, hörte ihn aussteigen.

»Ich bin gleich da«, sagte er nur. »Wie ... wie ist jetzt der Plan?«

Mit meiner freien Hand zog ich den Stein aus meiner Hosentasche, den ich mal an einem Strand in Griechenland mitgenommen hatte. Wolkengrau, klein, geschliffen. Ich beugte mich zu dem Grab hinunter, legte ihn vorsichtig darauf ab. *Ich bin hier*, sollte das heißen.

»Der Plan ist«, sagte ich leise, »dass du mit deinem Vater Kontakt aufnehmen kannst. Ihn wissen lassen kannst, wie es dir geht. Was du gerade machst. Was deine Ideen für die Design-Gegenstände sind, wie der Wasserhahn. Wenn du möchtest, auch darüber, warum du so lange nicht bei ihm warst. Du weißt, was ich meine. Alles, was jetzt kommt, kannst du ihm sagen. Wie du es ihm auch immer sagen willst.« Ohne eine Reaktion abzuwarten, fuhr ich schnell fort: »Und weil ich weiß, dass das ganz schön viel verlangt ist, habe ich mir gedacht, stehe ich dir bei. Nicht, indem ich tatsächlich neben dir rumstehe, sondern indem ich dir den Raum lasse. Indem ich das selbst auch mache. Indem ich mal wieder Kontakt zu meinem Vater aufnehme. Und ihm zu sagen, wie es mir geht.«

Sanft schob ich meinen Stein noch etwas näher zur gelben Rose hin. Wie wohl das Grab von Thies' Vater aussah?

»Falls du möchtest, kannst du einen Stein vom Weg aufsammeln und ihm dalassen. Oder auch nichts tun. Er wird auch so spüren, dass du da bist.« Ich wusste, dass ich solche Sätze zu Thies sagen konnte. »Ich werde dich jetzt mit ihm allein lassen, sodass du Ruhe hast. Der offizielle Teil der … na ja, Schnitzeljagd der besonderen Art ist jetzt vorbei. Lass dir so viel Zeit, wie du kannst, und dann fährst du zurück zur Arbeit. Mache ich nachher auch. Du kannst mich ja heute Abend anrufen …«

»Halt, nein!«, sagte er. »Leg noch nicht auf.«

Einen Moment später hörte ich ihn sagen: »Ich stehe jetzt vor dem Grab. Leonie … würde es dir etwas ausmachen dranzubleiben?«

»Natürlich nicht, wenn du das willst.«

»Wow, ich glaube, ich war schon … drei Jahre nicht mehr hier. Nein, länger. Vier.« Er fluchte leise. »Hier gibt es weit und breit keinen Kieselstein!«

»Blumen von anderen Gräbern zu klauen ist leider nicht erlaubt.«

Ich hörte ihn schnauben. »Leonie Schäfer, du bist unglaublich.«

»Danke. Denke ich.«

»Ja, das war als Kompliment gedacht.«

»Du kannst auch den kleinen Zettel und den Bleistift nehmen, die ich in das Leinensäckchen gepackt habe.«

Er zögerte. »Ich weiß gar nicht, was ich schreiben soll. Kann ich ihn einfach so wissen lassen, dass ich hier bin?«

»Ja.«

Ich schloss die Augen in der Stille, die folgte. Ein paar Minuten lang konzentrierten wir uns nur auf uns. Ich merkte kaum, wie kalt die Hand an meinem Telefon wurde. *Ich bin hier, Papa*, dachte ich. *Es geht mir gut. Es wäre schön, wenn du sehen könntest, wie Milan wächst. Wie er dein Grübchen am Kinn bekommt, langsam, aber sicher. Du wärst so stolz auf ihn. Wobei, du BIST es sicherlich.*

Wie es wohl für Thies war, auf Knopfdruck jetzt mit seinem Vater zu kommunizieren, wo er doch ein eher schwieriges Verhältnis zu ihm gehabt hatte? Machte es ihn traurig, dort am Grab zu stehen? Blieb er unberührt? Zumindest hatte er die ganze Aktion nicht abgebrochen, er schien sich darauf einzulassen. Vielleicht konnte er ihm sagen, was er sagen musste. Vielleicht konnte er verstehen, dass sein Vater inzwischen nichts mehr gegen seine verrückten Designideen hätte. Dass sein Vater stolz auf ihn war. Ich war mir dessen ganz sicher.

Wenn ich genau hinhörte, konnte ich Thies atmen hören.

»Leonie?«

»Ja?«

»Ich … Okay, ich habe mit ihm Kontakt aufgenommen und gesagt, dass ich hier bin. Das war … Danke.«

Die Stille in diesem Moment, nur gefüllt mit seinen ruhigen Atemzügen, war alles andere als unangenehm. Ohne Ungeduld wartete ich, bis er so weit war weiterzusprechen: »Kann ich dich noch etwas fragen?«

Ich nickte und erwiderte: »Natürlich.«

»Also, was sagen wir ihnen jetzt noch als Abschluss?«

»Dass wir sie lieben, egal, was ist.«

»Ich dachte, dass das auf uns, ihre Kinder, zutreffen sollte.«

»Genau. Und wir müssen uns selbst auch irgendwie lieben, egal, was ist. So wie wir unsere Kinder lieben.«

Unsere Kinder – ich hatte es ganz automatisch gesagt. Ich meinte Milan. Und Thies würde wahrscheinlich auch irgendwann Kinder bekommen. Oder er würde dabei an seine Kletterkinder denken, die ihm so ans Herz gewachsen waren. Oder sogar an das Kind, das seine Ex-Freundin leider verloren hatte, wovon er mir einmal erzählt hatte. Das war sein Kind gewesen. Und vielleicht trug er es auch immer noch im Herzen.

Ein lautes Ausatmen und ein Schniefen drangen an mein Ohr.

»Thies, weinst du?«

»Nein«, hörte ich eine erstickte Stimme. Noch ein Schniefen. »Was machst du jetzt?«

»Ich lege jetzt nur noch meine Hand auf den Grabstein und verabschiede mich leise.«

»Gut. Dann mache ich das jetzt auch.«

Ich wechselte das Handy zur anderen Hand, legte meine warme Rechte auf den kühlen Marmor. Ich seufzte. Drehte mich um und ging den Kiesweg zurück. Ich konnte hören, dass auch Thies sich wieder in Bewegung gesetzt hatte, Schritt für Schritt.

Leise fragte ich: »Was … was hast du gerade noch gedacht?«

»Dass ich aufhören werde, auf sein Lob zu warten, überhaupt zu warten.«

»… verstehe.«

»Bleibst du noch ein bisschen bei mir, während ich zur Bahn laufe?« fragte er.

Und ich sagte nur: »Ja.«

Wenn du möchtest, Thies, bleibe ich die ganze Zeit bei dir.

Kapitel 30: Jeansblau

Thies

Falls Leonie nervös war, konnte sie es jedenfalls gut verbergen. Sie hatte uns mit einem normalen Lächeln begrüßt, als sie zum finalen Pitch hereingekommen war, hatte nicht viel gesagt, während ihre Chefin mit den platinblonden Haaren das Reden übernahm. Die nette Kollegin mit den kleinen dunklen Locken hatte mich immer wieder gemustert. Vielleicht hatte Leonie von mir erzählt? Oder sie wollte nur sehen, ob sie mir an der Nasenspitze ablesen konnte, wie groß die Chancen waren, den Pitch zu gewinnen. Sie wusste ja nicht, dass Fränki und ich unser Pokerface perfektioniert hatten beim Häuserverkauf. Dass wir, ohne dramatische Gesten, oft wussten, wie der andere tickte.

Leonie kümmerte sich jetzt, wo wir alle saßen und der Präsentation lauschten, um das Protokoll. In dem abgedunkelten Büroraum wagte ich es immer wieder, zu ihr hinüberzusehen. Ich konnte kaum den Blick von ihr lösen. Sie trug einen jeansblauen Rock und dazu einen schwarzen Rollkragenpulli.

Christine Winter war bei ihrer Präsentation extrem professionell – und irgendwie aalglatt. Ich hoffte, sie wusste, wem sie später die Lorbeeren zuschreiben musste.

Und ich war begeistert. Die ausgearbeiteten Ideen erwiesen sich noch einmal viel besser als der Schulterblick, die Layouts waren sehr ästhetisch gestaltet, und das Budget für die vorgeschlagene Kampagne stimmte auch.

Ich spürte Leonies Blick auf mir, doch als ich hinsah, wandte sie sich gerade wieder der Präsentation zu. Zeit, sie kurz zu betrachten. Zeit, den Schwung ihrer Nase zu sehen, den ich jetzt gern mit dem Finger nachfahren würde. Wir hatten uns für ein kurzes Gespräch nach dem Pitch verabredet, wenn für sie der Arbeitstag beendet war und für mich die späte Mittagspause anfing. Da würde ich natürlich nichts dergleichen tun mit meinen Fingern. Ich räusperte mich. Der Drachen ließ sich davon aber nicht ablenken.

Sie hatten sich für Route zwei entschieden, und ich fühlte mich erleichtert. Es war einigermaßen seltsam, täglich mit Leonie in Kontakt zu sein, aber jedes Mal, wenn die Gespräche Richtung Arbeit abzudriften drohten, machten wir einen riesigen Bogen darum. Dafür war es völlig normal geworden, über tiefere Dinge zu sprechen. Etwa, wie es für mich gewesen war, dass sie mich zum Grab meines Vaters geführt hatte. Wie sie die Trennung von Milans Vater erlebt hatte. Dann hatte ich ihr sogar noch mehr darüber erzählt, wie das Hin und Her mit Andrea, wie die Fehlgeburt gewesen war. Wie mich das alles mitgenommen hatte. Und nach dem Pitch, wenn alles geklärt war, konnten wir hoffentlich offen über Arbeitsdinge sprechen. Mal sehen, wie ich mich würde konzentrieren können, wenn ich die Agentur briefen musste und Leonie dabei vor mir sitzen würde.

Als ich endlich zur verabredeten Straßenecke kam, sah Leonie mir ruhig entgegen. Ihre Kollegin und Chefin waren mit dem

Taxi zurück in die Agentur gefahren, sie selbst hatte noch kurz Zeit, bevor sie Milan vom Kindergarten abholen würde. Wir würden hier einfach nur die Straße entlangspazieren, gesäumt von den Jugendstilhäusern, und eine kleine Lagebesprechung abhalten.

»Hi«, sagte ich und beobachtete, wie sie sich auf die Lippen biss. Merkte sie, was sie da gerade tat?

»Hi«, sagte sie jetzt und lachte mich an. Verdammt. Es war immer noch komplett anders, sie so dicht vor mir zu spüren, als ihr bei einem Videoanruf in die Augen zu sehen. Ich widerstand dem Impuls, ihr die dunkelblonde Strähne, die der Wind ihr ins Gesicht wehte, hinters Ohr zu streichen.

»Lass uns ein paar Schritte gehen.« Ich nahm ihren Arm, hakte sie bei mir unter. So musste ich ihr nicht ins Gesicht sehen, und trotzdem spürte ich sie nah bei mir.

»Und, was hast du für ein Gefühl?«, fragte sie und drückte sich ein wenig enger an mich, anscheinend, weil der Wind kräftig wehte. Natürlich meinte sie den Pitch, aber gerade hätte ich ihr tausend Gefühle nennen können. Der Wind wirbelte vor uns die Blätter auf.

»Du weißt, dass ich keine …«

»Jajaja«, machte sie ungeduldig. »Du darfst mir nichts sagen, ich weiß.«

»Ich kann dir nicht nur nichts sagen, wir haben es auch noch nicht final entschieden.«

Leonie machte mit der Hand ein kreisendes Zeichen, das bedeutete: »Und weiter …?«

»Wir haben uns noch nicht einmal miteinander absprechen können, Fränki und ich.«

Sie blieb abrupt stehen, ließ mich aber nicht los, sodass ich auch stehen bleiben musste. Resolut stellte sie sich vor mich, schnitt mir gewissermaßen den Weg ab, immer noch bei mir eingehakt, und funkelte mich ungeduldig an. »Thies!«

Ich konnte nicht anders als lachen.

»Spann mich doch nicht so auf die Folter«, sagte sie leise. Ich hätte mich am liebsten zu ihr hinuntergebeugt.

»Ich spanne dich nicht auf die Folter.« Sie musste erkannt haben, wie kalt ich den Wind fand, denn sie nahm die Enden meiner Jacke und zog sie enger zusammen. Hielt sie fest.

»Die Präsentation war genial.« Warum flüsterte ich fast? Der Wind pfiff uns geradezu um die Ohren.

»Wie du die Bildwelt beschrieben und gezeigt hast, dass wir gar kein riesiges Budget dafür brauchen, sondern fast alles aus unseren bisherigen Bild-Pools verwenden können, das war … magisch. Als hättest du gezaubert.«

Ihre Augen strahlten mehr als gerade eben schon. Als Ausdruck ihrer Freude packte sie meine Jackenseiten noch fester, und für einen Moment war es, als würde sie versuchen, mich zu ihr hinunterzuziehen. Und wie gern würde ich mich ziehen lassen …

Ich legte beide Hände auf ihre, löste sie aber nicht von meiner Jacke, sondern hielt sie fest. Spürte ihre kalten Finger unter meinen. »Wir sind ja nicht weit gekommen auf unserem Spaziergang.«

Sie bemerkte ihn auch. Den Moment. Diesen Punkt, an dem es ganz einfach wäre, sich jetzt zu küssen. Ich konnte es daran sehen, wie sich ihr Blick veränderte, wie sie auf meinen Mund starrte.

»Vielleicht sollten wir weitergehen«, sagte ich leise.

»Es wäre keine gute Idee, wenn wir jetzt …«

Sie ließ mich los, und am liebsten hätte ich sie daran gehindert, sich von mir wegzudrehen und auch nur einen Schritt zu machen. Leonie rückte von mir ab, sah mich fragend an.

»Es gilt umso mehr, falls ihr jetzt unsere Agentur seid …«

Sie verstand, nickte. »Es würde so aussehen, als hättest du mir etwas zugeschachert.«

»Als hätte ich dir den Job gegeben, weil ich …«

Wie ging dieser Satz weiter? Weil ich mit Leonie zusammen sein wollte?

Sie nahm meine Hand, drückte sie.

Verdammt, war es schwer, sie jetzt nicht zu küssen. Jetzt nicht mit beiden Händen ihr die Haare aus dem Gesicht zu streichen und sie lange, intensiv zu küssen, sie zu spüren …

Aber das ging nicht. Plötzlich erinnerte ich mich an eine andere Szene, in der ich mit Andrea auf der Straße gestanden hatte, in aller Öffentlichkeit, und sie nicht hatte küssen können, weil sie offiziell mit Daniel zusammen gewesen war. Damals war es ganz anders gewesen und doch ähnlich. Aber jetzt – jetzt konnte ich mich daran halten. Ich konnte einhalten, was richtig und was falsch war, im Gegensatz zu damals, als wir heimlich zu mir nach Hause gegangen waren, als ich Andrea doch geküsst hatte.

Ich konnte jetzt bei meiner eigenen Integrität bleiben, dort bleiben, wo es sich schwierig anfühlte. Ich wollte das Richtige tun. Keine halben Sachen. Keine Heimlichkeiten. Und jetzt, wo ich in Leonies blaue Augen sah, wo ich ihren Blick spürte, wurde mir klar: Es war Leonie, die machte, dass ich ein besserer Mensch sein wollte.

Ich drückte ihre Hand zurück. »Nicht jetzt, nicht so«, sagte ich mit rauer Stimme. Und sie lächelte und nickte. »Verstehe«, sagte sie dann. »Ich werde jetzt gehen, bevor mich der Wind noch wegweht. So kann ich rechtzeitig Milan abholen.«

»Ja«, sagte ich und spürte wieder, wie leicht alles mit ihr war, wie schwerelos. Ich zog sie ein letztes Mal zu mir, und sie umarmte mich.

»Tschüss, Thies«, murmelte sie. Ich erwiderte nichts. Es war, als wären mir die Worte weggeweht, als müsste ich nichts mehr sagen. Sie verstand mich. Und nur damit, einfach so, war ich ein anderer Mensch.

Kapitel 31: Senfgelb

Thies

»Wollen wir bei Da Luca etwas essen und die Lage besprechen? Ich hab noch kurz Zeit, bis ich meine Tochter vom Volleyball abholen muss.« Fränki schaltete bereits seinen Computer aus.

»Die fettigsten Pommes als Gesprächsgrundlage? Klingt sehr gut«, konterte ich. »Können wir gern machen.«

Da Luca war nicht weit von hier, also bahnten wir uns den Weg durch die kleinen Nebenstraßen im Zickzack. Fränki begann, die Präsentationen, die wir heute alle gesehen hatten, Revue passieren zu lassen. In unseren frühen Tagen hatten wir genau auf die Art alles Wichtige besprochen. Gehen und reden, gehen und reden. Damals hatten wir auf langen Spaziergängen unsere Gründungsidee gewälzt. Uns den nächsten Gedanken regelrecht erlaufen. Ich fühlte mich ein bisschen wie damals. Auch wenn der Weg zu Da Luca gar nicht weit war.

Und ich verstand, warum es ihm heute ein Bedürfnis war, die Zeit bis zum Ende des Volleyballtrainings dafür aufzubringen. In eine Werbeagentur zu investieren war für uns als kleine Firma nicht ohne. Es war eine Investition, die sich erst langfristig auszahlen würde, ein Risiko, das wir jetzt eingingen, dafür, dass man uns in ein paar Jahren als Marke sofort erkennen würde, dafür, dass die nächsten Kunden Vertrauen in die Marke aufbauen konnten, dafür, dass wir noch professioneller aussehen würden. Ein paar Freelancer hier und da wurden dem einfach nicht mehr gerecht, und zurzeit lief es bei uns so gut, dass wir die Investition stemmen konnten. Aber es musste eben auch weiterhin so gut laufen, wir brauchten mehr Marketing für mehr verkaufte Häuser. Ich konnte Fränkis Sorgen regelrecht von seiner Stirn ablesen.

»Wie ist deine Einschätzung?«, fragte er, als wir bei Da Luca ankamen. Er zog die Tür auf, und ein Geruch von Frittiertem, Wärme und leise Hintergrundmusik schlugen uns entgegen. Da Luca hatte immer die gleichen Songs von Adriano Celentano laufen, und dafür liebte ich ihn.

Ich schälte mich aus meiner Jacke, legte sie über die Lehne des hohen Bistrostuhls an einem Tischchen. Da Lucas Pommes waren frisch, fingerdick und fettig. Außerdem konnte man kuriose Beilagen dazu bestellen: Muscheln, Antipasti oder italienische Hackbällchen mit Feigensenf und Ricotta. Aber gerade würde ich mich noch nicht der Karte widmen und überlegen, was ich jetzt essen wollte. Ich wusste, dass Fränki sich tatsächlich noch nicht final entschieden hatte. Es war keine hohle Geste, mich um meine Meinung zu bitten, sondern eine wirkliche Frage. Fränki brauchte immer einige Zeit, bis er sein eigenes Bauchgefühl hörte, entschied sich oft in der letzten Minute um, wie damals, als wir uns auf einen Firmennamen hatten einigen müssen. Wir hatten schon einen anderen Namen eintragen lassen wollen, hatten alle Dokumente fertig gehabt, als er – offenbar nach einer Nacht darüber schlafen, wobei ich denke, das war sicher eher eine schlaflose Nacht – am nächsten Morgen alles umgeschmissen und unseren zweiten Favoriten genommen hatte. Roland und ich waren damit einverstanden gewesen, das Rennen war ohnehin knapp gewesen, aber Fränki hatte das einfach im Alleingang gemacht. Ich hatte das mit den Last-Minute-Entscheidungen schon im Architekturbüro kennengelernt, als ich noch sein Kollege gewesen war. Wir waren gleichermaßen Geschäftsführer, hatten jedoch unsere Spezialgebiete. Ich war mehr für das Ästhetische zuständig, für die Ideen, Fränki für die Strukturen und fürs Operative. Beide trugen wir damit eine große Aufgabe unserer kleinen Firma auf den Schultern. Ich wusste, dass er Entscheidungen niemals leichtnahm.

Also bestellte ich erst einmal keine Pommes, als Fränki auf dem Bistrostuhl gegenüber Platz genommen hatte, sondern beantwortete seine Frage nach meiner Einschätzung der Präsentationen.

»Die Agentur *wolke sieben* war recht avantgardistisch. Es gibt wirklich niemanden auf dem Markt, der so auftritt, was wir ja auch wollen: ein klares Alleinstellungsmerkmal, das uns schließlich bei der Wiedererkennung hilft. Allerdings fand ich die Entwürfe an manchen Stellen so futuristisch, dass ich mich gefragt habe, ob wir dieses Versprechen auch einlösen.«

»Als ob wir etwas darstellen würden, was wir nicht sind?«

»Ja. Schließlich arbeiten wir ja vor allem mit traditionellen Baustoffen, bewährten Methoden … Die Häuser und ihre Formen können zwar extrem modern entworfen werden, aber … wir verwenden ja nun keine Materialien, die man auch im Weltraum verwendet. Es ist fast zu abgefahren. Weißt du? Ich frage mich, ob wir dahingehend ein Zeichen setzen oder über das Ziel hinausschießen.«

Fränki schob die kleine senfgelbe Speisekarte auf dem Tisch hin und her, ohne darauf zu blicken.

»Ich verstehe, was du meinst. Auf der anderen Seite muss man manchmal etwas wagen und, wie sagt man, auf den Mond zielen, um bei den Sternen zu landen?«

»Hmm«, ich nickte. »*Liszt22* hingegen«, ich machte eine winzige Atempause. Es ging hier nicht um Leonie. Wirklich nicht. Auch wenn ich versuchte, nicht dabei an sie zu denken, was mir zugegebenermaßen extrem schwerfiel, waren die Entwürfe mehr das, was ich mir gewünscht hatte. *Liszt22* hatte eindeutig etwas entworfen, worin man unsere Branche wiedererkannte. Und trotzdem war es nicht langweilig oder tausendmal gesehen. Sie setzten Farben viel deutlicher, gewagter und ungewöhnlicher ein. Das neu vorgeschlagene Logo passte auch besser, fand ich.

»Die Agentur hat schon mehr Preise eingeheimst und hat ein längeres Standing in der Branche. Das finde ich wiederum sehr gut.«

»Es war auch vom Budget her gut durchdacht«, antwortete Fränki. Kurz, nur ganz kurz, dachte ich daran, wie ich das auch Leonie vermittelt hatte.

»Es macht Sinn, da mitzugehen. Dann ist ja auch in Zukunft nicht zu erwarten, dass die uns völlig abgefahrene Kampagnen vorschlagen, die wir gar nicht stemmen können. Oder wollen.«

Wir bestellten endlich unser Essen, zweimal Pommes mit Jakobsmuscheln. Es dauerte nicht lange, da standen zwei dampfende Keramikschälchen vor uns. Fränki spießte das erste Stück Muschel auf seine Gabel.

»Und die dritte Agentur …«, begann ich.

»Die Zwei-Mann-Bude im Glockenbach«, sagte Fränki kauend. »Die sind mir irgendwie sympathisch, weil sie mich an unsere Anfänge erinnern.«

Ich lächelte. Das stimmte. Die hatten eine Ahnung von Architektur. »Aber wären die nicht zu speziell für unsere breite Zielgruppe, nachdem die Entwürfe so sehr auf einzelne Baumöglichkeiten eingehen, auf die Materialien quasi in Nahaufnahme?« Ich steckte mir eine Fritte in den Mund.

Fränki schüttelte den Kopf. »Das glaube ich nicht. Die Interessenten für ein Tiny House bleiben so oder so breit gefächert, von den Senioren bis zu den digitalen Nomaden. Aber unser Auftritt wäre dann einheitlich. Und ehrlich gesagt passt das gut zu unserem Profil.«

»Hm«, machte ich. »Vielleicht ist es zu speziell.«

»Wen würdest du wählen?«

Mit klopfendem Herzen sagte ich: *»Liszt22.«* Und meinte es auch so. Leonie hin oder her. Die Wahl machte auf allen Ebenen Sinn.

Fränki nickte nur. »Ja, die waren gut. Es ist keine leichte Wahl.«

Aber er lächelte dabei und legte seine Gabel neben das leere Schälchen. Adriano Celentano sang gerade »Laciate mi cantare«. »Ich muss los, um Marie abzuholen. Gehst du noch mal ins Büro?«

»Ja, ich werde die Fahrt nach Portugal vorbereiten«, antwortete ich. »Roland hat ein paar Unterlagen an mich weitergeleitet, und die muss ich, jetzt nach dem Trubel mit dem Pitch, mal in Ruhe sichten. Sonst wird das nichts.«

»Portugal Ende Oktober, du Glückspilz«, lachte Fränki und stand auf. Er klopfte mir auf die Schulter.

»Du weißt schon, dass ich mit dem Anhänger auf der Autobahn nur 80 fahren kann? Das ist schon ein ganz schön langer Road-Trip!« Ich legte das Geld für die Pommes auf den Tisch und stand ebenfalls auf.

»Ach was, Roland und du, ihr werdet euren Spaß haben.«

»Ja, das denke ich auch.«

Kapitel 32: Espressobraun

Thies

In der Nacht hatte ich geschlafen wie ein Baby, traumlos und tief, und nach meiner Joggingrunde in der Kälte fühlte ich mich extrem erfrischt. Es gab solche Tage, an denen gerade der Nebel, das Feuchtkalte, mich anspornte und zu Höchstleistungen antrieb. Später aß ich mein Rührei schnell im Stehen. Ich beeilte mich, ins Büro zu gehen, und strotzte vor Tatkraft.

Fränki saß bereits vor seinem Rechner und sah um einiges müder aus als ich.

»Ich hatte 'ne kurze Nacht und hab mich für eine Agentur entschieden. Fühlte sich einfach richtig an.«

Ich stellte meine Espressotasse so ungeschickt neben meinem Computer ab, dass sie überschwappte. Zum Glück spritzte nichts auf die Tastatur.

»Du hast dich einfach entschieden? Ohne mich?«, fragte ich noch über die Schulter, während ich in zwei großen Schritten raus zur Küchenzeile hastete, mir die Küchentücher schnappte.

»Wir haben uns gestern ja abgesprochen«, rief mir Fränki hinterher.

Ich eilte über die knarzenden Dielen zurück, um den Espresso aufzuwischen. Schnell patschte ich ein Küchentuch auf meine Kaffeepfütze. Ja, das hatten wir. Trotzdem wäre es angemessen gewesen, dass wir uns genau einigen. Schließlich war das eine wichtige Entscheidung, die wir als gemeinsame Geschäftsführer auch gemeinsam treffen sollten. Ich würde ihm das später in aller Ruhe klarmachen.

Fränki gestikulierte auf seinen Bildschirm, und ich stellte mich hinter seinen Stuhl, um darauf zu spähen, welche Präsentation er geöffnet hatte. Mein Herzschlag beschleunigte sich, als würde ich wieder am Isarufer entlangjoggen.

»Ich hab denen bereits heute früh Bescheid gesagt …«

»Du hast schon zugesagt?« Fassungslos ließ ich mich auf meinen Stuhl fallen. War Fränki klar, dass er hier einfach über meinen Kopf hinweg handelte?

»Gerade eben. Die waren bereits im Büro, wir haben alles geklärt. Ganz glatt, ganz professionell. Die Zusage hab ich noch mal schriftlich per E-Mail rausgeschickt, an das dortige Team, damit die auch was zu feiern haben.« Er sah vom Bildschirm auf, entdeckte meinen Gesichtsausdruck, der wohl einen ziemlichen Gewittersturm ankündigte. Fränki zog die Augenbrauen hoch. »Wolltest du beim Gratulieren dabei sein?«

Ich knüllte das warme braune Küchentuch voller Espresso in der Hand zusammen. »Nein. Nein, ich wollte nicht beim Gratulieren dabei sein. Fränki! Du kannst doch nicht einfach so etwas ohne mich machen! Ich …« Ich war so wütend, dass ich eine Minute brauchte. Fränki schien das, was er da getan hatte, noch nicht zu überblicken.

Mit zusammengebissenen Zähnen sagte ich: »Erkläre ich dir gleich. In Ruhe. Aber ich muss noch kurz woanders anrufen.«

Ich pfefferte das Küchentuchknäuel beim Hinausgehen in den Müll, trat auf die Straße und wählte bereits die Nummer auf meinem Handy. Mein Atem bildete eine Wolke vor meinem Mund. Tief atmete ich die Wut aus. Die sollte jetzt nicht das sein, was ich vermittelte.

»Nimm ab, nimm ab, nimm ab«, flüsterte ich vor mich hin, »Leonie, nimm ab!«

Sehnsuchtsfarben

Kapitel 33: Eisblau

Leonie

An diesem Morgen betrat ich gut gelaunt die Agentur. Milan war heute am Frühstückstisch der süßeste, verschlafenste Fünfjährige gewesen, den es gab. Dafür war er dann auf dem Weg zum Kindergarten ganz plapperig gewesen, aufgeweckt von der kalten, klaren Luft. Der Bommel an seiner Mütze hatte aufgeregt gewippt, als Milan mir dargelegt hatte, welche Pläne er fürs Legobauen mit seinem Papa am Wochenende hatte. Ich hatte nur genickt und in mich hineingeschmunzelt, dass die Dinge mit Raphael seit der Trennung jetzt endlich ruhig und angenehm liefen. Ich konnte mich für Milan freuen. Und ein ganz klein wenig hatte ich auch an die Gute-Nacht-Nachricht von Thies gestern gedacht, die mir ein Lächeln aufs Gesicht zauberte. Sogar jetzt noch, als ich die Agentur betrat, voller Tatendrang für die Grafikaufträge für den Tag. Doch bevor ich meine eisblaue Steppjacke ausziehen konnte, winkte mich Christine in ihrer üblichen Chefinnen-Art in ihr Büro, sodass ich nur hastig meine Tasche an meinem Platz legte und dann sofort zu ihr hineinhuschte.

Ich konnte mir keinen Reim darauf machen, warum ich jetzt hier stand. Ihr Gesicht war so glatt wie ihre platinblonden Haare. Keinerlei Regung, die mir verriet, was mich erwartete.

Christine schloss die Bürotür, blieb dann aber bei mir stehen und machte keine Anstalten, sich zu setzen oder mir einen Platz anzubieten. »Ich wollte dir nur sagen, dass Tiny Haus Eins heute Morgen abgesagt hat.«

Plötzlich kam mir das Büro sehr kalt vor, trotz meiner Jacke. Jetzt hätte ich mich sehr, sehr gern gesetzt. Für einen Moment hallte der Satz in meinem Ohr, dann kam auch die Bedeutung bei mir an. Ich hatte fest damit gerechnet, dass der Pitch sehr gut gelaufen war. Aber wenn sich Tiny Haus Eins als neuer Auftraggeber gegen uns entschieden hatte, dann …

»Ich danke dir für die gute Arbeit, Leonie. Für den Moment hat es leider zu nichts geführt. Aber es ist, wie es ist: *The show must go on*. Okay? Das wollte ich dir nur persönlich sagen.«

Ich nickte, antwortete irgendetwas. Mit weichen Knien stakste ich zur Tür hinaus, die sie mir aufhielt. Während ich mechanisch an meinen Platz zurückkehrte, prasselten die Gedanken auf mich ein wie fallende Dominosteine.

Keine der drei Möglichkeiten für einen neuen Kunden hatte geklappt. Noch nicht einmal der richtig gelungene Pitch hatte zu einem positiven Ergebnis geführt. Es gab also keinen Anlass, keinen Grund, keinen Beweis, Christine um eine Gehaltserhöhung zu bitten. Ich hatte all die Arbeit in etwas gesteckt, dessen Ergebnis nun gleich null war. Ich war an genau der gleichen Stelle wie zuvor. Immer noch in meiner Jacke, ließ ich mich auf den Bürostuhl sinken.

Wahrscheinlich hatte Mascha sofort gesehen, dass ich mich staksig und seltsam verhielt. Als Lieblingskolleginnen und beste Arbeitsfreundinnen entging uns so etwas nie. Sie kam zu mir, legte die Hand auf meine Schulter.

»He, du siehst ja richtig blass aus. Geht es dir nicht gut, meine Süße?«

»Wir haben den Pitch nicht gewonnen.«

»Was? Nach all der Arbeit?« Sie fluchte, und das nicht zu leise. Anna-Lena drehte sich mit großen Augen zu uns um. Als Praktikantin war sie so etwas wohl nicht gewohnt. Mascha besann sich auf einen angemesseneren Ton und fragte mich leise: »Weißt du, welche Agentur den Zuschlag bekommen hat?«

Ich zuckte mit den Schultern. »Hat Christine nicht gesagt.«

Müde schälte ich mich endlich aus meiner Jacke. Es blieb uns nichts anderes übrig, als jetzt unser normales Tagesgeschäft weiterzumachen. Ich fuhr den Rechner hoch. Mascha verstand mich wortlos.

»Ach ja«, sagte sie noch über ihre Schulter, »als du beim Drachen drin warst, hat dein Handy geklingelt.«

Erschrocken wühlte ich mein Telefon aus der Tasche, denn falls der Kindergarten wegen Milan anrufen musste, wollte ich immer erreichbar sein. Aber das Display zeigte mir, dass es nur Thies war, der angerufen hatte. Thies, der als einer der Geschäftsführer von Tiny Haus Eins eigentlich jetzt hätte mein Auftraggeber sein können. Thies, der mehr und mehr zu etwas geworden war, das ich noch nicht in Worte fassen konnte. Ich tapste zum Materialraum, schloss die Tür hinter mir, lehnte mich gegen das überfüllte Regal und hörte erst dann die Sprachnachricht ab, die er mir hinterlassen hatte.

Er klang gehetzt, ich konnte Umgebungsgeräusche von Autos erkennen. »Leonie, ruf mich sofort an, wenn du das hörst … Shit. Ich bin gerade ins Büro gekommen, und … Fränki hat mir gesagt, dass er, also, dass die Wahl auf eine andere Agentur gefallen ist. Ich wusste das nicht, ehrlich. Ich hatte mich für euch eingesetzt. Mist, ich bin jetzt nur kurz raus, damit ich dich erreiche ... Ich hoffe, ich erwische dich, bevor du in die Agentur kommst. Damit du gewappnet bist. Na ja. Die Nachricht bleibt trotzdem die Gleiche. Leonie? Ruf mich an, wenn du das hörst.«

Ich ließ das Handy sinken. Aber was brachte es, ihn jetzt noch zurückzurufen? Er hatte mich warnen wollen. Er hatte mir schonend die harte Wahrheit beibringen wollen. Gebracht hätte es ohnehin nichts. Die Gehaltserhöhung war dahin. Und die Aussicht, bald in eine neue Wohnung für Milan und mich einzuziehen, damit auch. Meine Pläne gingen hinten und vorne nicht auf. Erschöpft schloss ich die Augen.

Da klingelte mein Handy erneut los. In dem kleinen Raum klang es furchtbar laut. Erschrocken tippte ich auf *Annehmen*.

»Leonie?«, sagte Thies.

»Ich hab es schon gehört«, antwortete ich matt.

Er fluchte.

»Es tut mir so leid ...«

Ich nickte. Ich sagte nicht, dass es schon okay war, denn das war es nicht. Ich war einfach nur ratlos, erschöpft und enttäuscht.

»Du darfst jetzt nicht aufgeben, es gibt vielleicht noch weitere mögliche Kunden.«

Ich seufzte nur.

»Kann ich dir irgendwie helfen?«

»Ich weiß es nicht«, sagte ich. Aber geantwortet hätte ich am liebsten:

Nimm mich in den Arm, Thies. Das hilft mir jetzt am meisten.

Kapitel 34: Currygelb

Leonie

»Aha, das ist ja interessant. Der Typ hat tausend Gläser, aber keine Pfannenzange. Ich meine, die braucht man doch zum Kochen!«

Ich stellte die Teller auf dem Küchentisch ab, linste Mascha dann über die Schulter, zog eine Gabel aus der geöffneten Schublade und reichte sie ihr.

»Mascha, du sollst nicht in seinen Schubladen wühlen, sondern das Hühnchen anbraten.«

»Versuche ich ja! Aber dafür brauche ich eben das richtige Werkzeug.« Widerwillig nahm sie die Gabel entgegen.

Keiko hatte den Reiskocher, den sie extra mitgebracht hatte, bereits gefüllt und angestellt. Jetzt setzte sie sich an den Küchentisch und fragte: »Also, was brauchen wir noch?«

»Das Currypulver«, erwiderte Mascha, über die Pfanne gebeugt.

»Nein, ich meine, damit Leonie weiterkommt, auch wenn das mit dem Neukunden nicht geklappt hat. Das wollten wir ja schließlich besprechen.«

Ich schob Mascha das Tütchen mit dem Currypulver hin, machte mich dann daran, eine Paprika klein zu schneiden. Ich hatte Mascha und Keiko am Samstagabend eingeladen, um mit mir zu kochen und eine Lagebesprechung durchzuführen. Nach der riesigen Enttäuschung, dass sich Tiny Haus Eins wider Erwarten doch anders entschieden hatte, fühlte ich mich seltsam gestrandet. Sollte ich jetzt stur weitermachen? Versuchen, Christine von meinem Wert für die Agentur zu überzeugen, sodass es irgendwann dann doch eine Gehaltserhöhung gab? Wie lange würde das dauern? Oder sollte ich meine Strategie ändern? Sollte ich bei der Wohnungssuche anders vorgehen? Hatte ich überhaupt eine Chance, oder machte ich mir nur etwas vor?

Das Fleisch in der Pfanne zischte. Mascha nahm die Kokosmilch und löschte alles damit ab. Ein wunderbar exotischer, wärmender Duft breitete sich aus. Ich war froh, dass die beiden hier waren, um mit mir in Ruhe Ideen zu wälzen, Zweifel anzusprechen.

Als die dampfende Reisschale und die duftende Pfanne mit dem Chicken Korma auf dem Tisch standen, meinte Keiko:

»Es gibt übrigens immer noch diesen schnuckeligen Kollegen, von dem ich dir mal erzählt habe. Weißt du noch?«

Ich nickte, den Mund voller Reis.

»Der ist Fotograf und sehr gut darin, neue Auftraggeber an Land zu ziehen. Er ist noch viel besser vernetzt als ich, weil er länger im Geschäft ist. Ich finde, du solltest dich unbedingt mal mit ihm treffen. Ganz abgesehen davon, dass er wirklich schnuckelig ist …«

»Das sagtest du bereits.« Mascha schmunzelte.

»Na ja, es stimmt eben!« Keiko schöpfte sich noch mehr Sauce auf den Teller. »Und du bist doch auch der Meinung, dass Leonie jetzt nicht lockerlassen sollte!«

Mascha nickte. »Das ist allerdings richtig. Das habe ich zum

Thema Neukunden gesagt. Du hast bis jetzt erst bei drei Firmen angeklopft, Leonie. Das sind im Grunde nicht viele Absagen. Wenn du jetzt immer mehr Firmen ansprichst, und natürlich auch die richtigen, wird auf jeden Fall irgendwann eine dabei sein, die zusagt. Klar, ist eben ein großer Aufwand«, sie musterte mich. »Vielleicht hätte dieser schnuckelige Kollege von Keiko ja einen heißen Tipp für dich, damit es etwas schneller geht.«

Ich schob mit der Gabel meinen Reis auseinander. Und wieder zusammen. »Ihr findet, ich soll das versuchen?«

Keiko sagte: »Also irgendwie, na ja, ehrlich gesagt habe ich Adrian schon gesagt, dass du mal mit ihm Kaffee trinken wirst.«

Ich hielt abrupt in der Bewegung inne. »Was?«

Gleichzeitig verteidigte sie sich bereits: »Er ist sehr nett, im Zweifelsfall wird es einfach ein schöner Nachmittag! Was spräche denn dagegen, sich mit jemandem zu verabreden?«

Alles, dachte mein Bauch. Nach einer kleinen Pause sagte ich: »Nichts.« Ich legte meine Gabel beiseite. »Puh«, fügte ich dann an. »Ich hab mir ganz schön viel vorgenommen, was? Beförderung, Wohnung finden und überhaupt.«

Mascha blickte auf. »Wohnung finden? Was ist denn mit dieser Wohnung hier?«

»Wie meinst du das?«

»Na, du wolltest den Mieter doch hinausekeln! Was wäre denn da der nächste Schritt bei dem Plan?«

Ich wischte mir mit der Serviette den Mund, trank einen Schluck Wasser. Erst als ich das Glas wieder abstellte, sagte ich: »Ich weiß nicht. Ich habe mich erst mal nicht weiter darum gekümmert, diese Wohnung für Thies unbewohnbar zu machen …«

»Warum nicht?«, wollte Keiko wissen.

Und Mascha fragte gleichzeitig: »Leonie, wirst du etwa rot?«

»Das Curry ist scharf!«

»Oder du bist scharf!«

Keiko lachte los.

»Was soll das denn heißen?«

»Na, dass du diesen Thies irgendwie toll findest! Warte mal, Leonie, hast du uns überhaupt alles erzählt? Was genau macht ihr hier in der Wohnung …«

»Nichts!«, protestierte ich. »Hier in der Wohnung treffen wir uns nicht, falls du das meinst. Ich habe ihn wirklich nur bei dem Pitch gesehen. Aber wir … Na ja, wir telefonieren. Lange und viel. Und dabei ist etwas entstanden … eine Nähe, eine Tiefe. Ich weiß nicht, wie ich das beschreiben soll!«

Und dann tat ich es doch. Ich beschrieb ihnen, wie aufmerksam Thies sich alles anhörte, was ich ihm erzählte. Wie genau er auf jedes Detail einging, jeden noch so alltäglichen Bericht. Wie das Telefon manchmal dazu führte, dass man sich einander Dinge gestand, die man sich von Angesicht zu Angesicht nicht einfach so sagen würde. Wie wir sehr schnell immer persönlicher geworden waren in unseren Gesprächen. Wie wir einander Herzenswünsche und Sehnsüchte erzählten, von alten Verletzungen sprachen und was die mit uns heute noch machten. Thies war eben nicht einfach nur Thies. Er war inzwischen so viel mehr als das. Etwas, das in keine Schublade passte.

»Deswegen willst du nicht auf ein Date gehen!«

»Na ja«, warf Keiko ein, »es ist ja kein richtiges Date, wenn es um eine Empfehlung geht.«

»Hast du das diesem Adrian aber auch klargemacht?« Mascha zwinkerte ihr zu.

Ich stapelte die Teller aufeinander, schob meinen Stuhl zurück.

»Ja, deswegen fühlt es sich etwas seltsam an, auf ein Date zu gehen.«

»Aber seid ihr denn zusammen?«

»Nein!«

»Wollt ihr gern zusammen sein?« Bei dieser Frage lächelte Mascha.

»Schon, aber er …« Sie ließ mich nicht ausreden, lehnte sich ungelenk von ihrem Stuhl herüber, um mich spontan zu umarmen.

»Das ist doch schön! Mensch, Leonie! Das klingt ja, als könntest du die Sache mit Raphael jetzt endlich mal gedanklich abschließen und glücklich werden!«

Ich drückte ihren Arm.

»Und warum habt ihr euch dann nicht schon längst hier verabredet, wenn ihr euch so gut versteht? Wenn es so unter die Haut geht?«

Ich löste mich aus Maschas Armen, nahm die Teller und ging zur Küchenzeile.

»Ich weiß es ehrlich gesagt nicht. Bis zum Pitch lag es daran, dass wir eventuell miteinander arbeiten würden. Da sollte einfach nichts Privates dazwischenfunken. Schon gar nicht, falls das dann der Drache spitzkriegen würde. Aber seit klar ist, dass sie eine andere Agentur nehmen, stünde dem eigentlich nichts mehr im Weg.«

Mascha zog die schmale Spülmaschine auf, Keiko brachte die Gläser.

»Bist du denn zu schüchtern, ihn danach zu fragen?«

»Gerade ist er sowieso nach Portugal unterwegs. Da geht das sowieso nicht. Es ist nur … Es fühlt sich immer noch an, als würde er wegen irgendetwas zögern. Das macht mich unsicher.«

»Na dann«, Keiko verschränkte resolut die Arme, »dann gehst du erst recht auf dieses Date. Wenn er merkt, was er verlieren könnte, wird er dich schon um ein Treffen bitten.«

Mascha knuffte ihr mit dem Ellenbogen in die Seite, ich lachte los.

»Wir sind doch nicht mehr in der siebten Klasse! Auch wenn ihr beide euch gerade verdächtig danach verhaltet. Nein, irgendwann werde ich ihn einfach fragen müssen. Ihm sagen müssen, dass ich ihn sehen möchte.«

»Mach das. Du, Leonie, auch wenn der Plan, Thies hinauszuekeln, jetzt abgeschafft ist, zeigst du uns noch das grüne Zimmer?«

»Meinetwegen. Aber nicht darin herumschnüffeln, ich mache euch nur die Tür auf!«

Als ob es dort gleich Weihnachtsgeschenke gäbe, folgten Keiko und Mascha mir aufgeregt zur Schlafzimmertür. Immer noch fand ich, dass dieses Zimmer viel zu privat für mich war, geschweige denn für andere. Mit gemischten Gefühlen zog ich die Tür auf.

»Oh mein Gott!«

»Ich kriege Augenkrebs.«

»Mach sofort die Tür wieder zu!«

»Also, mich hätte das definitiv hinausgeekelt.«

»Wie kann man nur darin schlafen? Wenn ich lange genug auf das Grün sehe und dann die Augen schließe, habe ich ein rotes Negativbild … Oh mein Gott!«

Keiko lachte Tränen.

Mascha sah mich fragend an. »Warum hat er es nicht wieder weiß gestrichen? Oder dich dazu verdonnert?«

Ich schloss die Tür, lehnte mich mit dem Rücken dagegen und zuckte mit den Schultern. »Keine Ahnung.«

Erst jetzt, wo Mascha mir diese Frage stellte, fiel mir auf, wie seltsam das eigentlich war.

Kapitel 35: Atlantikblau

Thies

Wir hatten in Faro unsere Übernachtung gebucht, und Roland war nicht überrascht, als ich ihm sagte, ich würde noch alleine einen Abendspaziergang machen. Er war müde gewesen, nachdem die Übergabe des Tiny House gut über die Bühne gegangen war. Als das Aufstellen und Ausrichten, das Fotografieren und Filmen mit der aufgeregten und überglücklichen Kundin vorüber gewesen war, war bei ihm merklich die Energie in den Keller gegangen. Auf den letzten Kilometern vor Faro hatte er neben mir auf dem Beifahrersitz nur noch gegähnt. Und die ungewohnte Wärme im November sowie das Reizklima am Meer taten ihr Übriges.

Ich selbst hatte die Nase voll vom Autofahren. Ich mochte einfach nicht mehr sitzen, musste mir dringend die Beine vertreten. Auch wenn ich am liebsten im Hinterland von Alentejo geblieben wäre, nur Natur um mich herum, so war das hier doch wenigstens etwas. Ich ging kopfsteingepflasterte Straßen entlang, die von Häusern mit gelbem Stuck und Palmen gesäumt waren. Schon hier konnte man das Meer riechen, salziges Wasser und frittierten Tintenfisch. Ich hatte nur eine ungefähre Vorstellung, wie ich irgendwie an den Hafen gelangen würde, ließ mich von meiner Intuition leiten. Als ich mich endlich an die

Marina setzen konnte, wurde es schnell dunkel. Ich schoss ein Foto vom Meer, das in der Abendbrise ruhig und glatt war, und schickte es Leonie.

Atlantikblau, kam sofort zurück. Noch während ich still vor mich hin lächelte über dieses Wort, rief sie mich an.

Ich erzählte ihr davon, wie schön es gewesen war, der Kundin heute einen Traum zu erfüllen. Und Sicherheit zu bieten. Mit etwas, das wir innerhalb von wenigen Monaten selbst gebaut hatten. Das war immer noch etwas Besonderes.

Leonie freute sich mit mir, druckste dann aber ein wenig herum.

»Ich wollte dir noch etwas erzählen. Am Sonntag hat eine Freundin von mir ein Treffen arrangiert. Ich habe es dieser Freundin versprochen hinzugehen …«

Plötzlich spürte ich, wie kalt es geworden war ohne die Sonne. Auch wenn der Wind noch recht gemäßigt war, dafür, dass wir hier an der Atlantikküste waren. Ich hätte mir eine Jacke mitnehmen sollen. Mit Leonie war irgendwie alles anders, als ich es kannte. Aber damit hatte ich nun wirklich nicht gerechnet.

»Ich wusste nicht, dass du datest …«

»Ich date nicht! Ich meine, da wird nichts sein. Ich gehe nur Kaffee trinken mit dem Typen, den mir Keiko vermitteln will, aber in Wirklichkeit ist er Fotograf und weiß vielleicht noch einen Neukunden.«

»Aha«, machte ich. Ich starrte auf einen Punkt, wo das blaue Wasser an den Bug eines kleinen weißen Bootes patschte. In der Stille, in dem Zwischenraum, der entstand, waren so viele Fragen offen.

»Ich sage es ab, wenn es dich stört«, sagte sie.

»Nein«, antwortete ich sofort. Aus welchem Grund sollte es mich stören? Wir hatten einander nichts versprochen. Wir hatten nie in der Richtung irgendetwas gesagt. Sie wollte es nicht als Date nutzen, sondern als Möglichkeit, einen Neukunden an Land zu ziehen. Und trotzdem fühlte sich die Vorstellung von einem Treffen mit einem Fremden an wie eine falsche Note in einem harmonischen Musikstück. Ich atmete tief die salzige Luft ein. Unsere Gespräche waren zwar … vertraut gewesen. Tief. Besonders. Aber Ansprüche hatte ich keine. Oder?

»Thies?«

Ich kratzte mich am Kopf. »Mir fällt nichts ein, warum du nicht Kaffee trinken gehen solltest.«

»Ja, so ging es mir auch. Für mehr bin ich auch gar nicht zu haben …«

»Ach so?« Das konnte ich mir jetzt nicht verkneifen.

»Ich meine …« Ich spürte förmlich durchs Telefon, wie sie rot wurde. »So habe ich das nicht gemeint!«

»Wie denn dann?«

»Thies Hofmann, bring mich gefälligst nicht …«

Ich lachte los. Hörte, wie sie mitlachte.

»Du weißt schon.«

»Nein, sag es mir«, konterte ich.

»Unverschämter Kerl.« Ich hörte sie dabei lächeln. »Ich verspreche dir gar nichts.«

»Das ist doch besser, als alles zu versprechen und es dann nicht halten zu können.«

Kapitel 36: Zimtfarben

Leonie

Ich wollte im Bett bleiben. Die Äste vor dem Fenster wiegten sich leicht im Wind, die Blätter schienen zu winken. Es würde ein kalter, sonniger Tag werden. Die Matratze war so schön weich, das Kissen lag zwischen mir und der Wand, sodass ich mich daran anschmiegen konnte. Ich wollte jetzt nicht aufstehen. Nicht aus der Wärme und Geborgenheit dieses beruhigenden Zimmers hinaustreten in eine Welt, in der ich mich für ein Date aufbrezeln musste.

Ich drehte mich auf den Bauch und vergrub das Gesicht in meinen Armen. In diesem Moment pingte mein Handy. Sofort dachte ich, es könnte Milan sein. Ich robbte an den Rand des Bettes und schnappte es mir vom Boden.

Billie schrieb: *Jetzt bloß nicht kneifen!*

Ich ließ die Hand sinken. »Shit«, sagte ich laut in meinem kleinen Zimmer.

Woher weißt du …?, wollte ich tippen. Oder auch: *Lass mich in Ruhe.*

Stattdessen drehte ich mich noch mal ins Kissen.

Leonie?

Ich will mich nicht aufbrezeln.

Musst du auch nicht. Du gehst als du. Wenn er das nicht rattenscharf findet, hat er dich sowieso nicht verdient.

Wer verwendet eigentlich noch solche Wörter wie rattenscharf?

Ich. NICHT! KNEIFEN!

»Ist ja gut«, murmelte ich, und tippte: *Versprochen.*

Als ich durch die Passage in den Hinterhof trat, tat sich vor mir eine regelrechte Oase auf. Grüne Buchsbäume in großen Töpfen säumten das Areal. Dazwischen irgendetwas, das wie Heidekraut aussah. Obwohl es ein Hinterhof war, fiel das Novemberlicht wunderbar auf die Strahler neben den Tischen, die Stühle mit Kissen und Decken. Das Ganze wirkte locker, aber frisch, der Duft von Kaffee vermischte sich mit dem der hausgemachten Limettenlimonade. Ein echter Geheimtipp.

Von einem Sofa weiter hinten erhob sich ein Mann. Das musste Adrian sein. Er sah dem Foto gar nicht so unähnlich, das Keiko mir gezeigt hatte. Sein kurz geschnittener Vollbart in der Farbe »Salz und Pfeffer«: ein zimtfarbenes Braun, von silbrigen Härchen durchzogen. Er lächelte mir zu, kam mir ein paar Schritte entgegen und streckte mir die Hand hin: »Du musst Leonie sein.«

Als wir uns setzten, fiel mein Blick auf den kleinen Asternstrauß, der unseren Tisch dekorierte. »Die sind künstlich«, sagte

Adrian und beugte sich verschwörerisch zu mir herüber. »Ich hab schon daran gerochen! Aber trotzdem schön, finde ich.«

Ich wollte gerade etwas erwidern, da pingte mein Handy.

»Entschuldige, ich schaue tatsächlich immer nach, ob mein Sohn mich erreichen will«, sagte ich und zog das Telefon aus meiner Handtasche.

»Wie alt ist er?«, fragte Adrian.

Ich hielt inne. Wahrscheinlich war Adrian gar nicht klar, dass das eine ehrlich nette Frage war. Denn er hätte ja auch einen beißenden Kommentar darüber machen können, dass ich abhängig von meinem Handy war. Oder ob es mal nicht eine Minute ohne ging.

»Er ist fünfeinhalb Jahre und drei Tage alt«, zitierte ich Milan.

»Also schon ein großer Junge.« Adrian grinste wissend.

Ich linste auf das Display.

Thies schrieb: *Und, wie ist der Typ?*

Nett, feuerte ich schnell ab. Gerade, als ich das Handy wieder in die Tasche stecken wollte, sah ich die Antwort aufleuchten.

Gut-nett oder langweilig-nett?

Ich schmunzelte, reagierte aber nicht.

Ich meine, wird er dich jemals so zum Lachen bringen,
dass du dir fast in die Hose machst?

Ist das der Maßstab?

Ich legte das Handy auf das Sofa neben mir, Display nach unten. Aber jetzt musste ich die ganze Zeit lächeln.

»Alles gut?«, fragte Adrian.

»Ja, alles gut.«

»Mögt ihr die Karte, oder wisst ihr schon?«, fragte eine junge Kellnerin mit den großen weißen Turnschuhen.

»Die Karte«, sagten wir beide gleichzeitig.

Dann lächelten wir einander an.

Wir bestellten beide einen Cappuccino und, wie Adrian behauptete, den besten Käsekuchen ganz Münchens.

Wir sprachen zuerst über Keiko, die wir beide kannten, und dann natürlich über Berufliches. Dass ich als Grafikerin die Arbeit für Juniper liebte. Über welche Umwege Adrian Fotograf geworden war. Dass er die Phase, in der er alles in Schwarz-Weiß fotografierte, hinter sich gelassen hatte.

Ich lächelte breit und sagte: »Ich liebe Schwarz-Weiß.«

»Hier, willst du mal ein paar Bilder aus dieser Phase sehen?«

Ich bejahte, und er zeigte mir auf seinem Handy Porträtfotos, glatte Babybäckchen, zerfurchte Großvatergesichter. Er hielt sein Handy so, dass wir beide die Bilder betrachten konnten, während er mir die Entstehungsgeschichte beschrieb. Was er mir zeigte, fand ich extrem beeindruckend.

»Das ist nicht schwarz-weiß, weißt du«, sagte ich lächelnd. »Sondern steingrau, anthrazit, papierweiß, arktikweiß, ebenholzschwarz und kohlenschwarz.«

»Stimmt! Das hört sich doch viel besser an. Du schenkst mir hier ein ganz neues Vokabular.«

»Und du mir das Geheimnis um den weltbesten Käsekuchen.«

Für einen Moment lächeln wir einander still an.

»Also, schieferschwarz-wolkenweiß hast du hinter dir gelassen, und jetzt?«

»Fotografiere ich in tiefen, tiefen Farben.«

»Ich liebe Farben.«

Er nickte.

Entspannt lehnte ich mich zurück. Adrian machte es mir leicht, nicht nervös zu sein. »Hier, diese Aster zum Beispiel«, ich zeigte auf den Blumenstrauß. »Das ist doch das schönste Asterorange, das es gibt.«

»FF-Achtundachtzig-null-null«, sagte Adrian lächelnd.

Meine Augen wurden groß. Das waren die exakten Zahlen und Ziffern, die man eingeben musste, um genau diesen Farbton von Orange auf einer Webseite zu erhalten. »Du weißt den Hexadezimalcode auswendig?«

Er rieb sich verlegen den Bart. »Erwischt. Mein Zweitname ist Nerd. Du kannst mich sogar abfragen.«

Wortlos deutete ich auf das Heidekraut in dem Blumentopf hinter ihm.

»Ah, das ist nicht so einfach. Neunundneunzig-sechsundsechzig-CC, würde ich sagen.«

Ich tippte es in mein Handy und überprüfte die Kombination. Tatsächlich zeigte mir die Bildersuche einen lilafarbenen Farbton an.

»Herzlichen Glückwunsch, du gewinnst den Titel Farb-Nerd des Jahres. Oder des Jahrhunderts?«

Adrian lachte, und sein Salz-und-Pfeffer-Bart fiel mir dabei wieder auf. Er sah verdammt gut aus. Ich wusste gar nicht mehr genau, warum mir heute Morgen der Gedanke so unangenehm gewesen war, mit ihm Kaffee zu trinken.

Während wir den besten Käsekuchen Münchens genossen, erzählte Adrian von einigen seiner Kunden. Beantwortete mir geduldig meine Fragen, bei denen ich hoffte, sie würden mir einen Tipp liefern, wie ich die Sache mit der Neukundengewinnung in Zukunft angehen könnte.

Später ging ich kurz zur Toilette. Auf dem Weg dorthin blieb ich im Flur stehen und checkte schnell meine Nachrichten. Thies schrieb:

Hat er versucht, dich mit seiner Arbeit zu beeindrucken?

Nein, er hat ehrlich Talent und war dabei bescheiden.

Na gut, aber weiß er, wie sehr du Almdudler magst?

Das werde ich ihm nicht verraten.

Gut so, dieses Wissen gehört nur uns.

Er schrieb »uns«. Mein Herz klopfte schneller.

Hast du nichts Besseres in Portugal zu tun, als mir zu schreiben?

Nein.

Als nächste Antwort kam noch ein Bild von Thies, hinter ihm eine trockene Landschaft, er blickte ernst in die Kamera. *Es gibt nichts Besseres*, stand darunter.

Die Tür zur Toilette ging auf, und eine Frau kam heraus. Eiskalte Luft wehte mir mit ihr entgegen, ich bekam eine Gänsehaut. Ich konnte hier nicht ewig herumstehen.

Ich muss zurück an den Tisch, tippte ich unbeholfen.

Eine Sprachnachricht poppte auf, nur wenige Sekunden lang. »Ja«, sagte er leise. »Wir hören uns später.«

Diese Stimme. Das Rauschen des Windes im Hintergrund. Meine Gänsehaut ging gar nicht mehr weg. Ich ließ das mit der Toilette sein, drückte die Tür zum Hinterhof auf und beeilte mich, zu Adrian zu kommen. Er war einer von den Guten und hatte es nicht verdient, lange zu warten.

Als ich an den Tisch kam, telefonierte er gerade. Adrian deutete auf sein Handy am Ohr, formte tonlos das Wort »Kunde!« und zog eine entschuldigende Grimasse. Offenbar ein aufdringlicher Kunde, wenn der an einem Sonntag anrief. Aber ich winkte ab. Kein Problem, sollte das heißen. Um die Zeit zu überbrücken, tippte ich noch eine Nachricht an Thies.

Er versteht etwas von Farben.

Ich hörte, wie Adrian mit seinem Kunden über irgendeine Location diskutierte.

Von den Seelenfarben?

Ja.

Weiß er deine?

Nein.

Idiot.

Du weißt sie auch nicht, oder?

Keiner weiß die. Nur du findest das irgendwann heraus.

Das klingt wie ein Versprechen.

Das ist es auch.

Ja?

Ich verspreche dir, dass du sie finden wirst und dass sie wundervoll sein wird.

Und dann?

Dann wird alles Sinn machen.

Ich legte das Handy weg. Sonst würde noch jemand mein Herz pochen sehen. So sehr pochen, dass ich es nicht verbergen konnte. Ich senkte den Kopf und fixierte die Tischplatte. Adrian musste denken, ich wäre total plemplem. Oder knallverliebt in ihn. Erst nachdem ich zwei Atemzüge getan hatte, mit denen ich das Herzpochen beruhigte, sah ich wieder auf. Genau in dem Moment, als Adrian auflegte.

»Hey«, sagte der nur entspannt.

»Hey, Adrian«, sagte ich und fand, dass das angenehm klang. Er lächelte mich an.

»Sorry, Kunden aus der Hölle. Die leider auch höllisch gut bezahlen.«

Ich nickte nur. »Kenne ich.«

»Wollen wir los?« Adrian bezahlte, und wir bahnten uns den Weg aus dem Hinterhof. Als wir, in unsere Jacken und Schals gemummelt, vor dem Eingang standen, fragte er mich: »Soll ich mit dir noch nach Hause spazieren?«

Ich wusste gar nicht, was ich antworten sollte. »Adrian, ich …« Verlegen suchte ich nach Worten.

»Okay, schon klar.« Er steckte beide Hände in die Jackentaschen. »Ich hatte das Gefühl, es läuft gut, aber wenn du so reagierst, ist das ein Nein.«

»Es tut mir total leid, und du hast recht, es lief gut. Adrian, das liegt nicht an dir, aber ich glaube … ich … Ich hänge da an jemand anderem. Wenn ich ganz ehrlich bin. Ansonsten gibt es keinen Grund. Der Käsekuchen und du, ihr wart beide wunderbar.«

Adrian verzog den Mund zu einem traurigen Grinsen. »Okay, in dem Fall … Danke für deine Ehrlichkeit. Und … schade.«

»Ja«, sagte ich und biss mir auf die Lippen, um nicht zu strahlen. Ich wollte jetzt zurück zur Wohnung gehen, nein, fliegen, und mich dort auf Thies' Sessel setzen. Um seinem Duft nachzuspüren. Und seine Sprachnachricht noch einmal anzuhören. Und so zu tun, als wäre er genau dort, bei mir.

Kapitel 37: Abendsonnenrot

Leonie

Thies, weißt du eigentlich deine Seelenfarbe?

Nein. Weißt du sie inzwischen?
(Ich hoffe, es ist nicht Dunkellila oder Giftgrün.)

Deine Seelenfarbe ist ein tiefes, sattes Abendrot. Wie eine untergehende Sonne. Wie die roten Chrysanthemen, die du mir bei der Schnitzeljagd gezeigt hast. Warm, feurig, kraftvoll. Abendsonnenrot.

… Das ist wunderschön.

Das finde ich auch.

Thies schickte mir ein Foto seiner Hand, ohne Worte.

Was soll das? ☺

Ich nehme deine Hand.

Und ich deine. Ich kann sie spüren

… ☺☺☺

Was?

Dein Daumen kitzelt mich, ich kann es fühlen.

Du und deine Gefühle!

Halt die Klappe und halt mich fest.

Kapitel 38: Bordeauxfarben

Leonie

Am Montag war ich noch immer in Hochstimmung. Auch wenn das Treffen mit Adrian nichts Neues in Sachen Kunden gebracht hatte, schwebte ich über den Wolken.

Nicht nur deswegen hatte ich absolut nichts geahnt. Nichts von dem, was kam.

Nicht, als ich durch die Tür unseres unscheinbaren Agenturgebäudes getreten war und mich wie immer gefreut hatte an dem farbenfrohen Interieur, an dem schönen Empfangsbereich, an unserem hellen Großraumbüro. Ich hatte kein besonderes Bauchgefühl gehabt, als Ella am Empfang mich begrüßt hatte oder als Anna-Lena verschreckt an mir vorbeigehuscht war. Ehrlich gesagt hatte ich mich auf meine Aufgaben an dem Vormittag konzentriert, hatte E-Mails durchgearbeitet und auf den Zeitplan für die nächste Kampagne von Juniper gesehen.

Später am Vormittag ging ich zur Toilette und stieß dort fast mit Valerie zusammen. Sie kam mit gesenktem Kopf aus der Kabine und hatte nicht gesehen, dass ich vor dem Waschbecken wartete, um sie vorbeizulassen. Als sie mich an der Schulter streifte und erschreckt aufsah, bemerkte ich ihre geröteten Augen und Wangen. Für einen Moment wirkte sie überrascht, dann verhärtete sich ihr Ausdruck.

»Kann ich mir vielleicht mal die Hände waschen?«

Ich drückte mich an die Wand, ließ sie durch und ging dann zur Kabine. Ich konnte hören, dass sie nicht nur ihre Hände, sondern auch prustend ihr Gesicht wusch, sich schnell mit einem Papiertuch abtupfte und dann hinaus verschwand.

Es war nicht ungewöhnlich, dass Valerie gestresst war, aber ich hatte sie noch nie weinen sehen. Und dann, zurück an meinem Platz, entdeckte ich die E-Mail in meinem Postfach. Die E-Mail, die direkt von Christine kam:

Leonie, komm doch bitte mal in mein Büro,
wenn du das liest.

Sofort zog sich in meinem Bauch alles zusammen. Was war bei Valerie passiert, was so schlimm war? Und warum musste ich jetzt zur Chefin?

Für einen irrwitzigen Moment dachte ich, Christine würde mir vielleicht eine Aufgabe übertragen, die Valerie sonst erledigt hätte. Weil ich mich beim Pitch, auch wenn wir ihn nicht gewonnen hatten, gut angestellt hatte. Vielleicht war Valerie deswegen so spitz zu mir gewesen. Vielleicht war das eine neue Chance zu sagen, ich wolle mehr Gehalt.

Schlagartig bekam ich schweißnasse Hände. Ich tippte eine schnelle Antwort.

Bin in zwei Minuten bei dir!

Ich strich meinen bordeauxfarbenen Rock noch im Sitzen glatt und versuchte, tief durchzuatmen, was mir nur zittrig gelang.

Als ich bei Christine im Büro ankam, bot sie mir dieses Mal tatsächlich den Platz vor ihrem Schreibtisch an. Ab da fühlte sich alles an wie in Watte gehüllt. Christine erklärte, dass der Badkunde Lavand den Vertrag mit der Agentur gekündigt hatte. Und dass das wiederum zu Kündigungen in der Agentur führte.

»Es ist ein Schock, auch wenn es nicht unerwartet ist.

Der Etat von Lavand hat finanziell auch immer wieder andere mitgetragen. Ich muss leider mehr Mitarbeiterinnen kündigen, als mir lieb ist. Darunter auch solchen, die extrem gute Arbeit geleistet haben. Mein einziger Trost ist, dass ich weiß, dass diese Mitarbeiterinnen wenigstens einen sehr guten anderen Job finden werden.«

Sie meinte mich. Sie meinte, sie kündigte mir hier und jetzt. Ich schluckte und schluckte. Aber die Watte um mich herum ging damit nicht weg. Sie meinte wohl auch, dass sie mir eine gute Referenz ausstellen würde. In meinem Kopf drehte sich alles.

»Wie kommt das?«, stotterte ich. »Ich meine, wie geht das? Lavand ist nicht mein Kunde, ich bin alleinerziehend …«

In der Pause, die entstand, lichtete die Watte sich etwas. Ich nahm wahr, wie stark mein Herz klopfte. Ich nahm wahr, wie Christine mir gegenübersaß. Sie sah aus, als hätte sie in der Nacht gar nicht geschlafen. Ich konnte ihre Augenringe von hier sehen, ich empfand ihr Gesicht heute ausnahmsweise nicht als aalglatt, sondern mit Sorgenfurchen durchzogen.

Endlich antwortete sie. »Alles, was ich jetzt tun kann, ist, dir ein exzellentes Zeugnis zu schreiben und dich an eine befreundete Agenturchefin zu empfehlen.« Mit einer trockenen Reibeisenstimme fügte sie hinzu: »Es tut mir leid.«

Sie hatte Augenringe, ihr platinblondes Haar war strähnig,

und dass sie mir diese Nachricht überbringen musste, kostete sie offenbar viel Kraft. Ab heute würde ich sie nicht mehr Drache nennen.

»Du hast natürlich deine übliche Kündigungszeit, aber ich kann dich sofort freistellen«, sagte Christine noch. Ich nickte, gleichzeitig liefen mir Tränen die Wangen hinunter. Meine Versuche zu schlucken, lösten den Knoten in meinem Hals nicht.

»Du kannst deine Übergabe in Ruhe an Mascha machen, das hat aber Zeit. Wenn du möchtest, kannst du jetzt erst einmal nach Hause gehen.«

Ich machte mir nicht die Mühe, meine Tränen abzuwischen. Ich ging direkt zu meinem Platz, schnappte mir meine Tasche, meine Jacke. Draußen lief ich einfach los, den Kopf gegen den schneidenden Wind gesenkt. Ich ging nicht zur Bahn, ich lief einfach weiter, ohne Ziel, ohne Zeitdruck. Nach ein paar Hundert Metern zog ich das Handy aus der Tasche und schoss eine Nachricht an Raphael ab.

So etwas schreibt man normalerweise nicht in einer
Nachricht, aber …
… ich wurde gerade gefeuert.

Ich sah, dass er online war und die Nachricht las.

Drei springende Punkte verrieten mir, dass er sofort eine Antwort tippte.

Als die Nachricht kam, weinte ich richtig los. Raphael schrieb nur einen Satz:

Ich werde alles tun, um dich zu unterstützen.

Kapitel 39: Petrolblau

Thies

Wir hatten gerade die Raststätte am Genfer See hinter uns gelassen, hatten noch einen der besten Espressi, die man überhaupt an einer Autobahn bekam, zum Mitnehmen geholt und uns wieder auf den Weg gemacht. Roland sah genauso zerknittert aus wie ich nach diesen vielen Tagen unterwegs. Aber er hatte sich auch als ein geduldiger, sicherer und angenehmer Reisepartner erwiesen. Er saß wieder hinterm Steuer und freute sich sichtlich. Am Nachmittag würden wir in Stuttgart eintreffen, dann war sein Teil der Reise vorbei. Ich würde noch weiter nach München fahren. Während ich im Stillen hoffte, dass es keine weiteren Staus in der Schweiz geben würde, klingelte mein Handy.

»Tut mir leid, dass ich dich mitten auf der Fahrt anrufe, Thies.« Leonies Verbindung knisterte.

»Ist völlig in Ordnung«, sagte ich. »Was ist passiert?« Ich konnte an ihrer Stimme hören, dass das kein normaler Anruf war.

Sie stockte und startete immer wieder, als sie mir berichtete, dass ihr tatsächlich vor wenigen Stunden gekündigt worden sei. Ich blieb zunächst sprachlos. Erst als sie mir versicherte, dass das nichts mit unserer Entscheidung zu tun habe, die Agentur im Glockenbach zu nehmen, sondern dass ohne Lavand so oder so Mitarbeitern gekündigt werden musste, fand ich meine Stimme wieder.

»Oh mein Gott, Leonie, das tut mir so leid. Und du musst mir hier gar nicht mein schlechtes Gewissen beruhigen! Natürlich schlägt das auch noch ins Kontor, wenn eure Agentur keine der beiden Kunden hat, weder Tiny Haus Eins noch Lavand.«

Mit zittriger Stimme erzählte sie mir, wie sie sich fühlte, was sie heute Vormittag getan hatte, um sich abzulenken und zu beruhigen. Ich verfluchte unseren Anhänger, der unsere Reise so langsam machte. Wenn ich gekonnt hätte, hätte ich jetzt mit Roland getauscht, Gas gegeben und wäre so schnell wie möglich bei Leonie gewesen. Aber das ging nun mal nicht.

»Und jetzt schaust du dich nach einem neuen Job um?«

»Sieht wohl so aus, ja.«

»Das klingt vielleicht blöd, aber – könntest du nicht zu der Agentur im Glockenbach wechseln, die den Auftrag von uns bekommen hat?«

Ich hörte, dass sie lächelte, als sie antwortete: »War das nicht diese winzige Bude mit Architekturspezialisten? Ich denke nicht, dass die noch Platz für mich haben. Aber danke für den Vorschlag, Thies.«

Ich hätte ihr so gern irgendetwas angeboten, das ihre Situation erleichtern würde. Aber alles, was mir gerade einfiel – ihr ein Abendessen kochen, mit ihr überlegen, wo es eine geeignete Agentur gäbe –, klang selbst in meinen Ohren lahm.

»Du wirst Nein sagen, wenn ich dir anbiete, dir Geld für die Miete zu leihen, richtig?«, fragte ich leise.

»Du kennst mich gut.«

Weniger gut, als ich gern würde, Leonie. Ich will dich mit Haut und Haaren kennenlernen, noch viel mehr, als ich das bereits tue.

»Außerdem hat Raphael sofort geschrieben, dass er mich jetzt nicht hängen lässt. Ich werde also die Miete immer irgendwie zahlen können, das ist zum Glück nicht das Problem.«

Ich schwieg überrascht. Sie hatte es also zuerst Raphael gesagt.

Aber natürlich hatte sie das! Die Wahrheit traf mich wie ein kalter Waschlappen. Schließlich war er Milans Vater, schließlich hatte er noch eine gewisse Verantwortung. Und offenbar übernahm er die auch immer noch, wenn es um Leonie ging. Ich schluckte trocken. Zumindest hoffte ich, dass es daran lag. Und nicht an etwas anderem, an einer Art Zuneigung und Verbundenheit, die man nach zehn gemeinsamen Jahren hatte und die nie wirklich wegging, die alt und stark war und sich genauso anfühlte wie das, was Andrea und Daniel immer wieder zusammengebracht hatte.

Etwas, gegen das ich keine Chance hatte.

Andrea und Daniel, Leonie und Raphael. Mit einem Mal wurde mir sehr bewusst, dass ich Leonie erst wenige Wochen kannte. Dass wenige Wochen so ein winziger Bruchteil waren, der gegen viele Jahre lächerlich wirkte. Ich spürte die Müdigkeit nach dem aufregenden Trip nach Portugal hier auf dieser ewigen Autofahrt plötzlich in meinen Knochen.

Und trotzdem wartete sie darauf, dass ich weitersprach. Auch, wenn ich selbst nicht mehr davon überzeugt war, dass es mir gelingen würde, wünschte ich mir immer noch, ihr diesen Schlamassel irgendwie zu erleichtern. Schließlich fragte ich sie:

»Soll ich heute am späten Abend, wenn ich angekommen bin, für eine Umarmung vorbeischauen, und du kommst nur kurz raus? Du sagst Milan einfach, du bringst den Müll runter. Gehst Zigaretten holen. Irgendwas.«

Sie lachte zitternd.

Es tutete in der Leitung. »Mascha ruft auf der anderen Leitung an«, sagte sie. »Ich muss ihr das alles noch im Einzelnen erzählen. Und sie beruhigen, denn sie wurde nicht gefeuert und macht sich jetzt sicher Vorwürfe. Ich lege jetzt auf, ja?«

»Okay, bis später«, sagte ich. In der nächsten Sekunde hatte sie bereits aufgelegt.

Von Schnitzeljagden über Almdudler und Pitchhinweise hatte ich schon einiges für sie getan, aber jetzt gerade fühlte ich mich nur ratlos, wie ich für Leonie da sein konnte.

Und ob sie das überhaupt wollte.

Ich starrte noch eine Weile nach draußen, ohne die Landschaft wirklich zu sehen, die an uns vorbeizog. Roland war zu höflich, um mich damit zu löchern, was für ein Telefongespräch das gewesen war. So musste ich ihm nicht sagen, dass der petrolblaue Kinder-Klettergurt, den ich noch in Albufeira im dortigen Decathlon-Sportgeschäft gekauft hatte, eigentlich für Milan als Mitbringsel gedacht gewesen war. Und dass ich jetzt wusste, dass ich ihm den doch nicht schenken würde. Dass die Vorstellung, ich würde ihm irgendwann klettern beibringen, dort, in meiner Kletterhalle mit Leonie und ihm, lächerlich gewesen war. Leonie, Raphael und Milan, das war offenbar immer noch eine kleine Einheit.

Was hatte ich mir nur dabei gedacht?

Kapitel 40: Mitternachtsschwarz

Leonie

Um am nächsten Morgen nach meiner Kündigung nicht in der Küche zu stehen und zu heulen, stellte ich auf meinem Handy den Song »Ultraleicht« auf Repeat, während ich das Frühstück für Milan vorbereitete. Draußen war es an diesem Novembermorgen noch dunkel. Regelrecht mitternachtsschwarz. Leise sang ich den Refrain mit. Und stellte mir vor, dass Thies hier bei mir wäre.

Thies' Name war ein Flüstern, das mich überallhin begleitete. Eine Beschwörung. Ein Gebet. Eine Gedankenübertragung. Ein Herzschlag.

Thies. Thies. Thies.

Ich hörte dieses Flüstern nach dem Aufwachen, vor dem ersten Augenaufschlag. Ich hörte es unter der Dusche, mitten im Prasseln, wenn die Wassertropfen meinen Körper hinabströmten. Ich hörte es in der Küche, wenn der Kaffee in meiner Tasse dampfte. Ich schloss die Augen, bevor ich die Tasse zum Mund führte.

Thies. Als wärst du da. Als wärst du bei mir.

Ich starrte auf mein Handy, als ob da eine Nachricht von ihm kommen müsste, bis mich Milans Stimmchen aufschreckte. Er rief noch von seinem Zimmer aus, dass er auf jeden Fall sein Schokomüsli frühstücken wollte. Ich holte ein Schälchen aus dem Küchenschrank, stellte es auf die Anrichte. Und malte mir aus, wie Thies hinter mir stand, sich an meinen Rücken schmiegte, die Arme um mich gelegt. Ich atmete aus. In der leeren Küche hallte dieses Geräusch von den Wänden. Was würde er zu mir sagen, wenn er jetzt hier wäre? Was würde er tun, um mich zu küssen? Ich drehte mich um, lehnte mich an die Arbeitsplatte, sah auf. Als sähe ich zu ihm auf. Als reckte ich mich ihm entgegen. Aber da war nichts. Und doch war die Vorstellung so greifbar und echt. Wie kam es, dass allein diese Illusion mir Gänsehaut bereitete?

Ohne noch einmal darüber nachzudenken, nahm ich mein Handy, stoppte den Song und öffnete die Nachrichten-App.

Wann können wir uns treffen?

So einfache Worte. So viel Herzklopfen darin verborgen. Thies antwortete:

Mittwochmorgen muss ich leider früh zu einem Außentermin zum Schreiner.
Magst du trotzdem heute Abend vorbeikommen?
Falls jemand bei Milan sein kann?

Ich wollte schon eine Antwort tippen, da kam noch eine Nachricht hinterher.

Lass mich das anders formulieren:
Bitte komm trotzdem, auch wenn es nur kurz sein wird.

Meine Hand zitterte, als ich mein »Ja« abschickte.

Kapitel 41: Lavendellila

Leonie

Als ich Milan vom Kindergarten abholte, wirkte er ziemlich schlapp. Er hatte keine Lust, seinen kleinen Kinderregenschirm aufzuspannen, obwohl es regnete. »Weiß nicht«, blieb seine Antwort, als ich ihn fragte, was er heute gespielt hatte. Und einen Vanilleplunder vom Bäcker wollte er auch nicht. »Hab keinen Hunger«, sagte er nur. Zu Hause legte er sich direkt auf das Sofa. »Mama, darf ich Biene Maja gucken?«

»Moment mal, mein Schatz«, antwortete ich. Als ich mit dem Fieberthermometer in der Hand wiederkam, hatte er bereits die Augen geschlossen. Vorsichtig gab ich ihm Bescheid, hielt dann das Thermometer ins Ohr. Achtunddreißig Komma fünf. Ich strich Milan übers Köpfchen, holte seine Bettdecke aus dem Zimmer. »Ich koche dir gleich einen Tee«, flüsterte ich. »Und nachher darfst du Biene Maja gucken.« Ob er mich noch hörte oder schon schlief, konnte ich gar nicht ausmachen.

Zuerst gab ich meiner Mutter Bescheid, die eigentlich heute Abend das Babysitting übernommen hätte. Raphael bekam eine kurze Textnachricht von mir, damit er wusste, wie es Milan ging. Dann wählte ich Thies' Nummer und erklärte ihm die Situation.

»Milan ist richtig krank, und solange ich noch nicht weiß, was für ein Infekt das ist, kann ich auch niemanden bitten, auf ihn aufzupassen … Es tut mir leid.«

»Mir auch!«, brach es spontan aus ihm heraus. »Ich meine, sowohl, dass Milan krank ist, als auch, dass wir heute Abend absagen müssen. Wie geht es ihm denn jetzt?«

»Gerade schläft er, und das Fieber scheint zu steigen. Er ist ein bisschen unruhiger und fühlt sich wärmer an als vorhin noch. Mal sehen.«

»Machst du dir Sorgen?«

»So einen Infekt hat er immer wieder mal. Seine Freundin Clara hatte vor Kurzem erst das Dreitagefieber – vielleicht ist es das bei ihm ja auch.«

»Soll ich dir eine Pizza liefern lassen als Abendessen? Eigentlich hätten wir hier ja etwas zusammen gegessen, und jetzt geht das nicht.«

Ich lächelte. »Was für eine schöne Idee. Das Angebot nehme ich gern an. Aber was wirst du dann essen?«

»Dann muss ich mir wohl auch eine liefern lassen. Und wir essen zusammen, getrennt. Sozusagen.«

Ich lachte. »Klingt verrückt. Also genau richtig.«

Später hatte ich Milan zu Bett gebracht, saß auf dem Sofa mit einem Teller auf dem Schoß, ein Stück Pizza darauf. Und das Telefon zwischen Ohr und Schulter geklemmt.

»Sehr gut, diese Pizza. Wer weiß, ob du das Abendessen besser hinbekommen hättest.«

»Unverschämt. Genau wie die Tatsache, dass du auf dem Sofa sitzt beim Essen, anstatt dich mit mir an den Tisch zu setzen.«

»Auf dem Sofa ist es viel gemütlicher.«

»Hmm, das glaube ich gern.«

Meine Stimme wurde leiser. »Setz dich doch zu mir.«

Ich hörte Thies atmen. »Das mache ich.«

»Es wäre so schön, wenn ich jetzt wirklich bei dir wäre.«

»Finde ich auch. Telefonieren ist schön, aber …«

»Aber?«

»Aber ich möchte dich endlich einmal anfassen.«

Ich legte den Teller leise zur Seite.

»Ich möchte dich auch endlich einmal anfassen.«

Ich ließ mich hinabrutschen, bis ich längs auf dem Sofa lag.

»Leonie?«

»Ja?«

»Machst du die Kamera für mich an?«

Und das tat ich. Als ich sein Lächeln sah, hätte ich am liebsten die Hand an seine Wange gelegt.

Er seufzte. »Ich vermisse dich.«

»Ich vermisse dich auch, Thies.«

Wir telefonierten endlos lange. Er blieb bei mir, während ich die Pizzareste aufräumte und er eine Platte auflegte. Während ich in der Nacht nach Milan sah und ihm ein paar Schlucke Wasser zu trinken gab. Während wir aus dem Fenster blickten und die Regentropfen zählten. Während ich ein nächtliches Bad nahm, mit Lavendelduft und lilafarbenem Schaum an den Beinen und Thies' geflüsterten Worten in meinem Ohr. Während wir später im Bett lagen, gemeinsam, das Telefon auf dem Kopfkissen daneben. Erst kurz nach Mitternacht verabschiedeten wir uns. Mir war, als schliefe Thies hier direkt neben mir. Als könnte ich ihn immer noch spüren.

Kapitel 42: Orangefarben

Thies

Mir wurde klar, wie viel ich nicht wusste. Ich wusste nicht, wie das war, wenn ein Fünfjähriger Fieber hatte. Ob und wie schnell das sinken würde. Wie sehr sich Leonie Sorgen machen würde, wie schlaflos der Rest der Nacht für sie gewesen war. Auf der einen Seite fühlte ich mich immer noch fremd, immer noch nicht richtig zugehörig, wenn es um sie und Milan ging. Auf der anderen Seite hatten Leonie und ich gestern am Telefon Dinge getan, die man nur tat, wenn man sich sehr nahe war. Ich brannte darauf, all das mit ihr Wirklichkeit werden zu lassen, was gestern Nacht nur Worte, Seufzer, Kamerabilder gewesen waren. Es war eine seltsame Zwischenwelt, in der wir uns befanden. Ich hatte Leonie immer noch nicht geküsst. Und trotzdem hatte ich gestern ganz Unaussprechliches, Wundervolles mit ihr getan.

Und genau deswegen musste ich aktiv werden. Das konnte nicht so weitergehen. Kurzerhand hatte ich den Termin von heute Morgen beim Schreiner um eine Stunde verschoben. War noch schnell bei Coffee Fellows vorbeigegangen. Und hatte auch den Klettergurt eingepackt, den ich in meinem Übermut in Portugal gekauft hatte. Vielleicht war es ja kein Übermut gewesen. Vielleicht war es nur ungewohnt, zu spüren, dass ich, wenn ich Leonie näher sein wollte, auch einem Menschen näher sein würde, der erst fünf Jahre alt war. Die Einheit, die ich zwischen Leonie, Raphael und Milan gespürt hatte, war jahrelang gewachsen. Wenn ich wollte, dass irgendwann ein sicheres Vertrauen entstand – nicht nur zwischen Leonie und mir, sondern auch zwischen Milan und mir –, dann musste ich den ersten Schritt tun.

Als ich an der Tür klingelte, war mir mulmig zumute. Leonie war wohl so erstaunt, dass ich unangemeldet vorbeikam, morgens um acht, dass sie wortlos den Türöffner betätigt hatte. Die Kastanienbäume, die die Straße säumten, hatten bereits orangefarbene Blätter, und vom Dantebad, das nicht weit war, hörte man sicher nur im Sommer etwas. Ich konnte verstehen, dass Leonie hier sehr gern mit Milan lebte, wie sie wahrscheinlich mit Raphael hier ein idyllisches, kleines Familienleben gehabt hatten. Und jetzt kam ich als der Neue, der hier nicht, oder noch nicht, so gut hineinpasste. Immer wieder musste ich mir sagen, dass Raphael sich ja von Leonie getrennt hatte, dass ich, anders als früher, nicht das fünfte Rad am Wagen war.

Als ich im vierten Stock ankam und Leonie in der Wohnungstür stehen sah, schlug mein Herz noch schneller. Sie war ungeschminkt, trug ein schlichtes weißes T-Shirt und eine graue Wollhose, das Haar zu einem unordentlichen Dutt aufgesteckt. Sie sah aus, als wäre sie gerade unter einer warmen Bettdecke hervorgekrochen. Was sofort unser Telefongespräch wieder in mir wach werden ließ. Wundervoll.

Ich konnte mich gerade noch davon abhalten, sie einfach an der Hüfte zu packen und an mich zu ziehen für unseren ersten Kuss.

Aber da, an ihr Bein geschmiegt und mit verstrubbelten feinen schwarzen Haaren, stand Milan und schaute mit großen Augen schüchtern zu mir hoch. Blass war er, man konnte ihm deutlich ansehen, dass er nicht ganz gesund war.

»Hallo, ich bin Thies«, sagte ich, aber Milan antwortete nicht.

»Was machst du denn hier?« Leonie lächelte und zupfte sich das T-Shirt zurecht. »Ich habe gar nicht mit dir gerechnet.«

»Ich wollte euch überraschen«, sagte ich und hielt Leonie das Papptablett von Coffee Fellows hin, das ich in einer Hand balancierte. »Keine Sorge, ich will nicht hereinkommen, ich muss gleich zu meinem Termin. Aber ich habe euch eine Kleinigkeit mitgebracht. Für Milan einen Schokokeks, weil der gesund macht. Und für dich einen Pfefferminztee, einen Cappuccino und einen doppelten Espresso.«

Ich wollte noch hinzufügen, dass das hoffentlich das Richtige war nach einer praktisch durchgemachten Nacht. Aber ich erkannte an ihrem Blick, dass sie sofort verstand.

Das war die Bestellung gewesen, die sie damals im Coffee Fellows aufgegeben hatte, an dem Tag, als wir uns vor dem Schulterblick zum ersten Mal persönlich getroffen hatten. Zuerst flirtend bei der Kaffeebestellung. Dann hatte ich ihr quasi das Leben gerettet, indem ich sie von der Straße gezogen hatte, als der Raser um die Ecke kam. Sie erinnerte sich ganz genau, das konnte ich an der Art sehen, wie ein Lächeln ihren Mund umspielte.

Für eine Sekunde gab es nur Leonie und mich in diesem Flur.

Für eine Sekunde war dieses Gefühl wieder da, diese spezielle Aufregung, die elektrische Spannung zwischen uns, die ich sofort bei unserem ersten Treffen wahrgenommen hatte. Die bei unserem Telefonat gestern ihren Höhepunkt erreicht hatte.

Wie gern hätte ich jetzt ihre Lippen auf meinen gespürt.

Ich riss mich zusammen, nicht an gestern Abend zu denken, und wandte mich wieder an Milan, während Leonie mir das Tablett abnahm.

»Wie geht es dir denn jetzt?«, fragte ich ihn.

Leonie sah zu ihm hinunter, streichelte mit der freien Hand über sein schwarzes Haar. Er ließ nicht von ihrem Bein ab. Wie gut es sein musste, sich festhalten zu können, wenn man sich fiebrig und unwohl fühlte.

»Das Fieber ist zum Glück gesunken, aber noch nicht ganz weg. Du bist noch ganz schön schlapp, hm?«

Milan nickte. Und sah mich trotz allem neugierig an.

»Ich habe dir noch etwas mitgebracht, aber da muss deine Mama sagen, ob es in Ordnung ist.« Ich zog meinen Rucksack ab, fischte den petrolblauen Kinder-Klettergurt heraus, der mit seinen orangefarbenen Nähten besonders leuchtend aussah und speziell für Kinder zwischen vier und neun Jahren geschnitten war. Ich fragte mich, ob er von dem Gewirr von Schlaufen, Gurten und Anseilpunkten her ausmachen konnte, was ich ihm da mitgebracht hatte. Ich ging in die Knie, um besser mit Milan sprechen zu können. Der Arme hatte tatsächlich ein ganz blasses Gesichtchen. Und eindeutig Leonies Mundpartie. Er war mir auf den ersten Blick sympathisch gewesen.

»Ich gehe an den Wochenenden immer klettern …« Milan nickte wissend, und Leonie sagte: »Das habe ich ihm erzählt. Ich habe ihm erklärt, dass derjenige, in dessen Wohnung ich am Wochenende bin, mein Freund Thies ist, der kleine Häuser baut und gerne klettert.«

Ich blickte zu ihr hoch. Wie sie mich ansah. Bei dem Wort

»Freund« hatte mein Herz für einen Schlag ausgesetzt. Das zwischen Leonie und mir war so seltsam, hatte bisher nur in Bildschirmen und Worten und Wünschen stattgefunden. Und doch fühlte ich mich ihr so nahe. Ich hätte sie jetzt am liebsten berührt, ihr mit einem Kuss gezeigt, dass es schön war, mich so zu nennen. Dass ich überrascht war, wie vertrauensvoll sie mit Milan über mich gesprochen hatte. Zwischen uns pulsierte etwas, das immer dichter wurde. Und doch konnte ich sie jetzt nicht küssen. Nicht jetzt. Nicht hier. Nicht vor Milan.

Ich räusperte mich.

»Ich habe dir einen Klettergurt mitgebracht, der speziell für Kinder ist, und wenn du wieder ganz gesund bist und möchtest, dann zeige ich dir mal, wie das geht.«

Milan nickte mit großen Augen. Irgendetwas sagte mir, dass die Reaktion nur deswegen so verhalten ausfiel, weil ihm das Fieber in den Knochen steckte.

»Wie Spiderman?«, flüsterte er mit dünnem Stimmchen.

Leonie lächelte. »Genau. Wie Spiderman. Wenn du den Gurt anhast und in der Kletterhalle am Seil bist, kannst du ganz ähnlich die Wände hochklettern.«

Milan nickte noch einmal und sah zu Leonie hoch. Bitte, darf ich?, fragte dieser Blick.

»Wir könnten …« Ich erhob mich. Leonie so nahe zu sein und sie nicht berühren zu können, brachte mich fast aus dem Gleichgewicht. »Ich könnte euch am Wochenende in mein Tiny House in die Berge mitnehmen und in der Kletterhalle Milan alles zeigen.«

Ich suchte in Leonies Augen nach Zustimmung. War es in Ordnung, das vorzuschlagen? War es in Ordnung, dass ich mir wünschte, ihr auf diese Weise nahe zu sein? Sah ich da ein leichtes Zittern bei dem Tablett in ihrer Hand?

Ich spürte, wie Milan mir vorsichtig den Klettergurt aus der Hand zog, und konnte nicht anders als lächeln. Er stand nur da, das Händchen fest um den Gurt geschlossen, trotzdem noch an Leonies Bein geschmiegt.

»Das wäre schön«, sagte Leonie und lächelte nun auch.

Es klang so, als würde sie nicht nur die Kletterstunde für Milan meinen.

Ich hätte ewig hier so an ihrer Tür stehen können. Ewig mit Milan sprechen können, ewig Leonie anstarren können. Aber ich musste los. Und ich konnte kaum glauben, dass wir bald, schon in einigen Tagen, zusammen genau dafür Gelegenheit haben würden. In meinem Tiny House. Für eine Sekunde zu lang hing ich in Leonies Blick fest, räusperte mich dann.

»Okay. Dann gehe ich mal.«

Sie nickte. Aber an der Art, wie sie mir dabei auf den Mund sah, wie ihre Brust sich hob und senkte bei einem unhörbaren Seufzer, erkannte ich, dass sie das Gleiche dachte wie ich.

Wie wird es sich anfühlen, dich endlich zu küssen, in echt und mit warmen, weichen Lippen?

Kapitel 43: Sonnengelb

Leonie

»Hier, pass auf. Dieser Haken geht nur auf, wenn man das hier aufschraubt …«

Thies kniete vor Milan, der so konzentriert guckte, dass mir ganz warm ums Herz wurde. Er trug eine lange graue Trainingshose, sein T-Shirt mit dem Blauwal darauf und das neue Klettergeschirr, das Thies ihm geschenkt hatte. Zuerst hatte er sich in der Halle umgesehen, das Köpfchen weit in den Nacken gelegt, die für ihn unendlich hohen Wände betrachtet, die bunten Griffe, die Menschen, die daran hochkletterten. Jetzt stand er da, mit seinem Rabenhaar, und sah entschlossen aus, die gelbe Tour bis nach ganz oben zu schaffen.

Und Thies kniete vor ihm, redete mit ruhiger Stimme und sprach über Sicherung und Seile, ohne Milan Angst zu machen. Thies fand genau die richtigen Worte, sodass Milan sich ernst genommen und gleichzeitig angespornt fühlte, das konnte ich jetzt schon ausmachen. Kein Wunder, dass Thies diese Wochenenden hier liebte. Und dass die Kinder und Jugendlichen ihn liebten.

Und außerdem hatte ich so den Blick auf Thies' Nacken, auf die Art, wie sich das rote T-Shirt um seine Schultern spannte. Ich tat so, als würde ich aufmerksam zuhören und nicht mir vorstellen, wie sich wohl Thies' Muskeln an der Schulterpartie gleich anspannen würden, wenn er Milan sicherte. Ich hatte schon die ganze Autofahrt über, hinten auf dem Rücksitz neben Milan, diesen Nacken angesehen, die Haarlinie, in die ich meine Finger graben wollte, die Haut am Hals, die ich mit meinen Lippen streicheln wollte. So, wie ich es mir schon eine ganze Weile ausmalte. So, wie wir es schon am Telefon ausgesprochen hatten. Es waren geflüsterte Versprechen gewesen, bei denen ich es nicht erwarten konnte, sie endlich einzulösen.

Aber ich hatte nicht lange Zeit, darüber nachzudenken. Mit verschränkten Armen stand ich neben Thies und sah zu, wie Milan erst vorsichtig, dann immer mutiger den nächsten sonnengelben Griff nahm. Es war eine ganz leichte Tour, speziell für Anfänger, aber doch nicht ganz einfach für Milan, da seine Arme schlicht noch sehr kurz waren für die Entfernung der einzelnen Griffe. Die Halle war bereits gut besucht, immer wieder hörte ich, was sich die Kletterteams zuriefen, aber Thies stand ruhig, konzentriert und mit beiden Beinen fest auf dem Boden da. Er sagte gar nichts zu Milan, sondern wartete geduldig, bis der – mit einer süßen, ernsten Falte auf seiner Stirn – erkundet hatte, wo der nächste gelbe Griff überhaupt war, wie er vielleicht da drankommen könnte, welchen Fuß er nun wie setzen konnte. Und sobald Milan einen Griff weitergekommen war, gab es diesen einen Moment, in dem ein stolzes Lächeln über sein Gesichtchen huschte. Ich sah zu Thies, der den Blick nicht von Milan wandte. Das also war der Grund, warum Thies keine Anleitungen mehr gab, warum er nichts mehr erklärte. Er wusste genau, wie mutig sich Milan fühlen würde, wenn er eine weitere Etappe geschafft hatte, wie stolz er auf sich selbst sein würde, warum es gut und wichtig war, den kleinen Mann seine eigenen Überlegungen, seine eigenen Fehler, seine eigenen Errungenschaften machen zu lassen. Wie gern hätte ich jetzt einen Schritt auf Thies zu gemacht, ihn einfach so umarmt, für das, was er hier tat.

Erst als Milan ganz oben angekommen war, erlaubte ich mir, laut zu jubeln. Milan strahlte über das ganze Gesicht. Ich platzte fast vor Stolz. Die beiden hatten das so toll zusammen gemacht.

Thies rief: »Jetzt lasse ich dich vorsichtig ab. Du hilfst mit, indem du dich mit beiden Beinen kräftig von der Wand abstößt. Stärker, noch mal! Ja, genau so!«

Milan juchzte. Als er wieder auf festem Boden stand, hielt Thies ihm eine Hand hin, damit Milan einschlagen konnte. Was er mit voller Wucht tat, es klatschte laut in der Halle. Thies lachte ein Lachen, tief aus dem Bauch heraus.

»Na, hätte das Spiderman genauso gut gekonnt? Gleich beim ersten Versuch?«

Mit schüchtern zusammengepressten Lippen, aber immer noch mit einem glücklichen Lächeln schüttelte Milan den Kopf, sodass sein Rabenhaar flog.

»Das denke ich auch. So. Jetzt ziehst du deinen Gurt aus, wir gehen rüber in die Boulderhalle. Die mit den dicken, weichen Matten.«

Milan jubelte. Dann schälte er sich hastig, Bein für Bein, aus seinem Gurt, suchte mit den Augen die unbekannte Halle ab, wo wohl der Ausgang zur Boulderhalle lag, und schob sein Händchen in Thies' große Hand, als der losging. Thies' Blick flackerte zu mir. Ich wusste genau, wie sich das anfühlte. Wenn einem das Herz überlief. Schnell beugte sich Thies hinunter und sagte: »Bist du bereit, oder willst du erst noch einen Schluck Wasser trinken?«

»Ich bin bereit, los, komm!« Ohne zu wissen, wohin, zog Milan Thies mit. Grinsend drehte sich der noch einmal zu mir um. Und ich war froh, dass ich zurückbleiben und den liegen gelassenen Kinderklettergurt einsammeln musste. Denn jetzt war es an mir, dass mir das Herz überlief. Thies und Milan Hand in Hand zu sehen, war mehr, als ich mir jemals hätte träumen lassen.

Und dass Milan ihn an der Hand genommen hatte, keine Berührungsängste mehr hatte, zeigte mir auch, dass diese simple Klettertour geschafft hatte, was sonst vielleicht viel länger gedauert hätte: Milan hatte sich komplett auf Thies verlassen können, hatte gespürt, dass ich ihm vertraute, und vertraute ihm jetzt ebenso. Wie selbstverständlich ließ Milan sich jetzt zeigen, wie er an den Boulder-Griffen üben konnte, wie er sich auf die dicke Matte fallen lassen durfte, wie man auf die anderen Besucher der Kletterhalle achtete. In einem ruhigen Moment, als Milan übte, von der Wand wieder herunterzukommen, ohne zu springen, raunte ich Thies zu:

»Hat dir schon mal jemand gesagt, dass du ein sehr guter Vater werden wirst?«

Für einen Moment erwiderte Thies nichts. Ich konnte eine ganze Reihe von Emotionen über sein Gesicht huschen sehen wie Herbstwolken über ein riesiges Feld. Freude über dieses Kompliment. Trauer über etwas, woran ich nicht Teil hatte. Unsicherheit mir gegenüber.

Dann sagte er: »Das habe ich eine ganze Weile gehofft. Ich … Als Andrea für kurze Zeit schwanger war, dachte ich, ich würde Vater werden. Das war erst mal ein überwältigendes Gefühl.«

Ich nickte. Nahm seine von Kletterkreide weiße Hand und drückte sie.

»Und manchmal habe ich mich gefragt, was gewesen wäre, wenn sie die Fehlgeburt nicht gehabt hätte. Was passiert wäre …«

Thies drehte sich weg, unter dem Vorwand, nach Milan sehen zu müssen. Der aber brauchte keine Hilfe, er war emsig dabei, die nächste Boulderwand zu erkunden. Thies zuckte mit den Schultern. »Vielleicht ist das jetzt nicht mehr wichtig.«

Sanft ließ ich seine Hand los. »Oft kommen die Dinge anders, als wir denken.« So fröhlich Milan gerade wirkte, war mir doch immer bewusst, dass er die Trennung seiner Eltern hatte durchmachen müssen. Etwas, das ich nie gewollt hatte. »Aber manchmal sind sie sogar noch besser, als wir uns hätten erträumen können.«

Die Herbstwolken auf Thies' Gesicht lichteten sich und hinterließen ein Lächeln. Bestimmt wusste er genau, worauf ich anspielte. Laut sagte er dann: »Da hast du recht.«

Nachdem Milan sich endlich komplett ausgetobt und auf noch einige weitere Touren an der Wand bestanden hatte, fuhren wir schließlich zu Thies' Tiny House. Je weiter wir von Rosenheim weg waren, desto idyllischer wurde die Landschaft: grüne Wiesen, wohin das Auge reichte, in der kühlen Abendsonne. Wir fuhren an Feldern vorbei, die längst abgeerntet waren, an Bauernhäusern, die genügend Holz für den Winter aufgeschichtet hatten. Schließlich lenkte Thies das Auto auf eine schmale, ungepflasterte Straße, auf der uns zum Glück kein Traktor mehr entgegenkam, denn zwei Fahrzeuge hatten hier nebeneinander keinen Platz. Wenige Hundert Meter dauerte es noch, dann tauchte das Tiny House auf. »Ich durfte von dem Bauern das Stück Land pachten«, erklärte Thies. »So konnten wir hier den

Prototyp bauen und alles ausprobieren, Fotos für unsere Werbemittel machen und auch mal herumexperimentieren. Aber meistens ist es hier einfach nur wunderbar ruhig und mitten in der Natur. Das tut mir an den Wochenenden sehr gut.«

Es sah genauso aus wie in dem Flyer, den ich damals in Thies' Wohnzimmer entdeckt hatte. An der einen Seite der Holzfassade stand eine Bank mit einem kleinen Holztisch davor, schlicht, natürlich und doch nicht zu bäuerlich. Die Eingangstür war mit Glas eingelassen, sodass auch hier Licht eindringen konnte. Thies erzählte, dass er einmal morgens beim Frühstück ein Reh als Besucher vor der Tür gehabt hatte. Das allerdings bei der ersten Bewegung von Thies schnell davongesprungen war. Das flache schwarze Dach hob sich farblich vom Rest ab und verlieh dem Häuschen einen sehr modernen Charakter. Innen war alles in einem natürlichen hellen Holz gehalten, links eine Küchenzeile, rechts eine Sitzbank mit Tisch, hinten eine Dusche und davon getrennt eine Toilette. Eine Holzleiter führte auf die Galerie, auf der eine Matratze und Bettzeug lagen, einige Bücher, ein Fell für die Füße. Ein kleines Fenster oben konnte ich auch ausmachen, man würde hier sogar nachts ein paar Sterne am Himmel erspähen können. Milan war schon viel entspannter in Thies' Gegenwart und flitzte die Leiter hoch, um zu sehen, wo er heute Nacht schlafen würde. »Wow!«, rief er begeistert. »Ich kann Kühe sehen!«

Thies und ich lächelten einander an. Das war so ein Moment, in dem ich gern seine Hand genommen hätte. Stattdessen räusperte ich mich, wandte mich suchend um und setzte mich schon mal auf die gepolsterte Bank, um meine dicken, schweren Timberlandschuhe auszuziehen. Gleich würden wir hier gemeinsam kochen, und auch wenn es vielleicht seltsam aussah, in dicken blauen Wollsocken dazustehen, wollte ich in Thies' Häuschen keine Erd- und Grasstücke von draußen verteilen. Während Thies Milan die Leiter wieder hinunterhalf und die mitgebrachte Tasche auspackte, nestelte ich an meinen Schnürsenkeln. Ich merkte selbst, wie nervös ich gerade war. Das hier war eindeutig keine Umgebung, meine rote Unterwäsche und ein seidenweiches Nachthemd einzupacken. Wobei ich diese Dinge viel lieber hätte tragen wollen in einer ersten Nacht mit Thies … Aber jetzt war nicht nur Milan dabei, der das Ganze zu einem – zugegebenermaßen sehr schönen – Familienausflug machte. Nein, auch der kühle Spätherbst und die wundervoll raue Natur um uns herum, das einfache Häuschen und die Tatsache, dass ich nicht dauerfrieren wollte und durchaus nicht zu zartbesaitet rüberkommen wollte, hatten mein Outfit bestimmt. Ich hatte feste Schuhe dabei, eine schlichte Jeans und einen kieselgrauen Pulli, ein wollweißes langes T-Shirt und für die Nacht eine Trainingshose aus dunkelgrauem Kaschmir. Das alles war nicht gerade farbenfroh, aber angemessen. Und jetzt am Abend, als es noch kühler wurde, hätte ich nichts dagegen gehabt, sogar meine violette Wollmütze zu tragen.

Wir waren alle von den vielen Stunden Klettern und Herumtoben nicht nur verschwitzt, sondern unsere Sportsachen waren auch voller Chalk, der Kletterkreide. In meinem Fall vor allem, weil Milan mich immer wieder strahlend umarmt hatte, wenn ihm etwas gut gelungen war. Glücklich, müde und zufrieden teilen wir unsere Aufgaben auf: Nachdem wir Milans Hände und Gesicht gründlich gewaschen und ihn schon in seinen kuscheligen Winterschlafanzug gepackt hatten, würde Thies sich schnell duschen. Als ich mit Milan alleine vor der Küchenzeile stand und das Abendessen vorbereitete, mir wurde plötzlich sehr deutlich bewusst, dass uns in diesem Tiny House nur wenige Zentimeter und eine sehr dünne Tür trennten. Man hörte das Wasser prasseln, und ich konnte nicht anders, als mir vorzustellen, wie die Tropfen an Thies' Schultern abprallten, über seine Bauchmuskeln hinabliefen … Gut, dass Milan und ich dafür zuständig waren, das Gemüse für die Suppe zu schnippeln, das wir mitgebracht hatten. Konzentriert schälte Milan eine Kartoffel, und mein Part war es, alles klein zu schneiden. Als Thies wenige Minuten später aus der Dusche trat, zitronig duftend und mit feuchten Haaren, in einer frischen Jeans und einem weißen Leinen-Shirt, war ich froh, dass ich mich auf meine Aufgabe konzentrieren musste. Hatte Thies bemerkt, wie schnell ich weggesehen hatte? Wie sehr ich mich an den Tisch presste, an dem Milan und ich die Gemüsestücke in den Topf legten, während Thies die Teller aus den Hochschränken nahm? Während er, direkt neben mir, Kräuter, Brot und Sahne vom Bauern auf den Tisch stellte? Denn in so einem Tiny House kam man sich unweigerlich sehr nah, streifte im Vorbeigehen den Körper des anderen … Ich spürte Thies' Blick auf mir. »Du kannst jetzt duschen gehen. Milan und ich kochen schon mal die Suppe.«

Thies flüsterte Milan noch etwas zu, bevor ich die winzige Duschkabine betrat und die Tür schloss. Es war noch dampfig von Thies' Aufenthalt hier. Als ich mich auszog, konnte ich nicht anders, als daran denken, dass er vor Minuten hier genauso nackt gestanden hatte wie ich jetzt. Schnell drehte ich das Wasser auf, ließ den Strahl über Nacken, Hals und Schultern laufen.

Das half mir, mich zu entspannen. Die Seife, die auf der erhöhten Ablage lag, verströmte den Zitronenduft, den ich gerade bei Thies wahrgenommen hatte. Ich seifte mich von oben bis unten damit ab, hüllte mich in seinen Geruch.

Als ich mit meinem langen T-Shirt und der Trainingshose für die Nacht aus der Dusche trat, stand der dampfende Topf bereits auf dem Tisch. Auf einem Teller daneben lagen dicke Scheiben des frischen Bauernbrots. Das ganze Tiny House duftete nach Petersilie und Kartoffeln – und nach etwas Süßem, Sahnigem.

»Überraschung!«, krähte Milan. Thies nahm gerade eine kleine Pfanne von der Herdplatte und goss vorsichtig eine goldbraune, zähe Flüssigkeit auf einen großen Teller mit Backpapier. »Wir haben Karamell gekocht, ganz selber«, sagte Milan, »mit der Sahne von den Kühen.« Er zeigte dabei auf das Fenster am Dach, durch das er die Herde auf der Weide erspäht hatte. Ich lachte.

Thies mahnte: »Das ist jetzt noch viel zu heiß, das darfst du auf keinen Fall anfassen. Wir essen es erst später, nach der Suppe, wenn es abgekühlt ist.«

Milan übertrieb nicht, als er sagte, das sei das weltbeste Abendessen, das er je gegessen hatte. Denn die einfachen, frischen Zutaten, das simple, gute Essen nach einem körperlich anstrengenden Nachmittag, all das machte, dass es uns noch besser schmeckte. Ich lehnte mich auf der Sitzbank zurück, Milan auf meinem Schoß. Thies saß dicht neben uns, zum Gang hin. Anders hatten wir zu dritt nicht Platz im Tiny House, es war nun mal nicht darauf angelegt, mehr als zwei Personen zu beherbergen. Aber jedes Mal, wenn sein Bein meins berührte, hatte ich den Eindruck, er zögerte ein, zwei Sekunden, bevor er es zurückzog.

Draußen war es längst dunkel und unglaublich still, viel stiller als in München. Nur ein Käuzchen hörten wir rufen.

Schließlich servierte Thies uns die abgekühlte Platte des Karamells, das sie mit so viel Liebe gekocht hatten. »So musst du dir davon abbrechen«, sagte Thies und machte es Milan vor. »Mmmmmh!« Milan steckte sich gleich zwei Stücke in den Mund. Thies lachte.

Ich nahm mir auch ein Stück Karamell und ließ es mir auf der Zunge zergehen. Unglaublich, wie gut die Süße tat, die sich in meinem Mund ausbreitete. Genüsslich schleckte ich mir die klebrigen Finger ab, kostete den Geschmack richtig aus. Wie wunderbar es war, hier zu sitzen und die selbst gekochten Leckereien zu genießen, ohne Eile, pur und natürlich.

Als ich gerade ein letztes Mal meinen Zeigefinger abschleckte, bemerkte ich Thies' Blick auf mir. Ich hielt inne, mir plötzlich dessen gewahr, was ich da tat. Thies sah mich an, mit einem veränderten Blick, der mir durch und durch ging. Seine Augen blieben auf meine Lippen gerichtet, auch als ich meine Hand schon unter meine Schenkel geschoben hatte. Trotz der Suppe, die mich vorhin gut gewärmt hatte, fröstelte ich jetzt. Nicht nur wegen der Abendkälte, die hier auf dem Land ganz anders war. Ich spürte, wie sich meine Brustwarzen aufstellten. Bestimmt sah man das sogar durch das lange T-Shirt. Zum Glück bemerkte Milan nichts davon, der sich auf meinem Schoß weit nach vorn gebeugt hatte und nach dem nächsten Stück Karamell angelte.

Mit belegter Stimme sagte Thies, dass er mir eine Wollweste ausleihen könne, falls ich fror. Dankbar nahm ich an. Er stand auf und angelte etwas aus seiner Tasche, groß, Grobstrick, kastanienbraun. Sein ganz eigener, männlicher Duft hing darin. Als Thies sie mir umlegte auf der engen Sitzbank, streifte seine Hand dabei meine Brust. Ich erschauderte. Und Thies bat nicht um Entschuldigung. Er sah mich nur so an und ich ihn. Wir beide wussten, was wir jetzt tun würden, wenn Milan nicht hier wäre.

Schließlich richtete ich das Bett für uns. Oben auf der Galerie lag die große Matratze, deswegen würden Milan und ich dort schlafen. Unten auf der Sitzbank, vor der man den Tisch wegklappen und die man flach ausziehen konnte, sodass ein einzelnes Gästebett entstand, würde Thies schlafen. »Das habe ich noch nie gemacht, aber ich bin froh, dass wir das eingebaut haben. Das ist ein guter Test.«

Als wir endlich oben auf der Galerie lagen, war Milan noch eine ganze Weile aufgekratzt. Ich ermahnte ihn, nur zu flüstern, aber auch das hörte man – genauso wie Thies' amüsiertes, leises Lachen über Milan. Ich konnte ihn unten nicht mehr sehen, da wir oben Milans batteriebetriebenes Nachtlicht in Form einer kleinen Wolke angeknipst hatten, er würde sich sonst im Dunkeln fürchten. Aber ich konnte hören und spüren, dass Thies dort unten lag, eingehüllt in eine Wolldecke, mit einem kleinen Kissen unter dem Kopf auf der ausgezogenen Sitzbank.

Leise las ich Milan noch eine Gutenachtgeschichte vor, sein Lieblingsbuch, *Frederick die Maus*. Trotz allem Aufgekratztsein schnaufte er schon sehr bald danach ruhig und regelmäßig. Es war doch ein ganz schönes Abenteuer für ihn gewesen. Und für mich im Grunde auch.

Selbst, als ich das Nachtlicht ausknipste, schien alles dunkel unten im Tiny House. Es dauerte ein paar Momente, bis ich ein Stück Himmel durch das Fenster erkennen, bis ich die Umrisse der Küchenzeile unten wahrnehmen konnte. Süß und friedlich schlief Milan neben mir, aber ich kam nicht zur Ruhe. Nicht so. Nicht jetzt. Alles in mir kribbelte, alles war wach und in Empfangsbereitschaft. Ich schälte mich leise aus der Decke, kletterte Schritt für Schritt die Leiter hinunter. Erst als ich unten stand, konnte ich in der Dunkelheit erkennen, dass Thies mir erwartungsvoll entgegensah. Er trug noch nicht einmal seinen Schlafanzug, sondern immer noch Jeans, T-Shirt, eine weitere Wollweste darüber. Mein Herz klopfte wie wild. Gleichzeitig wusste ich nicht, was ich jetzt tun sollte, da er mir gegenüberstand, denn Milan schlief ja da oben! Es gab hier keine Tür, die wir hätten schließen können.

Thies zog eine Küchenschublade auf, knipste dann eine Taschenlampe an. »Ich wollte dir noch etwas zeigen. Hier«, er drückte mir eine seiner dicken Jacken und eine Mütze in die Hand, zog sich die Wanderschuhe an.

Das war nicht das, was ich mir vorgestellt hatte. Ich hatte eher an leise, heimliche Küsse gedacht, und jetzt sollte ich mich – anziehen statt ausziehen?

»Was machen wir?«, flüsterte ich, während ich selbst so leise wie möglich in meine Schuhe schlüpfte.

»Wirst du schon sehen«, flüsterte Thies zurück. »Wir bleiben auch nur kurz, sodass Milan nicht lange alleine sein wird.«

Mit einem Schlag fühlte ich mich nicht mehr kribbelig, sondern ein wenig entnervt. Am liebsten wäre ich mit Thies alleine, aber Milan alleine lassen wollte ich auch nicht so gern, und in der Jacke sah ich mit Verlaub bescheuert aus. Die Realität hier war nicht annährend so sexy wie das, was ich mir vorhin ausgemalt hatte. Als Thies leise die Tür öffnete, traf mich die kalte, frische Luft mit voller Wucht. Meine Laune erreichte ungefähr dieselbe Temperatur. Ich kuschelte mich tief in die übergroßen Kleidungsstücke, hastete mit gerunzelter Stirn Thies hinterher. Er führte mich einige Meter weiter, zu einem Baum mit einem breiten Stamm. »Hier«, sagt er. Ich wandte mich suchend um. Vor lauter Muffigkeit sah ich nicht, was er meine. Und verdammt kalt war es auch. Dann knipste er auch noch die Taschenlampe aus.

»Kannst du mir sagen, was das werden soll?«

Thies zog mich etwas näher heran, deutete dann nach oben. Ich folgte seinem Finger mit dem Blick. Und da erkannte ich es. Es war gar nicht stockdunkel! Über uns waren Tausende und Abertausende von Sternen. Mir blieb die Luft weg. Hier, mitten in der Natur, weit weg von Münchens Lichtern in der Nacht, sah man plötzlich viel, viel mehr Sterne als sonst. Große und kleine, dicht zusammen und leuchtend klar. Ich konnte hellere Stellen erkennen, die einen Teppich bildeten, Teile der Milchstraße. Ich konnte Sternenhaufen sehen und Sternbilder erkennen. Nur dass zwischen den Sternen, die ich aus Bildern und Filmen kannte, noch viel, viel mehr prangten. Und der Himmel dazu war ein tiefes Blauschwarz, durchzogen mit goldenen und weißen Sprenkeln. Wie ein Edelstein, Lapislazuli.

»Oh mein Gott!« Ich drehte mich um die eigene Achse. »So etwas habe ich noch nie erlebt. Das sieht ja aus wie ein Astronomie-Foto. Ich wusste nicht, wie zahllos … Wie viele man davon sieht …«

Thies zeigte mir eine Konstellation. »Das hier ist Orion …«

»Ja, den kenne ich! Aber hier sieht man außer diesen drei Sternen in der Mitte und den vier Sternen am Rand noch weit mehr! Ich wusste nicht, dass da so viele sind …«

Ich griff vor Staunen an meine Mütze und schüttelte den Kopf. Thies lachte leise, zog mich noch näher zu sich. »Das ist ein Wunder«, hauchte ich, und Thies nickte. Und sah mich so an. Sein Blick wechselte von amüsiert zu ernst. Ich konnte immer noch die Zitronennote seiner Seife riechen.

»Ja, es ist wunderschön.« Seine Stimme war ganz rau. Mein Herz fing an, wie wild zu klopfen. Er beugte sich zu mir und küsste mich, seine kühlen Lippen auf meinen, seine warme Zunge an meiner. Kalt spürte ich seine Nase an der Wange, ich drängte sich noch enger an ihn hin. Er fühlte sich überraschend an, jetzt, wo ich ihn endlich wirklich spürte, echt und zart drängend und fest. Seine Küsse sendeten elektrische Signale in meinen Körper. Alles in mir war wach, gespannt, nahm wahr. Die Weichheit seiner Zunge. Die winzigen Stoppeln an seiner Wange. Wie fest und durchtrainiert sich seine Arme anfühlten, dort, wo ich mich festhielt. Unwillkürlich seufzte ich auf, gleichzeitig küsste ich ihn weiter. Ich zog ihn leicht mit mir, machte einen Schritt zurück, noch einen, bis ich den starken, sicheren Stamm des Baumes in meinem Rücken spürte, mich daran lehnte. Thies drückte sich an mich, sodass ich noch viel mehr von ihm spüren konnte, durch alle Kleidungsschichten hindurch. Seine starke Brust. Das, was unter seinem Gürtel zu spüren war. Er schob die viel zu große Jacke auf, fuhr vorsichtig mit einer eiskalten Hand unter meinem T-Shirt den Bauch hinauf. Alle Härchen stellten sich auf, mir blieb die Luft weg. Gleichzeitig wünschte ich mir nichts mehr, als dass er mich berührte. Mehr. Fester. Sein Daumen schob sich über meine Brust, streichelte meine zarte Haut, drückte sich auf meine Brustwarze. Ich griff an Thies' Hintern und schob mich ihm noch mehr entgegen, spürte, wie hart er war. Wir bewegten uns, als hätten wir nie etwas anderes getan, als hätten wir einander schon immer geküsst. Es war so neu und aufregend und doch so natürlich und richtig. *Ja,* dachte ich nur.

Ich wusste es die ganze Zeit, aber jetzt noch viel mehr. Du bist ein Ja.

Ich streichelte seinen Rücken unter dem T-Shirt und spürte seine Gänsehaut.

Während er mich ansah, fuhr er mit der Hand in den Saum meiner Kaschmirhose, und jetzt war völlig egal, wie das aussah, was ich da anhatte. Es war nur leider zu kalt, um alles auszuziehen, doch gerade weil Thies so vorsichtig sein musste, weil er nicht alle Kleidungsschichten von mir nehmen konnte, war es noch aufregender. Er fand die Schlupflöcher, die Möglichkeiten, und ich tat es ihm gleich, löste seinen Gürtel, ohne ihm die Hose abzustreifen, fand seinen Unterhosenbund. Thies zog scharf die Luft ein, und ich wusste, dass es nicht daran lag, wie kühl meine Finger waren, die ihn zart streichelten. Mein Aufstöhnen produzierte ein weißes Wölkchen vor meinem Mund, als er meine empfindlichste Stelle fand, meine Knie wurden so weich, dass ich dankbar war für den sicheren Baumstamm, der mich stützte.

Thies hielt inne. Die Trainingshose hing mir in den Knien, ich atmete heftig, und Thies war mit seiner geöffneten Hose ein Anblick zum Verrücktwerden. Warum zögerte er? War er verunsichert?

»Eigentlich wollte ich dir nur den Himmel zeigen, aber …«

Der Satz versiegte. Sein Blick und sein schnell gehender Atem sagten mir genug.

Ganz leicht schüttelte ich den Kopf. »Das ist nicht genug«, flüsterte ich.

Seine Antwort war ein Kuss, der mich hart gegen den Baumstamm drückte. Thies hob mein Bein, mit der Hand in meiner Kniekehle, und schlang es um sich. Wir fanden zueinander, als hätten wir das schon immer gemacht.

Tausende von Sternen explodierten in mir.

Kapitel 44: Rosenquarz

Leonie

Als wir über die Schwelle beim Farbfischer traten, schlug uns der übliche Geruch von Farblacken und Metallregalen entgegen. Billies Schuhe klackerten laut auf dem Boden. Normalerweise trugen die meisten hier bequeme Schuhe oder sogar einen Blaumann. Nicht Stiefeletten von Stella McCartney.

Thorsten, der Mitarbeiter am Infobereich, rückte gerade sein kirschrotes Farbfischer-Käppi zurecht.

»Ach, hallo, Frau Schäfer. Möchten Sie heute wieder die Farbsticker zum Testen an der Wand mitnehmen? Ich hab neue reinbekommen.«

Ich winkte ihm im Vorbeigehen zu. »Nein, vielen Dank, Thorsten. Ich hole heute eine Farbe für mich.«

»Sie wissen ja, wo's langgeht. Was wird es diesmal?«

»Schlafzimmer«, rief ich über die Schulter.

Vor dem Regal stemmte ich die Hände in die Hüfte. Billie betrachtete mich eindringlich. Anstatt die Farbvariationen im Regal.

»Sag mal, wie oft kommst du eigentlich hierher? Du scheinst ja Stammkundin zu sein.«

Ich grinste. »Na ja, das bringt der Beruf so mit sich, ich muss schließlich recherchieren, was es Neues am Markt gibt …«

Ein Zungenschnalzen sagte mir, dass Billie mir das nicht abkaufte. »Quatsch. Du streichst wohl in deiner Wohnung einmal die Woche, was? Und apropos Beruf. Was macht die Jobsuche?«

Ich zuckte mit den Schultern, wandte mich den Rottönen zu. »Das letzte Vorstellungsgespräch ist ziemlich blöd gelaufen. Das war bei *immer-grün*, kennst du die Agentur? Die mit dem neongrünen Schriftzug, gegründet von Jochen Immer?«

Billie schüttelte nur den Kopf. »Nee, ich kenne mich da nicht so aus. Aber was war denn blöd daran?«

»Tja, ich habe mich damit ins Aus katapultiert, dass ich ein Kind habe. Dabei stand das ja auch in meinem Lebenslauf. Aber du hättest die Gesichter sehen sollen, Billie! Sie wollten mich mit meinen Kenntnissen unbedingt Vollzeit, und als ich sagte, das geht nicht wegen Milan, war die Sache vom Tisch. Keine Chance, zu einem geringeren Prozentsatz als hundert zu arbeiten.«

»Unglaublich. In welchem Jahrhundert leben die denn? Und so eine Agentur nennt sich innovativ?«

»Ich weiß. Ach, egal.«

Ich fuhr mit dem Finger an den Töpfen entlang. Himbeerrot, Purpurrot, Korallenrot, Feuerrot. Das war es. Das war die Seelenfarbe von Thies, dieses tiefe Abendsonnenrot.

»Hallo, Erde an Leonie?«, drang Billies Stimme in mein Bewusstsein. »Ich habe dich gefragt, was du denn jetzt in Sachen Job machen willst, und du grinst so vor dich hin?«

»'tschuldigung.« Ich biss mir auf die Lippen.

»Warte mal«, sie klackerte etwas näher an mich heran, um mich genauer zu mustern. »Du bist in Gedanken wohl ganz woanders.«

»Hmm«, machte ich und nahm das Feuerrot aus dem Regal, drehte es unschlüssig in der Hand.

»Oder sollte ich sagen, bei jemand anders?«

Ich ging nicht darauf ein.

»Meine Liebe, anstatt Feuerrot geht es hier ja wohl eher um Fifty Shades of Grey.«

Ich lachte los. »Billie, du bist mal wieder unmöglich!«

»Leonie, du bist wohl verliebt. Und jetzt wirst du so rot wie dieser Farbtopf …«

Ich stellte ihn resolut ins Regal zurück. Es passte nicht. Auch wenn das Thies' Seelenfarbe war, so würde ich mir mein Schlafzimmer doch nicht streichen. Es würde zu viel Unruhe hineinbringen. Rot war eine sehr starke Farbe.

»Ist es denn schön mit ihm?«, fragte Billie jetzt leiser.

»Ja, das ist es.« Lachs, Rosenholz, Flamingo, Melone. Mein Blick wanderte weiter.

»Und was sagt Milan dazu?«

Puderrosa, Ballettrosa, Altrosa.

»Der freut sich, dass ich gut gelaunt bin. Weißt du, was er gesagt hat, als ich ihm erklärt habe, dass Thies und ich jetzt befreundet sind, so wie Tamara und Raphael? ›Na, ist doch logo!‹ Ich war wirklich baff. Manchmal machen wir Erwachsene es viel zu kompliziert. Milan hat so viel von seinem Papa haben können, auch nach der Trennung, dass er gar nicht infrage stellt, dass Raphael weiterhin sein Papa ist und sich das niemals ändern wird. Dass er ihn immer liebhaben darf. Und er ihn immer in seinem Leben haben wird. Egal, wer da sonst noch in unserem Leben ist. Das ist dann also logo. Weißt du, was er dann noch gesagt hat?«

Billie verschränkte die Arme. »Na, jetzt bin ich aber gespannt.«

»Auf die Frage, ob ich Thies heiraten will, und ich verneint habe, sagte er: Ich will mal Clara heiraten. Aber ohne küssen, das ist igitt!«

Wir lachten beide, sodass Thorsten um die Ecke lugte, dann aber seiner Wege ging.

»Ach, Leonie!« Billie umarmte mich spontan. »Du wolltest eine Wohnung und mehr Gehalt, und jetzt hast du einen Mann. Das ist irgendwie unerwartet … Aber ich freue mich für dich. Und ich hoffe, dass alles andere jetzt auch noch kommt.«

»Ja, das hoffe ich auch. Mein nächstes Vorstellungsgespräch habe ich schon übermorgen. Drück mir die Daumen, ja?«

Ich löste mich von ihr, nahm mir erst einen, dann noch einen zweiten Farbtopf aus dem Regal. Beide Rosenquarz. So dass es für mein ganzes Schlafzimmer reichen würde. Rosenquarz, das war es jetzt, was ich um mich haben wollte. Als ich neben der klackernden Billie zur Kasse ging und froh war, dass sie meine doch sehr kitschige Farbwahl nicht kritisierte, fragte ich mich im Stillen, was wohl meine eigene Seelenfarbe war. Und würde die zu Thies' Abendsonnenrot passen?

Kapitel 45: Pfauenblau

Leonie

Ich wurde nicht besser darin, ein Vorstellungsgespräch locker zu nehmen. Im Gegenteil. Nachdem es bei *immer-grün* so seltsam gewesen war und ich eine Absage erhalten hatte, machte ich mir noch mehr Gedanken, was ich wohl am besten sagen sollte. Aber hier, im vierten Stockwerk des riesigen Verlagsgebäudes, in der Redaktion von Be:Wohnen, fühlte ich mich noch schüchterner als die bisherigen Male. Keiko hatte mich darauf angesetzt, nicht nur in Agenturen nach einer geeigneten Stelle zu suchen, sondern auch in anderen Branchen, die meine Fähigkeiten gebrauchen konnten. Be:Wohnen war nur eines der Magazine, die Bettina von Almstädt, der bunte Pfau unter den Chefredakteurinnen, lanciert hatte. Seit Jahren lief der Platzhirsch unter den Wohnmagazinen so gut, dass es eine Reihe vierteljährlicher Ableger gab: Be:Reisen, Be:Leben, Be:Wegen. Man munkelte, dass das »Be« vor allem für Bettina stand. Aber das war mir egal. Schließlich hatte ich diese Zeitschrift schon immer gern gelesen, sie lag stapelweise neben meinem Bett, in der Agentur hatten wir sie für Inspirationen und um auf dem Laufenden zu bleiben abonniert. Und tatsächlich hatte Be:Wohnen eine Redakteurin gesucht, jemanden mit einer Liebe für Einrichtungsthemen, etwas Berufserfahrung und einem baldmöglichen Startdatum.

Ich war verzweifelt genug gewesen zu hoffen, dass es egal war, dass ich keine Ahnung von Zeitschriften hatte. Wäre die Arbeit nicht sehr ähnlich zu der in einer Werbeagentur? Ich konnte Seiten setzen und Bilder recherchieren und die richtigen Worte für die richtigen Farben finden. Zu meiner Überraschung hatten sie mich sogar zum Vorstellungsgespräch eingeladen. Und noch überraschter war ich, dass Bettina von Almstädt selbst dabeisaß. Ihre dicken pfauenblauen Armreifen klackerten bei jeder Handbewegung, und selbst wenn sie nichts sagte, war sie irgendwie … laut. Die beiden Kolleginnen, eine aus dem Bereich Grafik und eine aus dem Bereich Personal, beide mit langen blonden Haaren, waren freundlich und warmherzig. Ganz anders als ich es hier, in dem riesigen, kühlen Konferenzraum, vermutet hätte. Ich wünschte mir, direkt wieder meinen Wollschal umzulegen und mich so tief darin einzukuscheln, dass mein Mund verdeckt würde. Aber es half ja nichts, ich stotterte meine Antworten dazu, wie sehr ich Inneneinrichtungen und Farben liebte, blätterte dabei zittrig durch meine Mappe und zeigte meine früheren Arbeiten für Juniper: Anzeigen, die in Zeitschriften erschienen waren, digitale Werbemaßnahmen, Screenshots und Skripte der TV-Spots, die ich zusammen mit Mascha erstellt hatte.

»Moment mal, Sie haben diesen Werbespot gemacht für Juniper?« Die Grafikerin tippte auf die Seite, die ich gerade aufgeblättert hatte. Ich nickte zögernd, Bettina von Almstädt klatschte in die Hände und sagte: »Ach!« Wissend sahen sich die beiden an.

»Wir haben diesen Spot geliebt«, erklärte nun die Grafikerin. »Er war komplett überraschend und gleichzeitig auf den Punkt.

Und super filmisch umgesetzt. Möchten Sie erzählen, wie Sie auf die Idee gekommen sind?«

Ich sah zögernd von einer zur anderen. Jede wartete mit großen Augen, dass ich die Geschichte erzählte. Wahrscheinlich war das jetzt mein Aus. Ungelenk schlug ich die Beine übereinander.

»Also, wir sind in dem Spot nicht so sehr darauf eingegangen, wie gut sich eine Farbe verteilen lässt, wie wenig sie riecht oder wie schön sie ist. Denn das macht die Konkurrenz ja auch. Deswegen sind wir stark von der Erlebniswelt der Kunden ausgegangen – was sie fühlen, was sie sich wünschen – und haben den Ansatz ins Absurde gedreht. Das moderne, Design-affine Pärchen, das seine Küche neu mit der Juniper-Farbe gestrichen hat, ist unheimlich stolz darauf. Sie laden ihre Freunde zum Abendessen ein, und die bringen einen edlen Wein mit. Die Freunde loben die neue Küchenfarbe, das ist erst einmal ein normales Gespräch. Und dann reicht das Pärchen den Freunden den edlen Wein – in Kindertrinkbechern. Mit Auslaufschutz, Deckel und Strohhalm. Und während die Freunde schockiert sind, sagt der Off-Sprecher: ›Sie werden alles tun wollen, um Ihre Wand zu schützen.‹«

»Dieser Teil war so genial«, unterbrach mich die Grafikerin.

»Danke! Darauf gekommen bin ich, nun ja, weil ich damals selbst ein Kleinkind zu Hause hatte. Und die ersten Versuche, ihn mit Brei zu füttern, würde man heute noch an der Wand sehen, wenn ich nicht regelmäßig streichen und renovieren würde. Der starke Kontrast der hochwertigen Kücheneinrichtung, der Kleidung des Pärchens und der Wandfarbe zu den Plastikbechern hat Juniper damals am besten gefallen.«

Ich klappte den Mund zu. Direkt waren wir wieder beim

Thema Kinder gelandet. Aber es war nun mal Teil meiner Realität, dass ich Mutter war. Trotzdem wollte ich gern einen guten Job. Für die letzte Agentur, bei der ich das Gespräch gehabt hatte, war ja genau das der Grund gewesen, mich nicht zu nehmen. Leise blätterte ich in meiner Mappe weiter.

Die Personalerin erklärte mir den weiteren Ablauf des Bewerbungsprozesses, ich nickte mechanisch. Wenigstens blieben alle sehr warmherzig und freundlich. Zum Abschied lobten sie noch einmal die Arbeiten in meiner Mappe. Kein Wunder, dass sie ein so schönes Einrichtungsmagazin machten, wenn hier alle derart begeisterungsfähig waren. Ich stand auf und wischte mir die Hände an den Hosenbeinen ab, schnappte mir schon mal meinen Schal. Dankbar verabschiedete ich mich erst bei der einen, dann der anderen Blondine.

»Das hat Spaß gemacht«, sagte Bettina von Almstädt, als sie mir kräftig die Hand schüttelte. Ich wusste beim besten Willen nicht, ob das nun positiv oder negativ war.

Kapitel 46: Federgrau

Leonie

Auf meinem Heimweg am selben Vormittag berichtete ich Thies von dem Vorstellungsgespräch, und zumindest er wertete die Reaktionen als positiv. Aber wir blieben nicht bei den beruflichen Themen. Ich wusste, dass Thies bei der kleinen Küchenzeile im dunklen Flur seines Büros stand und nicht lange sprechen konnte. Dass Fränki eventuell hörte, was Thies dort sagte.

»Vielleicht kann ich heute Abend mal Billie fragen, ob sie Milan übernimmt, und für eine Stunde vorbeikommen.«

Ich hörte, dass Thies eine Grimasse zog.

»Ich bin leider mit Kai verabredet, meinem ältesten und besten Freund. Der ist nur selten hier. Tut mir leid, das kann ich nicht absagen.«

»Klar, das verstehe ich.«

»Ich will dich aber trotzdem sehen.« Die Art, wie Thies das sagte, jagte mir eine Gänsehaut den Rücken hinunter.

»Ich nehme an, du meinst nicht, dass ich jetzt meine Handykamera anschalten soll.«

Er lachte leise.

»Ich könnte in deiner Mittagspause zu dir kommen, aber nur kurz. Damit ich Milan rechtzeitig abhole.«

»Das wäre schön.«

Meine Wangen waren kühl von draußen, meine Lippen dagegen ganz warm, denn ich war von der Bahn hierhergerannt. Und obwohl Thies sicherlich nicht gerannt war, wirkte er ebenso außer Atem wie ich. Ich wollte ihn direkt hier, zwischen ihn und die Wohnungstür gedrückt, endlos küssen, aber er schüttelte den Kopf. »So wenig Zeit, so viele Kleidungsstücke …« Er zog mich mit ins Schlafzimmer. Schob mir die Winterjacke ungeduldig über die Schultern. Sank mit mir auf das Bett. Es war eine ganz andere Perspektive. Und ich konnte nicht anders, als die Wand zu bemerken. Verdammt, war die grün. Es war nur ein kleiner Seitenblick gewesen, aber Thies hatte ihn bemerkt.

Ich flüsterte: »Wieso hast du die Wand nicht wieder weiß gestrichen?«

»Ich dachte, du magst dieses Grün.«

»Ja, schon, also ich meine …«

Er runzelte die Stirn und lächelte gleichzeitig. »Warum genau musstest du das Zimmer denn grün streichen?«

Er versuchte mich zu kitzeln, aber ich wand mich geschickt weg.

Dann küsste ich ihn. Vielleicht vergaß er ja seine Frage.

Aber leider vergaß nur ich so alles um mich herum.

Als er mich atemlos losließ, stupste er mich noch einmal mit der Nase an.

»Also warum grün? Und mein Zimmer? Anstatt deins?«

Irgendetwas saß nicht richtig an diesen Worten, mein Zimmer, dein Zimmer. Aber ich konnte nicht ausmachen, was es war.

Flunkern würde ich jetzt nicht, denn das gelang mir ohnehin nie, weder mit Milan noch mit sonst jemandem.

Ich beugte mich noch einmal zu ihm, aber er lehnte sich lachend zurück.

»Denkst du, du kannst dich so um die Antwort drücken?«

Dann gab er nach und murmelte, mit seinen Lippen auf meinen: »Okay, ja, du kannst dich darum drücken. Ich bin viel zu abgelenkt …« Der Rest seiner Worte versank in einem langen Kuss.

Mehr und mehr drückte er sich an mich, ich spürte seine glatte Haut, seinen warmen Oberkörper. Die Art, wie er dringend meinen federgrauen Pulli hochschob, um ihn mir über den Kopf zu ziehen, ließ mich atemlos zurück.

»Ich … ich kann es dir nicht sagen …«, begann ich, stoppte dann, als er mich mit den Händen an meinem Po noch näher zu sich zog. Für einen Moment löste er sich von mir, um mir in die Augen zu sehen.

Sein Blick war so ernst, so tief.

»Es ist nicht wichtig«, sagte er dann leise.

Wichtig war nur, dass ich hier war.

Ich küsste ihn, ohne die Augen zu schließen, ich hielt seinen Blick. Am liebsten hätte ich ihn nie wieder losgelassen.

Kapitel 47: Türkis

Thies

»Kai, es ist einfach großartig, dass du in München haltgemacht hast auf deiner Durchreise nach Südtirol. Einmal im Jahr …« Ich erhob mein Weinglas.

Kai tat es mir gleich, klinkte seine schmale Bierflasche lachend an mein Glas. »Einmal im Jahr muss es sein, das stimmt. Und da wir diesmal keine gemeinsame Tour geschafft haben, musste ich das eben anders gutmachen.«

In der kleinen Tapasbar war gerade noch ein Tisch frei gewesen. Unsere Knie stießen gegeneinander, aber es war trotzdem gemütlich. Keine Flamencomusik über die Lautsprecher, keine Stiere als Wandbemalung. Sondern ein türkisfarbenes Mosaik und cleane Barhocker. Ich fragte mich im Stillen, wie Leonie wohl die Farbe des Mosaiks bezeichnen würde. Aber es blieb nicht viel Zeit nachzudenken. Wir bekamen Oliven, Nüsse, Fleischbällchen und Manchego serviert, und während Kai einen pestoähnlichen Brotaufstrich probierte, aß ich von dem Schinken. Als Kontrastprogramm berichtete Kai vom geplanten Ski-Urlaub, vom Job und was in den letzten neun Monaten so los gewesen war. Und ich berichtete ihm von kuriosen Anekdoten meiner Tiny-House-Kunden, von dem Trip nach Portugal und natürlich von Leonie. So viel war passiert, seit wir uns das letzte Mal gesehen hatten.

Kai spießte eine Olive auf und fragte: »Ist denn das Thema Andrea jetzt vom Tisch?«

Ich kaute nachdenklich auf meiner Scheibe hausgebackenem Pan de Cristal herum.

»Es ist ruhig geworden um Andrea. Das letzte Mal, als ich sie gesehen habe – Anfang September war das –, sagte sie, dass es ihr und Daniel gut geht. Mehr weiß ich nicht.«

»Hast du ihr gesagt, dass du jetzt gebunden bist?«

»Gebunden? Das klingt ja, als hätte ich ein Gelübde abgelegt!«

»Na ja, dann eben … Was? Verliebt?«

Ich lächelte bei dem Wort. Es klang so nach vierzehn Jahre alt, Zahnspange und Hoffnungen. Verliebt. Leonie machte mich glücklich, keine Frage. So wie mit ihr hatte ich mich mit noch niemandem gefühlt. Allerdings war ich zu alt, um kopfüber in irgendetwas hineinzuspringen. Zu alt und zu oft verletzt.

»Ja, könnte man so sagen.« Kai prostete mir zu. »Aber wir haben keine Eile. Da gibt es schließlich ihren Sohn. Keine Ahnung, wie das für den ist. Wir machen erst einmal langsam und schauen, wo das alles hinführt.«

»Sagst du das oder sagt sie das?«

»Nein, wirklich, es ist anders als bei Andrea. Es gibt keine Geheimniskrämerei. Es ist wohl nur so, dass man ein halbes Jahr warten soll, bis man einen neuen Partner den Kindern vorstellt – und ehrlich gesagt lernen Leonie und ich uns auch erst so richtig kennen. Denke ich.«

Es war komisch. Manchmal, wenn ich mit ihr telefonierte, hatte ich das Gefühl, sie kannte mein Innerstes und wusste den nächsten Satz, den ich gleich sagen würde, den nächsten Gedanken in meinem Herzen. Manchmal aber stand sie vor mir, in echt und ein bisschen erschöpft nach einem langen Tag voller Jobsuche, mit einer Sorge wegen Milans Beule, dem ganz normalen Alltag eben. Dann konnten wir uns nicht nahe sein, weil mehr als nur eine Telefonleitung zwischen war. Wenn alles zwischen uns kam, das uns vergessen ließ, wie wunderbar es war, dann fragte ich mich manchmal, wie viel ich realistisch von ihr kannte. Wie war Leonie, wenn sie im Urlaub und komplett entspannt war? Wie war die Leonie, die gerade aus dem Schwimmbad kam? Es gab so vieles, was wir noch nicht gemeinsam erlebt hatten.

Aber dann fiel mir ein, dass ich das mit Andrea auch nie erlebt hatte. Und diese kleine, leise Frage, wer sie wirklich war, hatte ich mir bei ihr nie gestellt. Warum also jetzt? War mir Leonie näher, echter, greifbarer, weil sie keine Affäre war und vieles nicht im Verborgenen, nicht nur in meinem Kopf stattfinden musste?

»Hey«, holte mich Kai in die Realität zurück. »Keinen Bettfantasien nachhängen, Mann! Jetzt zeig mir schon ein Foto von ihr. Das ist ja nicht auszuhalten mit dir gerade.«

Ich lächelte. Zeigte ihm das Foto, das ich von ihr in meiner Küche geschossen hatte. Leonie sah verträumt aus dem Fenster, der leere Sessel neben ihr. Ihr Profil von der Seite, Novembersonne, die ihr Gesicht in sanfte Töne tauchte.

»Mehr habe ich nicht«, sagte ich schulterzuckend.

»Mehr hast du nicht? Keine Fotos sonst?«

»Wir reden halt mehr …«, sagte ich lachend.

»Reden … klar!«, zog mich Kai auf. »Reden und andere Sachen.«

»Ein Gentleman genießt und schweigt«, erwiderte ich nur und nahm einen tiefen Schluck aus meinem Weinglas.

»Das ist auch gut so«, sagte Kai, setzte die Flasche an, ließ sie dann doch noch einmal sinken. »Du siehst jedenfalls glücklich aus.«

Und auf diesen Satz wusste ich nichts zu antworten.

Kapitel 48: Mondgelb

Leonie

»Laterne, Laterne, Sonne, Mond und Sterne …«

Milan sang am lautesten vom ganzen Kindergarten. Die Eltern, Kinder, Erzieher und Erzieherinnen bildeten einen Kreis im Hof. Wie jedes Jahr versuchten wir, gut mitzusingen. Dass Milan besonders laut neben ihr krähte, machte Clara offenbar nichts aus. Aus dem Augenwinkel sah ich, dass Raphael sein Grinsen darüber nicht unterdrücken konnte. Es war ja auch süß, all das. Die Kleinen waren furchtbar aufgeregt, gleich im Dunkeln mit ihrer selbst gebastelten Laterne loszulaufen. Sie würden vorher zur Stärkung eine Hefebrezel bekommen, die sie mit jemandem teilen mussten, ganz so, wie Sankt Martin seinen Mantel geteilt hatte. Und die Lieder hatten sie fleißig jeden Tag im Kindergarten geübt. Nachmittags zu Hause hatte Milan dann auch »geprobt«. Und natürlich von mir verlangt, die Strophen ebenfalls auswendig zu lernen.

»Puh, ist das kalt«, murmelte Billie hinter mir, die von einem Bein aufs andere trat. »Hoffentlich laufen wir bald.« Markus legte den Arm um sie und zog sie an sich. »Ich fürchte nur, dass wir da gar nicht schnell genug sind, dass dir warm wird.«

»Da hast du recht.« Sie gab ihm einen Kuss.

Das Lied war zu Ende, der Startschuss für den Korb voller Hefebrezeln fiel. Aufgeregt drückte Milan Raphael seine Laterne – eine mondgelbe Seidenpapierkreation mit freundlichem Gesicht, das er selbst gemalt hatte – in die Hand, sodass die Kerze flackerte. »Hier, Papa, ich muss schnell die Brezel holen!«

Den Mund voller Krümel, ging es dann eine Viertelstunde später endlich los. Wir würden wie jedes Jahr zu der Seniorenresidenz laufen, uns im Innenhof aufstellen und dort weitere Lieder singen, während die Bewohner an ihren offenen Fenstern sitzen und zuhören konnten. Die Kinder erhielten Beifall und viele Ahs und Ohs für ihre Laternenkreationen. Jedes Mal fühlten sie sich wie kleine Berühmtheiten.

Danach ging es dann über den nahe gelegenen Park zurück zum Kindergarten. Plötzlich scherte Milan aus der Schlange der Kinder aus und kam zu mir nach hinten gerannt.

»Mama, Mama! Meine Kerze ist aus.« Ich beugte mich zu ihm hinunter, und Milan griff ungeduldig in meine Handtasche, noch bevor ich es konnte, um die Streichhölzer herauszufischen.

Raphael, Clara, Markus und Billie waren bei uns stehen geblieben. Milan zog etwas aus meiner Tasche hervor, aber es war nicht die Packung Streichhölzer. Im Schein von Claras Laterne glitzerte die viereckige, flache Verpackung, die nur so groß war wie Milans Handteller.

»Oh, darf ich den Kaugummi?«, fragte Milan freudig überrascht.

Ich war so geschockt, dass ich weder wusste, was ich antworten sollte, noch, wie ich ihm das Kondom schnellstmöglich abnehmen und wieder tief in meiner Tasche versenken konnte. Manchmal hätte es durchaus geholfen, gut im Flunkern zu sein. Billie neben mir reagierte am schnellsten: »Lass mal, Milan«, sagte sie. »Ich habe einen Kaugummi dabei, der ist nicht so scharf, extra für Kinder. Das hier«, sie nahm es ihm nonchalant ab, »lassen wir Mama.«

Tatsächlich gab sie Clara und Milan schnell einen Kaugummi aus Markus' Jackentasche, während ich nach den Streichhölzern wühlte und dabei sehr wohl Raphaels Blick auf mir spürte. Ob er verstand, dass ich eben verantwortlich war und meinem Glück folgte? Hatte er nicht längst geahnt, dass ich deswegen die ganze Zeit so fröhlich war, weil ich mit Thies etwas ganz Besonderes hatte? Ich vermied es, Raphael in die Augen zu sehen, egal, ob dort Überraschung oder Vorwurf liegen würden. Schnell zündete ich Milans Kerze an, und dann beeilten wir uns, wieder zu den anderen aufzuschließen.

Später, nach der ganzen Aufregung vom Laternenumzug und nachdem wir zu Hause Würstchen mit Kartoffelsalat zum Abendessen gegessen hatten, war Milan hundemüde. Er würde keine zwei Gutenachtgeschichten mehr aushalten, bevor ihm die Augen zufielen. Dafür bestand er darauf, dass Raphael und ich ihn ins Bett bringen sollten. Ich protestierte nicht, denn Milan würde schnell einschlafen. Also nahm Raphael ihn auf die Schultern, wanderte vorsichtig Richtung Kinderzimmer, und Milan jauchzte. Als Raphael vor der Tür stoppte, damit Milan den Kopf einziehen konnte, erhaschte er einen Blick in mein Schlafzimmer. Ziemlich wild sah es da aus, mit den Abdeckplanen über meinem Bett, dem abgeklebten Fußboden und den Wänden, die erst zur Hälfte in Rosenquarz gestrichen waren. Die Farbtöpfe von der Marke Eternal standen noch direkt neben dem Schrank, die Pinsel waren sorgfältig abgewaschen und lagen auf einem Gitter daneben.

»Ich bin nicht ganz fertig geworden«, erklärte ich schulterzuckend.

»Ach, deswegen liegt dein Bettzeug auf dem Sofa!«, rief Raphael. »Ich hatte mich schon gewundert.«

»Ja, ich wollte nicht im Schlafzimmer übernachten, weil ich dort erst einmal den Farbgeruch auslüften muss. Und Milans Bett ist schlicht zu klein für zwei.«

Raphael ging zur Sicherheit in die Knie, um die Türschwelle zu überqueren. Ich knipste das kleine, batteriebetriebene Wolkennachtlicht an, und während ich mich unter die Dachschräge quetschte, kniete sich Raphael vor das Bett. So hatte Milan auf jeder Seite jemanden. Er genoss das sichtlich und schlang die Ärmchen um uns. Man konnte ihm bereits ansehen, dass er gleich vom Schlaf übermannt werden würde.

»Gute Nacht, du«, sagte Raphael und küsste Milan auf die Wange. Dann sah er mich an und meinte: »Und du auch. Gute Nacht.« Prompt gab er auch mir einen Kuss auf die Wange. Milan kicherte leise. Ich war komplett baff. Raphaels ganz eigenen Duft in meiner Nase, Raphaels kratzige Bartstoppeln an meiner Wange.

Doch er wich meinem fragenden, erstaunten Blick aus, stand auf. Ich hörte, wie er in die Küche ging. Milans Augen waren bereits geschlossen.

Vorsichtig robbte ich mich vom Bett hinunter, dieses Mal, ohne mir den Kopf an der Dachschräge anzuschlagen. In der Küche brodelte der Wasserkocher los. Leise tappte ich zu meinem Bettberg auf dem Sofa, zog den Laptop heran, öffnete ihn und balancierte ihn auf meinem Schoß. Vielleicht hatte es ja noch ein paar Antworten auf meine Bewerbungen gegeben. Ich checkte meine E-Mails.

»Milan schläft ja schon tief und fest.« Raphael lächelte und pustete in seine Teetasse, als er ins Wohnzimmer kam. »Der Laternenumzug war wohl besonders aufregend.«

Ich klappte den Laptop zu, setzte mich etwas aufrechter auf dem Sofa hin. »Ja, seit Wochen sind die Laternen Thema gewesen. Nach so einem großen Event würde ich auch sofort einschlafen.«

Raphael setzte sich neben mich. Ich hatte eher damit gerechnet, dass er gleich zu Tamara gehen würde. Ich rutschte etwas zur Seite, machte ihm Platz, raffte meine Bettdecke zu mir. Vorsichtig setzte Raphael die Tasse neben dem Sofa auf dem Boden ab.

»Ach so«, er nahm seine Brille ab, rieb sich die Augen, setzte sie wieder auf. Seine typische Handlung, wenn auch er müde war. »Als ich Milan vorher im Bad beim Ausziehen geholfen habe, haben wir den Pulli nicht über seinen Kopf bekommen. Der ist echt zu klein, er braucht dringend einen neuen. Ich spendiere den natürlich. Geht ihr demnächst einen kaufen? Sonst hat er zu wenige Winterpullis, die ihn gut warmhalten.«

Ich nickte. »In Ordnung.«

Raphael lehnte mir seinen verstrubbelten Schopf entgegen, legte einen Arm auf die Rückenlehne und musterte mich genau.

»Hey, was hast du denn hier?« Mit einem Finger fuhr er über den Kratzer auf meinem Handrücken. Ich hielt die Luft an. Verrückt, wie vertraut es sich anfühlte. Verrückt, wie verboten gleichzeitig.

»Ach, ich habe mich beim Verschieben von meinem Bett an der Kante aufgeratscht, keine große Sache.« Ich legte meinen Laptop zur Seite, nur um meine Hand wegzunehmen und etwas zu tun zu haben.

»Wie läuft denn die Arbeitssuche?« Er nickte in Richtung Rechner. Er ahnte wohl, dass ich gerade Stellenanzeigen durchforstet hatte. »Gibt es ein paar passende Gesuche?«

»So kurz vor Weihnachten gibt es nicht viel«, sagte ich und kaute nachdenklich auf meiner Unterlippe. »Die Kündigung war wirklich zu einem blöden Zeitpunkt. Und es ist nicht so einfach, den perfekten Job zu finden.«

»Ja«, sagte Raphael und sah mich so an. »Den perfekten Job gibt es vielleicht nur einmal. Alles andere ist möglicherweise … ein Abklatsch.«

»Hmm«, machte ich, aber ich hörte nur mit halbem Ohr hin. Milan schnaufte so laut, dass man ihn, wenn man genau aufpasste, sogar hier im Wohnzimmer vernehmen konnte. Raphael wartete, bis ich nicht mehr zur Tür starrte, sondern endlich wieder ihn ansah. Die Stehlampe zauberte seinem Strubbelkopf einen bronzefarbenen Lichtkranz.

»Was würdest du sagen, wenn sie dich wieder wollen?«, fragte er leise.

»Hä?«, machte ich erstaunt. Die Agentur würde doch keine Kündigung zurücknehmen. »Das würde ja nicht passieren«, antwortete ich.

»Wieso nicht? Ich meine, alles ist möglich. Wer weiß, was passiert, und jemand merkt, was er an dir hatte …«

»Meine Chefin? Raphael, wovon redest du denn jetzt wirklich?«

Er schluckte zweimal trocken. Vielleicht war die Heizungsluft hier wirklich zu warm. Vielleicht brauchte er noch einen Schluck Tee. Dann sagte er: »In letzter Zeit habe ich mich häufiger gefragt … Ach, nichts.« Für einen Moment sah er mich so eindringlich an. Ich nahm mit einer deutlichen Geste meinen Laptop wieder auf den Schoß. Als ich ihn aufklappte, erwiderte ich: »Tut mir leid, ich kann dir nicht folgen.« Was auch immer er gerade sagen wollte, mein Bauch verriet mir, dass ich das jetzt auf keinen Fall hören wollte.

Und Raphael nahm seine Tasse Tee, brachte sie zurück in die Küche und verabschiedete sich. Als die Tür leise ins Schloss klickte, stand ich vom Sofa auf, schlich in mein Schlafzimmer, öffnete den einen Farbtopf, goss etwas Farbe in die Wanne und tunkte die Rolle darin ein. Während ich die nächste Wand strich, in gleichmäßigen Bewegungen, immer auf und ab, bis alles in Rosa bedeckt war, tauchte ich ab. In diese Farbe. In meine Gedanken. In eine Welt, in der mir stattdessen Thies Küsse auf die Wange gab. Oder noch ganz woandershin.

Kapitel 49: Apfelgrün

Leonie

Es war für mich immer noch unglaublich, dass ein normaler Wochenabend jetzt so aussehen konnte: Thies kam vom Büro direkt zu uns, brachte etwas Gemüse für unser Abendessen mit, das wir knabberten oder schnippelten, und Milan fühlte sich dabei wohl. Logo eben, wie er sagen würde. Dieses Mal war noch Clara bei uns, und wir aßen gemeinsam ein wärmendes Ratatouille. Danach wurden wir beordert, den Tisch freizuräumen, denn Milan hatte neue Fingerfarben, und Clara hatte speziell dafür einen großen Block mit Din-A3-Blättern mitgebracht. Die beiden Künstler wollten sich noch so richtig austoben und malten den Nordpol, eine Geschenkewerkstatt mit Elfen, den Weihnachtsmann und »Hirsche«.

»Rentiere nennt man die«, lächelte Thies und reichte Clara den rubinroten Farbtopf hinüber, den sie für die Weihnachtsmannmütze brauchte. Sechs Töpfchen, so groß wie ein Apfelkompottglas, mit unbedenklichen, natürlichen Inhaltsstoffen für Kinder, standen auf dem Tisch verstreut, und Milan tauchte beherzt die Finger hinein. Ich organisierte inzwischen Schalen mit Wasser und Tücher, denn ich befürchtete, wenn beide Kinder hier jedes Mal bei einem Farbwechsel in meine Küche stapften und Hände waschen mussten, dass sie mehr Spuren –

und farbige dazu! – hinterließen, als mir lieb war. Außerdem wurde ich abkommandiert, lauter verschiedene Geschenke in der Elfenwerkstatt zu malen, apfelgrün, strahlendgelb, tiefblau und satt lilafarben. Währenddessen tupfte Thies einem Rentier eine große rote Nase.

Schließlich halfen wir den beiden Künstlern, Milans Werk im Zimmer aufzuhängen und Claras vorsichtig nach Hause zu transportieren. Während ich Milan ins Bett brachte, räumte Thies in der Küche die Gemüsereste auf.

Als ich schließlich wieder ins Wohnzimmer kam, machte mein Herz einen Satz. Thies hatte sich wieder an den Tisch gesetzt, der immer noch deutliche Spuren des kreativen Austobens zeigte. Erwartungsvoll. Mit großen Augen und ruhigem, aber nicht entspanntem Oberkörper. Aufrecht, aufmerksam. Ein Lächeln umspielte seine Lippen.

»Schläft er?« Thies' Stimme klang rau.

Ich nickte. Trat auf ihn zu. Stellte mich vor seinen Stuhl.

Sein Lächeln wurde tiefer.

»Du hast da …«, er erhob sich. Ich wich nicht zurück, sodass Thies nun ganz dicht vor mir stand. Ich konnte seinen warmen Atem spüren.

»Du hast da noch Farbe im Gesicht.« Er legte eine Hand an meine Wange und strich mit dem Daumen über die Stelle. Gänsehaut kroch über meine Schulter den ganzen Arm hinunter.

»Ach ja?«, sagte ich leise. Wollte, dass er weiterstreichelte. »Und wo noch …?«

Thies musste schlucken. Dann sagte er kehlig: »Ich glaube …«

Er tauchte kurzerhand seinen Finger in das dunkle Blau,

das noch geöffnet auf dem Tisch stand, und ehe ich protestieren konnte, tupfte er sanft an meinen Hals. Die Farbe war kühl, ich sog überrascht die Luft ein. »… hier ist noch etwas hingeraten.«

Dann fuhr er mit der Fingerspitze meinen Hals entlang. Ich lehnte den Kopf zurück und bog mich ihm entgegen. Neben dem blauen Strich, den er kühl auf meine Haut malte, platzierte er warme, weiche Küsse auf die zarte Haut an meiner Kehle, vorsichtig, streichelnd. Er drückte die Nase an mein Schlüsselbein, tupfte einen Fleck in die Kuhle direkt über dem Rand meines T-Shirts.

Ich richtete mich auf. »Das sollte ich wohl lieber ausziehen, wenn es nicht mit Farbe bekleckert werden soll …« Dabei sah ich Thies mit einem frechen Lächeln an.

Er hielt meinen Blick.

»Ich helfe dir«, sagte er und schob langsam, viel zu langsam, von unten mein T-Shirt hoch, fuhr dabei mit gespreizten Fingern meinen Rücken entlang. Ich konnte spüren, dass noch ein Rest Farbe daran gewesen war, wer weiß, welches Muster nun meinen Rücken zierte. Ich lachte leise, zog mir das Shirt über den Kopf. »Du willst mich heute wohl zum Kunstwerk machen.«

Thies lächelte nicht mehr. Etwas anderes war in seine Augen getreten. Verlangen.

Er umfasste meine Brust, drückte durch den BH sanft Zeigefinger und Daumen zusammen und küsste erst den Rand des Spitzenstoffs, dann fuhr er mit der Zunge darunter, wie um den Weg zu erforschen. »Du bist ein Kunstwerk, Leonie«, murmelte er.

Ich versuchte, sein Hemd aufzuknöpfen, Thies richtete sich

auf, damit es mir besser gelang. Ungeduldig schob ich den Stoff beiseite, strich über die Linie von Härchen, die vom Bauchnabel aus Richtung Hosenbund verschwand. Sein Atem ging schneller, seine Augen ließen mich nicht aus dem Blick.

»Du hast hier eine Stelle vergessen«, sagte ich, tauchte meinen Finger tief in das Blau – und zeichnete mir selbst vom Solarplexus abwärts langsam, aufreizend langsam, einen Strich auf die Haut. Bis zu dem Hosenknopf, der nur darauf wartete, endlich von Thies geöffnet zu werden. Doch Thies tat nichts dergleichen. Er packte mich, zog mich eng an sich und küsste mich fest, fordernd. Und ich presste mich an ihn, erwiderte seine Küsse ebenso wild, spürte die Tischplatte an meinem Hintern, sodass ich mich darauf sinken ließ und ein Bein um Thies schlang, mich gegen ihn drückte. Als er sich von mir löste, spähten wir beide auf unsere Bäuche voller Farbe herab. Thies lachte heiser.

»Du bist unglaublich«, flüsterte er.

»Und du bist noch nicht blau genug.« Ich angelte nach dem Farbtopf.

»Wage es ja nicht!« Er packte mein Handgelenk, zog mich wieder zu sich. Küsste mich erneut. Mein Widerstand war endgültig aufgelöst. Es war egal, welches Kleidungsstück Farbe abbekam, auf welches Möbelstück Kleckse tropften. Ich wollte Thies spüren, hier und jetzt. Ungeduldig öffnete ich seine Hose, zog sie weit genug hinunter. Thies beugte sich über mich und schob die anderen Farbtöpfe auf dem Tisch so beiseite, dass ich mich zurücklegen und mein anderes Bein ebenfalls um ihn schlingen konnte. Thies drang kurz darauf tief in mich ein. Ich stöhnte auf. Sofort hielt er inne, legte sanft eine Hand auf meinen Mund. Ich blickte zu ihm hoch. Seine weit geöffneten

Augen, sein kaum wahrnehmbares Kopfschütteln bedeuteten mir, nicht laut zu sein.

Milan! Hoffentlich hatte er uns nicht gehört.

Für einige Momente bewegten wir uns nicht, blickten einander nur an, lauschten.

Doch es tat sich nichts. Milan musste bereits so tief schlafen, dass er nichts bemerkt hatte.

Schließlich wagte sich Thies ein winziges bisschen weiter, noch weiter und wieder zurück, in zärtlich quälenden Bewegungen, anfangs vorsichtig, später stärker. Dabei ließ er mich mit seinen Blicken nicht los, sodass er jede Wirkung seines Tuns beobachten konnte. Mein Atem ging in Stößen. Als er die Hand von meinem Mund nehmen wollte, legte ich meine darüber, presste seine Finger an meine Lippen. Ein kleiner Laut entfuhr Thies, er biss sich auf die Lippen. Mit meinem Schenkel steuerte ich ihn mir entgegen.

Bitte weiter, noch weiter. Nicht aufhören.

Als Thies spürte, dass ich kam, und mir dabei die Hand so auf den Mund presste, dass ich nicht zu laut wurde, beugte er sich über mich und vergrub den Mund an meinem Hals, um sein Stöhnen zu dämpfen.

Später hatten wir uns endlich aller Kleider entledigt und den Weg ins Bett gefunden. Thies lag auf seinen Ellenbogen gestützt, streichelte mit der rechten Hand über meine Brust und betrachtete mich lächelnd.

»Das war …«, begann ich und fand keine Worte.

»Ja, das war es.« Thies schmunzelte. Dann wurde sein Lächeln tiefer.

»Was?«

»Wie du aussiehst.« Er fuhr mit dem Daumen den Strich auf meinem Bauch nach.

Ich kicherte. »Voller Farbe eben. Fast so wie immer.«

»Nein, du … Du strahlst auch. Und du siehst wild aus. Und …« Er schüttelte den Kopf. »Warte.«

Er beugte sich über mich, griff mein Handy vom Nachttisch und machte Anstalten, die Kamerafunktion zu öffnen.

»Thies Hofmann!«, schimpfte ich leise. Leider gelang es mir nicht, ihm das Handy wegzuschnappen. »Du willst mich doch jetzt nicht nackt fotografieren!«

»Nein, nicht so … Lass mich! Moment.« Er drapierte die Bettdecke sorgfältig bis unter meinen Bauchnabel. »Du darfst es gleich wieder löschen. Ich will dir nur zeigen …« Die Kamera machte bereits Klack. »… zeigen, was ich sehe, wenn ich dich betrachte.«

Vorsichtig legte ich einen Unterarm über meine Brüste und den anderen Arm als Stütze unter meinen Kopf.

»Wundervoll …«, murmelte Thies, dann blitzte es auf.

»He!«, protestierte ich leise. »Verdammt, ist das hell.« Ich blinzelte. Thies hatte bereits weitere Bilder geschossen. Dann ließ er das Handy sinken. Betrachtete mich. Ich zog ein Bein an, stützte mich auf die Ellbogen. Lächelnd sagte er: »Du hast sogar hier Farbe abbekommen.« Sanft drehte er eine Strähne meines Haars zwischen den Fingern. »Wir sollten dich gründlich abduschen.«

»Wir?« Ich zog die Augenbrauen hoch.

Lächelnd nickte er.

»Du hast ja auch einiges abbekommen.« Als ich die Stelle berührte, wo die Farbe aufhörte und die Haare dichter wurden, zog sich sein Bauch zusammen. »Komm!« Ich schlug die Decke zurück, sprang aus dem Bett und nahm Thies an der Hand. »Wie leise kannst du duschen?«

»Wenn du mich das so fragst, dann kann ich dir nichts versprechen.«

Kapitel 50: Lapislazuli

Leonie

Der nächste Tag war so turbulent, dass ich erst spät, als Milan und ich uns auf dem Sofa einkuschelten, eine ruhige Minute hatte. Und trotzdem hatten mich immer wieder die Eindrücke vom vorigen Abend eingeholt. Mitten in einer Bewegung erinnerte ich mich daran, wie sich Thies' Küsse angefühlt hatten, mitten in einem Gespräch mit Milan konnte ich das Gefühl von Thies' Hand auf meinem Mund nicht abschütteln.

Milan drückte sich noch näher an mich, um das Lego-Hörspiel besser hören zu können, das ich auf meinem Handy angestellt hatte. Anscheinend war es spannend, aber ich war mit meinen Gedanken woanders. Milan wünschte sich noch einen Kakao, und ich hievte mich bereits hoch und wollte zur Küche, da fiel mir ein, dass ich ihn besser nicht mit meinem Handy allein lassen sollte. Nicht, während da noch die Bilder, die Thies gestern geschossen hatte, in meinem Fotoalbum waren und die Bedienung dieses Handys für Fünfjährige nun wirklich nicht schwierig war.

»Ich bringe es gleich wieder,« sagte ich, schnappte mir das Handy und tippte schon im Gehen auf das Fotoalbum. Noch nicht einmal ich selbst hatte die Fotos angesehen. Zum Glück war Milan zu müde, um zu protestieren. Ich hatte ihm versprochen, ganz viel Schokoladenpulver in seinen Kakao zu geben.

Aber als ich in der Küche stand und die Milch aus dem Kühlschrank holen wollte, stoppte ich mitten in der Bewegung.

Das Fotoalbum hatte sich geöffnet, und mein Handy zeigte das letzte Foto, das Thies von mir gestern Abend gemacht hatte.

Ich war völlig überrascht. Ich hatte erwartet, dass es vielleicht zu gewagt aussehen würde, zu viel nackte Haut.

Aber was ich sah, ließ mich innehalten. Mein Arm hatte meine Brüste ideal überdeckt, die Bettdecke war strategisch gut platziert. Nein, was herausstach, war etwas anderes.

Mein unglaublich verliebtes Lächeln und dieses … Blau. Das dunkle Blau, das im Töpfchen eine schlichte Fingerfarbe gewesen war. Die Striche auf meinem Hals, an meinem Bauch entlang. Es sah aus wie eine wundervolle Kriegsbemalung. Und es machte, dass mein Lächeln noch mehr strahlte.

Ich zog das Bild mit zwei Fingern groß, zoomte näher heran. Ich konnte sehen, was Thies gestern gemeint hatte, als er unbedingt ein Foto hatte schießen müssen: Ich strahlte regelrecht. Nicht nur wegen des Lächelns. Wegen der Pose. Wegen der Liebe. Sondern auch …

Ich zog das Foto so groß, dass es nur noch einen Ausschnitt zeigte, den Strich auf meinem Hals. Dieses tiefe, satte Blau. Ein dunkles, wunderbares Lapislazuli. Für einige Momente sah ich nur auf diesen Farbton, spürte ein Pulsieren, regte mich ansonsten nicht.

Dann tippte ich auf das Foto, um hinauszuzoomen. Sofort zeigte sich wieder das gesamte Bild. Mich und dieses Lachen und dieses Blau.

Mein Herz raste. Meine Haut prickelte. Schnurstracks ging ich in mein Schlafzimmer, zog die Schranktür auf. Irgendwo hatte ich ein altes T-Shirt, das ich mir vor ewigen Zeiten im Urlaub gekauft hatte, in einem ähnlichen Blau. Satt, tief, strahlend.

Ich fand es, weit nach hinten gerutscht hinter meinen Winterpullis, und huschte damit ins Bad vor den Spiegel mit dem goldenen Rand.

»Mama?« Milan spähte vorsichtig zur Tür herein. »Wo bleibt mein Kakao?«

Verwundert sah er, wie ich keine Anstalten machte, das T-Shirt anzuziehen, sondern es mir nur umlegte wie einen Latz. So bedeckte die Farbe alles halsabwärts. Und ich sah mir selbst in die Augen, sah, welche Wirkung dieses Blau hatte.

Für einen Moment war alles still. Ich hörte Milan nicht drängeln. Die ganze Welt hatte angehalten. Ich spürte, wie ein elektrisches Kribbeln durch mich hindurchlief und sich die Härchen an meinen Armen aufstellten.

Dieses Blau.

Ich machte eine winzige Bewegung auf den Spiegel zu, sah nur noch meine eigenen Augen und die Farbe dieses T-Shirts.

Dieses Blau. *Lapislazuli*.

Ja, sagte mein ganzer Körper.

Ja, sagten meine Augen.

»Das ist es«, flüsterte ich, und dann erst wurde mir bewusst, was: Das war meine Seelenfarbe. Dieses Blau hatte ich immer gesucht, nein, es war immer da gewesen! Aber jetzt konnte ich es wahrnehmen.

Milan drückte sich an mein Bein, grinste übertrieben in den Spiegel. »Steht dir gut«, sagte er dann.

»Ja«, antwortete ich nur. »Das ist genau meine Farbe.«

Ich hätte darin eintauchen können.

Ich hätte mich darin verlieren können.

Ich wollte nichts anderes mehr als diesen weiten Abendhimmel um mich herum, nichts anderes, als mich so zu zeigen. Das war ich. Ich hörte einen tiefen, tiefen Seufzer und wurde gewahr, dass er von mir kam. Ich fühlte mich gleichzeitig unendlich erleichtert und … stark. Lapislazuli. Das war meine Seelenfarbe.

Dann packte mich die Freude. Meine Seelenfarbe! Ich musste Thies davon erzählen. Meine Hand zuckte zu meinem Handy auf der Ablage, aber dann hielt ich inne. Das hier war viel zu gut für ein Handyfoto. Ich strahlte regelrecht mit diesem T-Shirt. Ich schnappte mir Milans Hand. »Komm, ich mache dir jetzt endlich deinen Kakao«, sagte ich. »Und dann habe ich noch etwas vor. Du kannst das Hörspiel gleich weiterhören, versprochen!«

Als er, zufrieden und vorsichtig, um nicht zu kleckern, wieder auf dem Sofa saß, schnappte ich mir schnell das Festnetztelefon.

»Mama, kannst du kommen und auf Milan aufpassen? Ich muss noch mal los, alleine …« Ich lachte ins Telefon, atemlos. »Ich muss dringend etwas erledigen.«

Sie zögerte, sagte dann okay. Ich hörte ihr neugieriges Schmunzeln dabei. Sicher konnte sie an meiner Stimme wahrnehmen, dass ich Hummeln im Hintern und den Kopf in den Wolken hatte.

»Ich will noch Benjamin Blümchen hören!«, krähte Milan laut, sodass meine Mutter es hörte.

»In Ordnung, ich bin in einer Viertelstunde da, Maus. Und natürlich hören wir dann noch Benjamin Blümchen. Brauchst du … Wie lange bist du weg?«

Ich spürte immer noch dieses riesige Grinsen auf dem Gesicht, in meinem Bauch. Meine Mutter fuhr fort:

»Wenn du über Nacht wegbleibst, nehme ich mir noch ein paar Sachen mit, um bei Milan zu übernachten.«

»Ja«, jetzt hatte ich überall Gänsehaut. »Ja, vielleicht mache ich das.« Und dann konnte ich nicht anders und lachte laut. Egal, wie verwirrt mich Milan jetzt von der Seite ansah. »Vielleicht bleibe ich bei Thies über Nacht. Danke, Mama.«

»Gern geschehen, Maus.«

Diese blöde elektrische Schiebetür konnte mir gar nicht schnell genug aufgehen, ich stieß fast mit der Nase daran. Ich stürmte in den Farbfischer und rannte zum Regal.

»Wir schließen gleich!«, rief Thorsten erst, dann erkannte er mich offenbar und meckerte nicht mehr. Atemlos kam ich vor dem Regal zu stehen. Thorsten lugte neugierig um die Ecke und gesellte sich dann zu mir. »Ein Notfall?«

Ich lachte wieder, meine Wangen taten mir schon weh.

»Ja«, sagte ich, »ein Notfall, ein ganz wunderbarer Notfall.« Dann sah ich ihn an und sagte nur ein Wort.

»Lapislazuli.«

Er begriff sofort, nickte.

Das war es, was ich die ganze Zeit gesucht hatte, worauf ich gehofft hatte, was gefehlt hatte. Lapislazuli, dunkelblau wie der Abendhimmel. Thorsten deutete auf die Reihe mit den Blautönen, aber ich scannte sie ohnehin schon intensiv ab. Königsblau, Ultramarin, Ozeanblau. Zu knallig, zu hell, zu grünstichig … »Hier«, ich griff nach dem Topf, nahm ihn mit beiden Händen aus dem Regal. »Hier ist es.«

Nachtblau stand auf dem Topf. Dieses unscheinbare Wort. Wie oft hatte ich diesen Topf schon gesehen? Und jetzt bedeutete dieses Nachtblau alles. Es war meine Nacht. Meine Nacht voller Sterne, voller Leuchten, mit einem Himmel, der sich unendlich über mir spannte. Das war ich.

Und ich konnte es nicht erwarten, diese Nacht mit Thies zu teilen.

»Thorsten«, sagte ich, kramte mit einer Hand einen Zwanziger aus der Tasche. »Hier, nimm das bitte, ich muss dringend los!« Ich drehte mich um und rannte, hörte ihn noch rufen: »Ich muss den Topf aber abscannen, damit er aus dem Lager ausgetragen wird!«

»Morgen, Thorsten, morgen!«, versprach ich. »Ich bringe den Eimer noch mal her.« Da war ich schon draußen, aus der viel zu langsamen Schiebetür, aus dem Gebäude, hinaus auf die Straße, ich musste dringend los, ich lachte und winkte ein Taxi heran. Es war verrückt, es war viel zu teuer – und genau das leistete ich mir jetzt.

Thies, ich komme.

Ich klingelte.

Natürlich hatte ich meinen Schlüssel zur Wohnung, aber die ganze Fahrt über hatte ich mir vorgestellt, wie Thies mir überrascht die Tür öffnen, mich in die Arme schließen würde. Ich konnte nicht aufhören zu lächeln. Morgen hatte ich sicher Muskelkater in den Wangen.

Die Tür ging auf.

Seine Haare waren leicht zerzaust. Vielleicht hatte er sie wieder beim Nachdenken gerauft, wie er es häufig tat. Mit einem

Ellenbogen aufgestützt, die Handfläche an der Stirn, die Finger in den Haaren. Vielleicht hatte er es auch beim konzentrierten Musikhören getan. Ich konnte es mir bildlich vorstellen.

Ich strahlte Thies erwartungsvoll entgegen und sah, wie sein Blick von überrascht zu ungläubig zu verwirrt wechselte.

»Es ist ein Wochentag«, sagte er mit gerunzelter Stirn, und ich hielt mich zurück, nicht zu lachen, denn ich konnte förmlich sehen, wie er versuchte, zwei und zwei zusammenzuzählen. Dann fiel sein Blick auf den Farbtopf in meiner Hand.

»Hallo, Thies«, sagte ich. Meine Stimme klang, als wollte sie hinaus, hinaus, hinaus, in den Himmel. »Ja, es ist ein Wochentag. Ich musste trotzdem sofort zu dir kommen, denn ich muss dir was sagen.«

Thies stand wie angewurzelt da, bat mich nicht herein, nahm mich nicht in den Arm, so wie ich mir das ausgemalt hatte. Das war ja auch nicht weiter schlimm. Auf jeden Fall war mir die Überraschung gelungen. Aus dem Wohnzimmer drang tatsächlich leise Musik. Vielleicht hatte er gerade in seinem Sessel gesessen beim Hören.

Ich hielt den Farbtopf hoch. »Ich habe meine Seelenfarbe gefunden. Endlich weiß ich, was meine Seelenfarbe ist.«

Für den Bruchteil einer Sekunde verarbeitete er, was ich gesagt hatte, dann umspielte ein Lächeln seine Lippen.

»Es ist Lapislazuli. Ein Abendhimmelblau. Ein tiefes, sattes, dunkles Blau, in dem die Sterne leuchten. Das bin ich. Das bin ich immer gewesen. Ich … ich weiß nicht, warum es so lange gedauert hat, bis ich es spüren konnte. Warum ich all das durchmachen musste, um mich selbst zu erkennen.«

»Und jetzt bist du Verrückte direkt hierhergekommen, um

mir das zu sagen? Oder was genau hast du mit diesem Farbeimer vor?« Er verschränkte die Arme, lächelte und lehnte sich an den Türrahmen.

Er sagte es so liebevoll, als flüsterte er es mir ins Ohr. Aber ich wusste nicht recht, warum er das nicht wirklich tat. Ich hatte gedacht, er würde mich entweder an sich ziehen. Etwas zu dem Blau sagen, das er schließlich erst vor Kurzem auf meinen Körper gemalt hatte. Oder mit mir jubeln.

»Na klar bin ich direkt zu dir gekommen!« Meine Stimme hallte klar durch das Treppenhaus. »Das wollte ich unbedingt mit dir teilen.«

Etwas zuckte in seinem Blick, das ich nicht verstand – Bedauern? –, aber er sagte leise: »Es passt unglaublich gut zu dir. Du hast recht. Das bist absolut du.«

Ich stellte den Farbtopf ungelenk ab. Allmählich schnitt mir der Henkel unangenehm in die Handfläche. Thies bat mich immer noch nicht herein.

»Ich freue mich so für dich, du Lapislazuli«, sagte er, und gleichzeitig rief eine Frauenstimme: »Thies? Kommst du?«

Ich sah sie hinten im Flur auftauchen, die Frau, die zu der Stimme gehörte. Sie kam aus dem Wohnzimmer. Eine Frau mit langen roten Wellen und einem mintfarbenen Strickpullover, durch den ihre Haarfarbe noch mehr zur Geltung kam.

Ich erstarrte. Thies war nicht allein. Darauf war ich gar nicht gekommen. Wieso hatte er nicht gleich etwas gesagt, als er mir die Tür geöffnet hatte?

Thies richtete sich wieder auf, drückte den Rücken durch. »Ich bin gleich da.«

»Hallo«, sagte die Frau zu mir und lächelte freundlich.

»Hallo.« Meine Stimme ging am Ende hoch, so als wäre das eine Frage gewesen.

»Das ist Andrea«, Thies zögerte kurz. »Ich habe dir ja von Andrea erzählt.«

Ich nickte wie eine Idiotin. Das also war Andrea. Thies hatte gar nicht im Sessel gesessen und Musik gehört. Sondern sie.

»Andrea, das ist Leonie. Sie ist hier die Untermieterin.«

Die Untermieterin?

Ich suchte seinen Blick, aber Thies sah mich nicht an.

»Ah«, sagte Andrea und deutete auf den Farbtopf. »Wollten Sie das dritte Zimmer streichen? Das ist ja eine schöne Farbe.«

Die Untermieterin. Das dritte Zimmer.

Ich stotterte: »Nein, ich wollte nur … etwas absprechen …«

Leise sagte Thies: »Andi, würdest du uns noch kurz zu Ende reden lassen? Ich bin gleich wieder bei dir.«

»Na klar!« Andrea lächelte, und ich sah, dass sie Sommersprossen auf der Nase hatte. »Hat mich gefreut, Sie kennenzulernen.«

Ich starrte ihr hinterher, wie sie den Flur entlang und ins Wohnzimmer ging. Sie schloss die Zimmertür.

Mir war eiskalt.

Thies drehte sich zu mir, wieder dieser Blick, es war Bedauern, das konnte ich jetzt deutlich erkennen. Er trat immer noch nicht aus diesem verdammten Türrahmen heraus.

Ich hatte mir noch nicht einmal einen Mantel mitgenommen, als ich losgerannt war, und jetzt wünschte ich mir nichts sehnlicher, als einen schützenden Reißverschluss vor mir zu schließen.

»Andrea ist hier?«, fragte ich. Ich spürte meine Seelenfarbe dabei, blau und tief und klar.

»Ja«, er fuhr sich durchs Haar. »Sie wollte vorbeikommen. Ich wusste ja nicht, dass du heute …«

Dass ich heute auch hier auftauchen würde?

Was hatte ich mir nur dabei gedacht?

Mir war eiskalt.

»Warum hast du mich als Untermieterin vorgestellt?«

»Was?«

Ich sah auf meine Stiefel, atmete durch.

Thies sagte: »Ich wusste nicht, was ich sonst sagen soll, das war nicht böse gemeint.«

Freundin, Geliebte, mein Herz. Das hätte er sagen können. Und der Grund, warum er es zu Andrea nicht gesagt hatte, lag wie ein Eisblock in meinem Magen.

»Bleibt sie hier über Nacht?«, brachte ich hervor.

»Nein, ich denke nicht, ich meine …« Er fuhr sich mit den Händen über das Gesicht, als wäre alles zu viel.

»Sie bleibt nicht. Sie wollte nur reden. Es ist nicht …«

Thies sagte nicht, was es nicht war. Er benannte es einfach gar nicht. »Hör mal, es gibt doch jetzt keinen Grund zu streiten.« Plötzlich wirkte er ärgerlich und endlos erschöpft. »Ich habe nur … Ich bin hier völlig überrumpelt, und jetzt …«

Jetzt was?

Er trat von einem Bein auf das andere. Aber er machte keine Anstalten, sich auf mich zuzubewegen, mich zu berühren. Er hielt seinen Abstand.

»Leonie, du und ich, wir haben etwas Spezielles, etwas, das ich irgendwie gar nicht benennen kann, aber … Warum ärgerst du dich denn jetzt, dass Andrea hier …«

Es kamen keine Tränen. Es kam Wut. Große, kalte Wut, eine

Wucht, die mich fast umhaute. Er sah den Wechsel in meiner Miene.

»Was willst du denn jetzt von mir?«

Dass er verzweifelt versuchte, immer noch leise zu sprechen, machte es noch schlimmer. Andrea sollte uns nicht hören.

»Ich wollte immer sehr viel mehr als deine Untermieterin sein«, sagte ich.

Und nicht plötzlich aussortiert werden, sobald Andrea wieder an deine Tür klopft.

Das Abendhimmelblau legte sich schützend und klar um mich, ich konnte es geradezu spüren. *Lapislazuli. Das bin ich. Weit. Unendlich.*

»Ich bin mehr als das. Ich wollte in deinem Leben mehr Raum einnehmen«, sagte ich.

Dann drehte ich mich auf dem Absatz um.

Den blöden Topf ließ ich stehen.

Ich brauchte ihn nicht mehr.

Ich hatte mich gefunden.

Und alles verloren.

Kapitel 51: Kupferrot

Thies

»Was ist heute nur los?« Ich versuchte zu lachen, aber es kam nur ein Keuchen aus meinem Mund. »Lauter Überraschungsbesuche auf einmal …«

Den Farbeimer, den Leonie vor der Tür hatte stehen lassen, hatte ich in das dritte Zimmer geschoben und die Tür geschlossen.

Andrea saß in meinem Sessel und sah mich so direkt, so aufmerksam an, dass ich noch mal zurück zur Küchenzeile ging und so tat, als wollte ich mir einen Espresso aufbrühen. Es war schon spät, und mein Herz klopfte so stark, dass ich nicht auch noch Koffein brauchte, aber es gab meinen Händen etwas zu tun. Und ich konnte Andrea den Rücken zudrehen.

»Es tut mir leid, Thies«, hörte ich sie sagen. »Ich hätte ein andermal kommen sollen.«

Eine Tasse aus dem Regal holen. Die Bohnen in das Mahlwerk füllen.

Ich stellte es an, damit ich erst einmal nichts sagen musste, weil das Geräusch ohnehin viel zu laut war. Was sollte ich auch erwidern?

»Ich wollte ja immer, dass du mich besuchst.«

Und ich wollte ja auch Leonie immer sehen. Nur nicht gleichzeitig. Wenn ich mit Leonie zusammen gewesen war, hatte ich nicht mehr an Andrea gedacht. War in eine neue Welt eingetaucht. Und wenn ich an Andrea dachte, blendete ich Leonie aus. Dann war ich der alte Thies, der, den ich kannte. Eigentlich war es immer ganz einfach gewesen. Die eine Welt hatte die andere nie berührt.

Meine Hand zitterte beim Einfüllen des gemahlenen Kaffees in den Siebträger. Das Pulver verteilte sich auf der Arbeitsplatte. Ich unterdrückte den Impuls, zum Telefon zu greifen und Leonie anzurufen. Ihr zu sagen, dass alles nicht so gemeint war. Auch wenn ich gerade gar nicht wusste, wie ich es eigentlich meinte. Denn plötzlich war Andrea hier. »Ich muss dir etwas Wichtiges sagen«, das waren ihre Worte gewesen. Und der alte Thies hatte sofort reagiert. Wie immer. Und ohne nachzudenken. Ihr Satz hatte mich sofort in ein Gefühl hineinkatapultiert, aus einer Zeitrechnung vor Leonie. Andrea saß hier und wartete ruhig auf mich.

Das war doch das, was ich so lange gewollt hatte.

Mir immer wieder ausgemalt hatte.

Und jetzt war der Moment da.

Mit weichen Knien ging ich die paar Schritte zu ihr, sie nahm meine Hände in ihre, lächelte still.

So ruhig war sie heute, so ruhig und klar und warm.

Ich schluckte. »Nein, du hättest nicht ein andermal kommen sollen. Es war alles genau richtig.«

Sie ließ sich von mir hochziehen, ging aber nicht auf die Umarmung ein, die ich wollte. Sie hielt meine Hände weiter fest, sah mir tief in die Augen.

Ich brauchte das Koffein nicht, ich spürte mein Herz überall. Unter ihrem Blick musste ich lächeln. Andrea. Sie war hier. Bei mir.

»Thies, es ist etwas Wichtiges passiert …«

Und da setzte mein Herz aus, noch bevor ich wusste, was sie sagen würde.

»… und ich wollte es dir persönlich sagen. Ich … Daniel und ich …«

Und dann flüsterte sie es. »Ich bin schwanger.«

Ich konnte nicht reagieren. Ich konnte nicht atmen. Ich wollte ihre Hände loslassen, aber ich war unfähig, mich zu rühren. War unfähig, ihr auf den Bauch zu sehen. Begriff, dass sie mich nicht umarmt hatte, weil ich ihn dann vielleicht sogar gespürt hätte unter ihrem Pulli, egal, wie gering die Veränderung noch sein mochte.

»Ich … wir haben es seit einer Weile probiert …«

Da keuchte ich und drehte mich weg, riss mich los.

»Thies!«

Ich setzte mich auf die Fensterbank, sah sie aber nicht an.

»Thies. Du … Du solltest das wissen und von mir erfahren. Ich bin schwanger, und ich bin über die kritische Phase hinaus.«

Ich suchte ihren Blick. Die kritische Phase. Die kritische Phase, die unser Baby, Andreas und meins, nie überstanden hatte. Die in einer Blutung geendet hatte, in einem Besuch bei der Ärztin ohne mich, in dem Ende unserer Affäre. Alle alten Gefühle von damals waren wieder da, fluteten meinen Körper, als wäre ich direkt wieder dort. Heiße Wut packte mich. Wut auf Andrea, dass sie hier und jetzt so ruhig und warm und verdammt glücklich war.

Das war es gewesen.

Das war das Leuchten in ihren Augen gewesen, als sie gesagt hatte, sie müsse mir etwas Wichtiges mitteilen.

Und ich Idiot hatte gedacht …

Ich klammerte mich mit den Händen an der Fensterbank fest.

»Das letzte Mal, als ich bei dir war, hatte ich gerade meine Periode bekommen. Ich war so unsäglich traurig darüber. Und es hat Erinnerungen in mir hervorgerufen von meiner Fehlgeburt.«

Unserer Fehlgeburt. Es war unser Baby. Du hast mich immer außen vor gelassen, aber ich war dabei, war involviert, war Teil von allem. Mit ganzem Herzen. Und in voller Trauer. Die ich jetzt noch genau so spüren kann.

Aber das sprach ich nicht aus.

»Ich habe dir damals nicht gesagt, dass ich traurig bin, weil ich schwanger werden möchte, ich wollte dich nicht verletzen.«

Ich schnaubte verächtlich. Dafür war es ja wohl ein Jahr und vier Monate zu spät.

»Und Daniel habe ich nichts von meiner damaligen Fehlgeburt gesagt, nicht erklärt, warum mich die Erinnerung so tieftraurig macht. Er dachte, ich sei nur extrem enttäuscht, dass es nicht klappt. Aber jetzt …«

»Jetzt? Was hat sich jetzt geändert?« Ich klang hart und kalt und dachte nur: *Gut so.*

Sie stockte für einen Moment.

»Ich wollte, dass du es von mir erfährst«, sagte sie ruhig. Sie machte Anstalten, wieder meine Hände zu nehmen, aber ich hielt mich an der Fensterbank fest.

»Bevor ich dich das nächste Mal mit Kinderwagen sehe oder wie?«, sagte ich mit so viel Sarkasmus, wie ich nur konnte.

»Das wird nicht passieren.« Ihre Stimme war immer noch so verdammt ruhig, so warm und … zärtlich.

Ich starrte Andrea an. Die Schallplatte hatte gerade zu Ende gespielt, mit einem Knacken löste sich der Plattenarm vom Vinyl und rastete in seiner Halterung ein. Dann war es still.

»Das wird nicht passieren, Thies. Wir werden uns nicht mehr sehen.«

Die Überraschung schnürte mir die Kehle zu.

In diesem Moment wurde mir klar, dass ich unterschwellig immer auf Andrea gewartet hatte. Immer. Dass ich sogar während der wundervollen Zeit mit Leonie irgendwie immer mit einem Anruf von Andrea gerechnet hatte. Dass ich immer noch dachte, es würde ewig so weitergehen. Auch wenn ich nicht rational erklären konnte, wie ich mich verhalten hätte. Hätte ich einen Besuch mit Babybauch zugelassen, Trösten im Hormonchaos, später wegen Beziehungsproblemen beim ersten Kind? Die Vorstellung zog wie ein Film in Ausschnitten an mir vorbei. Ein Film, der mir die Zukunft zeigte: trösten, vielleicht sogar küssen. Ihr schwangerer Bauch und ihre Brüste dabei voll und rund. Später eine innige Umarmung, bevor der Kleine aufwachte. Der Film stoppte. Er hatte nichts mit der Realität zu tun. Nichts mit dem, wo ich inzwischen bereits mit Leonie war. All das war ein riesiges altes Hirngespinst. Ich war ein unglaublicher Idiot, aber zu der Wut schlich sich ein weiteres Gefühl.

Angst.

»Wie …?« Mehr kam nicht aus meinem Mund.

»Thies«, sie legte eine Hand auf meine Kralle am Fensterbrett, und ich hatte nicht die Kraft, sie wegzuziehen. »Ich werde nicht mehr anrufen. Ich werde dich nicht mehr hier«, sie meinte unsere Wolke sieben, »treffen. Das zwischen dir und mir …«

Ich schloss die Augen.

Das zwischen dir und mir, das hatten wir beide ganz am Anfang unserer Affäre häufiger zueinander gesagt.

Das zwischen dir und mir hat einfach keinen Namen.

Ich schloss die Augen, bevor sie es zu Ende sagte.

»Das zwischen dir und mir ist vorbei, Thies. Es muss jetzt vorbei sein. Endgültig.«

Ich hielt etwas in meiner Kehle zurück. Etwas Altes. Einen wütenden Schrei. Ein hilfloses Schluchzen.

»Es tut mir leid. Du weißt, dass du etwas ganz, ganz Besonderes für mich warst …«

Hör auf, wollte ich schreien. Hör sofort auf. So ein bescheuerter Satz. So ein lahmer Ausdruck. Das zwischen ihr und mir war nicht »etwas Besonderes« gewesen, es war nicht zu benennen.

»Aber du kannst nicht mehr auf mich warten.«

Eine heiße Träne lief meine Wange hinunter.

Sie legte ihre Hand sanft darauf, streichelte sie weg.

»Es hat sich alles weitergedreht. Du wirst auch deinen Menschen finden, Thies. Ich bin es nicht. Wir beide wissen das schon lange.«

Was war ich nur für ein Idiot gewesen. Wieso hatte ich warten müssen, bis ich es sie sagen hörte. Sodass ich es endlich begriff. Und noch immer nicht fassen konnte. Ich hatte mich in etwas Neues gestürzt, ohne die alte Haut abzustreifen. Und immer auf eine Andrea gewartet, die es längst nicht mehr gab. Die echte Andrea hatte ein neues Leben begonnen, würde ein neues Leben gebären. Ohne mich. Natürlich ohne mich. Sie würde mich nicht mit Babybauch besuchen. Sie hatte es nie vorgehabt. Ich war immer nur eine Option, eine zweite Wahl gewesen.

Erst als ich an ihrem Schniefen hörte, dass auch sie leise weinte, öffnete ich die Augen.

Sie lächelte. Melancholisch, aber sicher. Sicher in ihrem Glück. Sicher in dem, was nun folgen würde.

»Ich werde jetzt gehen«, sagte sie leise. »Ich danke dir für alles, was wir hatten, Thies.«

Ich schluckte nur. Blinzelte.

Sie drehte sich um, wischte sich über die Wangen und strich sich eine kupferrote Strähne aus dem Gesicht.

Andrea.

Sie ließ die Tür sanft ins Schloss klicken, ohne sich noch einmal umzudrehen.

Kapitel 52: Goldgelb

Leonie

Der Morgen danach war hart. Ich konnte mich einfach nicht dazu bringen, für Milan zu lächeln, als er verwirrt am Frühstückstisch fragte: »Mama, bist du traurig?«

Es brach mir das Herz, ihn das wieder fragen zu hören. Denn als ich damals herausgefunden hatte, dass Raphael mich betrogen hatte, dass er nicht den Mut gehabt hatte, mir ehrlich zu sagen, dass er längst mit Tamara zusammen war, da hatte es diese Frage von Milan am Frühstückstisch auch schon gegeben. Und wie damals brachte ich keine Lüge, kein Flunkern über die Lippen. Was nützte es ihm zu spüren, dass nicht alles in Ordnung war, aber von mir zu hören, dass ich okay sei? Warum sollte ich etwas, das er instinktiv wahrnahm, leugnen? Gleichzeitig hoffte ich, dass ich ihm damit nicht zu viel für sein kleines Herz aufbürden würde.

»Ja«, sagte ich zögernd und schluckte. »Heute bin ich traurig. Ich wollte mich mit Thies treffen, weißt du? Aber das ging dann doch nicht.«

Milan kaute nachdenklich seinen Löffel voller Schokomüsli, schluckte und sagte dann: »So wie Clara und ich manchmal streiten? Oder so wie Papa und du streiten?«

Ich schob die Teetasse von mir. Ich würde ohnehin nichts mehr hinunterbekommen.

Nach einer kurzen Pause sagte ich: »So wie Clara und du.«

Denn offenbar hatte ich nie den Status in Thies' Herz erreicht, den ein Vergleich mit Raphael rechtfertigen würde. Und Angst machen wollte ich Milan schon gar nicht.

»Ist nicht so schlimm und wird bald wieder gut«, sagte ich. Nun ja, das war dann wohl doch geflunkert. Ich hatte die ganze Nacht geweint und heute in der Früh, noch bevor Milan wach gewesen war, mit ganz viel Abdeckstift meine Augenringe übermalt.

Draußen war es ein trüber, kalter Wintermorgen, und ich war froh, die Schultern hochziehen zu können, so als ob ich es gegen die Kälte tat. Milan stellte auf dem Weg zum Kindergarten keine weiteren Fragen. Gerade, als wir die Treppenstufen zum Eingang hinaufsteigen wollten, kam Billie aus der Tür. Sie hatte Clara hineingebracht, sagte Milan nun Bescheid, dass die schon ungeduldig auf ihn warten würde, und hielt ihm die Tür auf. Ich küsste ihn schnell auf sein Rabenhaar, bevor er hineinflitzte. Billie rief noch ein Tschüss in die Garderobe, schloss dann die Tür und sah auf mich, die am Treppenabsatz stand, herab.

Statt eines Guten Morgen fragte sie: »Was ist passiert?«

Beste Freundinnen wissen einfach alles. Sie entdecken auch unter einer Schicht Abdeckstift die Augenringe. Sofort kämpfte ich gegen erneute Tränen. Ich zog die Schultern noch höher und holte Luft, was kalt in meiner Lunge stach. Und statt einer Antwort kamen nur die Tränen. Mit drei Schritten war Billie bei mir, zog mich weiter, sodass wir keinen anderen Eltern, Kindergartenkindern und fragenden Blicken im Weg standen. Dann hielt sie mich fest im Arm, ich versank geradezu in ihrer dick gepolsterten goldgelben Winterjacke.

»Thies …«, brachte ich endlich hervor. »Thies ist wieder mit seiner alten Flamme Andrea zusammen.«

»Was?!«, zischte Billie ungläubig. »Warte mal.«

Sie zog an ihrer Handykette, bis das Gerät aus ihrer fluffigen Jacke hervorlugte. Für einen Moment war ich komplett verwirrt, wen Billie denn jetzt mit dieser Nachricht anrufen wollte. Aber dann sagte sie zu der Person am anderen Ende: »Ja, Nicole, kannst du Bescheid geben, dass ich es nicht zum Meeting schaffe? Ich habe hier leider noch ein Problem mit Clara und werde mir die Infos später von dir holen, okay? Um zehn Uhr bin ich in der Kanzlei, rechtzeitig zum Termin mit Herrn Schiefermann.«

Resolut drückte sie auf den Auflegen-Knopf und hakte mich unter. »So, jetzt verziehen wir uns ins Café Justus, die machen zum Glück immer schon so früh auf. Dann erzählst du mir alles. Ich brauche auf den Schreck erst einmal einen Cappuccino.«

Ich war so froh, dass es verrückte Freundinnen gab, die Chuzpe, eine starke Meinung, Kaffeesucht und ein Taschentuch hatten.

Als wir im Café Justus bei Cappuccino, Pfefferminztee und zwei Croissants saßen, hörte sich Billie die ganze Geschichte an.

»Bist du dir sicher?«, fragte sie immer wieder. »Bist du dir sicher, dass sie wieder zusammen sind? Dass du ihn nicht anrufen und zur Rede stellen willst?«

»Billie«, ich setzte meine Tasse abrupt ab. »Erstens hättest du ihn sehen sollen, als er mich als seine Untermieterin vorgestellt hat. Als er es vermieden hat, mich auch nur zu berühren.«

»Hmm, das klingt wirklich nicht gut.« Gefrustet rupfte Billie noch ein Stück des Croissants ab und stecke es sich in dem Mund.

»Und zweitens«, fuhr ich fort, »zweitens kenne ich inzwischen die Anzeichen besser. Bei Raphael damals wollte ich es lange nicht wahrhaben. Da war immer ein Gefühl, dass etwas nicht stimmt. Aber weil er es geleugnet hat, dass er mit Tamara eine Affäre hatte, habe ich nie auf die Zeichen geachtet. Auf mein Bauchgefühl. Auf die seltsamen Gesichtsausdrücke. Auf das Zögern. Und jetzt, das verspreche ich mir, jetzt achte ich darauf.«

»Du hast recht«, sagte Billie so nachdenklich, wie ich es von ihr selten gesehen hatte. »Du hast wohl inzwischen gelernt, deiner Intuition zu vertrauen. Und was machst du jetzt, wenn er wieder ankommt? Ich meine, so wie du es erzählst, war das mit Andrea ja immer eine On-off-Geschichte. Was, wenn sie wieder … off … sind und er dich zurückhaben will?«

»Das glaube ich nicht«, murmelte ich in meinen Tee. Nahm einen tiefen Schluck, um den Kloß in meinem Hals damit hinunterzuschlucken. Die Sache war die: Er hatte Andrea so lange nachgehangen. Vielleicht hatte er einfach nie aufgehört, sie zu lieben. Das tat weh, furchtbar weh. Die Telefonate, die Nähe zu seinem Körper, diese magischen Wochen, die hatten sich so echt angefühlt. Und vielleicht waren sie das auch gewesen. Aber eben nur so lange, wie er geglaubt hatte, dass er bei Andrea keine Chance hätte. Ich hatte es schon zu oft in Filmen gesehen, dieses »Aber dich habe ich die ganze Zeit geliebt«. Und hier war es in echt, direkt vor meiner Nase, als schwerer Stein in meinem Magen. Ich wäre so gern mehr als die Untermieterin gewesen. Und vielleicht hatte Thies es nie geplant, aber nicht dagegen ankommen können, als Andrea wieder bei ihm aufgetaucht war, in seinem Wohnzimmer, in seinen Armen, in seinem Herzen.

Zitternd stellte ich die Tasse ab. Erneut liefen mir Tränen über die Wangen.

»Ach, meine Süße«, sagte Billie und legte ihre Hand auf meine. »Es tut mir so leid.«

Als sie mir ihre Serviette gegeben und ich mich einigermaßen gefangen hatte, kramte sie ihren Geldbeutel aus der Tasche, lehnte sich zurück und sagte: »Ich muss jetzt los zu meinem Termin. Und du, meine Süße, tust dir heute bitte nur Gutes. Ein heißes Bad mitten am Tag. Oder fünf Lebkuchen hintereinander. Soll ich heute Abend noch mal vorbeikommen? Warte mal ab, ich wette mit dir, dass Thies dich noch einmal anruft und dir irgendetwas vorsäuselt. Dann musst du stark bleiben.« Sie winkte der Kellnerin.

In diesem Moment fing mein Handy an zu klingeln. Erschrocken starrten wir uns beide an.

»Das ging schnell!«, meinte Billie.

»Das ist hoffentlich nicht der Kindergarten«, erwiderte ich, aber das Herz klopfte mir bis zum Hals. Würde Thies etwa wirklich anrufen und den gestrigen Abend erklären? Oder sich gar entschuldigen?

Aber das Display zeigte eine mir unbekannte Münchner Nummer. Zittrig nahm ich ab und antwortete nur einsilbig auf alles, was mir gesagt wurde. Als ich auflegte, fragte Billie ungeduldig: »Und? Wer zum Henker war das?«

»Das war die Redaktion von Be:Wohnen, wo ich mich vor Kurzem vorgestellt habe.« Ich musste mich räuspern. »Die haben gesagt, ich bekomme den Job als Redakteurin. Und ich soll schon morgen anfangen.«

Kapitel 53: Wintersonnengelb

Leonie

Drei Anrufe kamen. Abends, als ich im Bett lag. Zu der üblichen Zeit, zu der wir sonst auch telefoniert hatten. Ich hatte Thies' Nummer nicht gelöscht, starrte erschrocken auf das Display. Ich rappelte mich hoch, wollte schon auf *Ablehnen* drücken. Aber das tat ich dann doch nicht. Irgendwann sprang die Mailbox an. Und wenige Minuten später versuchte es Thies noch ein zweites Mal. Eine halbe Stunde später ein drittes.

Thies. Ich vermisste ihn. Ich wollte ihm so gern eine Nachricht schreiben, dass ich einen Job bekommen hatte. Weil Milan so süß schnaufte beim Schlafen, wollte ich ihm am liebsten eine Aufnahme davon schicken. Ich wollte wieder mit ihm an die Küchenplatte gelehnt stehen, Miles Davis im Hintergrund, die Wintersonne im Gesicht, und er würde mich noch näher zu sich ziehen, obwohl das fast nicht mehr ging. Immer noch wünschte mein Herz sich das, obwohl es nicht mehr ging, obwohl mein Verstand schon längst weiter war.

Er hatte mich einfach links liegen lassen, im Bruchteil einer Sekunde – und es schien so leicht gegangen zu sein, so leicht! Andrea hatte nur auftauchen müssen, und das war es gewesen. Obwohl wir beide gespürt hatten, was wir gespürt hatten, hatte er einfach eine alte Platte aufgelegt, zurück zu ihr, zurück zu dem alten Wunsch. Wenn er doch gehadert hätte. Wenn er doch um Bedenkzeit gebeten hätte.

Aber ich war nur die Untermieterin in seinem Herzen gewesen, nur die Frau auf Zeit.

Bei mir hingegen war er so eingezogen, dass ich Mühe hatte, das wegzuschieben. Zu vergessen, dass ich mein Innerstes mit ihm teilen konnte. Zu vergessen, wie er mich ansah, wenn es keiner sah. Zu vergessen, dass er alles getan hätte, um mir zu helfen.

Ich wollte jetzt keine Erklärungen anhören, keine Entschuldigungen, keine Ausreden. Ich hatte das Gefühl, dass ich die nach der Sache mit Raphael ohnehin zur Genüge kannte. Es änderte nichts an der Tatsache, dass ich wieder nur die zweite Wahl für jemanden war. Und das, das würde ich nicht noch einmal in mein Herz lassen.

Kapitel 54: Haselnussbraun

Leonie

Am ersten Tag prasselten die neuen Eindrücke nur so auf mich ein. Die Redaktion befand sich im vierten Stock des großen Verlagsgebäudes, das ich ja schon vom Vorstellungsgespräch her kannte. Jetzt fielen mir auch die grauen Büroteppiche auf, die weißen Büros, in denen immer zwei bis vier Redakteurinnen saßen, ich lernte die riesige, futuristische Gemeinschaftsküche kennen und den Redaktionssitzungsraum, der mit seinen schwarzen Kabeln und Dreh-Bürostühlen etwas Finanzamtähnliches dagegensetzte. Ich musste aufpassen, dass ich nicht von Kampagnen, sondern von Aufmachern und Strecken sprach. Wenn ich nicht gerade versuchte, mich in dem riesigen Gebäude zu orientieren oder mir zu merken, wie meine vielen Kolleginnen hießen, dann blubberte regelrecht Freude an die Oberfläche. Es war toll, in etwas Neues einzutauchen, es war toll, dass ich etwas mehr verdiente, und alle hier waren so begeistert von den Einrichtungsthemen wie ich. Ich würde sicher schnell lernen, wie man einen Artikel auf einer Magazinseite grafisch richtig setzte, wie man die passenden Bilder dazu fand, wie man Fotostrecken plante. Schließlich brachte ich als Grafikerin ganz viel Wissen mit. Nur welche Ideen die richtigen für einen Artikel waren, wie man Strecken so aufzog, dass sie für die Leserschaft unwiderstehlich waren, war noch Neuland für mich. Ich war Bettina von Almstädt unendlich dankbar, dass sie mir diese Chance gab, und hoffte, ihre Erwartungen erfüllen zu können. Patrizia, die ich auf Mitte zwanzig schätzte und die sich gern komplett schwarz, fast gruftiartig kleidete, obwohl ihre Seelenfarbe eindeutig ein warmes, freundliches, erdiges Haselnussbraun war, teilte mit mir das Büro. Und genau wie ihre Seelenfarbe war sie bodenständig, unkompliziert und auf eine unaufgeregte Art freundlich. Das war sehr wohltuend, besonders, da ich in den ersten Tagen so viele Fragen stellen musste. Und weil nicht nur ich aufgeregt war als Neue, sondern auch die Stimmung deutlich freudig-nervös war, was, wie Patrizia mir erklärte, nicht mit dem baldigen Weihnachtsurlaub, sondern der besonderen Aktion zu tun hatte, die das Magazin plante. Alle hofften auf einen Paukenschlag.

Das Schwierige an meinem neuen Job war, dass Mascha nicht da war. Ich konnte nicht mit ihr unsere gewohnten Lagebesprechungen im Materialraum durchführen. Ich hatte sie noch nicht mal auf den neuesten Stand von allem bringen können. Nur, dass ich mich nicht gemeldet hatte, weil ich Hals über Kopf diesen neuen Job antreten musste, hatte ich ihr per Textnachricht mitgeteilt. So war sie auch nicht beleidigt, dass sie erst einmal keine Details erfuhr – sie konnte sich bestimmt lebhaft ausmalen, wie diese ersten Tage waren. Und sie konnte darauf vertrauen, dass ich ihr alles bald in Ruhe erzählen würde. Ich vermisste sie schrecklich als Komplizin am Arbeitsplatz, auch wenn Bettina von Almstädt eher exzentrisch als drachenartig war und meine Kolleginnen mir wirklich wohlgesonnen schienen. Am Freitag endlich, als ich mir schnell in der Kantine ein Schälchen

Suppe geholt und an den Platz mitgenommen hatte, schrieb ich Mascha eine Nachricht.

Kommst du heute Abend vorbei, sobald Raphael Milan abgeholt hat?

Kein Wochenende in Thies' Wohnung diesmal?, kam direkt die Antwort. Dann noch: *Klar, gern!*

Ich schrieb: *Nie wieder Wochenende in Thies' Wohnung. Bring 2 Eimer Ben & Jerry's mit, bitte!*

Es dauerte eine Schrecksekunde, dann erreichte mich eine Nachricht voller Emojis. Eine ganze Reihe davon war dasjenige, das vor Schreck blau anläuft und sich die Hände an die Wangen schlägt. Wie der Schrei von Munch. Dahinter folgten fünf Fragezeichen. Später kam eine weitere Nachricht:

Der Drache läuft hier rum, ich kann nicht telefonieren, bitte sag schnell, was los ist!

Thies' Ex ist zurück.

Er hat sich für sie entschieden. Diesen Satz schickte ich doch nicht ab. Denn allein, an ihn zu denken, setzte meine Tränen wieder in Gang. Ich flüchtete auf die Toilette. Hielt mich mit beiden Händen am Waschbecken fest. So ein Mist. Meine Augen brannten heiß, ich atmete tief, um nicht zu schluchzen. All das hier hatte mich so gut abgelenkt, der neue Job, die neuen Kollegen. Aber noch vor einer Woche war meine Welt eine andere gewesen. Eine mit Thies darin. Und es tat unendlich, unendlich weh, einfach so abserviert zu werden. Auf der Ablage stand neben einem Haarspray, einem Deo und einem Schälchen mit Tampons für die Mitarbeiterinnen eine wunderschöne Vase mit einem winterlichen Trockenblumenarrangement. Aber nichts davon konnte mir jetzt helfen. Kurzerhand wusch ich mir das Gesicht eiskalt, tupfte mir mit dem harten Einmalhandtuch das Gesicht ab. Na prima. Jetzt sah ich komplett rot-fleckig aus. Ich hoffte, Patrizia würde einfach nicht so genau hinsehen, wenn ich unser Büro betrat und mich wieder hinter meinen Bildschirm verkrümelte.

Als ich auf den Gang trat, kam Bettina von Almstädt den Gang entlanggestampft. Oh nein, bitte nicht jetzt!

»Alles in Ordnung, Mädelchen?«

Ich war mir nicht sicher, ob ich es feministisch korrekt fand, mit *Mädelchen* angesprochen zu werden, selbst von einer Frau.

»Leonie«, sagte ich nur, mehr Aufstand hatte ich gerade nicht in mir.

Bettina von Almstädt ignorierte das nonchalant.

»Mach dir keine Sorgen, Mädelchen, ich selbst habe die besten Ideen auch immer erst in der letzten Minute. Deine Präsentation bei der Redaktionssitzung am Montag wird bestimmt gut.«

Sie tätschelte mir die Schulter. Als sie längst in ihrem großen Büro mit der Glastür verschwunden war und ich immer noch in einer Wolke ihres Parfums stand, kamen mir erneut die Tränen. Shit. Die Redaktionssitzung. Wenn mir dieses Wochenende nichts Gigantisches einfiel, das bewies, dass ich als Quereinsteigerin hier nicht fehl am Platz war, würde ich die Probezeit bestimmt nicht überleben. Ich zog mein Handy noch einmal hervor und tippte an Mascha:

Was dagegen, wenn ich Keiko auch dazuhole? Ich brauche jede kreative Gehirnzelle, die ich kriegen kann.

Ich hatte am Nachmittag mit Milan im Backofen Orangenscheiben getrocknet und dann als Dekoration aufgehängt, sodass es im Wohnzimmer wunderbar duftete, hatte mit ihm »Das ist das Haus vom Ni-ko-laus« geübt und Nils Holgersson gehört. Und hatte es geschafft, mich einigermaßen von meinen eigenen Gedanken fernzuhalten. Denen, die besagten, wie seltsam ich mich fühlte. Wieder stand ich ohne Mann, ohne mein Herz da. Bei der Wohnungssuche war ich erneut auf null. Und mit der Aktion, die mir dringend einfallen sollte, war ich erneut in einer Jobsituation gelandet, die sich wie ein Drahtseilakt anfühlte. Wie, um Himmels willen, war ich denn schon wieder an diesen Punkt gekommen?

Und doch war etwas anders. Irgendetwas in mir hatte sich weiterbewegt, ein Puzzlestück war eingerastet. Nachdem Raphael Milan abgeholt hatte, tapste ich ins Bad. Diesmal fielen mir sofort die Affirmationen auf, die ich an den Spiegel mit dem goldenen Rand geklebt hatte. Damals. Als ich noch nicht in Papas Wohnung gewesen war, als ich Thies noch nicht gekannt hatte. Diese Papierschnipsel hingen schon so lange hier, dass ich sie nicht mehr wahrgenommen hatte, dass sie zu einem gewohnten Teil der Einrichtung geworden waren. Aber nun las ich sie wieder:

Geld fließt ganz leicht zu mir. Ich ziehe Geld magnetisch an.

Ich verstand es jetzt: Der Satz machte so gesehen keinen Sinn. Wenn man ihn aber glaubte, mit jeder Zelle seines Körpers glaubte, einfach so, wie er da stand, dann nahm man auch die Dinge wahr, die dieses Paradox bestätigten.

Wenn man einen Kaffee spendiert bekam. Wenn man eine Rückerstattung von etwas erhielt. So etwas in der Art. Es war der Filter, mit dem man alles einfärbte, was man erlebte: Schau, es ist doch wahr! Ich bekomme immer mehr.

Es war ein kleiner Trick, mit dem man seine eigenen Gedanken überlistete.

Und diesen Trick benötigte ich nicht mehr.

Ich sah in den Spiegel, sah in meine Augen.

Ich hatte immer noch keine neue Wohnung. Mein Job war neu und unsicher. Eine Liebe hatte Nein zu mir gesagt.

Aber ich wusste jetzt, wer ich war. Wusste, dass das mit Thies irgendwann, irgendwie nicht mehr so akut wehtun würde, auch wenn es furchtbar war. Dass ich mit diesem Schmerz trotzdem weiterleben würde, mit dem Wissen, wie sich die Liebe anfühlte. Dass ich irgendwie, irgendwann in meine eigene Wohnung mit Milan einziehen würde. Aus eigener Kraft. Ich wusste, sie schlummerte irgendwo in diesem Blau.

Mit einer flüssigen Handbewegung zog ich die Affirmation vom Spiegel.

Ich brauchte sie nicht mehr.

Kapitel 55: Tannengrün

Leonie

»Hier: Salzkaramell, Keksteig oder …«

»Alle drei!«, unterbrach ich Keiko. Anstatt eines Schälchens, in das sie die Eiscremesorten füllen könnte, holte ich einen Suppenteller aus meinem Küchenschrank. Keiko lachte, protestierte aber auch nicht. Mascha lehnte sich gegen die Kühlschranktür und fragte mich:

»Ist es so schlimm mit der bevorstehenden Redaktionssitzung?«

»Es ist ja nicht nur die Sitzung, in der ich allen zeigen muss, warum sie gerade eine Grafikerin aus einer Werbeagentur zu einem Magazin geholt haben, wo es wahrscheinlich genügend andere gibt, die in diesem speziellen Bereich viel mehr Erfahrung haben als ich«, sagte ich seufzend und holte auch für die beiden jeweils einen Teller. Geteilte Eiscreme war halbes Leid.

»Ich finde es gerade ziemlich schwierig, so auf Knopfdruck kreativ zu sein und mit einer Bombenidee für die Redaktionssitzung aufzuwarten, wenn ich …«

Keine Ahnung, wie dieser Satz weitergehen sollte.

»Wenn das mit Thies so abrupt geendet hat«, sagte Mascha stattdessen. Sie legte einen Arm um mich. »Ach Mensch, was muss der aber auch so einen Aussetzer haben! Einfach wieder auf diese Ex reinzufallen.«

Wir balancierten unsere Teller zum Sofa und kuschelten uns dort ein. Aber den ganzen Abend ließ mich der Gedanke nicht los: Andrea war lange vor mir da gewesen. Und war jetzt wieder da.

Der Aussetzer, das war dann ja wohl ich gewesen.

Bis in die frühen Morgenstunden blieben Mascha und Keiko bei mir, hörten sich meine Geschichte mit Thies noch einmal an, brainstormten mit mir einige Ideen, die ich in die Redaktion tragen würde, wobei wir bei keiner besonders euphorisch waren, und schließlich gingen wir dazu über, eine Wiederholung von *Dirty Dancing* im Fernsehen anzuschauen. Ich war so froh, dass die beiden lange bei mir blieben, denn ohne Milan hatte ich keinerlei Ablenkung von dem, was da immer wieder anklopfte: der nagende Schmerz der Ablehnung. Dementsprechend düster blieben meine eigenen Vorschläge für die Aktion. Wie man ein Badezimmer mit möglichst kleinem Budget renovierte etwa, weil einem das Geld fehlte. Oder über die Farbe Schwarz als bestimmendes Element bei der Raumgestaltung. Brauchbar war davon nichts.

Am nächsten Morgen wachte ich dennoch viel zu früh auf, wie immer. Obwohl ich ohne Milan wunderbar hätte ausschlafen können. Und jedes Mal, noch bevor ich die Augen aufschlug, war dieser Moment da, in dem ich mich plötzlich daran erinnerte, wie Thies in der Tür gestanden hatte, ohne mich in den Arm zu nehmen. Und davon wurde mir fast übel. Da half nur eins: aufstehen und los. Wie mechanisch begann ich aufzuräumen, Wäsche zu falten, und als es endlich Zeit war, dass die Läden öffneten, machte ich mich auf den Weg. Jede Faser meines Körpers tat mir weh. So mussten sich Menschen fühlen, die einen Kater hatten. Nur anstatt des Alkohols floss Schmerz durch meine Adern.

Als ich den Farbfischer betrat, sah Thorsten erwartungsvoll auf. Ich entschuldigte mich bei ihm. »Ich habe den Farbtopf leider nicht dabei, den ich letztes Mal gekauft habe.«

»Kein Problem!« Er winkte großzügig ab. »Ich hab's anders aus dem Lager ausgetragen. Brauchen Sie noch mehr?«

»Weiß noch nicht«, sagte ich schulterzuckend. Dann schlurfte ich zu meinem üblichen Regal. Mir war so nach düsteren Farben. Kohleschwarz, Mitternachtsblau, Umbrabraun, Tiefes Weinrot. Nachdenklich griff ich es aus dem Regal, drehte es in der Hand. Ja, so ungefähr fühlte sich mein gebrochenes Herz an. Aber ich war mir noch unsicher, welchen Raum ich umgestalten wollte – nein, das stimmte nicht. Ich wollte mein Schlafzimmer streichen. So, als ob ich damit auch mein Innerstes im Herzen überstreichen könnte. Aber ob ich wirklich in diesem Rot wohnen wollte?

Seufzend ließ ich die Hand mit dem Farbtopf sinken. Thorsten trat neben mich, hielt mir etwas hin. Es war ein Pappbecher mit Kaffee. Er hatte sich selbst einen geholt und mir einen mitgebracht. Ich setzte den Farbtopf ab und nahm den Becher an.

»Danke.«

»Aber immer doch.« Er pustete in seinen Becher und trank einen Schluck. Ich war ihm so dankbar, dass er nicht gesagt hatte, ich sähe aus, als könne ich den Kaffee gebrauchen. Auch wenn das absolut der Wahrheit entsprach. Er schmeckte furchtbar bitter und gleichzeitig wässrig. Ich nahm nur einen Schluck.

Trotzdem war ich sehr gerührt davon, dass Thorsten sich um mich kümmerte.

Schließlich ging ich mit Tiefes Weinrot, Tannengrün und einer goldenen Bordüre wieder nach Hause. Wie das alles zusammenpassen sollte, wusste ich beim besten Willen noch nicht. Das würde ich dann schon noch herausfinden.

Zu Hause rückte ich das Bett von der Wand ab, zusammen mit den Weihnachtsgeschenken für Milan, die ich darunter versteckt hatte, schob die Kommode in die Zimmermitte und hielt dann inne. Nicht daran denken, wann ich das letzte Mal ein Schlafzimmer grün gestrichen hatte. Nicht daran denken, wer jetzt darin lag.

So schnell ich konnte, bereitete ich alles vor, verschob Möbel, klebte alles ab, öffnete das Tannengrün und legte los. Die Ecken und Ränder zuerst, mit dem dünneren Pinsel. Draußen war es so düster, dass ich die ganze Zeit das Gefühl hatte, es sei längst Abend. An diesem Samstag im Dezember war es nicht wirklich hell geworden. Und ich spürte in sämtlichen Knochen, dass meine Nacht doch sehr kurz gewesen war. Daran hatte Thorstens Kaffee auch nichts geändert. Ich ließ mich auf das Bett sinken, die Abdeckplane raschelte dabei. Vorsichtig legte ich die Rolle weg, hob die Plane an. Mir fielen fast die Augen zu, und niemand wartete auf mich. Ich konnte genauso gut einen Mittagsschlaf machen.

Als ich geschlagene anderthalb Stunden später wieder aufwachte, war es draußen komplett dunkel. Meine Schulter schmerzte, und der Geruch der Farbe stach mir in der Nase. Ich hätte mich vielleicht besser auf das Sofa legen sollen als direkt hierher. Matt rieb ich mir die Augen, blinzelte. Und mir bot sich ein unglaublicher Anblick. Der Rahmen der Wände war bereits tannengrün, die eine Wand schon ausgemalt, die anderen jedoch waren im Inneren noch Rosenquarzrosa. An einer Stelle hatte ich probemäßig ein Stück der goldenen Bordüre angebracht, das da jetzt sinnlos prangte. Eine furchtbare Kombination. Es sah aus wie ein geschmackloses Muster, eine fehlgeleitete Linie. Noch halb verschlafen zog ich mein Handy hervor und schoss ein Foto von dem Desaster. Im Blitzlicht sah es noch schlimmer aus. Ich musste geradezu kichern. Wenn das meine Kolleginnen aus der Redaktion sehen würden, die sich ja sonst den ganzen Tag mit ästhetischen, wunderschönen Räumen befassten, würden sie die Hände über dem Kopf zusammenschlagen. Ich konnte mir Patrizia oder Bettina von Almstädt geradezu vorstellen, wie sie …

Plötzlich war ich mit einem Schlag wach. Ich setzte mich kerzengerade auf. Das war es. Schiefgegangene Renovierungen. Fehlgeschlagene Nachahmungen der wunderschönen Seiten aus den Wohnzeitschriften. Verunglückte Projekte. Das wäre die Aktion, die alle ansprechen würde.

Zum einen war es nämlich furchtbar schwierig, die Ästhetik eines ausgeleuchteten, gestylten Fotoshootings in einem echten Zuhause umzusetzen. Wenn wir unsere Leser bitten würden, ihre ganz normalen Fails einzusenden, dann würde das ein Gefühl der Nahbarkeit kreieren. Wir würden die Einsendungen mit einem Augenzwinkern, aber nicht herablassend behandeln, wenn wir sie in unserem Heft darstellten. Und als besonderer Clou könnten bei jeder Ausgabe die Einsender ein professionelles Styling gewinnen, das aber umsichtig mit der Idee umging, eher ein Aufwerten darstellte. Ich blinzelte zu dem missglückten Stück Bordüre. Die goldene Linie, die alles kittete … Was wir renovieren würden, wäre sozusagen *Kintsugi* an der Wand. Und wir könnten das Gewinner-Unglück als schöne, liebevoll gestaltete Vorher-nachher-Story im Heft bringen. Ich stand so schnell vom Bett auf, dass mir für einen Moment schwarz vor Augen wurde. Dann fing ich mich und hastete ins Wohnzimmer, öffnete meinen Laptop. Jetzt ging es darum, ob es diese Aktion schon irgendwann einmal gegeben hatte. Ich biss mir die ganze Zeit auf die Lippen, während ich zahllose Bilder, Webseiten und digitale Heftausgaben durchforstete. Wenn ich das bei der Redaktionssitzung vorstellte, würde es entweder ein Geniestreich werden oder ein totaler Reinfall. Aber genau das musste ich einfach wagen.

Kapitel 56: Beige

Leonie

Ich fand den Redaktionsraum ziemlich vollgestellt mit den beigefarbenen Tischen, die in einem großen Oval zusammengeschoben waren, sodass jeder jeden gut sehen konnte beim Sprechen. Sodass Ideen von allen Seiten kommen konnten und jeder etwas dazu sagen konnte. Ich stand vorne und war mir sehr wohl bewusst, wie viele Augenpaare jetzt auf mir und auf den Layouts lagen, die ich am Sonntag zusammengestellt hatte. Ich hatte nie zuvor die Chance gehabt, bei einer Redaktionssitzung mitzumachen, um zu sehen, wie so etwas lief. Und jetzt stand ich bereits hier, sprach über meine Aktion »*Kintsugi* an der Wand« und konnte nur hoffen, dass das Klirren von Bettina von Almstädts Armreifen ein positives Zeichen war.

Am Sonntag hatte ich wie im Rausch gearbeitet, hatte hochauflösende Bilder herausgesucht, von feiner japanischer Keramikkunst sowie von misslungenen Räumen oder Flecken an der Wand. Hatte mein eigenes Blitzlichtfoto eingebaut. Und Collagen von allem zusammengestellt, denn das, was ich hier meinen Kolleginnen vorschlug, hatte ich tatsächlich nirgends gefunden. Und wieder packte mich der gleiche Rausch, als ich meinen Vorschlag präsentierte. Das gleiche glückliche Kribbeln, das mich bei den Bildern überkommen hatte. Wenn es uns gelang, diese Strecke mit Verletzlichkeit und wohlwollendem Humor zu gestalten statt abgehobener Studio-Ästhetik, dann konnten wir Leserinnen zu echten Fans machen. Wenn es uns gelang, die Aktion gut zu starten, konnten wir statt einer einmaligen Besonderheit daraus einen Dauerbrenner für jede Ausgabe machen. Und trotzdem würden wir die finalen Bilder sehr ästhetisch shooten, ja sogar edel – eben ganz wie *Kintsugi*. Ich blickte atemlos in die Gesichter vor mir. Patrizia zog die Augenbrauen hoch und hielt unter der Tischplatte, fast nur für mich sichtbar, einen Daumen hoch. Als ich das Licht wieder anschaltete und den Beamer ausstellte, kamen von den verschiedenen Seiten die Meinungen der anderen.

»Lebensnah, aber nicht trashig«, war eine Rückmeldung, eine andere fragte nach dem Shootingbudget. Die meisten meldeten sich positiv und erzählten gleich von einem eigenen Renovierungsdesaster. Es war eine Aktion, zu der jeder und jedem eine eigene Geschichte einfiel. Bettina von Almstädt betrachtete lange ruhig das Gespräch unter den Kolleginnen, bis sie schließlich sagte: »Na, also diese Aktion machen wir definitiv. Vielleicht zusätzlich zu einer einmaligen Sache für die anstehende Ausgabe. Mal sehen. Auf jeden Fall starten wir sofort mit den Planungen, Mädelchen, denn wir brauchen dazu ja die Einsendungen von Lesern, die mitmachen. Bis wir dann eine erste Story ablichten können, dauert es bis zur übernächsten Ausgabe. Schließe dich bitte mit dem Online-Team zusammen, dass wir das schon frühzeitig ankündigen und gleich im Januar mit ein paar Bannern und Social-Media-Posts starten können. In jedem Fall: gut gemacht!«

Sie untermalte dies mit einem kleinen, flatternden Beifall, bei dem sie die Handwurzeln zusammenließ. Ich wusste nicht, was mich mehr irritierte, diese Geste oder die Tatsache, dass eine Chefin mal nicht so griesgrämig Lob verteilte wie früher der Drache Christine.

Als ich erleichtert und noch etwas benommen mit Patrizia im Schlepptau in unser Büro zurückwankte, sah ich sofort, dass auf meinem Handy ein verpasster Anruf vermerkt war. Marianne. Mein Handy hatte in meinem Büro nur am Fenster guten Empfang. Weil ich nicht verpassen wollte, falls der Kindergarten wegen Milan anrief, hatte ich es auf das Fensterbrett gelegt. Am Ende meines Arbeitstages war es dadurch immer ganz kalt, da die Zugluft durch die Ritzen drang.

»Ich hole mir schnell einen Kaffee, soll ich dir einen mitbringen?«, fragte Patrizia, und ich nickte, während ich bereits die Nummer meiner Mailbox wählte. Ich lehnte mich gegen das Fensterbrett, angenehm kühlend, nachdem mir vor lauter Aufregung bei der Präsentation ganz heiß gewesen war.

Schon hörte ich Marianne losreden: »Hallo, Leonie, ja, also, jetzt ist ja schon fast Weihnachten, und trotzdem ist ganz viel los! Von wegen besinnliche Zeit. Also, gerade hat mich die Nachricht erreicht, also, der Mieter hat gekündigt! Er wird so schnell wie möglich ausziehen, noch bevor die Kündigungsfrist ganz durch ist. Ich dachte, du wolltest die Wohnung doch nehmen? Gilt das immer noch? Den Mietpreis würde ich gleich lassen. Also. Melde dich doch gern bei der Hausverwaltung. Bis dann!«

Die Wohnung wurde frei.

Die Wohnung, die ich die ganze Zeit haben wollte.

Auf einen Schlag war mir viel zu kalt. Ich stieß mich von der Fensterbank ab, fühlte mich aber zu unsicher auf den Beinen, um die paar Schritte bis zu meinem Bürostuhl zu gehen.

Das konnte nur eins bedeuten.

Thies zog mit Andrea zusammen, und sie starteten noch einmal ganz neu.

Oder vielleicht – weil er seine Kletterkinder liebte und zusammen mit Andrea schließlich schon mal eine Fehlgeburt durchgestanden hatte –, vielleicht brauchten sie bald noch ein weiteres Zimmer, das nicht so klein war, für ein Kind, weil sie sich das immer schon zusammen gewünscht hatten. Und eventuell probierten sie gerade gemeinsam, schwanger zu werden. Oder vielleicht, flüsterte es in mir, vielleicht war sie es schon. Vielleicht war das nicht ihr erster neuer Besuch bei Thies gewesen. Zitternd ließ ich das Handy sinken. Mein benebeltes Gehirn vermochte es nicht, die Wochen korrekt auszurechnen. Es war ja auch zweitrangig, wann genau was passiert war. So oder so, sie zogen um, und auf alle Fälle ließen sie damit sämtliche Erinnerungen an dritte Zimmer und arsengrüne Wände und Momente mit Untermieterinnen hinter sich.

Das ging schnell.

Kapitel 57: Muskatbraun

Leonie

Ich hatte für den nächsten Papa-Abend lustlos eine Gemüsesuppe gekocht. Normalerweise liebte ich das meditative Schnippeln von Lauch, Karotte, Sellerie und Kartoffeln, liebte den Duft, den die Petersilie dann im winterlich dekorierten Wohnzimmer verbreitete. Nur heute wollte die wohlige Wärme des Essens nicht auf mich übergehen. Nicht zuletzt, weil ich immer wieder in Gedanken bei dem Abend war, an dem wir gemeinsam Gemüsesuppe im Tiny House zubereitet und gegessen hatten. Doch Raphael und Milan schien es zu schmecken. Milan erzählte Raphael aufgeregt davon, dass er zu Nikolaus von Oma ein kleines Lego-Päckchen für seine Drachentankstelle bekommen hatte, bei der jetzt auch Außerirdische tanken konnten, aber ich hörte kaum hin. Raphael stupste mich unter dem Tisch an, und erst da bemerkte ich, dass ich meine Suppe schon zum dritten Mal nachsalzte.

»Alles okay?«, fragte Raphael leise.

»Ja«, ich schob den Suppenteller von mir. »Hab nur nicht so Hunger.«

Ich konnte an seinem Seitenblick sehen, dass er mir das nicht abkaufte. Wahrscheinlich bohrte er deswegen nicht nach, weil Milan mich schon fragend ansah.

Während ich später die Gemüsereste in der Küche aufräumte und die Teller in die Spülmaschine stellte, brachte Raphael Milan ins Bett. Bald tauchte er wieder auf und lehnte sich an den Türrahmen der Küche, verschränkte amüsiert die Arme.

»Milan hat standhaft behauptet, dass er gar nicht müde ist. Trotzdem war er schon nach zwei Minuten komplett weg.«

Ja, das kannte ich. Ich nickte und versuchte ein Lächeln.

»Hey«, er löste sich vom Rahmen, trat in die Küche und legte den Kopf schief. »Hast du Sorgen in der Redaktion? Lassen sie dich spüren, dass du da als Quereinsteigerin dazukommst?«

Mein Lächeln war wohl doch ein wenig schief geraten. »Nein, nein«, antworte ich hastig. »In der Redaktion ist alles gut, sogar bestens.« Wenn ich doch die Energie hätte, das auch rüberzubringen. Aber an meinen Kolleginnen lag es nun wirklich nicht, dass mir vierundzwanzig Stunden am Tag zum Heulen zumute war.

»Hast du irgendeine schlechte Nachricht bekommen?«

Sogar jetzt war mir zum Heulen. Sehr. Und je tiefer die Sorgenfalte auf Raphaels Stirn wurde, desto größer wurde der Kloß in meinem Hals. Ich schüttelte nur schnell den Kopf, drehte mich zur Arbeitsplatte und versuchte, ein paar winzige Stückchen Petersilie, die sich vom Schneidebrett verirrt hatten, wegzuzupfen. Aber ich schaffe es nicht. Das mit der Petersilie und das mit dem Tränenzurückhalten.

Und plötzlich fühlte ich Raphaels Arme um mich, spürte, wie er mich sanft drückte. Sein muskatbrauner Pulli roch genau so nach Raphael, wie ich es schon immer gekannt hatte. Verrückt. Es fühlte sich vertraut an, wie aus einer anderen Zeitrechnung.

»Hey«, machte Raphael sanft, »hey.« Er streichelte mir den

Rücken, ganz so, als würde er Milan trösten. Oder so, wie er mich getröstet hatte, damals, als mein Vater gestorben war. Ich drehte mich um und in seine Umarmung hinein. Es tat gut, einfach nur gehalten zu werden.

Nach einigen Minuten hatte ich mich schon wieder beruhigt. Hoffentlich würde Raphael jetzt keine peinlichen Fragen stellen, sicher konnte er sich ja denken, warum ich traurig war. Ich wollte mich von ihm lösen, doch er zog seine Arme nicht weg. Hielt meine Schultern fest. Für einen Moment war es, als hätte ich ein Déjà-vu. Sein Gesicht nah vor mir, seine grauen Augen – ich kannte das so gut. Er hob die Hand, strich mir mit seinem Ärmel vorsichtig über die nasse Wange. Eigentlich wollte ich jetzt sagen, dass ich ein Taschentuch brauchte. Aber da beugte sich Raphael zu mir und küsste mich. Küsste mich einfach so. Und für einen Sekundenbruchteil fügte ich mich ein, als wüsste ich noch immer genau, wie das war, als gehörten meine Lippen genau dorthin. Es war gleichzeitig seltsam und völlig, völlig vertraut. Raphael war nicht Thies, und Thies war nicht Raphael. Aber es tat gut, getröstet zu werden. Wenn auch die Form des Trostes nicht ganz angemessen war.

Zittrig holte ich Luft. »Was machst du da?«, fragte ich leise, lehnte mich zurück gegen die Küchenarbeitsplatte.

Ich erwartete, dass er abwinkte. Aber er rückte noch näher an mich heran. »Etwas, woran ich die ganze Zeit schon gedacht habe.«

»Warte … was?« Ich löste mich aus seinem Griff, wand mich aus dieser Enge und machte einen Schritt Richtung Küchentür.

»Leonie, ich …« Unbeholfen fuhr Raphael sich durch die Haare. Dieser Blick, dieser Blick in seinen Augen.

»Nein«, sagte ich laut. Meine Stimme klang jetzt gar nicht mehr zittrig, obwohl sich mein Magen immer noch danach anfühlte.

Gleichzeitig versuchte er, mich zu übertönen: »Ich kann mir einfach nicht helfen, immer wieder muss ich daran denken, was wäre, wenn … Und wir sind doch einfach so gut miteinander, ich meine … vielleicht …«

»Du sagst das jetzt nicht!« Meine Stimme hallte laut in der Küche wider. Keine Ahnung, woher ich plötzlich diese Kraft, diese Wut nahm, während er doch tatsächlich sagte: »Vielleicht war es ein Fehler …«

Ich machte kehrt, stürmte den Flur entlang zur Tür und riss sie auf. Klar, leise und mit festem Kiefer brachte ich hervor: »So spielst du nicht mit mir. Es ist nicht fair. Das mit Tamara war kein Ausrutscher, ihr habt lange genug Zeit gehabt, alles zu durchdenken, zu planen und zu entscheiden. Bitte geh jetzt.«

Er nahm seine Winterjacke, seine Mütze, nur um mir zu zeigen, dass er keinen Aufstand machen würde. Trotzdem blieb er nahe bei mir im Flur stehen. »So habe ich das doch gar nicht gemeint, ich wollte nur … Leonie, wenn ich dich leiden sehe, bricht es mir eben das Herz …«

»Ja, mir auch«, sagte ich, »aber ich weiß, wer ich bin. Und wie ich mein Herz kitte. Mit *Kintsugi*.«

Wahrscheinlich verstand er kein Wort von dem, was ich da von mir gab. Es war mir auch egal. Diese emotionale Achterbahn wollte ich nie wieder durchmachen. Und ich wusste noch genau, wozu er fähig gewesen war, als er gedacht hatte, Tamara sei etwas ganz anderes als vielleicht ein Fehler.

»Du kannst jetzt gehen«, sagte ich. »Diese Sache hier vergessen wir einfach. Tamara und du, ihr werdet euch zusammenraufen. Und ich komme allein zurecht.«

Bis tief in mein Innerstes spürte ich, dass ich diese Worte wirklich ganz genau so meinte.

Kapitel 58: Winterweiß

Leonie

»Milan. Milan!«

Sanft strich ich ihm über die Wange. »Wach auf, mein Süßer.«

Milan schnaufte, drehte sich noch weiter in die Decke ein und murmelte: »War der Weihnachtsmann schon da?«

»Nein«, sagte ich leise. »Der kommt doch erst morgen. Und dann machen wir mit Papa und Oma und allen anderen die Geschenke auf. Milan, du musst aufwachen und rausschauen. Es hat geschneit!«

Mit einem Schlag setzte er sich auf.

»Ist Clara schon draußen?«

»Es ist noch sehr früh, sie ist bestimmt auch noch nicht …«

»Wo ist meine Schneehose?«

»Wir können uns anziehen, und ich mache uns einen Kakao, und dann gehen wir …«

»Nein, ich will jetzt!«

Und dagegen wusste ich nichts einzuwenden.

An Heiligabend war Raphael geblieben, bis Milan eingeschlafen war. Leise hatte er sich verabschiedet, war hinausgeschlichen, dick eingepackt in Wintermantel, Mütze und Handschuhe, während meine Mutter und ich noch im Wohnzimmer saßen, das nur von der Lichterkette und ein paar Kerzen auf dem Tisch beleuchtet war. Es war ein schönes Fest gewesen. Wir hatten es gut hinbekommen. Die Stimmung war nicht mehr angespannt. Raphaels Aussetzer kurz nach Nikolaus war längst vergessen. Nur Milan war natürlich so furchtbar aufgeregt gewesen, dass er ganz zappelig herumgehampelt war. Ein halb aufgebautes Lego-Piratenschiff stand unter dem Baum. Den neuen Plüschdrachen hatte er mit ins Bett genommen.

Meine Mutter nippte noch an ihrem Tee. »Du siehst nicht gut aus.«

»Danke.«

»Du weißt, wie ich es meine.«

Ich lächelte melancholisch. »Ja, Mama. Das weiß ich.«

»Hat das noch mit Raphael zu tun?«

»Nein. Nein, mit Raphael ist alles klar. Es ist alles gut so, wie es ist.«

Sie nickte nachdenklich. »Ist es besser so als früher?«

Ich streckte die Beine aus, wackelte nachdenklich mit den Zehen in den dicken Stricksocken. »Ich … ich hatte mir das so nicht gewünscht. Aber ja, dass ich mit Raphael nicht mehr zusammen bin, ist jetzt besser so.«

»Und Thies?«

Ich konnte nicht antworten.

»Ach, Maus«, sagte Mama.

Ich stand auf und schnappte mir das zerrupfte Geschenkpapier, sammelte alles ein, um es wegzuwerfen.

»Warte, ich helfe dir.«

Als wir das Wohnzimmer aufgeräumt hatten, sagte sie: »Ich mache mich dann jetzt mal auf. Gehst du gleich ins Bett?«

»Ich werde noch einen Teil meines Zimmers streichen.«

Sie zog die Augen groß. »Jetzt noch?«

»Es ist halb grün, halb rosa, und ich bin nicht wirklich müde. Mal sehen, wie es mir komplett in Tannengrün gefällt.«

Sie tätschelte meine Schulter.

»Wie früher, stimmt's?«

»Was meinst du?«

»Kannst du dich daran erinnern, als dein Vater und ich kurz vor der Trennung waren?«

Und dann erzählte sie es mir. Leise, mit dem schlafenden Milan nebenan, dort, in meinem halb fertig gestrichenen Schlafzimmer.

Wie sie damals heftige Auseinandersetzungen mit Papa gehabt hatte. Verzweifelt gewesen war. Oft nicht mehr ein noch aus gewusst hatte. Wie sie einmal, es war ihr noch heute peinlich, im Affekt, im Ärger, in bereits tiefster Trauer über das, was im Herzen längst zerbrochen war, in der Küche ein Glas Rote Bete an die Wand gepfeffert hatte.

Ich wusste es noch, und doch wurde mir jetzt erst richtig klar, wie extrem diese Handlung für sie gewesen war. Sie, die eigentlich so ruhig war. Wie sehr sie außer sich gewesen sein musste.

Sie erzählte mir, dass sie sich für diesen Aussetzer entschuldigt hatte. Es war nie leicht, wenn Kinder mitbekamen, dass die Eltern auch nur Menschen waren, die nicht alles im Griff hatten. Sie hatte alles aufgeräumt und geputzt, aber der Fleck an der Wand war geblieben. Eines Tages war ich nach der Schule im Laden gewesen und hatte Farbe von meinem eigenen Taschengeld gekauft. Und damit den Fleck eigenhändig überstrichen.

Um meiner Mutter zu helfen. Um alles wiedergutzumachen. Seither hatte ich immer wieder gestrichen, renoviert, umgestaltet. Unsere neue Wohnung, nachdem Papa gegangen war. Meine eigenen Zimmer im Laufe der Zeit. Zuletzt dieses hier, in Verliebtenrosa. Das jetzt durchzogen war mit Dunkelheit.

»Es tut mir leid«, sagte meine Mutter. »Man kann nicht immer alles gut machen. Mit Drüberstreichen. Mit Übertünchen. Ich habe mir immer gewünscht, dass du unter der Trennung nicht leidest, aber ich konnte es dir auch nicht nehmen.«

Ich nickte. Genauso fühlte ich gegenüber Milan auch.

Ich ging zur halb gestrichenen Wand, zog langsam die goldene Bordüre ab.

Heute würde ich nicht über all das Schiefgegangene, über all die Verletzungen streichen. Ich würde innehalten und erlauben, dass hier nichts perfekt war. Dass man mir ansehen konnte, dass ich ein zu oft gebrochenes Herz hatte. Dass ich Thies vermisste. Auch wenn ich nun ganz zu mir gefunden hatte.

Fest umarmte ich meine Mutter, bevor sie ging.

Traditionell verschlief Milan Silvester trotz der lauten Knaller, ärgerte sich furchtbar, dass ich ihn nicht geweckt hatte, und verlangte am nächsten Morgen noch einmal Kindersekt, den ich ihm nicht mehr gab.

Normalerweise wären wir auf unseren traditionellen Neujahrsspaziergang mit Markus, Billie und Clara gegangen. Aber dieses Jahr war es so kalt, dass man sogar im Nymphenburger Schlosspark Schlittschuh fahren konnte. Also packten wir unsere Taschen mit Thermoskannen voller Tee, steckten die Kinder in ihre Schneeanzüge und fuhren dorthin. Milan konnte sogar ganz gut sein Gleichgewicht halten, nur Clara wollte schon bald nicht mehr von Markus geschoben werden. Also tranken wir alle einen Kinderpunsch – Apfelsaft mit duftenden Gewürzen – und spazierten danach noch eine Runde durch den Park. So viel weißer Schnee und Milan, der darin herumtobte. Aus kleinen Schneekugeln größere machte und einen Schneemann baute. Ich wünschte, Raphael könnte das sehen. Ich wünschte, Thies könnte es auch sehen.

»Weißt du«, sagte ich zu Billie und hakte mich bei ihr ein, während Markus versuchte, den Schneebällen auszuweichen, die Clara und Milan nach ihm warfen.

»Du bist jetzt schon so viele Jahre meine beste Freundin und hast alles mit mir durchgestanden. Ich wollte dir nur sagen: Danke, dass du für mich da bist. Ich hab dich lieb.«

Billie blieb stehen und umarmte mich. Ich versank fast in ihrem riesigen Mohair-Schal.

»Ach, Leonie. Ich hab dich auch lieb.« Sie hakte mich unter, und wir stapften weiter durch den knirschenden Schnee. Dann fragte sie plötzlich: »Gibt es etwas Neues von Thies?«

Ich spürte meine Beine kaum noch, so kalt war es.

»Nein? Wieso sollte es?«

»Hast du dich bei ihm gemeldet?«

Ich schüttelte den Kopf.

»Willst du dich bei ihm melden?«

Ich schüttelte wieder den Kopf, zog meine Wollmütze zurecht.

»Ich werde mich auf meinen neuen Job konzentrieren. Damit ich ihn über die harte Probezeit hinaus behalten kann. Das bin ich mir und Milan schuldig. Und ich gebe nicht auf, doch noch irgendwann eine neue schöne Wohnung zu finden.«

»Vielleicht diesmal ohne Mann darin«, sagte Billie und zuckte dann entschuldigend mit den Schultern.

»Ja.« Ich drehte mich zu dem Schneemann um, dem noch eine Nase fehlte. Milan suchte offenbar nach einem geeigneten Zweig und Clara nach Steinen für die Mantelknöpfe.

Eine schöne neue Wohnung, so tiefblau wie der Abendhimmel für mich und so weiß wie die Wolken, die darüber hinwegzogen, für Milan.

»Das wird schön«, sagte ich, und in diesem Moment ahnte ich, dass es möglich war. Das Glück. Irgendwie.

Kapitel 59: Himmelblau

Leonie

Als die Arbeit nach Neujahr wieder begann, waren alle schnell zurück in dem gehetzten Tempo, das ich auch vor Weihnachten schon wahrgenommen hatte. Die Aufmacher wollten geplant, die Strecken fotografiert und erstellt werden. Für mich flogen die Wochen nur so dahin, und auch wenn Milan immer noch »Jingle Bells« auf dem Weg zum Kindergarten sang, war es doch bald Ende Januar. Zeit, sich endlich darauf einzustellen, dass das neue Jahr längst begonnen hatte.

Ich würde auch an diesem Januarmorgen in der Redaktion alle Hände voll zu tun haben. Kurz nachdem ich meinen Computer hochgefahren und mir einen Kaffee geholt hatte, klingelte mein Handy, das wie immer gegen das kalte Fenster gelehnt war. Auf dem Display prangte der Name: Marianne. Ich schluckte einmal und spürte wieder den leichten Widerstand in meinem Hals. Irgendwie fühlte er sich dick an. Schon seit Tagen. Bestimmt hatte Milan mich mit einer Erkältung angesteckt, die im Kindergarten herumging.

Aber ich konnte Marianne nicht ewig warten lassen. Schon vor zwei Tagen hatte sie mir auf die Mailbox gesprochen. Und ich rechnete ihr sehr hoch an, dass sie nicht lockerließ.

Ich nahm das Handy und tippte auf *Annehmen*. Nachdem sie

mich begrüßt hatte, fragte sie freundlich: »Na, Leonie, hast du es dir überlegt? Willst du die Wohnung nehmen? Inzwischen habe ich weitere Interessenten, aber ich wollte dir die Wahl überlassen. Außerdem hatten wir noch Zeit, der Vormieter musste noch etwas streichen.«

Natürlich hatte der Vormieter etwas streichen müssen. Wahrscheinlich hatte Thies das giftgrüne Zimmer wieder ganz weiß bekommen. So genau würde ich es nie erfahren.

Ich spürte meinen Hals noch mehr.

»Danke, Marianne, das ist sehr nett.« Ich hörte selbst, wie matt ich klang. Und dann hörte ich mich selbst noch sagen:

»Ich kann da nicht einziehen. Wir werden eine andere Lösung finden müssen.«

Als ich es laut aussprach, tat es noch einmal richtig weh.

Tat es weh, dass ich nicht in diesen vier Wänden sein konnte.

Weil Thies dann immer, immer bei mir wäre. Und erst, als ich zu Marianne sagte, dass ich das nicht könnte, merkte ich, dass ich mir das heimlich gewünscht hatte: Thies nahe zu sein. Wenn es nicht anders ging, dann eben so.

Aber das würde ich nicht. Nie mehr.

Ich verabschiedete mich schnell und legte auf, bevor die Tränen kamen. Mein Hals tat so weh. Ich ließ das Handy klackernd auf das blöde Fensterbrett fallen, sank auf meinen Stuhl und schluchzte los. Schlug die Hände vors Gesicht. Versuchte, leise zu sein, sodass die anderen mich nicht hörten.

Ich merkte erst, dass Patrizia in der Tür stand, als ich durchatmete, die Schultern streckte und versuchte, ein Taschentuch in meiner Hosentasche zu finden.

»Oh«, machte ich, und gleichzeitig sagte sie: »Hey.« Sie runzelte die Stirn. Und obwohl das hier auch ihr Büro war, fragte sie leise: »Soll ich gleich noch mal wiederkommen?«

»Nein, nein«, ich schniefte laut, zog ein Päckchen Taschentücher aus meiner Handtasche, die unter dem Schreibtisch stand. »Das ist ja Quatsch, komm rein.«

Sie hielt mir einen ganzen Stapel Blätter hin.

»Du weißt ja, dass ich gerade für dich die Einsendungen sichte …«

»Ist das von letzter Woche?«, fragte ich und wischte mir so geräuschlos wie möglich die Nase.

»Neiiin«, sagte Patrizia gedehnt. »Von gestern. Es sind ziemlich viele Einsendungen gekommen.«

Ich hatte ja schon gehört, dass die Aktion gut ankam, aber dass es so viele Einsendungen waren, schockierte mich nun doch.

»Das Ganze wird echt ein voller Erfolg«, sagte sie nun lächelnd. Ich verzog den Mund zu einem wackeligen Grinsen. »Das ist schön«, sage ich zitternd.

»Hier ist eine …«, Patrizia hielt mir etwas hin, was sie ganz oben vom Stapel zog. »Die solltest du dir selbst ansehen. Die war direkt an dich adressiert.«

Für einen Moment erschrak ich. »Echt? Zeig mal her.« Wer hatte meinen Namen herausgefunden und mir hier geschrieben? Gab es etwa Stalker, die bei Redaktionsaktionen aktiv wurden?

Patrizia legte den Ausdruck vor mich auf den Schreibtisch. Sie stützte sich mit beiden Händen auf der Tischplatte ab und betrachtete das Bild fachmännisch, das in der Mitte der E-Mail prangte. Ich strich mir die Haare hinter die Ohren und beugte mich über das Blatt.

Ein Raum, der in einem tiefen, satten Blau gestrichen war, spärlich möbliert mit einem Sideboard im Mid-Century-Stil, einem Plattenspieler, am Rand des Bildes ein Sessel. Ich hielt die Luft an. Diesen Raum, diese Möbel kannte ich doch! Nein, jetzt drehte ich ja vollkommen durch. Ich dachte immer nur an Thies. Und genau so, wie man Fremde auf der Straße plötzlich für die Person hielt, an die man die ganze Zeit dachte, glaubte ich jetzt, Thies' Wohnzimmer zu sehen. Meine Augen brannten erneut vor Tränen. Ich holte Luft. Ich würde Thies nie wieder nahe sein.

Auf der zweiten Seite war das nächste Bild zu sehen. Eine Nahaufnahme vom Sideboard. Es hatte einige Tropfen der Wandfarbe abbekommen, wie es schien. Das war also das Unperfekte im Perfekten, wie die Aktion vorschrieb. Das, was wir durch *Kintsugi* würden kitten müssen. Ich suchte nach dem Text der E-Mail.

Und dann verschwamm alles vor meinen Augen: Der Absender war tatsächlich *t.hofmann@tiny-haus-eins.de*. Eine Träne tropfte auf das Papier, ich zog das Taschentuch noch einmal hervor. Ich spürte, wie Patrizia nur still eine Hand auf meine Schulter legte. Ich presste die Augen zusammen, drückte das Taschentuch darauf. Hatte er aus einer neuen Wohnung mit Andrea ein Foto geschickt, um bei dieser Aktion mitzumachen? Aber – wenn er explizit meinen Namen genannt hatte, dann war das doch kein Zufall?

So grausam war Thies nicht. Ich lugte auf das Papier, suchte nach einer Erklärung.

Liebe Leonie Schäfer, liebes Be:Wohnen-Team,
ich bin kürzlich aus meiner Wohnung ausgezogen und habe für die Übergabe an eine neue Mieterin extra ein sehr, nun ja, farbenfrohes Zimmer hinterlassen. Meine alte Vermieterin sagte mir, dass die zukünftige Mieterin bei Ihrer Einrichtungszeitschrift arbeitet. Also habe ich mir die kurzerhand gekauft.
Als ich gelesen habe, dass es eine Aktion über Kintsugi an der Wand gibt, habe ich gewusst, das kannst nur du sein, Leonie.
Ich wollte mehr Leonie in die Wohnung bringen. Ich konnte immer nur daran denken, dass du vielleicht jetzt dort, in der Wohnung deines Vaters, bist und sie ganz nach deinen und Milans Wünschen einrichtest. Und ich in meiner neuen Bleibe nichts von dir habe. Keine Erinnerung. Keine Bionade im Kühlschrank, die mir gar nicht schmeckt.
Als Willkommensgruß an dich in der Wohnung deines Vaters habe ich das Wohnzimmer gestrichen und der Vermieterin klargemacht, dass das so bleiben soll. Ich muss sagen, ich bin darin nicht gut und wusste nicht, wie anstrengend das ist. Geschweige denn, wie viel Mal ich zum Farbfischer fahren musste, weil ich viel zu wenig Farbe kalkuliert hatte.

An dieser Stelle musste ich erstaunt lachen unter meinen Tränen.

Aber eine kluge Frau sagte mir einmal, dass sie einen ganzen Raum einnehmen will. Die Farbe. Die Frau. Beides. Und das habe ich versucht.
Dabei ist mir alles Mögliche passiert. Unter anderem ist mir Farbe auf das Sideboard und meinen offenen Plattenspieler getropft (aus Respekt vor Miles Davis hier nicht im Bild). Liebe Redaktion, zählt das auch als Kintsugi?
Der Riss, der hier gekittet werden muss, so wie bei einer wertvollen japanischen Vase, geht allerdings nicht durch das Zimmer. Sondern mitten durch mich. Ich war ein Idiot. Und ich weiß, dass ich es nicht allein durch Drüberstreichen wiedergutmachen kann.
Bitte leiten Sie diese Nachricht an Leonie Schäfer weiter, falls das alles zu wirr klingt. Sie wird wissen, was es zu bedeuten hat.
Mit freundlichen Grüßen,
Thies Hofmann

»Das ist mal ein blaues Wohnzimmer«, sagte Patrizia. »Du kennst den Typen also?«

»Lapislazuli«, flüsterte ich. »Das ist nicht einfach Blau, das ist Lapislazuli.«

Patrizia lächelte. »Stimmt. Sieht gut aus auf den Bildern.«

Mein Herz klopfte wie verrückt, ich umklammerte immer noch die Blätter und starrte darauf, als müsste ich jedes Wort zehnmal lesen.

Wenn Thies das so schrieb, dann wohnte er nicht mit Andrea in einer neuen Wohnung. Ich begriff zwar nicht, warum, begriff nicht, warum er dann aus der alten Wohnung ausgezogen war, aber mit jedem Herzschlag wurde ich mir immer sicherer: Thies wohnte nicht mit Andrea dort. Er hatte das Zimmer für mich gestrichen. Für mich. Und er wusste nicht, dass ich die Wohnung meines Vaters nicht übernommen hatte.

In diesem Moment klingelte mein Handy so laut, dass ich zusammenzuckte. Entnervt legte ich die Blätter auf den Tisch. »Ich kann jetzt nicht!« Trotzdem lehnte ich mich ganz weit hinüber und griff nach dem Handy auf dem Fensterbrett. Vielleicht war das ja noch einmal Marianne.

Aber auf dem Display stand nicht *Marianne*.

Da stand *Thies*. Sogar Patrizia sah das.

Für eine Sekunde starrte ich nur auf das eiskalte Handy in meiner Hand.

Dann nahm ich das Gespräch entgegen und sagte zaghaft: »Hallo?«

Patrizia beobachtete mich ernst. Als ob sie bereit wäre, mir wegen des seltsamen Stalkers direkt zu Hilfe zu springen.

»Bist du in deinem Büro?« Thies' Stimme versetzte mir eine Gänsehaut.

Ich konnte hören, dass er lief beim Sprechen. Es raschelte, und er schien außer Atem.

»Wo bist du denn gerade?«, fragte ich statt einer Antwort.

»Ganz in deiner Nähe«, gab er zurück. Mein Herz setzte aus. Wie konnte das sein? Zwei Kolleginnen liefen an meinem Zimmer vorbei und sahen, wie angespannt Patrizia mir lauschte. Sie stellten sich dazu, eine hielt in einer fragenden Geste die Hände auf. Thies hatte hier doch keine versteckte Kamera eingebaut? Mein Blick fiel auf den Ausdruck auf meinem Schreibtisch.

Ich holte tief Luft. »Warum hast du das Wohnzimmer gestrichen?«

Als er antwortete, hörte ich, wie breit er dabei lächelte.

»Du hast meine E-Mail bekommen«, sagte er zufrieden.

Sein Lächeln war direkt ansteckend. Ich schüttelte den Kopf. Was für ein verrückter Kerl. Was für ein seltsames Gespräch.

»Ja, das habe ich …«

»Würdest du mir jetzt verraten, wo du genau bist?« Seine Stimme hatte einen metallischen Hall. »Ich meine, in welchem Stockwerk?«

»Was?« Alarmiert setzte ich mich in meinem Stuhl auf.

»Ich bin im Verlagsgebäude.«

Ich hörte Bettinas Stimme am Ende des Ganges. Die nächste Redaktionsbesprechung. Gleich begann sie. Ich musste eigentlich los. Und Patrizia und die beiden anderen auch.

»Genauer gesagt stehe ich im Fahrstuhl und weiß nicht, in welches Stockwerk ich jetzt fahren muss, um … um dich zu sehen.« Seine Stimme wurde leise.

Ich erhob mich zittrig aus meinem Stuhl. »Du bist hier?«

Patrizia stemmte angriffslustig die Hände in die Hüften.

Ich schüttelte sofort den Kopf und wehrte mit der freien Hand ab. Martina aus der Digitalabteilung lehnte sich zur Tür herein und sagte laut: »Kommt ihr, die Besprechung geht gleich los?«

»Können gerade nicht«, blaffte Patrizia. Das hatte Thies sicher gehört. Er wartete aber auch immer noch auf eine Antwort.

»Vierter«, sagte ich leise, dann lauter: »Im vierten Stock bin ich.«

Ich hörte, wie der Knopf piepste, auf den er drückte. Es raschelte noch einmal, dann sagte er nur: »Okay.«

Mit dem Handy an meinem Ohr schob ich mich an Patrizia und den beiden anderen vorbei und trat mit wackeligen Beinen auf den Flur hinaus. Die anderen waren eigentlich gerade alle auf dem Weg zur Besprechung, aber ich musste wohl einen seltsamen Anblick abgeben. Bestimmt war meine Wimperntusche total verwischt, ich hielt mir das Telefon ans Ohr, sagte aber nichts, und außerdem wankte ich in die falsche Richtung – das Redaktionsmeeting war am anderen Ende des Flurs –, den Blick starr auf den Aufzug geheftet.

Jemand wisperte Patrizia zu, was denn mit mir los sei.

Das Ping, das bedeutete, dass der Aufzug in unserem Stockwerk angekommen war, machte, dass mein Herz aussetzte. Die Tür öffnete sich, und da stand Thies mit ernstem Gesicht, einem riesigen Blumenstrauß in der einen Hand und seinem Handy in der anderen. Er trug ein weißes Hemd unter seiner Winterjacke und die Schuhe, die ich an ihm so mochte. Die riesigen blauen Blüten des Straußes wiegten ihre Köpfe.

Ich ließ das Telefon sinken.

Er kam zwei Schritte auf mich zu, holte Luft, schluckte dann aber hinunter, was er wohl sagen wollte.

Ich wankte zwei Schritte vorwärts.

»Weißt du eigentlich, wie schwer es ist, in dieser Jahreszeit blaue Blumen zu finden?«, fragte er dann. Thies' Stimme war ganz rau.

Die anderen blickten zwischen uns hin und her. Patrizia schob sich an der Seite in mein Blickfeld, als ob sie meine Mafiaschwester wäre und jederzeit einspringen würde, wenn ich ihre Hilfe brauchte.

»Es gibt himmelblaue Rosen?« Meine Stimme war nur ein Flüstern.

»Lapislazuli konnten die im Laden leider nicht färben.«

Jetzt musste ich lachen, ich schüttelte den Kopf. »Aber du das Wohnzimmer schon.«

Thies lächelte auch, ganz vorsichtig. Er kam einen weiteren Schritt auf mich zu.

»Das war für dich. Und ... meine eigene Wohnung ... Ich meine – ich hoffe, du besuchst mich mal.«

»Das mache ich«, gab ich zurück. »Du scheinst ja Hilfe zu brauchen, zum Beispiel beim Streichen.«

Er ließ den Kopf sinken, sammelte sich für die Antwort. Mit einem sehr ernsten Blick sagte er: »Das auch, ja.«

Ich ging noch einen Schritt auf ihn zu, ganz nah jetzt, und streckte die Hand aus, sodass er mir den Strauß übergeben konnte. Aber er nahm meinen Arm, zog mich zu sich und küsste mich auf den Mund. Vor versammelter Mannschaft. Die ganze Redaktion fing an zu applaudieren, und ich hatte so weiche Knie, dass ich froh war, festgehalten zu werden.

Es schien ihm völlig egal zu sein, dass jemand jetzt sogar durch zwei Finger pfiff. Ich lachte und zitterte gleichzeitig.

»Ich dachte, Andrea ...«, flüsterte ich dicht an seiner Wange.

Ich spürte, dass er den Kopf schüttelte.

»Andrea ist sehr glücklich mit Daniel. Ich hatte einige Zeit nachzudenken. Mein Verstand ist endlich da angekommen, wo mein Herz schon längst ist. Und wo es hingehört. Zu dir«, wisperte er.

Er sagte es so leicht, so ohne Zögern oder Kratzen in der Stimme. Es hörte sich wirklich an, als wäre es für ihn nicht mehr traurig. Nicht mehr besonders. Eine Tatsache, die jetzt so war – und die für ihn nicht länger bestimmend war. Die ganz klar in die Vergangenheit gehörte.

Während ich diesen Worten nachlauschte, fiel mir auf, dass Patrizia und alle anderen keine Anstalten machten, in die Redaktionssitzung zu gehen. Ich rückte näher an Thies heran, fragte ihn etwas leiser:

»Aber … warum bist du dann aus der Wohnung ausgezogen?«

Thies strich mit seiner Nase über meine Wange. Ich schloss die Augen, hörte ihn antworten: »Damit Milan und du dort ein neues Zuhause aufbauen könnt. Und damit ich mit allem Alten endlich wirklich abschließe. Und das habe ich auch getan. Mit dem alten Thies. Wobei ich zugeben muss, dass es traurig war, damit auch deine und meine Zeit in dieser Wohnung zurückzulassen.«

So ganz falsch lag ich also nicht. Nur dass Thies einen ganz anderen Neuanfang gemacht hatte, als ich mir hatte vorstellen können. *Deine und meine Zeit in dieser Wohnung* … Mein ganzer Körper spürte sofort, was er meinte.

Bettina stapfte aus dem Meetingraum heraus, stemmte die Hände in die Hüften. Ich hörte ihre vielen Armreifen klappern.

»Na, das ist ja schnuckelig. Aber jetzt ist die Vorstellung vorbei. Wir sind hier nicht bei einer Telenovela!«

Bettina klatschte doch tatsächlich in die Hände, um die anderen aufzuschrecken. »Ihr bewegt jetzt mal euren Hintern, und wir beginnen mit dem Redaktionsmeeting.« Die anderen drückten sich an uns vorbei, schlurften widerwillig los oder huschten aufgeschreckt schnell den Flur entlang. Patrizia zwinkerte mir zu und setzte sich in Bewegung. Über ihre Schulter fügte Bettina noch hinzu: »Mädelchen, wenn du da … fertig bist, kommst du gleich nach.« Sie hatte einen ganz gewissen Ton dabei. Dass sie kein »Verstanden?!« anfügte, fehlte gerade noch.

Thies und ich sahen einander in die Augen, bis wir das Klicken der Redaktionstür wahrnahmen. Thies räusperte sich. »Ich hatte mich bei Andrea lange wie eine Option gefühlt, und das war furchtbar. Mir ist klar geworden, dass du dich vielleicht auch so gefühlt hast, nachdem … als du plötzlich Andrea bei mir gesehen hast. Es tut mir leid. Denn … du warst nie nur eine Option. Das mit dir war echt. Ist echt.« Erwartungsvoll sah er mich an. Dann beugte er sich zu mir, viel zu langsam, viel zu vorsichtig.

»Ich habe da noch so viele Fragen«, flüsterte ich, obwohl ich spüren konnte, dass ich mich jetzt nur noch in Thies' Armen verlieren wollte.

»Und ich werde dir in Ruhe jede einzelne beantworten. Ehrlich.« Thies war nur noch Millimeter von meinem Mund entfernt. Ich konnte mit jeder Faser meines Körpers spüren, dass er es aufrichtig meinte. Ich streckte mich ihm entgegen, wollte noch einmal seinen Mund spüren. Thies küsste mich, küsste mich lange, innig. Ich grub eine Hand in die Haare an seinem Nacken. Und hörte, wie der Blumenstrauß auf den Boden rutschte, spürte, wie er mit der freien Hand meinen unteren Rücken näher zu sich zog. Es gab nur noch Thies und mich. Mich und Thies. Ich hätte vor Erleichterung die ganze Zeit weiter weinen können.

»Ich weiß nicht genau, wie wir das jetzt machen, mit unserer Patchworkfamilie«, flüsterte Thies dann, strich mir mit dem

Daumen über die Wange. »Wie du und Milan mit mir …« Er zögerte.

Ich lehnte meine Stirn an seine. »Wir passen auf keinen Fall alle in ein Tiny House«, sagte ich, und er lachte erleichtert auf.

Dann begann er noch einmal: »Milan hat ja seinen Papa, wir müssen also auch gar nicht zusammenziehen, wenn du das nicht willst, sondern nur zusammen sein. Aber das eben … die ganze Zeit.«

Er klang so bestimmt. Ich lachte und zitterte gleichzeitig. Gut, dass er mich so festhielt. Thies löste sich von meiner Stirn, um mir besser in die Augen sehen zu können.

»Du bist das Beste, was meinem gerissenen Herzen je passiert ist, Leonie *Kintsugi* Schäfer.« Er beugte sich hinunter, kniete sich dann hin, um den Blumenstrauß vorsichtig aufzuheben und mir entgegenzustrecken. Dieser fragende Blick. Diese Pose, wie Thies vor mir kniete und mir die himmelblauen Blumen entgegenstreckte. Ich hätte gleichzeitig lachen und weinen können und spürte, wie ich noch mehr zitterte, jetzt, wo er mich nicht mehr umarmte. Ich verschränkte die Arme. Das musste jetzt viel abgeklärter aussehen, als ich mich fühlte. Aber an irgendetwas musste ich mich einfach festhalten.

Thies setzte an, etwas zu sagen, biss sich auf die Lippen, wagte dann noch einen Versuch: »Keine Ahnung, wie genau wir das hinbekommen, Leonie, aber willst du mit mir …«

Mit klopfendem Herzen unterbrach ich ihn: »… einen ganzen Raum einnehmen?«

Thies grinste, als ich ihm so ins Wort fiel. Ich nahm den Strauß in die eine Hand, zog Thies mit der anderen hoch, sodass ich mich wieder an ihn lehnen konnte. Spüren konnte, wie sein Herz raste. Ihn mit beiden Armen und einem raschelnden Blumenstrauß umarmen konnte.

»Ja, ich will«, flüsterte ich. »Ich will bei dir mein Zuhause haben, Thies. Für immer.«

Epilog

Fast ein Jahr später

Ich tauchte die Rolle tief in die Farbe, strich sie dann auf dem Gitter sorgfältig ab. »Magnolienweiß« stand auf dem Eimer, und ich war regelrecht glücklich, wie das Weiß an der Wand wirkte. Einladend, aber nicht zu warm, natürlich, aber auch sehr klar. Es passte zu Milan wie das Sahnehäubchen auf dem Kürbiskuchen, dessen Duft bereits durch die Wohnung waberte. Ich lächelte in mich hinein. Meine beiden Jungs veranstalteten beim Backen in der Küche sicherlich ein riesiges Chaos. Sie kannten mich gut genug, mich hier beim Streichen im dritten Zimmer allein zu lassen. Und für hinterher hatten sie mir, nach getaner Arbeit, ein noch warmes Stück Kuchen versprochen. Wahrscheinlich würden wir dabei auf Thies' Plattenspieler eine Benjamin-Blümchen-Schallplatte hören, die wir im Sommer auf einem Flohmarkt gemeinsam erstanden hatten.

Bahn für Bahn trug ich die Farbe auf. Und obwohl das Streichen sonst für mich so meditativ war, hatte ich dieses Mal doch Herzklopfen.

Bald war es so weit.

Draußen kündigte sich bereits ein neuer Schnee an, ich spürte es daran, wie kalt die Luft war. Ich ließ die Rolle sinken und blinzelte nach draußen, aus dem Fenster des dritten Zimmers, das einmal meins gewesen war. Vielleicht bekamen wir dieses Jahr auch wieder weiße Weihnachten, so wie letztes Jahr. Unglaublich, wie anders damals Weihnachten noch gewesen war. Unglaublich, welches bauchkribbelnde Versprechen es dieses Mal in sich trug, nicht nur für Milan, der sich auf Geschenke freute, sondern auch für mich. Weil ich im neuen Jahr jeden Tag morgens neben Thies aufwachen würde.

Ich drehte mich um, als ich ein leises Klopfen am Türrahmen vernahm. Lächelnd lehnte Thies daran. Ich legte die Rolle beiseite. Er trat auf mich zu. Etwas Mehl zierte seinen mohnblumenroten Pulli, dessen Ärmel er nach oben geschoben hatte. Es war mir egal, ich legte mich in seine Umarmung, sog seinen Duft ein.

»Seid ihr schon fertig mit Backen?«, murmelte ich an seinem Hals.

»Ja. Milan hat sich auf der Couch zusammengerollt, hört schon mal die erste Seite von Benjamin Blümchen und ruht sich aus.« Ich hörte, wie er dabei lächelte, und löste mich so weit, dass ich in seine sommerblauen Augen sehen konnte.

»Es ist schon ein ganz schönes Abenteuer für Milan, dass wir im Januar alle drei hier zusammenziehen, hm?« Thies nickte, und ich fuhr fort: »Gut, dass er weiterhin seinen Kindergarten hat, jetzt im letzten Jahr vor der Einschulung. Danke, dass du ihn da morgens hinbringen wirst. Auch Clara wird er so immer noch sehen …«

»Und du Billie«, schmunzelte Thies.

»Ohne geht es eben nicht.« Ich reckte und streckte mich. Zwei Wände hatte ich schon fertig, Milans Zimmer nahm immer mehr Gestalt an. Für heute hatten wir geplant, so viel wie möglich zu streichen, und morgen gemeinsam Milans neues Hochbett zu besorgen, das er sich wünschte. Deswegen würden wir heute bereits hier übernachten – und morgen früh, so schätzte ich, wahrscheinlich zum Frühstück noch einmal Kürbiskuchen naschen.

»Es war ganz schön viel, hm?«, fragte Thies und rieb mir den Rücken.

»Ja.« Aber ich lächelte.

Thies sah mich prüfend an. Er tippte auf meine Schläfe.

»Du hast da noch Farbe.« Thies schielte demonstrativ rüber zum Farbtopf, der nicht weit weg stand.

Ich lachte auf. »Wage es ja nicht, Thies Hofmann! Das ist schließlich keine Fingerfarbe.«

Thies küsste mich auf die Nasenspitze. Ich reckte mich so, dass er auch noch einen sanften Kuss auf meine Lippen platzierte.

»Aber abduschen müssen wir dich gleich nachher mal«, murmelte er.

»Wir?«

Thies nickte. »Sobald ich Milan seine Gute-Nacht-Geschichte vorgelesen habe. Und er tief und fest schläft.«

»Und was passiert dann?«

»Du weißt, was dann passiert.«

»Nein, was denn?«

Er zog mich noch fester an sich.

»Dann bist du endlich da, wo du immer sein solltest. Bei mir.«

Danksagung

Ich danke dem Ministerium für Wissenschaft, Forschung und Kunst Baden-Württemberg für das Stipendium zur Förderung der künstlerischen Praxis für diesen Roman.

Fritz Fassbinder für die Berg- und Kletterinfos, für die richtigen Ausdrücke und genauen Erklärungen.

Andrea Heck für die Farbflöte und all das Grün!

Michael Ehninger für das Zitat »Das zwischen dir und mir hat einfach keinen Namen«, das ich aus seinem Song geklaut habe (*Limbic*, Atmosphäre, 2003).

Lina Eberl von Cosy für Einblicke in den Redaktionsalltag in einem Interview, das ich mit ihr führen durfte.

Für Informationen rund um Tiny Houses danke an Bastian Traub von kleinernomade.de und Joanna Polzhuber von cabinone.com, die sich beide Zeit genommen haben, meine seltsamen Fragen zu beantworten und Anekdoten aus ihrem Arbeitsleben zu berichten.

Danke an Laura Lichtenwalter für ihr Vertrauen, für ihre Umsicht und genau die richtigen Hinweise zur genau richtigen Zeit.

Danke an Petra Herrmanns als Lebensretterin in allen Schreiblagen.

An Angela Kuepper für die gemeinsame Wellenlänge – ich fühle mich verstanden!

An meine Tippsen und die Romanwerkstatt rund um Lisa

Dickreiter und Lisa Kuppler für Feedback in der Entstehungsphase, das mich regelmäßig in die richtige Richtung schubst.

An Anna-Kathrin Warner für Unterstützung als Schreibschwester, als ich An-die-Hand-Nehmen brauchte.

An Julie Leuze für all die Gespräche und fürs Dasein, fast mehr im Leben als im Schreiben, oder gibt es da überhaupt einen Unterschied?

An meine Familie für die liebevolle Unterstützung zu jeder Zeit.

An die Buchhändlerinnen und Buchhändler, die sich in diesen Zeiten nicht unterkriegen lassen.

Und an meine Leserinnen und Leser, die mir begeistert berichten, wie meine Liebesgeschichten in ihre Herzen eingezogen sind.

Von Herzen danke, eure Judith

Acht Millionen Menschen.
Doch nur einer davon ist für dich bestimmt.

Es ist nur einer dieser New Yorker Momente – und Einrichtungsdesignerin Fran sieht ihn noch genau vor sich: Wie sie frisch gefeuert und schwitzend in die überfüllte U-Bahn sprintet, ihr Kleid in der Tür einklemmt, es am Rücken aufreißt, und ihr ein attraktiver Fremder sein rettendes Gucci-Sakko um die Schultern legt – um zu verhindern, dass sie ganz New York ihre Unterwäsche präsentiert. Als Fran wenig später online ein Video von der Begegnung mit ihrem geheimnisvollen Retter entdeckt, das angeblich den Beginn einer echten Lovestory zeigt, möchte sie noch weiter im Erdboden versinken. Zum Glück ist das Schöne am Leben in einer Stadt mit acht Millionen Einwohnern, dass man sich sowieso nie wiedersehen wird. Oder?

Eine Liebe in New York City – der romantische SPIEGEL-Bestseller!

PENGUIN VERLAG